Frederick Forsyth

Der Fuchs

Thriller

Aus dem Englischen
von Rainer Schmidt

PENGUIN VERLAG

Die englische Originalausgabe erschien 2018 unter dem Titel
The Fox bei Bantam Press, London.

Penguin Random House Verlagsgruppe FSC® N001967

2. Auflage
Copyright © 2018 by Frederick Forsyth
Copyright © der deutschsprachigen Ausgabe 2019
by C. Bertelsmann Verlag
in der Penguin Random House Verlagsgruppe GmbH,
Neumarkter Straße 28, 81673 München
Umschlag: bürosüd nach einem Entwurf von www.mulcaheydesign.com
Umschlagmotiv: Shutterstock Images/iPostnikov, piyaphong, Vandathai;
Alamy/Jochen Tack, Mint Images Limited
Satz: Uhl + Massopust, Aalen
Druck und Bindung: GGP Media GmbH, Pößneck
Printed in Germany
ISBN 978-3-328-10637-1
www.penguin-verlag.de

Dieses Buch ist auch als E-Book erhältlich.

EINS

Niemand sah sie. Niemand hörte sie. So sollte es auch sein. Die schwarz gekleideten Special-Forces-Soldaten schlichen unbemerkt durch die pechschwarze Nacht auf das Zielobjekt zu.

Im Zentrum der meisten Klein- und Großstädte bleibt selbst in tiefster Nacht immer ein Lichtschimmer, aber dies war der äußere Rand eines englischen Provinzstädtchens, und um ein Uhr morgens war die gesamte öffentliche Beleuchtung abgeschaltet worden. Jetzt, um zwei Uhr, war es am dunkelsten. Ein einsamer Fuchs beobachtete, wie sie vorbeigingen, doch sein Instinkt riet ihm, anderen Jägern aus dem Weg zu gehen. Aus keinem Fenster fiel Licht ins Dunkel.

Sie begegneten zwei einzelnen Menschen, beide zu Fuß, beide betrunken nach langen Partys mit Freunden. Die Soldaten verschmolzen schwarz in schwarz mit dem Gebüsch der Gärten, bis die Wanderer auf ihrem Heimweg vorübergestolpert waren.

Sie wussten genau, wo sie waren, denn sie hatten die Straßen und das Zielobjekt viele Stunden lang bis ins kleinste Detail studiert. Die Fotos waren aus vorbeifahrenden Autos und von hoch fliegenden Drohnen aufgenommen worden. Stark vergrößert hingen sie an der Wand des Besprechungsraums in Stirling Lines, der SAS-Zentrale am Rande von Hereford, und sie hatten sich die Aufnahmen bis auf den letzten Randstein eingeprägt. Die Männer mit den weichen Stiefeln stockten und stolperten nicht.

Sie waren ein Dutzend, und unter ihnen waren zwei Amerikaner, auf Drängen des US-Teams dabei, das sich in der Botschaft in London einquartiert hatte. Und zwei kamen vom britischen SRR, dem Special Reconnaissance Regiment, einer noch geheimeren Einheit als SAS und SBS, des Special Air Service und des Special Boat Service. Die Leitung hatte entschieden, das schlicht »Regiment« genannte SRR einzusetzen.

Eines der beiden SSR-Mitglieder war eine Frau. Die Amerikaner nahmen an, dies diene der Gendergerechtigkeit. Aber es war das Gegenteil. Bei der Observation hatte sich gezeigt, dass sich unter den Bewohnern des Zielhauses eine Frau befand, und selbst die harten britischen Einsatztrupps bemühten sich um ein bisschen Ritterlichkeit. Sinn der Anwesenheit des SRR, im Club mitunter auch als »Einbrecher Ihrer Majestät« bezeichnet, war die Ausübung eines seiner zahlreichen Talente – nämlich des verdeckten Eindringens.

Die Mission bestand nicht nur darin, in das Zielobjekt einzudringen und die Bewohner zu überwältigen; sie mussten auch dafür sorgen, dass sie drinnen von niemandem beobachtet wurden und dass keiner entkam. Sie näherten sich von allen Seiten, tauchten gleichzeitig rings um den Gartenzaun auf, vorn, hinten und zu beiden Seiten, durchquerten den Garten und umzingelten das Haus, immer noch unbemerkt von Nachbarn und Bewohnern.

Niemand hörte das leise Kreischen der Diamantspitze, die einen säuberlichen Kreis in die Scheibe des Küchenfensters ritzte, oder das leise Knacken, als das runde Glasstück mit einem Saugnapf herausgebrochen wurde. Eine Hand im

Handschuh langte durch das Loch und entriegelte das Fenster. Eine schwarze Gestalt kletterte über den Fenstersims ins Spülbecken, sprang lautlos zu Boden und öffnete die Hintertür. Das Team schlüpfte herein.

Zwar hatten sie alle den Bauplan studiert, der beim Katasteramt eingereicht worden war, als das Haus gebaut wurde, aber sie benutzten trotzdem kleine Stirnlampen für den Fall, dass der Eigentümer Hindernisse oder gar Sprengfallen eingebaut hatte. Mit dem Erdgeschoss fingen sie an; sie bewegten sich von Zimmer zu Zimmer und vergewisserten sich, dass weder Wachtposten noch schlafende Bewohner, Stolperdrähte oder lautlose Alarmanlagen vorhanden waren.

Nach zehn Minuten nickte der Teamführer zufrieden und führte eine fünfköpfige Kolonne im Gänsemarsch die schmale Treppe hinauf in den ersten Stock dieses anscheinend völlig alltäglichen Eigenheims mit vier Schlafzimmern. Die beiden Amerikaner blieben unten. Sie waren zunehmend ratloser: Das hier war nicht die Art und Weise, wie sie ein hochgefährliches Terroristennest ausgeschaltet hätten. Zu Hause wären beim Eindringen in ein solches Haus bereits mehrere Magazine Munition verbraucht worden. Die Tommys waren eindeutig ziemlich verrückt.

Von oben hörte man erschrockene Rufe, die aber rasch aufhörten. Dann ein paar gemurmelte Befehle, und nach zehn Minuten erstattete der Teamführer seinen ersten Bericht. Er benutzte kein Internet und kein Handy – beides war nicht abhörsicher –, sondern ein altmodisches, verschlüsseltes Funkgerät. »Ziel unter Kontrolle«, sagte er leise. »Anwesende Personen: vier. Warten auf Sonnenaufgang.« Wer ihn hörte, wusste, was als Nächstes passieren würde. Alles war geplant und geprobt.

Die beiden Amerikaner, zwei U.S. Navy SEALs, berichteten ebenfalls an ihre Botschaft in London, am Südufer der Themse.

Für die »harte« Übernahme des Gebäudes gab es einen einfachen Grund. Auch nach einer Woche verdeckter Beobachtung war es in Anbetracht des Schadens an den Abwehreinrichtungen der ganzen westlichen Welt, der seinen Ursprung in diesem harmlos aussehenden Vororthaus hatte, noch nicht auszuschließen, dass sich hier Bewaffnete aufhielten. Möglicherweise versteckten sich Terroristen, Fanatiker oder Söldner hinter der unschuldigen Fassade. Darum hatte man dem »Regiment« erklärt, es gebe keine Alternative zu einem »Worst-Case«-Einsatz.

Aber eine Stunde später war der Teamführer wieder am Funkgerät.

»Sie werden nicht glauben, was wir hier gefunden haben.«

Sehr früh am Morgen des 3. April 2019 klingelte das Telefon in einem bescheidenen Schlafzimmer unter dem Dach des Special Forces Club in einem anonymen Townhouse in Knightsbridge, einem reichen Stadtteil im Londoner West End. Beim dritten Klingeln ging die Nachttischlampe an. Der Schläfer war jetzt hellwach und einsatzfähig – die Folge eines lebenslangen Trainings. Er schwenkte die Füße auf den Boden und warf einen Blick auf das leuchtende Display, bevor er das Gerät ans Ohr hielt. Dann schaute er auf die Uhr neben der Lampe. Vier Uhr früh. Schlief diese Frau denn nie?

»Ja, Prime Minister?«

Die Person am anderen Ende war anscheinend gar nicht im Bett gewesen.

»Adrian, tut mir leid, dass ich Sie um diese Zeit wecke. Könnten Sie um neun bei mir sein? Ich muss die Amerikaner begrüßen. Vermutlich werden sie auf dem Kriegspfad sein, und da brauche ich Ihre Einschätzung und Ihren Rat. Sie kommen um zehn.«

Immer diese altmodische Höflichkeit. Es war ein Befehl, keine Bitte. Aus alter Freundschaft nannte sie ihn beim Vornamen, aber er würde sie immer mit ihrem Titel anreden.

»Selbstverständlich, Prime Minister.«

Weiter gab es nichts zu sagen. Die Verbindung wurde getrennt. Sir Adrian Weston stand auf und ging in das kleine, aber ausreichende Badezimmer, um zu duschen und sich zu rasieren. Um halb fünf schritt er die Treppe hinunter, vorbei an den schwarz gerahmten Porträts aller Agenten, die sich vor so langer Zeit in das von den Nazis besetzte Europa aufgemacht hatten und nie zurückgekommen waren. Er nickte dem Nachtportier hinter der Rezeptionstheke im Foyer zu und trat ins Freie. Er kannte ein Hotel in der Sloane Street mit einem Café, das die ganze Nacht geöffnet war.

Kurz vor neun an einem strahlenden Herbstmorgen, am 11. September 2001, kurvte ein zweistrahliges amerikanisches Passagierflugzeug mit der Flugnummer American Airlines 011 auf dem Flug von Boston nach Los Angeles aus dem Himmel über Manhattan und raste in den Nordturm des World Trade Centers. Es war in der Luft von fünf Arabern im Dienst der Terrorgruppe Al-Qaida gekapert worden. Der Mann am Steuerknüppel war ein Ägypter. Seine Helfer waren vier Saudis, die, bewaffnet mit Teppichmessern, das Kabinenpersonal überwältigt und den Ägypter ins Cockpit gebracht hatten.

Minuten später erschien eine weitere Linienmaschine viel zu tief über New York. Es war der United-Airlines-Flug Nummer 175, ebenfalls unterwegs von Boston nach Los Angeles, ebenfalls gekapert von fünf Al-Qaida-Terroristen.

Amerika, und wenige Augenblicke später die ganze Welt, sah voller Entsetzen zu, als sich das, was wie ein tragischer Unfall ausgesehen hatte, als etwas ganz anderes entpuppte. Die zweite Boeing 767 flog zielstrebig in den Südturm des World Trade Centers. Beide Wolkenkratzer wurden im mittleren Bereich massiv beschädigt. Unterstützt durch den Treibstoff aus den vollen Tanks der Maschinen brachen rasende Feuer aus und ließen die Stahlträger in den Gebäuden schmelzen. Eine Minute vor zehn sackte der Südturm zu einem Berg von rot glühendem Schutt zusammen, eine halbe Stunde später folgte der Nordturm.

Um 9:37 Uhr bohrte sich der American-Airlines-Flug Nummer 77, mit vollen Tanks unterwegs vom Dulles International Airport in Washington nach Los Angeles, in Virginia ins Pentagon. Auch dieses Flugzeug war von fünf Arabern entführt worden.

Die vierte Maschine, United Airlines 93, auf dem Weg von Newark nach San Francisco und ebenfalls in der Luft gekapert, wurde durch eine Passagierrevolte zurückerobert, aber zu spät, um das Flugzeug noch zu retten. Der fanatische Entführer saß immer noch am Steuer und ließ die Maschine auf den Feldern von Pennsylvania abstürzen.

Vor Sonnenuntergang dieses Tages, der heute schlicht als 9/11 bekannt ist, waren knapp dreitausend Menschen amerikanischer und anderer Nationalität tot, darunter die Besatzungen und Passagiere aller vier Flugzeuge, fast alle, die sich in den beiden Türmen des World Trade Centers aufgehalten hatten, sowie hundertfünfundzwanzig Personen im Pentagon. Nach diesem einen Tag war Amerika nicht nur geschockt, sondern tatsächlich traumatisiert, und das ist es bis heute.

Wenn eine amerikanische Regierung derart schwer verwundet wird, tut sie zweierlei: Sie fordert und nimmt Rache. Und sie gibt Geld aus.

In den acht Präsidentschaftsjahren George W. Bushs und den ersten vier Jahren Barack Obamas verwandten die USA eine Billion Dollar für den Aufbau der größten, schwerfälligsten, der redundantesten und möglicherweise ineffizientesten staatlichen Sicherheitsarchitektur, die die Welt je gesehen hat.

Wenn die neun Inlands- und die sieben Auslandsnachrichtendienste der USA 2001 ihre Arbeit gemacht hätten, wäre es niemals zu 9/11 gekommen. Es gab Anzeichen, Hinweise, Berichte, Tipps, Andeutungen und Merkwürdigkeiten, die zur Kenntnis genommen, gemeldet, gespeichert und ignoriert worden waren.

Was auf 9/11 folgte, war eine Ausgabenexplosion von buchstäblich atemberaubendem Ausmaß. Etwas musste getan werden, und die breite amerikanische Öffentlichkeit musste sehen, dass es getan wurde. Also geschah es. Eine Fülle von neuen Diensten wurde gegründet, die nichts anderes taten, als die Arbeit der existierenden zu wiederholen und zu spiegeln. Tausende neuer Wolkenkratzer schossen in die Höhe, ganze Städte, überwiegend im Besitz privater Unternehmen, die darauf aus waren, an dem unerschöpflichen Dollarsegen teilzuhaben.

Die staatlichen Ausgaben für das eine pandemische Wort »Sicherheit« explodierten wie eine Atombombe über dem Bikini-Atoll, klaglos bezahlt durch den stets vertrauensvollen, immer hoffnungsvollen und allezeit leichtgläubigen amerikanischen Steuerzahler. Das Unterfangen generierte eine Woge von Berichten auf Papier und online, so gewaltig, dass nur zehn Prozent davon jemals gelesen wurden. Man hatte einfach nicht die Zeit und trotz der fetten Gehälter auch nicht das Personal, um all diese Informationen zu bewältigen. Und in diesen zwölf Jahren geschah noch etwas anderes: Der Computer und sein Archiv, die Datenbank, wurden zu den Beherrschern der Welt.

Während der Engländer, der jetzt im Morgengrauen auf der Suche nach einem Frühstück in Richtung Sloane Street unterwegs war, als junger Offizier bei den Fallschirmjägern und dann beim MI6 diente, wurden Unterlagen auf Papier verfasst und in Papierform aufbewahrt. Das kostete Zeit, und Archive benötigten Platz, aber dort einzudringen und Geheimakten zu entnehmen, zu kopieren und zu stehlen – mit anderen Worten, Spionage zu treiben –, war schwierig, und die Menge des Materials, das zu einem bestimmten Zeitpunkt oder von einem bestimmten Ort entwendet werden konnte, war bescheiden.

Zur Zeit des Kalten Krieges, der mutmaßlich 1991 durch den sowjetischen Reformer Michail Gorbatschow beendet wurde, konnten große Spione wie Oleg Penkowski nur so viele Dokumente entführen, wie sie bei sich tragen konnten. Dann ermöglichte es die Minox-Kamera mit ihrem Mikrofilm, bis zu hundert Dokumente in einem kleinen Behälter zu verbergen. Der Mikropunkt machte kopierte Dokumente noch kleiner und leichter zu transportieren. Aber der Computer revolutionierte alles.

Als der Überläufer und Verräter Edward Snowden nach Moskau flüchtete, trug er vermutlich anderthalb Millionen Dokumente auf einem Speicherstick bei sich, der so klein war, dass man ihn vor der Grenzkontrolle in den After einführen konnte. »In alten Zeiten«, wie die Veteranen es formulierten, hätte man für diese Menge eine Lastwagenkolonne gebraucht. Aber wenn ein solcher Konvoi durch das Tor rollt, ist das ziemlich auffällig.

Nachdem also der Computer die Arbeit des Menschen übernahm, wurden die Archive mit ihren Billionen Geheimnissen in Datenbanken gespeichert. Die geheimnisvolle Dimension namens Cyberspace wurde in ihrer ganzen Komplexität immer unheimlicher, und immer weniger menschliche Gehirne verstanden noch, wie das alles funktionierte. Im gleichen Tempo veränderte sich auch die Kriminalität und wanderte vom Ladendiebstahl über Unterschlagungen bis hin zum täglichen Computerbetrug von heute, mit dessen Hilfe größere Reichtümer gestohlen werden als jemals zuvor in der Geschichte des Finanzwesens. So hat die moderne Welt nicht nur das Konzept des computerisierten verborgenen Reichtums hervorgebracht, sondern auch den Computerhacker. Den Einbrecher in den Cyberspace.

Aber manche Hacker stehlen kein Geld. Sie stehlen Geheimnisse. Das ist der Grund, weshalb ein harmlos aussehendes Vorstadthaus in einer englischen Provinzstadt mitten in der Nacht von einem anglo-amerikanischen Team von Special-Forces-Soldaten überfallen wurde und die Bewohner festgenommen wurden. Und weshalb einer der Soldaten in das Mikro seines Funkgeräts murmelte: »Sie werden nicht glauben, was wir hier gefunden haben.«

Drei Monate vor dem Überfall entdeckte ein Team amerikanischer Computerspezialisten bei der National Security

Agency in Fort Meade, Maryland, etwas, das sie ebenfalls nicht glauben konnten: Die geheimste Datenbank der USA und wahrscheinlich der ganzen Welt war gehackt worden.

Fort Meade ist, wie die Bezeichnung »Fort« schon erkennen lässt, ein Stützpunkt der Army. Aber es ist viel mehr als das. Hier hat die furchterregende National Security ihren Sitz, die NSA. Vor unerwünschten Blicken stark abgeschirmt durch Wälder und gesperrte Zufahrtsstraßen, ist Fort Meade so groß wie eine ganze Stadt. Aber anstelle eines Bürgermeisters steht hier ein Vier-Sterne-General an der Spitze.

Es ist der Sitz des elektronischen Nachrichtendienstes, kurz ELINT oder Electronic Intelligence genannt. Endlose Batterien von Computern auf dem Gelände belauschen die ganze Welt. ELINT fängt ab, hört zu, zeichnet auf und speichert. Und wenn sie etwas Gefährliches abfängt, warnt sie.

Weil nicht jeder Englisch spricht, übersetzt sie aus jeder Sprache, jedem Dialekt, jeder Mundart, die auf dem Planeten Erde gesprochen wird. Sie verschlüsselt und dekodiert. Sie hütet die Geheimnisse der USA, und das tut sie innerhalb einer Vielzahl von Supercomputern mit den geheimsten Datenbanken des ganzen Landes.

Diese Datenbanken werden nicht durch ein paar Fallgruben und Fußangeln geschützt, sondern durch Firewalls, die so kompliziert sind, dass diejenigen, die sie konstruiert haben und sie tagtäglich überwachen, davon überzeugt sind, sie seien unüberwindlich. Und eines Tages starrten diese Bewacher der amerikanischen Cyberseele fassungslos auf die Befunde, die vor ihnen lagen.

Sie prüften alles und prüften es noch einmal. Es war unmöglich. Aber schließlich sahen drei von ihnen sich gezwungen, um eine Unterredung mit dem General zu bitten und ihm den Tag zu verderben. Die zentrale Datenbank war gehackt worden. Theoretisch waren die Zugangscodes so undurchsichtig, dass ohne sie niemand ins Herzland des Supercomputers vordringen konnte. Niemand kam einfach durch die Schutzvorrichtung mit dem schlichten Namen »das Luftloch«. Aber jemandem war es gelungen.

Weltweit finden täglich Tausende von Hackerangriffen statt. Zum größten Teil handelt es sich dabei um Versuche, Geld zu stehlen. Es sind Versuche, zu den Bankkonten von Bürgern vorzudringen, die ihre Ersparnisse dort deponiert haben, wo sie ihrer Überzeugung nach sicher sein würden. Wenn ein solcher Hack erfolgreich ist, kann der Betrüger sich als Kontoinhaber ausgeben und den Computer der Bank anweisen, beliebige Beträge auf sein Konto zu übertragen, das meilenweit entfernt und oft in ganz anderen Regionen der Welt geführt wird.

Alle Banken, alle Finanzinstitute sind inzwischen gezwungen, die Konten ihrer Kunden mit Schutzmauern zu umgeben, üblicherweise ihn Form von persönlichen Identifikationscodes, die der Hacker nicht kennen kann und ohne die der Bankcomputer nicht einen Cent herausrücken wird. Das ist ein Preis, den die entwickelte Welt für ihre totale Abhängigkeit von Computern zu zahlen hat. Es ist äußerst lästig, aber besser als Armut, und heute ist es ein unumgängliches Charakteristikum des modernen Lebens.

Andere Angriffe sind Sabotageversuche aus purer Bosheit. Eine gehackte Datenbank kann dazu verwendet werden, Chaos und einen funktionalen Zusammenbruch herbeizuführen. In den meisten Fällen geschieht das durch das Einschleusen einer Sabotageanweisung, die man als »Malware« oder »Trojaner« bezeichnet. Auch hier müssen ausgeklügelte Schutzmaßnahmen in Form von Firewalls vor die Datenbank gelegt werden, um den Hacker abzuwehren und das Computersystem vor jedem Angriff zu schützen.

Manche Datenbanken sind so geheim und so wichtig, dass die Sicherheit eines ganzen Landes davon abhängt, wie gut sie vor Cyberattacken geschützt werden. Die Firewalls sind so kompliziert, dass ihre Entwickler sie für undurchdringlich halten. Sie bestehen nicht nur aus einem Gewirr von Buchstaben und Ziffern, sondern auch aus Hieroglyphen und Symbolen, die, wenn sie nicht exakt in der richtigen Reihenfolge erscheinen, jedem den Zugriff verwehren, der nicht als offiziell dazu berechtigter Administrator über die präzisen Zugangscodes verfügt.

Eine solche Datenbank befand sich im Herzen der National Security in Fort Meade, und sie enthielt Billionen von Geheimnissen, die für die Sicherheit der gesamten USA von entscheidender Bedeutung waren.

Natürlich wurde dieser Einbruch vertuscht. Das musste so sein. Ein Skandal dieser Größenordnung kann Karrieren zerstören – und das ist die gute Nachricht. Er kann Minister stürzen, Ministerien aushöhlen, ganze Regierungen ins Wanken bringen. Aber auch wenn er vor der Öffentlichkeit und vor allem vor den Medien und den Halunken der Investigativpresse geheim gehalten wurde, musste doch das Oval Office informiert werden …

Und als der Mann im Oval Office endlich die Ungeheuerlichkeit dessen begriff, was man seinem Land angetan hatte, wurde er wütend. Stinkwütend. Er erließ eine Präsidentialverfügung. *Findet ihn. Sperrt ihn ein. In einem Hochsicherheitsgefängnis, tief unter den Felsen von Arizona. Für immer.*

Es folgte eine dreimonatige Hacker-Jagd. Man war sich dessen bewusst, dass das britische Gegenstück zu Fort Meade, bekannt als Government Communications Headquarters, ebenfalls von Weltrang war, und schließlich war man mit den Briten verbündet: Daher wurde das GCHQ schon früh um Unterstützung gebeten. Die Briten stellten ein spezielles Team für diese eine Aufgabe zusammen, und die Leitung hatte Dr. Jeremy Hendricks, einer der besten Cybertracker, die sie hatten.

Dr. Hendricks gehörte zu den Mitarbeitern des British National Cyber Security Centre, kurz NCSC, in Victoria mitten in London, eines Ablegers des Government Communications HQ in Cheltenham. Wie der Name schon sagt, ist es auf die Bekämpfung von Hackern spezialisiert, und wie jeder Wächter muss es den Feind studieren. Deshalb suchte Sir Adrian Rat bei Mr. Ciaran Martin, dem Direktor des NCSC. Widerstrebend, aber großherzig gestattete dieser, dass Dr. Hendricks aus seinem Team entführt wurde, nachdem Sir Adrian ihm zugesichert hatte, es handle sich um eine befristete Leihgabe.

In einer Welt, in der Teenager zu Leitbildern wurden, war Jeremy Hendricks ein reifer Mann. Er war über vierzig, schlank, adrett und reserviert. Selbst seine Kollegen wussten wenig über sein Privatleben, und so war es ihm auch lieber. Dass er schwul war, darüber sprach er nicht; er bevorzugte ein zurückgezogenes Leben in der Stille des Zölibats. Auf diese Weise konnte er seinen beiden Leidenschaften frönen: seinen Computern, die zugleich den Gegenstand seines Berufs bildeten, und seinen tropischen Fischen, die er in ihren Aquarien in seiner Wohnung in Victoria hegte und pflegte, in fußläufiger Entfernung von seinem Arbeitsplatz.

Er hatte an der York University studiert. Sein Hauptfach war Computerwissenschaften gewesen. Nach der Promotion hatte er am Massachusetts Institute of Technology seinen zweiten Doktorgrad erworben und dann sofort eine Stellung beim GCHQ in Großbritannien bekommen. Sein Spezialfach war das Aufspüren der winzigen Spuren, die Hacker oft hinterlassen und die irgendwann unausweichlich ihre Identität offenbaren. Aber der Cyberterrorist, der in die Computer von Fort Meade eingedrungen war, hätte ihn beinahe besiegt. Nach der Razzia in dem Haus im Nordlondoner Vorort war er einer der Ersten, die Zugang bekamen, denn er war maßgeblich daran beteiligt, die Quelle des Hacks zu entdecken.

Das Problem war, es hatte so wenige Anhaltspunkte gegeben. Hacker hatte es schon vorher gegeben, aber die hatte man leicht aufgespürt. Allerdings war das, bevor verbesserte und verstärkte Firewalls ein Eindringen praktisch unmöglich gemacht hatten.

Dieser neue Hacker hatte keine Spur hinterlassen. Er hatte nichts gestohlen, nichts sabotiert, nichts zerstört. Es sah aus, als wäre er eingedrungen, habe sich umgeschaut und wieder zurückgezogen. Es gab keine IP-Adresse, keine Ursprungsadresse, die als Identifikationsnummer im Internet dient.

Sie überprüften alle bekannten Präzedenzfälle. Waren schon andere Datenbanken auf diese Weise kompromittiert worden? Sie bezogen höchst raffinierte analytische Daten mit ein, und sie fingen an, bekannte Hackerfabriken auf der ganzen Welt nacheinander auszuschließen. Die Russen in dem Hochhaus am Rand von Sankt Petersburg. Die Iraner, die Israelis, sogar die Nordkoreaner. Sie alle waren aktiv in der Hackerwelt, aber alle hatten ihr Markenzeichen, vergleichbar mit der individuellen Handschrift eines Morsefunkers.

Endlich glaubten sie, in einer verknüpften Datenbank eine halbe IP gefunden zu haben, wie ein Kriminalpolizist einen verwischten Daumenabdruck entdeckte. Nicht genug, um jemanden zu identifizieren, aber genug für einen Abgleich, wenn so etwas noch einmal passieren sollte. Im dritten Monat lehnten sie sich zurück und warteten. Dann fand sich der Daumenabdruck wieder, diesmal in der gehackten Datenbank einer großen internationalen Bank.

Dieser Einbruch stellte sie vor ein weiteres Rätsel. Wer immer dahintersteckte, hatte für die Dauer seines Aufenthalts im System der Bank die Möglichkeit gehabt, Hunderte Millionen auf sein weit entferntes Konto zu überweisen und sie für alle Zeit verschwinden zu lassen. Aber er hatte nichts dergleichen getan. Genau wie in Fort Meade hatte er nichts getan, nichts zerstört, nichts gestohlen.

Dr. Hendricks fühlte sich an ein neugieriges Kind erinnert, das durch einen Spielzeugladen wandert, sich alles anschaut und dann wieder geht. Aber anders als bei Fort Meade hatte er hier eine winzige Spur hinterlassen, die Hendricks entdeckt hatte. Inzwischen hatte das Tracker-Team seinem Wild einen Spitznamen verpasst. Der Hacker war nicht zu greifen, und deshalb nannten sie ihn »den Fuchs«. Doch ein Abdruck war ein Abdruck.

Sogar ein Fuchs macht manchmal einen Fehler. Nicht oft, nur hin und wieder. Was Hendricks gefunden hatte, war Teil einer IP-Adresse, die zu dem halben Daumenabdruck in der verknüpften Datenbank passte und ein Ganzes bildete. Im Reverse-Engineering-Verfahren verfolgten sie die Spur zurück, und zur nicht unbeträchtlichen Verlegenheit des britischen Kontingents führte sie nach England.

Für die Amerikaner war dies der Beweis dafür, dass Großbritannien einer Art Invasion zum Opfer gefallen war. Ausländische Saboteure mit unvorstellbaren Fähigkeiten hatten ein Gebäude übernommen, möglicherweise Söldner im Auftrag einer ausländischen Regierung, höchstwahrscheinlich bewaffnet. Die Amerikaner verlangten einen harten Einsatz.

Da der Hacker sich anscheinend in einem Einfamilienhaus in einem friedlichen Vorort der Provinzstadt Luton in der Grafschaft Bedfordshire, nördlich von London, aufhielt, bevorzugten die Briten einen lautlosen, unsichtbaren nächtlichen Angriff, ohne Alarm, ohne Publicity. Sie setzten ihren Willen durch.

Die Amerikaner schickten ein Team von sechs SEALs herüber, quartierten sie unter der Ägide des Militärattachés (selbst ein US-Marine) in der amerikanischen Botschaft ein und bestanden darauf, dass mindestens zwei von ihnen die SAS-Soldaten begleiteten. So fand der Einsatz statt, und keiner der Nachbarn ahnte etwas davon.

Sie fanden weder Ausländer noch Söldner, noch Bewaffnete. Nur eine schlafende vierköpfige Familie – einen völlig verdatterten Steuerberater, der bereits als Mr. Harold Jennings identifiziert worden war, seine Frau Sue und ihre beiden Söhne, Luke, (achtzehn), und Marcus, (dreizehn).

Und das war es, was der SAS-Staff-Sergeant gemeint hatte, als er um drei Uhr morgens in sein Funkgerät sprach. »Sie werden nicht glauben ...«

ZWEI

Alle Vorhänge im Erdgeschoss waren zugezogen. Der Morgen würde heraufdämmern, und Nachbarn wohnten vor und hinter dem Haus. Aber ein Haus mit geschlossenen Vorhängen vor den Fenstern würde in der Straße keinen Verdacht erregen. Langschläfer werden einfach nur beneidet. Das Team im Parterre duckte sich unter die Fenster – für den Fall, dass doch jemand hineinspähen sollte.

Oben wies man die festgenommene Familie an, sich normal anzuziehen. Jeder sollte einen Koffer packen, und dann sollten sie warten. Die Sonne ging auf, und mit dem strahlenden Aprilmorgen erwachte auch die Straße zum Leben. Zwei Frühaufsteher fuhren davon. Ein Junge brachte die Zeitungen zu den Häusern. Drei Stück landeten mit dumpfem Schlag auf der Fußmatte, und der Teenager wandte sich ab und radelte weiter die Straße hinunter.

Um zehn vor acht wurde die Familie die Treppe hinunterbegleitet. Die Leute sahen blass und verstört aus – vor allem der ältere Sohn –, aber sie leisteten keinen Widerstand. Die beiden Amerikaner trugen immer noch ihre schwarzen Masken und funkelten sie feindselig an. Das also waren die Agenten/Terroristen, die ihrem Land so viel Schaden zugefügt hatten. Sicher erwartete sie eine lebenslange Gefängnisstrafe. Das Team aus dem Obergeschoss, darunter die Frau vom SRR, kam mit ihnen herunter. Alle warteten schweigend im Wohnzimmer. Die Vorhänge blieben geschlossen.

Um acht hielt ein klar als Taxi erkennbarer Personenwagen vor dem Haus. Zwei der SAS-Männer hatten ihre schwarzen Overalls gegen förmliche dunkle Anzüge mit Oberhemd und Krawatte ausgewechselt. Beide trugen Pistolen unter der linken Achsel. Sie eskortierten die Familie mit ihrem Gepäck zum Taxi. Noch immer gab es keinen Versuch, Widerstand zu leisten oder zu fliehen. Wenn sich irgendein Nachbar dafür interessieren sollte, war die Familie auf dem Weg in den Urlaub. Der Wagen fuhr ab. Das Team im Haus entspannte sich. Sie wussten, sie würden reglos und stumm warten müssen, bis es wieder dunkel wurde, um dann in die Nacht zu verschwinden, wie sie gekommen waren. Im leeren Haus würden sämtliche Systeme abgeschaltet werden, und es würde eine ganze Weile verschlossen bleiben.

Eine kurze Nachricht informierte den Teamleiter, dass die festgenommene Familie in sicherem Gewahrsam war, und er bestätigte. Er war Stabsfeldwebel, ein hochrangiger Unteroffizier und ein Veteran mehrerer Einsätze im In- und Ausland. Er hatte hier das Kommando, weil das Regiment bei Inlandsaktioen nur Unteroffiziere einsetzte. Die Offiziere, die spöttisch als »Ruperts« bezeichnet wurden, übernahmen Planung und Aufsicht, aber innerhalb Großbritanniens wurden sie nicht aktiv.

Um zehn erschien ein großer Lieferwagen, beschriftet wie das Fahrzeug einer Inneneinrichtungsfirma. Sechs Männer in weißen Overalls stiegen aus und trugen Abdeckplanen und Trittleitern ins Haus. Nachbarn sahen es, ohne weiter Notiz davon zu nehmen. Anscheinend ließen die Jennings ein paar Renovierungsarbeiten machen, während sie im Urlaub waren.

Die mitgebrachten Sachen blieben drinnen im Flur liegen, und die Männer, geführt von Dr. Hendricks, stiegen die Treppe hinauf, um ihre eigentliche Aufgabe zu erledigen, die darin bestand, das Haus nach elektronischen Anlagen und Geräten abzusuchen und davon zu säubern. Schnell konzentrierten sie sich auf den Dachboden, wo sie Aladins Schatzhöhle entdeckten, vollgestopft mit Computern und Peripheriegeräten. Jemand hatte den Dachboden in seinen privaten Adlerhorst verwandelt.

Unter den Dachbalken hatte sich jemand einen Rückzugsort geschaffen. Da war ein Schreibtisch, da waren Tische und Stühle, allesamt billig in Trödelläden erstanden, Nippes, Schnickschnack von persönlichem Wert, aber keine Bilder. Den Ehrenplatz hatten der Schreibtisch, der Stuhl davor und der Computer, der darauf stand. Dr. Hendricks betrachtete den Rechner aufmerksam und war erstaunt.

Er war die besten und komplexesten Maschinen auf dem Markt gewöhnt, aber das alles hier war absolut alltäglich, von der Stange, erhältlich in den Stadtrand-Superstores der einschlägigen Ketten. Es sah aus, als hätte ein Vater seinem Sohn das spendiert, was er sich leisten konnte. Aber wie um alles in der Welt hatte jemand die besten Computerspezialisten der westlichen Welt mit dieser Ausstattung an der Nase herumführen können? Und welcher der beiden Jungen war es gewesen?

Der von der Regierung beauftragte Wissenschaftler hoffte, er werde die Zeit und die Gelegenheit haben herauszufinden, wer in die Datenbank in Fort Meade eingedrungen war, und diesen Computerfreak zu befragen. Diesen Wunsch sollte Sir Adrian ihm bald erfüllen.

Sie hatten sofort gesehen, dass es sich hier nicht um einen Supercomputer von der Sorte handelte, wie sie draußen im

GCHQ eingesetzt wurden, in der riesigen donutförmigen Mini-Stadt am Rand von Cheltenham in der Grafschaft Gloucestershire. Aber auch wenn es im Fachhandel für jedermann zu kaufen war – was sie da entdeckten, untersuchten und abtransportierten, war in genialer Weise verändert und erweitert worden, vermutlich vom Eigentümer.

Am späten Vormittag waren sie fertig. Der Dachboden war wieder das, was er früher gewesen war, ein Hohlraum unter den Dachbalken. Das Cyberteam zog mit seiner Beute ab. Hinter den immer noch geschlossenen Vorhängen warteten die Soldaten des Sturmtrupps bis gegen zwei Uhr morgens. Dann verschwanden auch sie in der Dunkelheit. Kein Nachbar hatte sie kommen sehen, und niemand sah sie gehen.

Als Kind hatte Adrian Weston nie vorgehabt, Spion zu werden, geschweige denn Chef einer Spionageorganisation. Der Sohn eines Tierarztes war auf dem Land groß geworden, und er hatte Soldat werden wollen. Nach Abschluss seiner Schulausbildung an einem kleinen Internat und sobald sein Alter es gestattete, hatte er sich zum Militärdienst gemeldet. Er wurde als »Offiziersmaterial« angenommen und gelangte so auf die Royal Military Academy in Sandhurst.

Er beendete seine Ausbildung dort nicht mit dem Sword of Honour, aber doch mit ziemlich guten Noten, und als man ihm erlaubte, das Regiment seiner Wahl zu nennen, entschied er sich für die Fallschirmjäger, weil er hoffte, hier die besten Chancen für einen Kampfeinsatz zu haben. Nachdem er zwei Jahre in Nordirland gegen die IRA gekämpft hatte, beantragte er ein Armeestipendium und legte ein durchschnittliches Examen in Geschichte ab. Nach der Prüfung sprach ihn einer der Professoren an. Ein Abendessen im privaten Kreis? Anwesend waren zwei andere Männer, sonst niemand.

Nach der Melonenvorspeise wusste er, dass sie aus London gekommen waren, vom Secret Intellicence Service, auch als MI6 bekannt, und der Geschichtsprofessor war ein Spotter, ein Talentscout. Weston erfüllte sämtliche Kriterien. Gute Familie, gute Schule, gute Examensnoten, Fallschirmjäger, einer von uns. Eine Woche später trat er in die »Firma« ein, erhielt eine Ausbildung und wurde eingesetzt. Seine Schulferien hatte er als Austauschschüler bei einer deutschen Familie verbracht und sprach daher fließend und zügig Deutsch. In einem dreimonatigen Intensivkurs an der Sprachenschule der Army erlernte er außerdem Russisch und kam dann in die Osteuropa-Abteilung. Es war der Höhepunkt des Kalten Krieges, die Jahre mit Breschnew und Andropow. Michail Gorbatschow und die Auflösung der Sowjetunion sollten erst später kommen.

Formal gesehen stand Sir Adrian nicht mehr auf der Gehaltsliste der Regierung, und das hatte gewisse Vorteile. Einer davon war die Unsichtbarkeit. Einen zweiten brachte seine Position als persönlicher Berater des Premierministers in Fragen der nationalen Sicherheit mit sich: Er hatte Zugang zur Macht. Seine Anrufe wurden angenommen, sein Rat wurde gehört. Vor seiner Pensionierung war er unter Richard Dearlove stellvertretender Leiter des Secret Intelligence Service in Vauxhall Cross gewesen.

Als Sir Richard sich 2004 pensionieren ließ, bewarb Adrian Weston sich nicht um den Posten als sein Nachfolger, weil er nicht unter einem Premierminister Tony Blair dienen wollte. Es widerte ihn an, wie dem Parlament ein Dokument untergejubelt worden war, das später als »windiges Dossier« bekannt werden sollte.

Mit diesem Dokument sollte »bewiesen« werden, dass Saddam Hussein, der brutale Diktator des Irak, über Massenvernichtungswaffen verfügte und bereit war, sie einzusetzen, was eine Invasion in sein Land rechtfertigen würde. Es gebe, versicherte Tony Blair dem Parlament, Beweise, die über jeden Zweifel erhaben seien. Das Parlament stimmte dafür, dass Großbritannien sich an der amerikanischen Irak-Invasion im März 2003 beteiligte. Die Katastrophe, die sich daraus entwickelte, stürzte den gesamten Nahen Osten ins Chaos und führte zur Geburt der Terrormaschine IS, die fünfzehn Jahre danach immer noch international aktiv ist.

Um seine Behauptung zu unterfüttern, zitierte Mr. Blair den allseits geachteten Secret Intelligence Service, und diese Behauptung bildete die Grundlage für das »windige Dossier«. Es war nichts als heiße Luft. Alle Informationen, die der SIS aus dem Irak hatte, waren Behauptungen aus »einzelnen Quellen«, und in der Welt der Nachrichtendienste bieten solche Informationen niemals einen Grund, tätig zu werden, wenn sie nicht durch dokumentarisches Material von großer Überzeugungskraft belegt werden können. Aber solches Material gab es nicht.

Es gab auch keine derartigen Waffen, wie sich bei der nachfolgenden Invasion und Besetzung des Irak erwies. Die Quelle war ein einzelner lügender Iraki mit dem Codenamen Curveball, der nach Deutschland geflohen war, wo man ihm ebenfalls glaubte. Als das Lügengebäude zusammenbrach, warf die britische Regierung dem MI6 vor, sie falsch informiert zu haben, obwohl der Dienst Downing Street mehrmals gewarnt hatte, dass die Behauptungen höchst unzuverlässig wären.

In übertriebener Loyalität und der Tradition des Dienstes entsprechend schwieg Sir Richard Dearlove dazu bis zu seiner Pensionierung und weit darüber hinaus. Nach seinem Weggang beschloss auch Adrian Weston, sich zur Ruhe zu setzen. Als Nummer zwei zu bleiben, kam nicht infrage; er wusste, die Nachfolge würde an einen Busenfreund Tony Blairs gehen.

Während Sir Richard zum Master des Pembroke College, Cambridge, ernannt wurde, nahm Adrian Weston von einer dankbaren Königin den Ritterschlag entgegen und zog sich in sein Cottage im ländlichen Dorset zurück. Er las, schrieb und machte gelegentlich einen Besuch in London. Dort konnte er jederzeit im Special Forces Club zu einem bescheidenen Preis in einem der kleinen, aber behaglichen Gästezimmer übernachten.

Zeit seines Berufslebens war er als Kreml-Experte auf Moskaus eiserne Herrschaft über seine europäischen Satellitenstaaten spezialisiert gewesen und hatte mehrere riskante Missionen jenseits des Eisernen Vorhangs durchgeführt, und 2012 schrieb er einen Aufsatz, der auch der derzeit neu ernannten Innenministerin der Cameron-Regierung zur Kenntnis gebracht wurde. Aus heiterem Himmel erreichte ihn ein handschriftlicher Brief in seinem ländlichen Refugium, in dem sie ihn zu einem privaten Lunch außerhalb ihres Ministeriums bat.

Mrs. Marjorie Graham war neu im Kabinettsrang, aber sie war scharfsinnig. Im Carlton Club – in dem traditionell nur Männer zugelassen waren, Damen aber als assoziierte Mitglieder Zugang hatten – erklärte sie ihm, dass zu ihrem neuen Zuständigkeitsbereich auch der Security Service MI5 gehörte. Ihr sei aber daran gelegen, außerdem Zugang zu einer zweiten Meinung aus einer anderen Abteilung der nachrichtendienstlichen Welt zu haben, und sein Aufsatz über das zunehmend aggressivere russische Hegemoniestreben habe sie beeindruckt. Ob sie ihn vielleicht auf einer sehr privaten Basis konsultieren dürfe. Drei Jahre vor der Razzia in dem Haus in Luton trat David Cameron zurück, und sie wurde Premierministerin.

Der inoffiziell publizierte Aufsatz, der ihre Aufmerksamkeit erregt hatte, trug den schlichten Titel »Vorsicht vor dem Bären«. Adrian Weston hatte sein ganzes Berufsleben damit verbracht, den Kreml und seine aufeinander folgenden Herren zu studieren. Beifällig hatte er den Aufstieg Michail Gorbatschows und seine Reformen verfolgt, bis hin zur Abschaffung des Weltkommunismus und der Sowjetunion, aber mit Bestürzung hatte er beobachtet, wie das gedemütigte Land unter dem alkoholkranken Boris Jelzin ausgeplündert wurde.

Er verabscheute die Lügner, Betrüger, Diebe, Gauner und schlecht getarnten Verbrecher, die ihre Heimat aller Schätze beraubt und sich zu Milliardären gemacht hatten und ihren zusammengestohlenen Reichtum jetzt in Form von Megayachten und Villen zur Schau trugen, nicht selten innerhalb von Großbritannien.

Aber während Jelzin immer tiefer in seinem wodkagetränkten Dämmer versank, sah Weston in seinem Schatten einen kaltäugigen, kleinen, ehemaligen Geheimpolizisten mit einer Vorliebe für homoerotische Fotos von sich selbst, auf denen er mit blanker Brust und einem Gewehr in den Händen durch Sibirien ritt. In seinem Aufsatz warnte Winston davor, dass der Kommunismus durch eine neue, stramm rechte Aggressivität ersetzt werden könne, die sich als Patriotismus verkleidete und anscheinend den Kreml übernahm, als die ehemaligen Tschekisten den Trinker abservierten, und er wies auf die engen Beziehungen zwischen dem Woschd – dieses russische Wort bezeichnet den »Boss« oder in der Welt des Verbrechens den »Paten« – und der professionellen kriminellen Unterwelt hin.

Der Mann, der zum Herrscher über Russland geworden war, hatte als eingefleischter Kommunist angefangen und das Privileg genossen, in der Auslandsabteilung des KGB zu arbeiten – in Dresden. Aber nach dem Untergang des Kommunismus kehrte er in seine Heimatstadt Leningrad zurück, die jetzt wieder Sankt Petersburg hieß, und arbeitete dort im Stab des Bürgermeisters. Von dort stieg er nach Moskau auf und wurde Mitarbeiter im Stab von Boris Jelzin. Er war ständig an der Seite des betrunkenen Riesen aus Sibirien, der nach dem Sturz Gorbatschows das Präsidentenamt übernahm, und wurde zunehmend unentbehrlicher.

Dabei veränderte er sich. Er war enttäuscht vom Kommunismus, aber sein Fanatismus blieb ihm erhalten. Er schwenkte zu einer stramm rechten Politik um, maskiert durch Religiosität, die Hingabe an die orthodoxe Kirche und eine ultrapatriotische Haltung. Und ihm fiel etwas auf.

Er sah, dass Russland von drei Machtzentren beherrscht wurde. Das erste war die Regierung mit ihrem Zugang zu Geheimpolizei, Spezialeinheiten und Militär. Das zweite war nach der Vergewaltigung Russlands und seiner Schätze unter Jelzin entstanden: die Reihen der Opportunisten, die korrupten Bürokraten sämtliche Bodenschätze ihrer russischen Heimat zu Schleuderpreisen abgekauft hatten. Das waren die neuen Plutokraten, die Oligarchen, Leute, die über Nacht zu Milliardären und Multimillionären geworden waren. Ohne Unmassen von Geld konnte man im modernen Russland nichts werden. Das dritte war das organisierte Verbrechen, bekannt als »Diebe im Gesetz« oder »Wory w Sakone«. Diese drei bildeten eine miteinander verbundene Bruderschaft. Nachdem der tattrige Jelzin zurückgetreten war und die Zügel an den Mann an seiner Seite übergeben hatte, ohne dass jemand Einspruch dagegen erhoben hätte, wurde der jetzt als »Woschd« bekannte Mann zum Herrn über alle drei, und er benutzte, belohnte und kommandierte sie. Mit ihrer Hilfe wurde er zu einem der reichsten Männer der Welt.

Sir Adrian stellte fest, dass jeder, der mit dem neuen Woschd in Streit geraten war, eine kurze Lebenserwartung hatte, wenn er in Russland blieb, und bei denen, die sich im Ausland niederließen, aber weiterhin Kritik übten, kam es nicht selten zu tödlichen Unfällen. Sir Adrians Warnungen waren damals prophetisch und nicht überall beliebt, aber Mrs. Graham hatten sie anscheinend beeindruckt. Beim Kaffee akzeptierte er ihren Vorschlag.

Um fünf vor neun stand er vor der bekannten schwarzen Tür des Hauses Downing Street Nummer zehn, und sie öffnete sich, bevor er auch nur den verzierten Messingtürklopfer betätigt hatte. Die Tür wurde von innen bewacht. Er kannte den Pförtner, der ihn mit Namen begrüßte, und man führte ihn die geschwungene Treppe hinauf, die von den Porträts früherer Bewohner flankiert ist. Oben betrat er ein kleines Konferenzzimmer, nur wenige Schritte vom Büro der Premierministerin entfernt. Um Punkt neun erschien sie. Sie war seit sechs Uhr bei der Arbeit.

Marjory Graham verschwendete keine Zeit: Der amerikanische Botschafter, sagte sie, werde um zehn erwartet, und

Sir Adrian müsse »auf den neuesten Stand« gebracht werden. Er wusste bereits von dem Einbruch in die amerikanische Cybersecurity, der drei Monate zuvor stattgefunden hatte, jedoch noch nichts über die jüngsten Ereignisse in seiner Heimat. Sie gab ihm einen kurzen, aber umfassenden Bericht über das, was sich in Luton abgespielt hatte.

»Diese Familie, wo ist sie jetzt?«, fragte er.

»In Latimer.«

Er kannte das kleine, malerische Dorf auf der Grenze zwischen Buckinghamshire und Hertfordshire. Am Dorfrand steht ein altes Landhaus, das die Regierung während des Zweiten Weltkriegs als Unterkunft für gefangene hochrangige deutsche Offiziere verwendet hatte. Dort hatten sie in einer vornehmen Umgebung gewohnt und aus lauter Langeweile miteinander geplaudert. Jedes ihrer Worte war aufgezeichnet worden, und diese Informationen waren sehr nützlich gewesen. Nach 1945 hatte man das Landhaus unter der Leitung des MI5 als Safe House für wichtige Überläufer aus dem Ostblock benutzt. In jener Welt sagte das Wort »Latimer« genug.

Sir Adrian fragte sich, ob der Chef des MI5 erfreut war, wenn man ihm kurzfristig eine Problemfamilie ohne Sicherheitsfreigabe vor die Füße kippte. Wahrscheinlich nicht.

»Wie lange werden sie dort sein?«, fragte er.

»So kurz wie möglich. Es gibt ein zweifaches Problem. Was um alles in der Welt können wir mit ihnen anfangen? Und dann: Wie verfahren wir gegenüber den Amerikanern? Fangen wir mit dem ersten an. Nach den Berichten aus dem Haus waren vier Bewohner dort. Angesichts der Einrichtung des Computerzimmers auf dem Dachboden und nach dem ersten Eindruck, den der ältere der beiden Söhne gemacht hat, ist zu vermuten, dass er der Verantwortliche ist. Er ist, sagen wir, psychisch labil. Anscheinend hat er sich in einen beinahe katatonischen Zustand zurückgezogen, und wir werden ihn einer klinischen Untersuchung unterziehen müssen. Dann stellt sich eine juristische Frage. Wie können wir ihn – wenn überhaupt – vor Gericht bringen und auf eine Verurteilung hoffen? Bisher wissen wir das einfach noch nicht.

Aber die Amerikaner sind nicht nachsichtig gestimmt. Wenn Präzedenzfälle etwas bedeuten, werden sie eine sofortige Auslieferung verlangen, der Fall wird vor einem amerikanischen Gericht verhandelt werden und mit einer sehr langen Haftstrafe enden.«

»Und Sie, Prime Minister, was wollen Sie?«

»Ich will einen Krieg mit Washington vermeiden, zumal angesichts des Mannes, der jetzt im Oval Office sitzt, und ich möchte zu Hause einen Skandal vermeiden, bei dem Öffentlichkeit und Medien die Partei eines verwundbaren Teenagers ergreift. Was ist Ihre Meinung? Bis zu diesem Punkt?«

»Bisher, Prime Minister, weiß ich es noch nicht. Formal gesehen ist der Junge mit achtzehn erwachsen, aber in Anbetracht seines Zustands müssen wir uns vielleicht mit seinem Vater oder mit beiden Eltern unterhalten. Ich hätte gern Gelegenheit, mit allen zu sprechen und mir auch anzuhören, was der Psychiater sagt. Vorerst werden wir die Amerikaner bitten müssen, uns ein paar Tage Zeit zu geben, bevor wir an die Öffentlichkeit gehen.«

Es klopfte, und ein Privatsekretär schob den Kopf herein.

»Der amerikanische Botschafter ist hier, Prime Minister.«

»Kabinettszimmer. In fünf Minuten.«

Drei Amerikaner saßen am Tisch. Sie erhoben sich, als die Premierministerin und ihr kleines, vierköpfiges Team hereinkamen. Sir Adrian war der Letzte, und er setzte sich nach hinten. Er sollte hier nur zuhören und seinen Rat später geben.

Wie viele US-Botschafter auf begehrten Posten war auch Wesley Carter III. kein Berufsdiplomat. Er war ein bedeutender Spender der Republikaner und Spross einer Familie, die ein Handelsimperium für Rinderfutter mit Sitz in Kansas besaß. Er war groß, raubeinig, leutselig und von altväterlicher Höflichkeit. Er wusste, die eigentlichen Verhandlungen würden seinen beiden Begleitern überlassen bleiben. Dabei handelte es sich um seinen zweiten Mann, den Gesandten-Botschaftsrat des Außenministeriums, und seinen Justizattaché, der immer vom FBI gestellt wurde. Das Begrüßen und Händeschütteln dauerte mehrere Minuten. Kaffee wurde gebracht, und die Kellner in ihren weißen Jacken zogen sich zurück.

»Danke, dass Sie uns so kurzfristig empfangen, Prime Minister.«

»Ach, ich bitte Sie, Wesley, Sie wissen doch, Sie sind hier immer willkommen. Aber jetzt zu den bizarren Ereignissen in Luton. Sie haben einen Bericht bekommen?«

»Allerdings, Prime Minister. Und ›bizarr‹ ist zweifellos ein Beispiel für Ihr britisches Understatement«, sagte der Mann vom Außenministerium, Graydon Bennett. Es war klar, dass die beiden Botschaftsmitarbeiter die Sache jetzt übernehmen würden. »Aber die Fakten sind immer noch die Fakten. Dieser junge Mann hat unserem Datenbanksystem im Fort Meade mutwillig einen atemberaubenden Schaden zugefügt, dessen Behebung uns Millionen kosten wird. Nach unserer Auffassung sollte er unverzüglich ausgeliefert und vor Gericht gestellt werden.«

»Verständlich«, sagte Mrs. Graham. »Aber unsere Rechtsprechung entspricht in dieser Hinsicht der Ihren. Der Geisteszustand des Angeklagten kann in jedem Fall von entscheidender Bedeutung sein. Bisher hatten wir noch keine Gelegenheit, einen Psychiater oder Neurologen zu bitten, sich diesen Teenager anzusehen und eine Einschätzung seines Geisteszustands abzugeben. Doch Ihre eigenen SEALs haben ihn im Haus gesehen. Haben sie nicht erwähnt, dass er – wie soll ich sagen – einen instabilen Eindruck machte?«

Die Gesichter am Tisch ließen klar erkennen, dass die beiden SEALs, die von dem Haus in Luton aus per Funk mit der Botschaft in Kontakt gewesen waren, genau das berichtet hatten.

»Und dann müssen wir an die Medien denken. Bis jetzt haben sie noch nicht mitbekommen, was da draußen passiert ist und was wir entdeckt haben. Wir möchten, dass es noch möglichst lange so bleibt. Wenn die Presse es herausfindet, gibt es ein Unwetter, das wissen wir alle.«

»Was verlangen Sie, Prime Minister?«, fragte der Justizattaché, John Owen.

»Drei Tage, meine Herren. Bisher hat der Vater sich noch nicht hinter Anwälten verschanzt. Aber wir können ihn nicht daran hindern. Er hat seine Rechte. Wenn er einen Anwalt nimmt, kommt alles heraus. Grabenkämpfe sind dann nicht zu verhindern. Wir bitten um drei Tage Funkstille.«

»Können wir die Familie nicht aus dem Verkehr ziehen?«

»Nicht ohne deren Einwilligung. Das würde die Angelegenheit langfristig zehnmal schlimmer machen.« Die Premierministerin war früher Unternehmensanwältin gewesen.

Wegen des Zeitunterschieds hatte der Tag in Washington noch nicht begonnen. Das Team der Botschaft erklärte sich bereit, über eine Frist von drei Tagen zu beraten und Downing Street bis Sonnenuntergang zu informieren.

Sie verabschiedeten sich, und Mrs. Graham bat Sir Adrian, noch zu bleiben.

»Ihre Ansicht, Adrian?«

»Es gibt einen Mann in Cambridge, Professor Simon Baron-Cohen. Ein Spezialist für alle möglichen Formen psychischer Störungen. Wahrscheinlich der beste in Europa, wenn nicht auf der ganzen Welt. Ich finde, er sollte sich den Jungen ansehen. Und ich würde gern mit dem Vater sprechen. Ich habe da eine Idee. Vielleicht gibt es für uns alle eine bessere Option als die, den Jungen einfach für den Rest seines Lebens in eine unterirdische Zelle in Arizona zu sperren.«

»Eine bessere Option? Woran denken Sie?«

»Noch nicht, Prime Minister. Könnte ich nach Latimer hinausfahren?«

»Haben Sie einen Wagen?«

»Nicht in London. Ich bin mit dem Zug gekommen.«

Die Premierministerin griff zum Telefon. Zehn Minuten später stand ein Jaguar aus dem ministeriellen Wagenpark vor der Tür.

Weit weg am immer noch eisbedeckten Weißen Meer, auf der Halbinsel Kola, liegt die russische Stadt Archangelsk. Nicht weit davon entfernt befindet sich der Sewmasch-Werftkomplex in Sewerodwinsk, die größte und bestausgestattete Werft Russlands. An diesem Tag waren die zum Schutz vor der Kälte dick eingepackten Arbeitskolonnen dabei, letzte

Hand an die längste und teuerste Überholung der russischen Marinegeschichte zu legen. Was sie vollendeten und auf den Stapellauf vorbereiteten, sollte der größte und modernste Schlachtkreuzer der Welt werden. Von den amerikanischen Flugzeugträgern abgesehen, würde es das größte Kriegsschiff der Welt werden. Sein Name war *Admiral Nachimow*.

Russland besitzt nur einen Flugzeugträger im Gegensatz zu den dreizehn amerikanischen, nämlich die marode *Admiral Kusnezow* der Nordmeerflotte mit Hauptquartier in Murmansk. Früher besaß es vier riesige Schlachtkreuzer, an erster Stelle die *Peter der Große* oder *Pjotr Weliki*.

Zwei dieser vier sind außer Dienst, und auch die *Pjotr Weliki* ist alt und kaum noch einsatzfähig. Tatsächlich wartete sie auf dem Weißen Meer darauf, dass die Arbeiten an der *Nachimow* beendet wurden, damit sie deren Platz in Sewmasch einnehmen konnte, wo die *Nachimow* zehn Jahre gelegen hatte, bis die Milliarden Rubel teure Überholung vollendet war.

Während Sir Adrian an diesem Morgen in seinem bequemen Wagen durch die aufblühende Frühlingslandschaft von Hertfordshire gefahren wurde, gab es eine Party in der Kapitänskabine der *Admiral Nachimow*. Man trank auf das Schiff, auf seinen neuen Skipper, Kapitän Pjotr Denisowitsch, und seine bevorstehende, triumphale Reise von Sewmasch um die halbe Welt nach Wladiwostok zu seinem Einsatz als Flaggschiff der russischen Pazifikflotte.

Am nächsten Morgen würde die *Admiral Nachimow* ihre reaktorgetriebenen Zwillingstriebwerke hochfahren und im Weißen Meer in See stechen.

DREI

Als die ganze Familie Jennings um drei Uhr morgens verhaftet wurde, zeigten die Eltern sich absolut fassungslos, aber auch gefügig und kooperativ. Nicht viele Leute werden um diese Zeit aus dem Schlaf gerissen, umringt von Männern in Schwarz mit Maschinenpistolen, die Gesichter unter gespenstischen Nachtsichtgeräten versteckt. Sie hatten Angst und taten, was man ihnen sagte.

Während sie im Morgengrauen nach Latimer hinausgefahren wurden, verwandelte sich die Angst in Wut. Die beiden Soldaten, die mit ihnen fuhren, konnten ihnen ebenso wenig helfen wie das höfliche, aber unverbindliche Personal im Landhaus in Latimer. Als Sir Adrian am Mittag desselben Tages dort eintraf, erwartete ihn die aufgestaute Wut mit voller Wucht. Er saß still da, bis sie verraucht war. Schließlich sagte er: »Sie wissen es wirklich nicht, stimmt's?«

Das brachte Harold Jennings zum Schweigen. Seine Frau Sue saß neben ihm, und beide starrten den Mann aus London an.

»Wir wissen was nicht?«

»Was Ihr Sohn Luke getan hat?«

»Luke?«, fragte Sue Jennings. »Aber er ist harmlos. Er hat das Asperger-Syndrom. Das ist eine Form von Autismus. Wir wissen das seit Jahren.«

»Sie wissen also nicht, was er getan hat, wenn er über Ihren Köpfen auf dem Dachboden gesessen hat?«

Jetzt erwachten bei den Jennings düstere Vorahnungen. Man sah es ihnen an.

»Er hat auf seinem Computer herumgeklappert«, sagte der Vater. »Er tut kaum etwas anderes.«

Für Sir Adrian war klar, dass es hier ein familiäres Problem gab. Harold Jennings wünschte sich einen fitten, wilden Jungen, der mit Mädchen ausging, mit ihm eine Runde Golf spielte und mit dem er im Club angeben konnte. Was er hatte, war ein schüchterner, zurückgezogener Junge, der in der wirklichen Welt nicht gut funktionierte und sich nur im Halbdunkel vor einem Monitor wirklich wohlfühlte.

Sir Adrian hatte Luke Jennings noch nicht gesehen, aber ein kurzes Telefonat aus dem Auto mit Dr. Hendricks, der immer noch, als Inneneinrichter getarnt, das Haus in Luton ausräumte, hatte ihn davon überzeugt, dass das Problem tatsächlich auf den älteren Sohn zurückging.

Jetzt wurde ihm allmählich klar, dass die blonde, vierzigjährige Mutter ihren verletzlichen Sprössling mit aller Kraft beschützte und mit Zähnen und Klauen für ihn kämpfen würde. Im Laufe des Gesprächs wurde deutlich, dass dieser rundum abgeschirmte Teenager von seiner Mutter emotional abhängig war und nur durch sie entspannt mit seiner Umgebung kommunizieren konnte. Würde man sie trennen, beispielsweise durch eine Auslieferung an die USA, würde er wahrscheinlich in Auflösung geraten.

»Tja, ich fürchte, er hat etwas Unglaubliches zustande gebracht, wenn man bedenkt, wie er ausgerüstet ist. Er ist ins Herzstück der amerikanischen Sicherheitsarchitektur eingedrungen, hat einen Schaden von vielen Millionen Dollar angerichtet und uns allen einen Mordsschrecken eingejagt.«

Die Eltern starrten ihn mit offenen Mündern an. Dann ließ Mr. Jennings das Gesicht in die Hände sinken. »O Gott.«

Jennings war ein dreiundfünfzigjähriger Steuerberater, der mit zwei Partnern in einer privaten Kanzlei arbeitete. Sein Einkommen war gut, wenn auch nicht spektakulär, und er spielte am Wochenende gern Golf mit seinen Kollegen. Natürlich wusste er nicht, womit er einen so fragilen Sohn verdient hatte, der den wichtigsten Verbündeten seines Landes wütend gemacht hatte und jetzt womöglich mit Auslieferung und Gefängnis rechnen musste. Seiner Frau platzte der Kragen.

»Das kann er nicht getan haben! Er war noch nie im Ausland. Er war kaum jemals außerhalb von Luton. Das Haus verlässt er fast nie, außer um zur Schule zu gehen. Er hat entsetzliche Angst davor, aus seiner bekannten Umgebung gerissen zu werden. Aus seinem Zuhause.«

»Das war auch nicht nötig«, sagte Adrian Weston. »Der Cyberspace ist weltumspannend. Wie es aussieht, werden die Amerikaner, die gegenwärtig nicht in bester Stimmung sind, seine Auslieferung fordern, um ihn in den USA vor Gericht zu stellen. Dabei müsste er mit einer jahrelangen Haftstrafe rechnen.«

»Das dürfen Sie nicht.« Mrs. Jennings war einem hysterischen Anfall nahe. »Er würde es nicht überleben. Er würde sich umbringen.«

»Wir werden uns wehren«, sagte der Vater. »Ich besorge mir den besten Anwalt in London. Ich gehe durch sämtliche Instanzen des Landes.«

»Das glaube ich Ihnen gern«, erwiderte Adrian. »Und wahrscheinlich werden Sie gewinnen, aber zu einem enormen Preis. Ihr Haus, Ihre Rente, Ihre Lebensersparnisse – alles würde für die Prozesskosten draufgehen.«

»Das ist egal«, fauchte Sue Jennings. »Sie können mir meinen Sohn nicht wegnehmen und ihn umbringen – und darauf würde es hinauslaufen: auf ein Todesurteil. Wir gehen bis zum Obersten Gerichtshof.«

»Mrs. Jennings, bitte begreifen Sie, dass ich nicht der Feind bin. Vielleicht gibt es eine Möglichkeit, das alles zu verhindern. Aber dazu brauche ich Ihre Hilfe. Ohne Sie schaffe ich es nicht.«

Er erklärte den Jennings die Rechtslage, wie er sie eben erst auf dem Rücksitz des Jaguars kennengelernt hatte. Noch vor wenigen Jahren hatte Computerhacken in Großbritannien nicht als Straftatbestand im Gesetz gestanden.

Dann hatte sich das Gesetz geändert. Es war zu einem Fall von Hacking gekommen, der das Parlament zum Handeln gezwungen hatte. Jetzt war das Hacken ein Gesetzesverstoß, aber die Höchststrafe betrug vier Jahre Haft, und ein psychisch beeinträchtigter Angeklagter mit einem guten Anwalt und einem humanen Richter würde wahrscheinlich gar nicht ins Gefängnis wandern. Die amerikanischen Strafen waren sehr viel härter.

Zu einer Auslieferung würde es daher vielleicht nicht kommen. Es hatte schon zwei Fälle gegeben, in denen die Auslieferung abgelehnt wurde, sehr zum Ärger der USA. Außerdem würde sich eine massive Publicity nicht vermeiden lassen. Die Stimmung im Land würde sehr emotional werden. Ein Crowdfunding-Appell in einer Tageszeitung würde die Prozesskosten sicherlich einbringen, auch wenn Adrian versuchte, Harold Jennings einzuschüchtern.

Aber das alles würde zwei Jahre lang Grabenkämpfe mit der amerikanischen Regierung bedeuten, und zwar genau in einer Zeit, in der die internationalen Handelsbeziehungen, der Kampf gegen den Terror, der Ausstieg aus der Europäischen Union und die zunehmende Aggressivität Russlands eine vereinte anglo-amerikanische Front unerlässlich erscheinen ließen.

Die Jennings hörten schweigend zu. Schließlich fragte Harold Jennings: »Was wollen Sie?«

»Die Frage ist eher, was ich brauche. Nämlich ein bisschen Zeit. Bisher ist der Schaden, der an den amerikanischen Cybersystemen angerichtet wurde, noch nicht an die Medien durchgesickert. Aber in den USA gibt es eine brutale Investigativpresse, die nicht lange im Dunkeln tappen wird. Wenn die Story an die Öffentlichkeit kommt, wird es einen enormen Wirbel geben. Und selbst hier drüben wird der mediale Sturm dafür sorgen, dass Ihre Familie Tag und Nacht gehetzt wird. Man wird Ihnen das Leben zur Hölle machen. Vielleicht können wir das alles vermeiden. Ich brauche eine Woche, vielleicht weniger. Können Sie mir so viel Zeit geben?«

»Wie denn?«, fragte Harold Jennings. »Die Leute werden bemerken, dass wir anscheinend aus unserem Haus verschwunden sind.«

»Was Ihre Nachbarn in Luton betrifft, so ist die Familie Jennings in einen kurzen Urlaub gefahren. Könnten Sie, Mr. Jennings, vielleicht Ihre Partner kontaktieren und denen sagen, Sie mussten wegen einer familiären Angelegenheit sehr kurzfristig verreisen?«

Harold Jennings nickte.

»Mrs. Jennings, am Montag fangen die Osterferien an. Könnten Sie die Schule anrufen und erklären, Luke sei krank geworden, und er und Marcus würden ein paar Tage früher in die Ferien fahren?«

Auch sie nickte.

»Und dürfte ich jetzt bitte mit Luke sprechen?«

Sir Adrian wurde in ein anderes Zimmer geführt, wo die beiden Jungen in irgendwelche Spiele auf ihren Smartphones vertieft saßen. Aus irgendeinem Grund hatte man ihnen erlaubt, sie zu behalten und mitzunehmen.

Falls Sir Adrian bei dem als Cyberkriminellen oder Computerfreak bezeichneten Jugendlichen eine höchst beeindruckende Gestalt erwartet hatte, sollte er enttäuscht werden. Er war es nicht. Gerade die Alltäglichkeit des Jungen war beeindruckend.

Er war groß, klapperdürr und schlaksig und hatte wirre, dichte blonde Locken über einem blassen Gesicht, das selten die Sonne sah. Er wirkte äußerst schüchtern, wie einer, der sich in sich selbst zurückgezogen hat und in eine mutmaßlich feindselige Welt hinausspäht. Dem Sicherheitsberater fiel es schwer zu glauben, dass Luke Jennings wirklich getan hatte, was man ihm vorwarf.

Aber nach den ersten Einschätzungen der besten Experten im GCHQ konnte Luke im Cyberspace Dinge tun, die niemand je getan, und Orte aufsuchen, die niemand je gesehen hatte. Nach ihrem Urteil war er entweder der talentierteste oder der gefährlichste Teenager der Welt. Vielleicht auch beides.

Luke saß über sein Smartphone gebeugt und war ganz vertieft in eine andere Welt. Seine Mutter umarmte ihn und flüsterte ihm etwas ins Ohr. Der Junge erwachte aus seiner Konzentration und starrte Sir Adrian an. Halb sah er verängstigt, halb trotzig aus.

Offensichtlich fiel es ihm schwer, Blickkontakt mit Fremden zu halten oder gar mit ihnen zu sprechen, und es war schnell offenkundig, dass er mit Geplauder und Smalltalk nichts anfangen konnte. Bei seiner Lektüre auf der Fahrt von Downing Street nach Latimer hatte Sir Adrian erfahren, dass fanatische Ordnungsliebe ein Symptom des Asperger-Syndroms war, das obsessive Bestreben, alles exakt an seinem gewohnten Platz zu haben, unverändert, unverrückt. Im Laufe des vergangenen Tages war in Lukes Wahrnehmung alles verschoben und daher zerstört worden. Der Junge war traumatisiert.

Nachdem Sir Adrian das Gespräch begonnen hatte, schaltete Lukes Mutter sich häufig ein, um zu erklären, was ihr Sohn meinte, und um Luke zum Antworten zu bewegen. Aber der Junge hatte nur ein Interesse.

Erst als es darum ging, blickte er auf, und Sir Adrian sah seine Augen. Sie waren unterschiedlich gefärbt; das linke war haselnussbraun, das rechte blassblau. Sir Adrian erinnerte sich, dass er über den verstorbenen Sänger David Bowie das Gleiche gehört hatte.

»Ich will meinen Computer wiederhaben«, sagte der Junge.

»Luke, wenn du deinen Computer wiederhaben willst, musst du mir etwas versprechen. Du wirst ihn nicht benutzen, um irgendein amerikanisches Computersystem zu hacken. Keins. Wirst du mir das versprechen?«

»Aber ihre Systeme sind fehlerhaft«, sagte Luke. »Ich habe versucht, ihnen das zu zeigen.«

Und das war's, alles in allem. Der Junge hatte versucht zu helfen. Er hatte da draußen im Cyberspace etwas entdeckt, das in seinen Augen einfach nicht richtig war. Weniger als perfekt. Also war er ins Herz des Ganzen vorgedrungen, um die Fehler sichtbar zu machen, und »das Ganze« war die Datenbank der National Security Agency in Fort Meade, Maryland. Er hatte wirklich keine Ahnung, wie groß der Schaden war, den er angerichtet hatte – sowohl in den Cybersystemen als auch in gewissen Egos.

»Du musst es mir versprechen, Luke.«

»Schön, ich verspreche es. Wann kriege ich ihn?«

»Ich werde sehen, was ich tun kann.«

Sir Adrian ließ sich ein Büro geben, schloss die Tür und nahm Kontakt zu Dr. Hendricks auf. Der Guru von GCHQ hatte Luton inzwischen verlassen. Nachdem er mit seinem Team den Raum unter den Dachbalken ausgeräumt hatte, stand Luke Jennings' PC vor ihm im National Cyber Security Centre in Victoria, London. Er war nicht sofort bereit zu tun, worum Weston ihn bat, denn er musste den PC und alles, was er enthielt, bis ins kleinste Detail untersuchen, bevor er seinen Bericht verfasste. Schließlich sagte er: »Also gut. Ich übertrage alle Daten auf einen anderen Rechner und schicke ihn –«

»Nein, warten Sie. Ich schicke einen Wagen, der ihn abholt.«

Als Nächstes rief er die Premierministerin an. Sie saß auf der Regierungsbank im Unterhaus. Ihr parlamentarischer Privatsekretär flüsterte ihr etwas ins Ohr. Sobald es ging, zog sie sich in ihr Unterhausbüro zurück und rief Sir Adrian an, und er äußerte seine Bitte. Sie hörte aufmerksam zu und stellte ein paar Fragen. Schließlich sagte sie: »Es ist sehr kurzfristig. Vielleicht ist er nicht einverstanden. Aber ich werde es versuchen. Bleiben Sie in Latimer. Ich rufe Sie zurück.«

Es war später Nachmittag in London und kurz vor Mittag

in Washington. Der Mann, den sie brauchte, war auf dem Golfplatz, aber er nahm ihren Anruf entgegen, und zu ihrer Überraschung akzeptierte er ihre Bitte. Sie ließ Sir Adrian durch einen Referenten zurückrufen.

»Wenn Sie nach Northolt fahren, Sir Adrian, wird die RAF sicher versuchen, Ihnen zu helfen. Sobald es geht. Das Ersuchen ist raus.«

Formal gesehen ist Northolt immer noch ein Stützpunkt der Royal Air Force am nordwestlichen Rand von London, innerhalb des Autobahnrings der M25, aber schon seit Langem teilt die Air Force sich die Anlage mit dem privaten Sektor als Gastgeber für die Firmenjets der Reichen und Privilegierten.

Sir Adrian verbrachte sechs Stunden in der Abflug-Lounge und nutzte die Cafeteria für einen sehr späten Lunch und den Kiosk, um sich einen Stapel Zeitungen zu holen. Gegen Mitternacht holte ein junger RAF-Mann ihn ab und brachte ihn zu einem Abflug-Gate. Draußen auf dem Vorfeld wurde seine Maschine für den Transatlantikflug aufgetankt. Ein zweistrahliger BAe-125-Businessjet, der gegen den Wind in acht Stunden auf Andrews Air Force Base landen, aber durch den Zeitunterschied fünf Stunden gewinnen konnte.

Adrian Weston hatte ein halbes Leben lang lernen müssen, ein bisschen Schlaf zu ergattern, wann und wo es ging. Er akzeptierte das Sandwich und ein Glas Rotwein vom Steward, kippte dann die Sitzlehne nach hinten und schlief ein, als der Jet die irische Küste hinter sich ließ.

Kurz nach vier Uhr am Morgen landeten sie auf der Andrews Air Force Base. Sir Adrian bedankte sich bei dem Steward, der ihm ein Frühstück serviert, und bei der Crew, die ihn geflogen hatte. Der Staffelführer auf dem linken Pilotensitz erklärte, er habe den Befehl, hier zu warten, bis erledigt sei, was immer Sir Adrian hier zu erledigen habe, und ihn dann wieder nach Hause zu fliegen.

In der Ankunft-Lounge musste er noch einmal ein paar Stunden warten, bis er abgeholt wurde. Weil die gesamte Reise inoffiziell war, hatte auch die britische Botschaft nichts damit zu tun. Das Weiße Haus schickte einen nicht weiter gekennzeichneten Crown Victoria. Neben dem Fahrer saß ein junger Mitarbeiter aus dem West Wing. Passformalitäten gab es nicht, obwohl Sir Adrian das Dokument immer bei sich hatte.

Die Fahrt dauerte noch einmal eine Stunde, aber die meiste Zeit bewegten sie sich im Kriechtempo des Berufsverkehrs, der sich über den Potomac nach DC hineinwälzte. Der Fahrer verstand sein Geschäft. Man hatte ihm eingeschärft, nach Möglichkeit nicht zu riskieren, dass ein streunender Reporter mit einer Kamera von dem Wagen und seinem Fahrgast Notiz nahm. Also fuhr er von der Rückseite her an das Weiße Haus heran.

Der Wagen bog von der Constitution Avenue nach rechts auf die 17th Street und dann im Windschatten des Eisenhower Executive Office Building wieder nach rechts auf den State Drive. Vier Stahlsäulen, die auf der Straße aufragten, zogen sich unter den Asphalt zurück, als der begleitende Mitarbeiter dem Posten seinen Ausweis entgegenhielt. Dann befanden sie sich auf der kurzen Zufahrt namens West Exec, die geradewegs zum West Wing führt, wo der Präsident wohnt und arbeitet.

An der Markise vor dem unteren Eingang zum West Wing

hielt der Wagen an, und Sir Adrian stieg aus. Ein anderer Mitarbeiter nahm ihn in Empfang und führte ihn hinein. Sie wandten sich nach links und gingen die Treppe hinauf zum Büro des Nationalen Sicherheitsberaters. Kein Journalist durfte sich dort oben frei bewegen.

Durch einen weiteren Korridor wurde Sir Adrian in einen Empfangsbereich mit zwei Schreibtischen geführt, wo sein Aktenkoffer durch einen Scanner gefahren wurde. Er wusste, dass verborgene Kameras bereits eine Leibesvisitation wie bei der Kontrolle am Flughafen vorgenommen hatten. Am hinteren Ende dieses Bereichs befand sich eine letzte Tür: der Eingang zum Oval Office. Ein Mitarbeiter, der an einem der beiden Schreibtische gesessen hatte, klopfte an und wartete, bevor er die Tür öffnete und Sir Adrian hineinwinkte. Dann schloss er sie wieder.

Vier Männer waren im Raum, alle saßen, und ein freier Stuhl stand vor dem Schreibtisch des Präsidenten der Vereinigten Staaten, der im Gebäude allgemein POTUS genannt wurde – President of the United States –, aber niemals in der direkten Anrede. Da hieß er »Mr. President«.

Einer der Männer war der Stabschef, ein anderer der Verteidigungsminister und der dritte der Justizminister. Der POTUS saß ihnen mit wutfunkelndem Gesicht gegenüber an seinem *Resolute*-Schreibtisch, dem verschnörkelten Eichenholztisch, der aus dem Holz des britischen Kriegsschiffs *HMS Resolute* gefertigt und von Königin Victoria vor über hundert Jahren einem anderen Präsidenten geschenkt worden war. Dicht neben seiner rechten Hand befand sich ein roter Knopf, der aber nicht zum Auslösen eines Atomkriegs diente, sondern den Nachschub an Coke Light sicherstellen sollte.

Der Stabschef übernahm die unnötige Aufgabe, alle miteinander bekannt zu machen. Mit Ausnahme von Sir Adrian hatten sie alle schon viele Male vor den Fernsehkameras gestanden. Die Atmosphäre war höflich, aber nicht herzlich.

»Mr. President, ich überbringe Ihnen beste Grüße von der britischen Premierministerin und unseren Dank dafür, dass Sie bereit waren, mich so kurzfristig zu empfangen.«

Der große, ondulierte Blondkopf nickte schroff zur Antwort.

»Sir Adrian, seien Sie sich bitte im Klaren darüber, dass ich nur aus Hochachtung für meine Freundin Marjory Graham zugestimmt habe. Wie es aussieht, hat einer Ihrer Landsleute uns enormen Schaden zugefügt, und wir sind der Ansicht, er sollte sich hier drüben der Justiz stellen.«

Sir Adrian war sicher, dass es ihm nichts nützen würde, sich hier zu winden. Also sagte er einfach: »Zerbrochenes Glas, Mr. President.«

»Zerbrochenes …?«

»Dieses junge Cybergenie, von dessen Existenz wir nicht die leiseste Ahnung hatten, ist wie ein Einbrecher in eine wichtige amerikanische Datenbank eingedrungen, und er hat eine Glasscheibe zerbrochen, um hineinzukommen. Drinnen hat er sich umgeschaut, aber nichts angerührt. Anscheinend hat er nichts zerstört, nichts sabotiert und vor allem nichts gestohlen. Es handelt sich nicht um einen zweiten Edward Snowden. Er hat den Feinden unserer Länder nichts angeboten.«

Bei der Erwähnung des Namens Snowden erstarrten die vier Amerikaner. Sie erinnerten sich nur zu gut an Edward Snowden, einen Amerikaner im Staatsdienst, der über eine Million Geheimdokumente auf einem Speicherstick gestohlen hatte und damit nach Moskau geflogen war, wo er jetzt lebte.

»Er hat trotzdem gewaltigen Schaden angerichtet«, fauchte der Justizminister.

»Er hat getan, was man für absolut unmöglich hielt. Doch das war es eben nicht. Wenn es nun ein geschworener Feind gewesen wäre, der da eingebrochen wäre? Zerbrochenes Glas, meine Herren. Wir haben Glaser. Wir können es reparieren. Aber alle Ihre Geheimnisse sind noch da. Ich wiederhole: Er hat nichts mitgenommen, nichts gestohlen. Das Feuer der Hölle ist doch wohl für Verräter gedacht, oder?«

»Sie sind also über den Atlantik geflogen, um uns zu bitten, den entstandenen Schaden zu reparieren und Gnade walten zu lassen, Sir Adrian?«, fragte der Präsident.

»Nein, Sir. Ich bin aus zwei Gründen über den Teich gekommen. Erstens, um einen Vorschlag zu machen.«

»Nämlich?«

Statt zu antworten, zog Sir Adrian ein Blatt Papier aus der Brusttasche, überquerte den Teppich zwischen sich und dem *Resolute*-Schreibtisch und legte das Blatt vor den mächtigsten Mann der westlichen Welt. Dann kehrte er zu seinem Platz zurück. Alle sahen zu, wie der Blondschopf sich vorbeugte, um das Papier zu studieren. Der POTUS nahm sich Zeit. Schließlich richtete er sich auf und starrte den britischen Abgesandten an. Er hielt das Blatt dem Justizminister entgegen, der ihm am nächsten saß. Nacheinander lasen alle drei Männer, was da stand.

»Würde das funktionieren?«, fragte der POTUS.

»Wie so oft im Leben, Mr. President, wissen wir das erst, wenn wir es versuchen.«

»Sie sagen, Sie sind aus zwei Gründen hier. Was ist Nummer zwei?«, fragte der Verteidigungsminister.

»Wir sollten versuchen, einen Deal zu machen. Ich denke, *The Art of the Deal* haben wir alle gelesen.«

Er meinte das Buch, das der Präsident selbst über die Realitäten des Business geschrieben hatte. Der POTUS strahlte. Er konnte nie genug Lob für das bekommen, was er für sein Meisterwerk hielt.

»Was für einen Deal?«, fragte er.

»Wenn wir hier grünes Licht bekommen« – Sir Adrian deutete auf sein Blatt –, »werden wir ihn auf unsere Gehaltsliste setzen. Er unterschreibt die gesetzlichen Geheimhaltungsvorschriften. Wir nehmen ihn unter Verschluss. Überwachen alles, was er tut. Und wenn es funktioniert, wenn es einen Erkenntnisertrag gibt, dann lassen wir Sie teilhaben. Vollständig.«

Der Verteidigungsminister hatte Einwände. »Mr. President, wir haben nicht den Hauch eines Beweises dafür, dass so etwas funktionieren könnte.«

Es wurde sehr still. Schließlich hob sich der große blonde Kopf und wandte sich dem Justizminister zu.

»John, ich bin damit einverstanden. Begraben Sie den Auslieferungsantrag. Nicht unbedingt für immer. Aber wir werden einen Versuch machen.«

Zwei Stunden später war Sir Adrian wieder auf der Andrews Airbase. Der Rückflug ging bei nachfolgenden Westwinden leichter vonstatten. Sein Wagen wartete in Northolt. Vom Rücksitz aus rief er die Premierministerin an. Es war kurz vor Mitternacht, und sie wollte eben schlafen gehen. Ihr Wecker stand auf fünf Uhr früh.

Aber sie war noch wach genug, um ihm die Genehmigungen zu erteilen, die er brauchte. Und in weiter Ferne, vor der Halbinsel Kola, begann die Eisdecke auf dem Meer zu splittern.

VIER

Nach dem Besuch in Washington lief alles glatt. Was die Presse anging, so war die Story tot, weil es sie nie gegeben hatte, und so konnte man intern fortfahren, die Schäden in Fort Meade zu beheben und ein neueres und besseres Abwehrsystem zu installieren, während man in Großbritannien über die Zukunft nachdachte, über das, was sie für den tief verstörten Jungen bereithielt, der mittlerweile als »der Fuchs« bekannt war.

In Washington hielt man Wort: Der Auslieferungsantrag wurde still und leise fallen gelassen, was kein Aufsehen erregte, weil man seine Existenz nie öffentlich gemacht hatte. Aber es gab einen Haken.

Im Justizministerium arbeitete eine Agentin, eine Schläferin der unteren Ebene. Sie war Amerikanerin, jedoch bereit, ihr Land zu verraten, genau wie der längst im Gefängnis sitzende Aldrich Ames – für Geld.

Sie bemerkte die Zurücknahme des Ersuchens an die britische Regierung, einen britischen Jugendlichen wegen eines Hackerangriffs auszuliefern, und schrieb einen kurzen Bericht an ihre Arbeitgeber. Sie machte keine Vorrangmeldung daraus, aber Systeme sind Systeme, und Habgier ist Habgier: Sie gab den Bericht an ihren Agentenführer in der russischen Botschaft, und der leitete ihn weiter nach Moskau und damit an den Auslandsnachrichtendienst der Russischen Föderation. Dort kam er einfach zu den Akten.

Sir Adrian traf zu einer zweiten Besprechung mit Mrs. Graham zusammen; sie hörte sehr erleichtert, dass es keinen langen Krieg vor amerikanischen Gerichten geben würde, und sie war einverstanden mit dem zweiten Teil seiner Idee, die erfordern würde, dass Sir Adrian mindestens für die Dauer des Projekts von Dorset nach London umzog. Er bekam eine kleine Hofdienstwohnung nicht weit vom Admiralty Arch zugewiesen sowie eine Limousine mit Chauffeur in vierundzwanzigstündiger Rufbereitschaft.

Adrian Westons Londoner Zeit lag Jahre zurück, und er hatte sich an die friedliche Stille und Abgeschiedenheit des Landlebens in Dorset gewöhnt. Es war lange her, dass er eine Operation geleitet hatte, und damals war es gegen die alte UdSSR gegangen und gegen seinen Feind, den KGB im gesamten Sowjetreich und in den osteuropäischen Satellitenstaaten.

Dann war Gorbatschow gekommen und mit ihm das Ende der UdSSR, aber nicht das Ende der Russischen Föderation und ganz sicher nicht des Kremls. Bis zu seiner Pensionierung hatte die Abteilung des Secret Intelligence Service, die er schließlich als stellvertretender Chef geleitet hatte, die endlosen Weiten östlich von Polen, Ungarn und der Slowakei mit Adleraugen beobachtet.

Er wusste, dass der KGB unter Gorbatschow aufgespalten worden war, aber er machte sich nicht vor, dass er nicht mehr existierte. Das Zweite Direktorat, die Inlandsgeheimpolizei, war jetzt der FSB, doch sein beruflicher Gegner war das Erste Direktorat gewesen, das gegen den Westen arbeitete. Es hieß heute SWR und hatte seinen Sitz immer noch in Jassenewo, südwestlich von Moskau. Und er wusste, wer es leitete.

Auch in den zehn Jahren im friedlichen Dorset hatte er seine umfassende Liste von Kontakten im ganzen britischen Establishment weitergeführt. Von Downing Street hatte er sich durch das West End zum Special Forces Club fahren lassen, und dort hatte er eine gute Nachbarin angerufen, die bereit war, einen Lieferwagen mit Fahrer zu mieten und aus seinem Cottage alles zu holen, was er in seiner Dienstwohnung hinter dem Admiralty Arch brauchen würde. Die Lady in Dorset würde zwei große Kisten mit so vielen Gegenständen schicken, dass er damit ein funktionales, aber seelenloses Apartment in eine Art von Zuhause verwandeln könnte. Außerdem würde sie seinen Hund versorgen, solange er weg wäre.

Vor allem würde er seine Familienfotos brauchen. Wie immer würde er jeden Abend vor dem Schlafengehen das Gesicht seiner verstorbenen Frau anschauen. Vor fünf Jahren war sie einer Leukämie erlegen, und er trauerte immer noch um sie. Wenn er das Gesicht dieser ruhigen, klugen Frau sah, dachte er an den Tag, an dem sie einem eben aus Nordirland zurückgekehrten, traumatisierten jungen Fallschirmjägeroffizier begegnet war und innerhalb von einer Stunde beschlossen hatte, ihn zu heiraten und zu heilen. Was sie auch getan hatte.

In einem Ritual, das niemand jemals mit ansehen würde, erzählte er ihr vom vergangenen Tag, wie er es vierzig Jahre lang getan hatte, bis der Krebs sie holte. Neben ihr würde das Bild ihres Sohnes stehen, des einzigen, den der Gott, den sie anbetete, ihr zugestanden hatte. Er war Kommandant eines Kreuzers im Fernen Osten. Umgeben von seinen Schätzen, konnte Weston der Welt wieder als stahlharter Meisterspion entgegentreten.

Als Erstes besuchte er Latimer, um mit der Familie Jennings zu sprechen, die in ihrem Gewahrsam mit den Füßen scharrte.

Harold und Sue Jennings hatten getan, worum er sie gebeten hatte. Sie hatten ihre Freunde und Bekannten in Luton angerufen und ihnen erzählt, ihrem Sohn Luke gehe es nicht gut, und sie seien mit der ganzen Familie zu einem Frühjahrsurlaub in ein gemietetes Cottage an der Küste des fernen Cornwall gefahren. Danach hatten sie keine Anrufe mehr angenommen; zwei oder drei eingehendere Nachfragen hatten sie auf den Anrufbeantworter wandern und dort bleiben lassen.

Marcus, der jüngere der beiden Jungen, hatte in einem Lagerraum einen Satz Pfeil und Bogen und eine Zielscheibe gefunden und übte vorn auf dem Rasen Bogenschießen, trainiert vom Gärtner, der ein Experte in diesem Sport war. Harold las die Zeitungen, die jeden Tag gebracht wurden, löste zahllose Kreuzworträtsel und durchstöberte die umfangreiche Bibliothek des Landhauses. Verblüfft sah er, dass viele der Bücher in deutscher oder russischer Sprache verfasst waren, wie es dem Geschmack früherer Gäste Ihrer Majestät entsprach.

Luke war in einem kläglichen Zustand; er sehnte sich nach seinem Zimmer auf dem Dachboden des Hauses in Luton und nach seiner alten, vertrauten Umgebung. Mittelpunkt seines Daseins war sein Computer, den er zurückbekommen hatte. Er hatte jede einzelne Datei online aufgespürt und sie alle so wiederhergestellt, wie sie gewesen waren, wie er sie haben wollte und wie sie sein mussten. Seine Mutter tröstete ihn ununterbrochen und versprach ihm, er werde bald wieder ein eigenes Zimmer haben – wenn nicht zu Hause in Luton, dann doch exakt das gleiche wie dort.

Dr. Jeremy Hendricks war vom National Cyber Security Centre in Victoria zu Besuch gekommen, und Luke konnte ihm Schritt für Schritt erklären, wie er die Firewalls und die angeblich unbezwingbaren Zugangscodes überwunden hatte, um in die NSA-Datenbank in Fort Meade einzudringen. Hendricks war immer noch da, als Sir Adrian kam, und er konnte ihm in einer für Laien verständlichen Sprache ein paar der komplexen Sachverhalte der einzigen Welt erläutern, in der dieser Junge anscheinend existieren konnte, einer Galaxie, die dem überwiegenden Teil der Menschheit verschlossen war. Auch Professor Simon Baron-Cohen war freundlicherweise zu einem vierstündigen Seminar mit Luke aus Cambridge gekommen. Jetzt war er wieder an seiner Universität und arbeitete an einem umfangreichen Bericht über das Asperger-Syndrom im Allgemeinen und speziell darüber, wie es sich auf Luke Jennings auswirkte.

Die ganze Familie hatte erleichtert zur Kenntnis genommen, dass es keinen weiteren Versuch geben würde, die Auslieferung ihres Sohnes zu erwirken und ihn in den USA ins Gefängnis zu sperren. Aber Sir Adrian bestand darauf, dass auch die Jennings ihren Teil der Abmachung einhielten. Weitere leitende Mitarbeiter des GCHQ würden kommen, um Luke, der nach Recht und Gesetz eine erwachsene Person war, zu rekrutieren und einzusetzen, wie sie es für richtig hielten. Wobei keiner von ihnen wusste, dass sie eine entscheidende Rolle in dem Dokument spielten, das Weston am Tag zuvor dem Präsidenten der USA überbracht hatte – und somit in dem Plan, dem jetzt zwei Regierungschefs zugestimmt hatten.

Er nannte dieses Projekt »Operation Troja« zu Ehren Homers, der in seiner *Ilias* das große Täuschungsmanöver beschrieben hatte, das die alten Griechen mit ihrem hölzernen Pferd vollbracht hatten. Was er zustande bringen wollte, war die größte Täuschungsaktion in der Geschichte der Cyberwelt. Aber der ganze Plan war abhängig von dem außergewöhnlichen Gehirn eines verschüchterten britischen Teenagers, wie die Welt es noch nicht gesehen hatte.

Innerhalb von zehn Minuten war klar: Wenn die Operation Troja gelingen sollte, müsste er Sue Jennings überzeugen, nicht den untauglichen Vater. Sie musste akzeptieren, dass Luke für das GCHQ arbeitete. Und sie musste dabei eine aktive Rolle spielen, denn ohne ihre ständige Unterstützung war ihr fragiler Sohn offenbar nicht imstande, in der Welt der Erwachsenen zu funktionieren. Sie war eindeutig der starke Charakter, sie hatte die Führung der Familie übernommen und hielt sie zusammen – eine dieser stillen, aber wild entschlossenen Frauen, die das Salz der Erde sind.

Dem Informationsmaterial, das er von einem Stabsmitarbeiter der Premierministerin bekommen hatte, war zu entnehmen, dass sie als Tochter eines Druckers und seiner Frau die Luton Grammar School besucht hatte. Noch als Teenager hatte sie ihren späteren Ehemann kennengelernt, der damals eine Collegeausbildung zum Steuerberater absolvierte. So weit, so banal. Sie war zweiundzwanzig gewesen, als ihr erster Sohn geboren wurde.

Ihre vierzig Jahre sah man ihr nicht an; anscheinend ging sie regelmäßig in ein Fitness-Studio und verbrachte den Sommer im örtlichen Tennisclub. So weit, so alltäglich auch das. Nichts an der Familie Jennings weckte auch nur ein Fünkchen Interesse, abgesehen von dem pathologisch scheuen, zurückgezogenen Achtzehnjährigen, der in einer Ecke saß, während seine Eltern mit diesem Mann aus London verhandelten. Er war anscheinend, trotz oder vielleicht wegen seiner Probleme, ein Computergenie.

Sir Adrian versuchte, den Jungen in ein Gespräch unter Erwachsenen zu verwickeln, aber das war fruchtlos. Luke konnte oder wollte keinen Kontakt auf der persönlichen Ebene mit ihm aufnehmen. Bei allen Versuchen antwortete seine Mutter für ihn, eine Tigerin, die ihr Junges beschützte. Sir Adrian hatte keine Erfahrung mit dem Asperger-Syndrom, aber dem Informationsmaterial, das hastig zusammengestellt worden war, nachdem man die Familie in Gewahrsam genommen hatte, war zu entnehmen, dass es unterschiedlich stark ausgeprägt sein konnte. Ein Anruf von Professor Baron-Cohen hatte soeben bestätigt, dass es sich hier um einen schweren Fall handelte.

Immer wieder, sobald Sue Jennings spürte, dass es ihren Sohn quälte, wenn die Erwachsenen über etwas redeten, was er getan hatte, ohne es zu wissen, legte sie ihm tröstend einen Arm um die Schultern und flüsterte ihm besänftigende Worte ins Ohr. Erst dann beruhigte er sich wieder.

Im nächsten Schritt musste man einen Ort finden, wo der junge Mann und seine Familie wohnen und arbeiten konnten, eine sichere, aber geschlossene Umgebung. Als Weston wieder in Whitehall war, machte er sich daran, Hunderte von Residenzen im Regierungsbesitz zu durchforsten. Zwei Tage lang war er unterwegs und besichtigte. Dabei schlief er wenig und aß, abgesehen von gelegentlichen Snacks, kaum etwas. Seit dem Kalten Krieg hatte er nicht mehr unter solchem Druck gestanden, als er, fließend Russisch und fehlerlos Deutsch sprechend, durch den Eisernen Vorhang geschlüpft war, während der verwirrte Juri Andropow die Welt an den Rand eines Atomkriegs gebracht hatte. Aber nach drei Tagen glaubte Weston den richtigen Ort gefunden zu haben.

Hätte man die Leute auf einer beliebigen britischen Straße befragt, hätte man praktisch niemanden gefunden, der jemals von Chandler's Court gehört hatte. Es war ein wirklich sehr geheimer Ort.

Im Ersten Weltkrieg hatte das Anwesen einem Tuch-fabrikanten gehört, der einen Vertrag zur Belieferung der bri-tischen Armee mit khakifarbenen Sergeuniformen ergattert hatte. Damals hatte man zuversichtlich damit gerechnet, dass der Krieg bis Weihnachten 1914 vorbei sein würde. Als das Gemetzel zunahm, wurde der Bedarf nach weiteren Unifor-men immer größer. Der Fabrikant wurde sehr reich und er-warb 1918 als Multimillionär das Landhaus aus dem 17. Jahr-hundert, das versteckt in einem Wald in Warwickshire lag.

Während der Wirtschaftskrise, als die Schlangen der Arbeitslosen endlos lang waren, gab er Kolonnen von be-schäftigungslosen Maurern und Bauarbeitern Arbeit, indem er eine zweieinhalb Meter hohe Mauer um das achtzig Hek-tar große Grundstück errichten ließ. Als Kriegsgewinnler ge-schmäht, war er keine beliebte Persönlichkeit, daher wollte und brauchte er seine Privatsphäre. Mit dieser Mauer und nur zwei bewachten Toren bekam er sie.

Als er Anfang der fünfziger Jahre starb, ohne eine Witwe oder Nachkommen zu hinterlassen, hatte er Chandler's Court dem Staat vermacht. Es wurde zunächst als Heim für schwer verwundete Veteranen genutzt und dann aufgegeben. Ende der Achtziger fand sich ein neuer Verwendungszweck. Chandler's Court wurde in ein Forschungslabor umgewandelt, geheimnisumwoben und für die Öffentlichkeit gesperrt, weil es sich mit einigen der schrecklichsten Gifte befasste, die der Menschheit bekannt waren.

In sehr viel jüngerer Zeit, nachdem der ehemalige Sowjetspion Sergej Skripal und seine Tochter Julia mit Nowitschok vergiftet worden waren, war es Chandler's Court und nicht das viel bekanntere Porton Down, das das Gegengift entwickelte, welches ihnen das Leben rettete. Aus naheliegenden Gründen war es aber Porton Down, dem die Medien dieses Verdienst zuschrieben.

Die weitläufige Villa von Chandler's Court hatte man leer stehen lassen, instand gehalten, aber unbewohnt. Die Forschungslabore waren im Wald verstreut, genau wie die komfortablen, modernen Apartmentblocks, in denen die einfachen Angestellten untergebracht waren. Nur leitende Wissenschaftler wohnten außerhalb des Geländes. In der Mauer gab es zwei Tore, eins für Lieferanten, das Haupttor für die Mitarbeiter. Beide waren mit Wachtposten gesichert.

Innerhalb einer Woche rollten Kolonnen von Handwerkern und Inneneinrichtern an und arbeiteten schichtweise vierundzwanzig Stunden am Tag daran, die Villa wieder zu einer menschlichen Behausung zu machen. Die Familie Jennings wurde herumgeführt, und gut drei Wochen nach dem Meeting im Weißen Haus zogen sie ein. Dr. Hendricks war ebenfalls der Ansicht gewesen, dass die umfangreiche Mini-City des GCHQ Cheltenham für die Operation Troja nicht geeignet war. Zu groß, zu verwirrend, für Luke Jennings zu bedrückend und zu sehr bevölkert. Hendricks und ein Zweimannteam würden ebenfalls in Chandler's Court einziehen, um die Programme zu überwachen und das junge Genie im Zentrum zu beraten.

Es gab nur einen Makel. Am Tag vor dem Auszug aus Latimer war Sir Adrian bei dem angespannten Abschied der Familie dabei gewesen. Seit zehn Jahren war die Ehe der Eltern kaputt. Sie hatten versucht, ihre Söhne vor dem Zusammenbruch ihrer Beziehung abzuschirmen, aber es war immer schwerer geworden, und jetzt war es so gut wie unmöglich. Kurz gesagt, sie wollten sich trennen.

Man hatte entschieden, dass Luke in Chandler's Court wohnen und an Aufträgen arbeiten sollte, die ihm das GCHQ zuwies. Seine Mutter sollte bei ihm bleiben und ihm beim Umgang mit anderen zur Seite stehen. Der jüngere Bruder Marcus konnte eine von zwei oder drei ausgezeichneten, leicht erreichbaren Schulen in der Umgebung besuchen. Aber Harold Jennings wollte nicht bleiben und angesichts der gescheiterten Ehe nicht einmal nach Luton zurückkehren, um weiter in seiner Steuerberaterkanzlei zu arbeiten.

Was er stattdessen wollte, hatte Sir Adrian überrascht. Er wollte in die USA auswandern und in New York wohnen. Diesen Traum hegte er seit Jahren, nachdem er einmal dort auf einer Tagung gewesen war.

Sir Adrian hatte erwähnt, dass er freundschaftliche Kontakte dort habe und vielleicht dabei helfen könne, mit offizieller Hilfe die bürokratischen Prozeduren und Formalitäten bei der Beschaffung von Aufenthalts- und Arbeitsgenehmigungen zu beschleunigen.

Rasch war die Sache erledigt. Harold Jennings war aus der Kanzlei in Luton ausgeschieden und hatte die Mitgliedschaft in seinem Golfclub gekündigt. Das Haus wurde an einen Makler in der Nachbarschaft übergeben. In New York fand Harold einen Posten bei einem britischen Finanzdienstleister in der Nähe der Wall Street und bezog ein gutes

Gehalt. Eine Zeit lang würde er im Hotel wohnen, bis er eine komfortable Wohnung gefunden hätte und ein neues Leben anfangen könnte.

Und jetzt kam der Abschied. Einem Fremden wäre er ungewöhnlich erschienen, weil er so emotionslos vonstattenging, doch so war Harold Jennings. Hätte er Gefühle gehabt, und wäre er bereit gewesen, sie zu zeigen, dann hätte er seine Ehe vielleicht schon vor Jahren retten können. Aber anscheinend war das Herz des Mannes so trocken und leblos wie die Konten und Zahlen, über denen er in seinem Beruf brütete.

Er zwang sich, seine beiden Söhne und schließlich auch seine Frau zu umarmen, aber es sah unbeholfen aus, als wären sie Bekannte auf einer Cocktailparty. Seine Söhne kannten diese Stimmung aus Erfahrung und reagierten in der gleichen Weise.

Marcus, der Jüngere, sagte: »Wiedersehen, Dad, und viel Glück in Amerika.« Sein Vater lächelte panisch und sagte beruhigend: »Es wird schon gut gehen.« Die Eltern umarmten einander ohne Wärme, was erklärte, warum die Soldaten einen Monat zuvor im ersten Stock des Hauses in Luton getrennte Elternbetten vorgefunden hatten.

Auf dem Vorplatz des Hauses wartete ein Taxi. Jennings ließ seine Familie im Hausflur stehen, ging hinaus und verschwand zum Flughafen.

Sir Adrian nahm an, dass er von Harold Jennings nichts mehr hören würde. Aber da irrte er sich.

Am nächsten Morgen bezogen Sue Jennings und ihre Söhne eine geräumige Suite im ersten Stock der Villa in Chandler's Court. Es roch noch nach frischer Farbe, aber für Anfang

Mai war das Wetter mild, und bei offenen Fenstern würde der Geruch bald verweht sein.

Dr. Hendricks, ledig und allein lebend, richtete sich im Südflügel ein und beaufsichtigte die Fertigstellung des Computerzimmers, des Herzstücks der Operation Troja. Die gesamte Ausstattung kam vom GCHQ aus Cheltenham, und es gab nichts Besseres. Zwei andere Berater zogen in die Apartmentblocks im Wald; von dort konnten sie zu Fuß zur Arbeit in die Villa kommen. Marcus Jennings wurde an einer sehr guten Schule angemeldet, die nur vier Meilen weit von Chandler's Court entfernt war.

Luke Jennings bekam ein eigenes Zimmer und machte sich zufrieden daran, daraus eine exakte Nachbildung seiner Dachkammer in Luton zu machen. Seine Mentalität verlangte, dass jedes einzelne Detail so war, wie er es gewöhnt war. Ein Möbelwagen brachte seine Einrichtung aus Luton nach Warwickshire, sodass jeder Stuhl und jeder Tisch, jedes Buch und jeder Zierrat genau da hingestellt werden konnte, wo er hingehörte. Er hatte Einwände gegen die Uhr, weil sie tickte. Er wollte eine, die lautlos war, und er bekam sie.

Und seine Stimmung besserte sich. Mit dem Stress ließen auch die daraus resultierenden Wutanfälle und Tränen nach, die es in den Wochen nach der Razzia gegeben hatte. Als seine private Umgebung wiederhergestellt war und sein Computer vor ihm stand, wie es sich gehörte, konnte das Leben, das er bevorzugte, weitergehen. Er konnte im Halbdunkel sitzen, durch den Cyberspace streifen und sich alles ansehen.

Im hohen Norden Russlands wurden die letzten Trossen auf den Kai hinuntergeworfen, und die mächtige *Admiral Nachi-*

mow glitt aus der Werft in Sewmasch hinaus auf das wartende Meer. Von ihrer hohen Warte auf der Brücke sahen Kapitän Denisowitsch und seine Offiziere die fernen Türme der benachbarten Hafenstadt Archangelsk, als der Bug des furchterregendsten Kriegsschiffs der Welt sich nach Norden wandte. Hinter ihnen versank Sewerodwinsk am Horizont. Der Kapitän und das Offizierskorps strahlten vor Stolz und Glück.

Von der Brücke aus schauten sie auf das Prunkstück der Schlachtkreuzer der Orlan-Klasse, das größte Kriegsschiff der Welt nach den Flugzeugträgern, eine schwimmende Festung aus Stahl und Feuerkraft. Die *Nachimow* war 250 Meter lang, fast dreißig Meter breit und verdrängte 24 300 Tonnen, und sie hatte über 700 Mann Besatzung.

Diese russischen Kreuzer sind waffenstarrende mobile Plattformen, die es mit jedem Kriegsschiff der Welt aufnehmen können. Als sie die Werft in Sewmasch verließ, war die *Nachimow* das modernste Schiff ihrer Klasse, und ihre sämtlichen Funktionen waren mit Touchscreen-Technologie computerisiert.

Unter Wasser ertastete ihr Echolot die Hundert-Faden-Linie und führte sie auf dieser Linie entlang, sodass sie nie näher ans Ufer kam, wenn es nicht gewünscht wurde. Jedes Detail wurde an die Hightech-Steuerelemente auf der Brücke geleitet, die sie lenkten. Und das war nicht alles.

Vor vielen Jahren erschien im Westen ein Roman mit dem Titel *Jagd auf Roter Oktober*. Es war das Debüt des Autors Tom Clancy und wurde sehr erfolgreich – die Geschichte eines sowjetischen Marinekapitäns, der zum Westen überlief und sein mit Atomraketen bestücktes U-Boot mitnahm. In der UdSSR wurde das Buch sofort verboten, und nur ein harter Kern von hochrangigen Männern durfte es lesen. Für sie war es die Geschichte einer ständig drohenden Katastrophe.

In der Sowjetunion waren Desertionen, speziell im Fall hochrangiger Beamter oder Offiziere der Nachrichtendienste oder des Militärs, ein Albtraum, und die Vorstellung, einem dieser Leute sei es gelungen, mit einem großen, ultramodernen Ausrüstungsteil in den Westen zu verschwinden, war noch weit schlimmer. Bei der sowjetischen Marine und bis hinauf ins Politbüro wurde Clancys Roman sehr ernst genommen.

Heute war so etwas nicht nur undenkbar, sondern konnte auch sofort verhindert werden. Jede Funktion auf der *Nachimow* war computergesteuert, und jede Funktion ließ sich in der Master-Datenbank im Hauptquartier der Nördlichen Flotte in Murmansk duplizieren. Murmansk konnte im Handumdrehen die Computer an Bord der *Nachimow* außer Kraft setzen und die volle Kontrolle übernehmen. Damit war jeder Verrat unmöglich.

Was Fehlfunktionen oder Interferenzen anging, waren auch sie nicht mehr möglich. Das Steuersystem der *Nachimow* war nicht das verbreitete, in den USA entwickelte Global Positioning System, kurz GPS, das jeder Navi-Benutzer für die Straße kennt, sondern das von den Sowjets entworfene System namens GLONASS-K2, das der postsowjetische russische Staat geerbt hatte. Dieses System gehörte dem Militär und wurde von ihm betrieben.

GLONASS bestimmt die Position eines russischen Marineschiffs überall auf der Welt bis auf zehn bis zwanzig Meter genau. Es basiert auf vierundzwanzig Satelliten, die im Raum über der Erde kreisen. Ein Hacker, der das System stören will, müsste fünf separate Satelliten gleichzeitig unter Kontrolle bringen, und das ist natürlich unmöglich.

Der Kurs der *Nachimow* lag fest. Sie würde aus dem Weißen Meer nordwärts in die Barentssee fahren und dann auf Nordwestkurs gehen. Wenn das norwegische Nordkap an Backbord läge, würde sie erneut den Kurs ändern, aus der Barentssee in den Nordatlantik und dann südwärts an der norwegischen Küste entlang. An der Steuerkonsole würde immer ein Steuermann stehen, aber nötig war er nicht. Die Computer hielten sie auf der Hundert-Faden-Linie und auf Kurs. So blieb es fünf Tage lang.

Das Eis und die bittere Kälte des Weißen Meeres und das Nordkap blieben zurück, und die Sonne brach durch die Wolken. Zwischen ihren Dienstzeiten spazierten die Seeleute auf dem Deck umher und atmeten die frische Luft. An Backbord zogen die Berge am Rand der Tromsø-Fjorde vorbei, wo die Royal Air Force schließlich die mächtige *Tirpitz* versenkt hatte, und versanken im Nebel, und die Lofoten versanken hinter ihnen.

Hier hätte die *Nachimow* auf Westkurs gehen können, weiter in den Nordatlantik hinein und an der Westseite um Irland und die Britischen Inseln herum nach Süden und um das Kap der Guten Hoffnung herum in den Orient. Aber ihr Kurs war schon vor Wochen in Moskau entschieden worden, und zwar vom Woschd persönlich.

Sie würde südwärts in die Nordsee einfahren, zwischen Dänemark an Backbord und Schottland an Steuerbord, und weiter in die verkehrsreichste Wasserstraße der Welt: den Ärmelkanal. Der Woschd hatte aus dem Fenster seines Büros über den Alexandergarten unterhalb der Westmauer des Kremls geschaut und gegenüber dem kommandierenden Admiral der Nördlichen Flotte seine Wünsche klar zum Ausdruck gebracht.

Dutzende von Schiffen stoben auseinander, um Platz zu machen, als die *Admiral Nachimow* durch den Kanal und durch die Meerenge der Straße von Dover zog. Sollten die verdammten Briten doch an ihren Panoramafenstern in Ramsgate, Margate, Dover und Folkestone sitzen und glotzen, während die Macht des neuen Russland an ihnen vorüberglitt und sie und ihre mickrige Marine, die die mächtige *Nachimow* nach Süden eskortierte, turmhoch überragte.

Am achten Tag nach der Abreise von Sewmasch schauten die Seeleute der *Nachimow* auf die See, die schäumend an ihnen vorüberzog. Weit abseits an Backbord war Dänemark in Deutschland übergegangen und Deutschland in die Niederlande. Weit außer Sicht an Steuerbord verbargen sich die flachen Moore von unter ihren Nebelbänken.

In einem kleinen Apartment hinter dem Admiralty Arch klingelte ein Telefon. Sir Adrian nahm ab. Ein atemloser Dr. Hendricks meldete sich.

»Zum zweiten Mal in diesem Jahr kann ich nicht glauben, was ich hier sehe«, sagte er. »Er hat es geschafft. Es geht nicht, aber der Junge hat es geschafft. Wir sind drin. In GLONASS-K2. Fünf Satelliten. Und jetzt kommt das wirklich Unheimliche. Sie haben unser Eindringen noch nicht mal bemerkt.«

»Gut gemacht, Doktor. Bleiben Sie bitte in Position. In Reichweite des Telefons bis auf Weiteres. Tag und Nacht.«

Sir Adrian beendete das Gespräch und wählte die Nummer des Hauptquartiers der Royal Navy unterhalb des Vororts Northwood, nordwestlich von London. Dort war man bereits vorgewarnt.

»Ja. Sir Adrian?«

»Ich komme Sie besuchen. Der morgige Tag könnte hektisch werden.«

Um ihre Position als Flaggschiff der russischen Pazifikflotte zu erreichen, hätte die *Admiral Nachimow* die Britischen Inseln einfach umgehen und sich im klaren tiefen Wasser westlich von Irland halten können, weitab vom Land. Aber der Woschd hatte offenbar absichtlich entschieden, die Briten zu beleidigen, indem er den Schlachtkreuzer die Nordsee hinunter- und durch die Straße von Dover fahren ließ, die mit einer Breite von zweiundzwanzig Meilen eine der verkehrsreichsten Wasserstraßen der Welt ist.

Der Schiffsverkehr verläuft in zwei Strömen nach Norden und nach Süden, und in der Straße von Dover herrschen strenge Regeln, die Kollisionen verhindern sollen. Wie bei ihrer Größe erwartet, konnte die *Admiral Nachimow* hier nur passieren, wenn sie sich in der Mitte des Fahrwassers hielt. Das hatten russische Kriegsschiffe schon öfter getan, um das Vereinigte Königreich zu provozieren.

Der Admiralität brauchte man nicht zu sagen, wo die *Admiral Nachimow* war. Sie wurde von zwei Fregatten und einer Staffel Beobachterdrohnen vom RAF-Stützpunkt Waddington eskortiert. Der Schlachtkreuzer befand sich vor der Küste von Norfolk, machte aber nur langsame Fahrt, um bis zum nächsten Morgen zu warten, ehe er durch die Straße von Dover fuhr. Die Untiefe der Doggerbank lag hinter der *Nachimow* in der Nordsee. Das Echolot verriet ihr, dass sie immer noch hundert Fuß klares Wasser unter dem Kiel hatte. Auf ihrem Kurs würden es nie weniger als achtzig werden.

Im Morgengrauen war sie vor Felixstowe in Suffolk angelangt und fuhr die Maschinen auf optimale Reisegeschwindigkeit hoch. Der Kanal wurde schmaler, an Backbord kam Belgien in Sicht. Auf allen Radiowellen zwitscherte der Funkverkehr der Handelsschiffe im Verkehrsstau des Kanals, und das russische Mammut verstieß gegen sämtliche Regeln.

Vor dem Koloss lag der schmalste Teil – die Straße von Dover –, und er hielt sich dicht vor der Küste von Kent und Essex über den Goodwin Sands. Kluge Seeleute meiden die Sands wie die Pest, denn das Wasser ist hier sehr seicht. Aber die Computer blieben bei ihrer Entscheidung. Die *Admiral Nachimow* würde mit großem Abstand zur französischen Küste vorüberfahren.

FÜNF

Es war ein schöner Frühlingsmorgen. Die Sonne ging auf und schien aus einem wolkenlosen blauen Himmel. Die Frühaufsteher in den Küstenstädtchen und -dörfern im nordöstlichen Kent waren schon mit Hunden, Ferngläsern und Kameras auf den Küstenpfaden unterwegs. Von Norden her glitt die riesige graue Silhouette des Schlachtkreuzers durch die Straße von Dover. Vollautomatische visuelle Medien ließen die ganze Welt an diesem Anblick teilhaben.

In dem hübschen Seestädtchen Deal, das von den dicht unter der Wasseroberfläche liegenden Goodwin Sands durch eine kleine, schiffbare Lagune getrennt ist, aus der einheimische Fischer Miesmuscheln und Weichkrebse holen, saßen die Bürger beim Frühstück an ihren Fenstern mit Meerblick und merkten nichts von dem klobigen Ungeheuer, das sich ihnen langsam näherte.

Auf der Brücke standen Kapitän Denisowitsch und seine Offiziere an ihren Konsolen und schauten hinunter auf die kleineren Schiffe, die vor ihnen auseinanderstoben. Auch im fernen Moskau verfolgte der Woschd auf einem Großbildschirm einen Livestream aus einem von RT (dem früher »*Russia Today*« genannten Staatssender) gecharterten Flugzeug, das über der Küste von Kent kreiste.

Als die *Nachimow* langsam nach Steuerbord drehte, korrigierte der Steuermann den Kurs sofort. Das Schiff drehte weiter nach Steuerbord.

Offiziere und Mannschaft spähten geradeaus über den Bug nach vorn und sahen die farbig gestrichenen Cottages von Deal. Unter ihnen im Maschinenraum drehten die atomgetriebenen Triebwerke allmählich höher. Der Erste Ingenieur nahm an, der Befehl dazu sei von der Brücke gekommen.

»Fünf Grad backbord!«, fuhr Kapitän Denisowitsch den Steuermann an, aber der tippte bereits auf sein Display und gab die Korrektur ein. Der Bug schwenkte über Deal hinweg, und das Schiff nahm weiter Fahrt auf. Die *Admiral Nachimow* wollte den Befehlen einfach nicht gehorchen. Der Navigationsoffizier stieß den Steuermann mit der Schulter zur Seite und übernahm seinen Platz. Er hämmerte die notwendigen Korrekturen in die Konsole. Nichts passierte.

Hoch im Norden, in Murmansk, starrte der Oberbefehlshaber der Nordflotte fassungslos auf seinen großformatigen Bildschirm.

»Kommando zurücknehmen!«, schrie er. Die Finger des Technikers flatterten über die Konsole. Wenn die Steuerung der *Admiral Nachimow* ausfiele, könnte Murmansk das Kommando übernehmen und sie auf ihren vorausbestimmten Kurs zurückbringen. Die russische Technologie würde nicht versagen.

In Northwood starrte ein junger Offizier der Royal Navy auf den Bildschirm, während seine Fingerspitzen dem russischen Kriegsschiff die neuen Befehle gab. Schweißperlen rollten ihm über das Gesicht. Hinter ihm standen vier Admirale und glotzten auf das Display. Einer murmelte: »Verdammt noch mal.«

In Moskau hatte der kleine Mann mit den kalten Augen, der über das größte Land der Welt herrschte, noch nicht begriffen, dass etwas nicht in Ordnung war. Er war kein Seemann. Aber die leuchtenden Fassaden der Cottages von Deal sollten nicht vor dem Bug, sondern steuerbords liegen. Vor dem Bug sollte meilenweit klares, funkelndes Meerwasser sein.

Bei Ebbe sind die weichen, morastigen Sandbänke von Goodwin gerade noch sichtbar unter dem Wasser des Kanals. Bei Flut liegen sie drei Meter tief unter der Wasseroberfläche. Die *Admiral Nachimow* hatte einen Tiefgang von zehn Metern. Um 09:00 Uhr westeuropäischer Zeit trieben die Atomantriebe der *Admiral Nachimow* sie mit ihren ganzen 250 Metern und 24 300 Tonnen mit voller Kraft auf die Goodwin Sands. Vor den Augen der ganzen Welt.

Tief unter dem Heck trieben die mächtigen Zwillingspropeller sie voran, und der Bug hob sich in die Luft. Im Maschinenraum stand die Steuerung auf volle Kraft zurück, aber dieses Kommando erreichte die Antriebswellen nicht. In diesem Augenblick begriff der Mann im Kreml, dass dort etwas gründlich schiefgegangen war. Allein in seinem privaten Büro, fing er an, vor Wut zu schreien.

Als die *Nachimow* schließlich zum Stehen kam, hatten die Bordsysteme sie plötzlich wieder unter Kontrolle. Alles funktionierte tadellos. Die Maschinen schalteten auf volle Kraft zurück, und die Propeller reagierten: Sie liefen langsamer, stoppten und liefen dann rückwärts. Bei den Goodwins gibt es keine Felsen, und der Sand ist weich, aber tief. Die vordere Hälfte der Schlachtkreuzers steckte fest, und das Schiff rührte sich nicht. Nachdem sie sich eine halbe Stunde vergebens bemüht hatten, stoppte Kapitän Denisowitsch die Maschinen.

Hunderte Millionen Zuschauer auf der ganzen Welt verfolgten das alles staunend. Die im Westen wachten auf, schalteten ihre Fernseher ein und sahen, wie das Bild der bewegungslosen *Admiral Nachimow* den Schirm füllte. Die im Osten verließen ihre Schreibtische, als die Nachricht sich herumsprach, und drängten sich unter aufgeregtem Gemurmel um ihre Fernseher. Niemand konnte es verstehen. Aber es war passiert.

Innerhalb weniger Minuten begann in Russland eine Untersuchung. Ein Strom von Fragen floss aus dem privaten Büro des Woschd nach Murmansk, aber das Hauptquartier der Nördlichen Flotte konnte keine logische Erklärung liefern.

In Washington wurde der Präsident aus dem Bett geholt und studierte die Fernsehbilder, als auf sämtlichen Kanälen über den Vorfall berichtet wurde. Dann fing er an zu twittern und ließ sich mit Marjory Graham in London verbinden.

Sie versuchte eben, Sir Adrian zu erreichen. Er saß im Auto und ließ sich von Northwood zu seinem Apartment beim Admiralty Arch zurückfahren. Er war die ganze Nacht auf gewesen und hatte das Kommando über einen russischen Schlachtkreuzer übernommen. In Chandler's Court starrte Dr. Hendricks auf die Monitore im Computerzimmer und fluchte leise.

Der Teenager, der die Codes für den Einbruch in das System geliefert hatte, war in einem anderen Flügel des Hauses und schlief fest. Das alles interessierte ihn nicht sonderlich.

Die Cyberexperten in Murmansk brauchten nicht mehr als vierundzwanzig Stunden für ihren Bericht an den Kreml. Es war keine Fehlfunktion gewesen. Der undenkbare Fall war eingetreten: Das System war gehackt worden und hatte sieben entscheidende Minuten lang unter dem Kommando eines böswilligen Fremden gestanden.

Die Stimme aus dem privaten Büro im Kreml klang unnachsichtig. Sie hatten ihm versichert, ihre Technologie sei unangreifbar, und die Wahrscheinlichkeit eines Einbruchs liege bei eins zu einer Billion. Es werde zahlreiche Entlassungen und sogar Strafverfahren wegen schuldhafter Nachlässigkeit geben.

Die technischen Offiziere in Murmansk begannen mit der Planung der gigantischen Operation, die notwendig sein würde, um die trägen Massen von Stahl von dieser Sandbank zu ziehen. Die in Moskau ansässigen und von der Regierung geführten Medien, die den Vorfall bis zum Mittag noch nicht erwähnt hatten, überlegten sich, wie sie ihn einer handzahmen russischen Öffentlichkeit erklären sollten. Die Angelegenheit sprach sich bereits herum, denn auch eine Diktatur kann die Macht des Internets nicht lange unterdrücken.

In seinem Büro im siebten Stock eines Gebäudes im Moskauer Bezirk Jassenewo starrte der Leiter des Auslandsnachrichtendienstes der Russischen Föderation durch sein Panoramafenster auf den Birkenwald unter ihm. In weiter Ferne sah er das Glitzern, wo die Frühlingssonne die Zwiebeltürme der Basilius-Kathedrale am Roten Platz berührte. Er wusste, dass der Anruf unmittelbar bevorstand. Er kam am Mittag des Tages nach der Havarie. Jewgenij Krilow wusste, wer da anrief. Es war das Rote Telefon. Der SWR-Mann hörte kurz zu und ließ dann seinen Wagen kommen.

Wie der bescheidene Engländer, der zurzeit eine kleine Wohnung in London bewohnte, hatte auch Krilow sein ganzes Berufsleben beim Nachrichtendienst verbracht und schon unter dem Kommunismus angefangen. Auch er war von einem Talentsucher an der Universität angesprochen und ausführlich befragt worden, bevor der KGB ihn angenommen hatte.

Genauso war es dem Mann ergangen, dessen Anruf er jetzt entgegennahm, der frühere Geheimpolizist, der nun Herr über ganz Russland war. Aber während der Woschd dem Zweiten Direktorat, der Inlandsgeheimpolizei, zugewiesen und in Dresden im russisch beherrschten Ostdeutschland stationiert worden war, hatte Jewgenij ein Talent für Sprachen gezeigt und einen Posten im Ersten Direktorat, im Auslandsgeheimdienst, ergattern können, das als Crème de la Crème galt.

Er hatte in drei Botschaften in Übersee gedient, zwei davon in feindlichen Staaten: die in Rom und die in London. Er sprach ein brauchbares Italienisch und ein ausgezeichnetes Englisch. Wie der Woschd verabschiedete er sich später ohne Zögern vom Kommunismus, als der Augenblick dazu gekommen war, denn die zahlreichen Mängel dieses Systems hatte er schon lange erkannt. Aber nie verlor er seine leidenschaftliche Liebe zu Mütterchen Russland.

In diesem Augenblick hatte er noch keine Ahnung, was zu der Katastrophe bei den Goodwin Sands geführt hatte oder wer dahintersteckte, aber es war eine Ironie des Schicksals, dass er und der Engländer in ihrer langen Laufbahn als Spione schon früher die Klingen gekreuzt hatten.

Krilows ZIL-Limousine rollte wie immer durch das Borowitzky-Tor in den Kreml. Nur hohe Beamte durften hier passieren. Obwohl es unmöglich war, dass niedere Chargen einen ZIL fuhren, hielt der fanatisch loyale Wachdienst des Präsidenten Krilows Wagen an und musterte ihn durch das Fenster. Dann erst hob sich die Schranke, und er wurde durchgewinkt.

Der Woschd hat drei Büros. Es gibt das große äußere, das genug Platz für Delegationsempfänge bietet. Das kleinere innere ist ein funktionales Werktagsbüro mit den gekreuzten Flaggen hinter dem Schreibtisch, der russischen Nationalflagge und der mit dem schwarzen doppelköpfigen Adler. Fast niemand betritt je den kleinsten innersten Raum mit den persönlichen Familienfotos. Aber hier wurde Krilow empfangen.

Der Mann, der das von Gangstern durchsetzte Regime des neuen Russland anführte, war weiß vor Wut und so aufgewühlt, dass er kaum sprechen konnte.

Krilow kannte ihn gut. Sie waren nicht nur fast gleichaltrig, sondern auch ihre Karrieren waren parallel zueinander verlaufen. Er wusste, dass der Woschd über den Zerfall des russischen Reichs, der UdSSR, während der Amtszeit Michail Gorbatschows, dem er nie verziehen hatte, nie ganz hinweggekommen war. Er hatte gesehen, wie der Woschd vor Wut kochte, als die UdSSR aufgelöst und sein geliebtes Mütterchen mit Schmach und Demütigungen überhäuft wurde. Er hatte den Kommunismus nicht verraten. Es war andersherum: Der Kommunismus hatte sein Land verraten. Der Woschd war aus Deutschland zurückgekehrt, kurz bevor die DDR in der Vereinigung mit Westdeutschland verschwunden war. Er war in der bürokratischen Regierungsstruktur seiner Heimatstadt Sankt Petersburg aufgestiegen und dann nach Moskau gegangen. In der Hauptstadt hatte er seine Karriere mit dem aufsteigenden Stern Boris Jelzins verknüpft und war auf den Rockschößen des alten Säufers mitgeritten, bis er Mr. Unentbehrlich geworden war.

Es war kein Geheimnis, dass er den alternden Alkoholiker nie respektiert hatte, aber er hatte ihn so weit manipuliert, dass Jelzin, als er seine Präsidentschaft niedergelegt hatte, um sich zurückzuziehen und in Frieden zu sterben, ihn zu seinem Nachfolger ernannt hatte.

In den Jelzin-Jahren hatte der jetzige Chef wutschnaubend mit angesehen, wie sein geliebtes Heimatland systematisch seiner Bodenschätze und natürlichen Ressourcen beraubt worden war, die korrupte Beamte an Opportunisten und Gangster verscherbelt hatten. Aber damals hatte er es nicht verhindern können. Als er das Präsidentenamt erreichte, hatte er gelernt und begriffen, was die drei Ecksteine der Macht in Russland sind: Seit der Zarenzeit hatten sie sich nicht geändert.

Vergiss die Demokratie. Sie ist Schwindel und Täuschung, und das russische Volk will sie eigentlich gar nicht. Die drei Säulen der Macht sind die Regierung mit ihrer Geheimpolizei, das große Geld und die kriminelle Unterwelt. Bringe ein Bündnis aus diesen dreien auf die Beine, und du kannst Russland bis in Ewigkeit regieren.

Und das tat er.

Mithilfe des FSB – nicht Krilows Dienst, sondern dem umgetauften KGB – konnte man jeden, der einem in die Quere kam, verhaften, vor Gericht stellen und verurteilen. Mit so viel Macht konnte man jede Wahl gewinnen, auch wenn sie manipuliert war, denn die Medien würden veröffentlichen, was immer man ihnen auftrug, und die Duma, das russische Parlament, würde jedes Gesetz erlassen, das man haben wollte. Wenn man die bewaffneten Streitkräfte, die Polizei und die Justiz dazunahm, gehörte einem das Land.

Was den zweiten Eckstein anging – das große Geld in den Griff zu bekommen, war einfach. Der ehemalige Geheimpolizist mochte wütend gewesen sein, als er zusah, wie sein Land seiner natürlichen Schätze beraubt wurde und wie daraus ein Oligarchen-Netzwerk aus fünfhundert Multimillionären erwuchs, aber er zögerte keinen Augenblick, sich ihnen anzuschließen. Jewgenij Krilow wusste, er war hier mit dem reichsten Mann Russlands, vielleicht sogar der Welt, in einem Raum. Niemand in Russland setzte mit seinen Geschäften auch nur einen Rubel um, ohne dass der oberste Boss seine Prozente erhielt, wenn auch durch ein komplexes System aus Briefkastenfirmen und Strohmännern.

Der dritte Faktor waren die skrupellosen »Diebe im Gesetz«, diese alternative Gesellschaft, die es schon unter den Zaren gab und die letztendlich die Arbeitslager am anderen Ende des Landes geleitet hatte, die gefürchteten Gulags. In der postkommunistischen Ära hatten die »Wory w Sakone« sich ausgebreitet und große und lukrative Filialen in den meisten Großstädten der entwickelten Welt errichtet, vor allem in New York und London. Sie waren sehr nützlich für »nasse Jobs«, die gehorsame Anwendung von Gewalt, wie und wo sie benötigt wurde. (Das Wort »nass« bezieht sich natürlich auf menschliches Blut.)

Der Woschd hielt das Gespräch und seine Anweisungen kurz. Den Namen *Admiral Nachimow* brauchte er nicht einmal zu erwähnen.

»Es war kein Unfall oder eine technische Fehlfunktion. Es war Sabotage. Das ist völlig klar. Wer immer es getan hat – und mein Verdacht richtet sich auf unsere Freunde in Großbritannien –, er hat unserem Land eine wahrhaft massive Demütigung zugefügt. Der ganze Planet schaut zu, wie unser Schiff auf einer englischen Sandbank strandet. Das verlangt Vergeltung, und damit beauftrage ich Sie. Sie haben drei Befehle: Finden Sie heraus, wer es war. Spüren Sie die Person oder die Personen auf. Eliminieren Sie sie. Sie können gehen.«

Krilow hatte seine Befehle. Während die größten Schlepper der russischen Marine und der privaten Schifffahrt weltweit zur Fahrt in den Ärmelkanal abkommandiert oder gechartert wurden, fuhr er zurück nach Jassenewo, um eine Menschenjagd zu beginnen.

Auf dem Gebiet der Spionage ist nur wenig wirklich einfach, aber Krilow hatte eine Glückssträhne. Als die neuen Befehle in Jassenewo durch die Stockwerke nach unten sickerten, erinnerte sich eine scharfsichtige Archivarin an eine kleine Meldung, die aus Washington gekommen war. Aus unbekannten Gründen hatte die amerikanische Regierung bei den Briten die Auslieferung eines Computerhackers beantragt. Ein paar Tage später und aus ebenfalls unbekannten Gründen hatten die Amerikaner den Antrag wieder zurückgezogen. Vielleicht hatte das nichts zu bedeuten, dachte Krilow, aber sogar in der Welt der Nachrichtendienste, die der CIA-Veteran James Jesus Angleton einmal als eine »Wildnis aus Spiegeln« bezeichnete, waren zwei und zwei immer noch vier. Zwei größere Computerhacks in einem Monat? Er ließ sich die Akte kommen.

Der dürren Meldung aus der Abteilung des Justizministeriums war wenig hinzuzufügen. Aber der für kurze Zeit gesuchte Hacker hieß Luke Jennings und kam aus Luton.

Jewgenij Krilow hatte zwei Ketten von Agenten in Großbritannien. Die eine war das offizielle Netzwerk der russischen Botschaft oder das, was davon nach den verheerenden Ausweisungen im Kielwasser der Skripal-Affäre noch übrig war. Sie war zurzeit im Wiederaufbau begriffen. Leiter dieses Netzwerks war der kürzlich ernannte Steppan Kukuschkin, der sich als Handelsberater ausgab, aber damit wahrscheinlich niemandem etwas vormachte.

Krilows zweite Kette bestand aus »Illegalen« oder »Schläfern«, die ein Leben als legale britische Staatsbürger führten und perfekt Englisch sprachen. Ihr leitender Agent lebte als Ladenbesitzer im Londoner West End, und sein britischer Name war Burke. In Wirklichkeit hieß er Dimitri Wolkow.

Grob gesagt, gibt es zwei Kategorien von Schläfern. Manche sind in den Ländern, die sie nun zu verraten bereit sind, geboren und aufgewachsen. Sie kommen mühelos als Einheimische durch, denn sie sind es ja. Was ihre Motive angeht, so gibt es verschiedene.

Während des Kalten Krieges war die Mehrheit derer, die im Westen ihr Vaterland verrieten, treue Kommunisten, bei denen die Freude daran, für den weltweiten Sieg des Kommunismus zu arbeiten, die Loyalität gegen das Land überwog, in dem sie lebten. Diejenigen, die auf der anderen Seite des Eisernen Vorhangs bereit waren, für den Westen zu arbeiten, waren es fast immer wegen einer tief greifenden Enttäuschung, die zum regelrechten Hass auf die kommunistischen Diktaturen heranreifte, in die sie hineingeboren waren. Aber es gab noch andere Motive – Habgier, Groll wegen schlechter Behandlung, der Wunsch, Unterstützung bei der Flucht in den Westen zu finden. Aber der Hauptgrund war das Verlangen, beim Sturz eines Regimes mitzuhelfen, das sie zu verabscheuen gelernt hatten. Meistens boten sie ihre Dienste als einmalige Leistung im Tausch gegen Fluchthilfe an, aber man überredete sie, als Agenten vor Ort zu bleiben, bis sie sich die Flucht verdient hatten.

Eine zweite Kategorie besteht aus Patrioten ganz anderer Art, die unter hohem Risiko für sich selbst in das Zielland eingeschmuggelt werden, wo sie sich als Einheimische ausgeben und mit Sprache und Kultur hundertprozentig vertraut sind. Dann leben sie dort und dienen ihrer wahren Liebe, der Heimat. Sie bezeichnet man als »Illegale« oder »Schläfer«.

Auch für ihren Einsatz gibt es zwei Möglichkeiten. Manche reichen einfach regelmäßig Informationen weiter, die ihnen in Ausübung ihres Berufes zur Kenntnis kommen. Dabei handelt es sich normalerweise um Daten von minderer Bedeutung, und ihre Weitergabe ist kaum riskant. Solche Agenten müssen jedoch »gewartet« oder »geführt« werden: Sie brauchen einen konstanten Kanal, um ihre Informationen an den Nachrichtendienst des Landes zu leiten, dem sie dienen.

In dieser Funktion arbeitete die Schläferin im amerikanischen Justizministerium, die bemerkte, dass die USA ohne weitere Erklärungen einen Antrag auf Auslieferung eines britischen Teenagers namens Luke Jennings aus einer Stadt namens Luton zurückgezogen hatten, dem vorgeworfen wurde, geheime amerikanische Computer gehackt zu haben.

Die andere Verwendungsmöglichkeit besteht darin, einen Agenten völlig unbemerkt leben zu lassen und ihn nur zu einzelnen Aufträgen heranzuziehen – zu einem Botengang hin und wieder oder zu leichter Detektivarbeit. Und eine solche Aufgabe bekam nun der russische Agent Dimitri Wolkow von Krilow.

Zwei Tage später sah Wolkow – oder Mr. Burke – eine Kleinanzeige an der gewohnten Stelle in der gewohnten Zeitung. Sie enthielt die gewohnten harmlosen Worte, die ihm sagten, er werde in Moskau gebraucht. Er schloss sein Geschäft und reiste in Richtung Osten. Sein Weg führte ihn durch drei verschiedene Staaten, die alle zur Europäischen Union gehörten und alle das Schengen-Abkommen unterzeichnet hatten, was bedeutete, dass es hier buchstäblich keine Grenzkontrollen gab. Nach insgesamt zwanzig Stunden im Transit traf er schließlich als Tourist am Scheremetjewo-Flughafen ein. Im Taxi auf dem Weg in die Moskauer Innenstadt steckte er seinen russischen Pass wieder in die Brusttasche.

Die Besprechung war kurz und sachlich. Er musste nicht einmal hinaus nach Jassenewo fahren. Das Meeting fand im Zentrum statt, um zu vermeiden, dass jemand im Hauptquartier ihn wiedererkannte. Das wäre unglückselig gewesen; er hatte früher dort gearbeitet, und einige seiner ehemaligen Kollegen taten es immer noch. Es lohnte sich immer, vorsichtig zu sein.

Krilow gab seinem britischen Agenten die Informationen, die er besaß. Der Zielort war Luton, die Familie hieß Jennings, und einer von ihnen war ein Computerfreak. Wo war er jetzt? Keine vierundzwanzig Stunden später war Dimitri Wolkow wieder auf dem Rückweg nach London. Nichts war schriftlich festgehalten, und schon gar nichts hatte die Funkwellen oder das Internet erreicht.

Auf dem Rückweg nach England sinnierte Dimitri Wolkow, zeit seines Lebens ein »Schlapphut« und ein Veteran der alten Zeiten, über die ironische Fügung nach, dass bei aller modernen Technologie die alten Methoden noch immer unerlässlich waren, wenn es um totale Sicherheit ging: Man musste sich persönlich treffen. Außerdem überlegte er sich, welche der zwanzig Schläfer, auf die er Zugriff hatte, er benutzen würde. Schließlich entschied er sich für vier.

Keiner dieser britischen Staatsangehörigen brauchte von den anderen drei zu wissen. Alle würden ihm berichten, und zwar mit harmlosen Telefonaten.

Einer würde ermitteln, welche Familie Jennings einen Sohn namens Luke hatte und wo sie wohnte oder gewohnt hatte, falls sie umgezogen war. Er würde diese Information an Agent B weitergeben. Das war alles. Dieser zweite Agent würde sich das Haus ansehen. Wenn es jetzt leer stände, könnte er sich als potenzieller Käufer ausgeben und den Makler und vielleicht auch die Nachbarn ausfragen. Der dritte würde das gesellschaftliche Leben der Zielpersonen unter die Lupe nehmen, und der vierte würde als Reserve in seinem Hotelzimmer bleiben.

Dass er sich entschied, vier Schläfer einzusetzen, hatte Sicherheitsgründe. Wenn ein und derselbe Mann überall in der Stadt Erkundigungen einholte, würde man ihn vielleicht bemerken, falls Luke Jennings auch ein Gegenstand des Interesses für die britische Gegenspionage sein sollte.

Zwei Tage später kamen die vier Agenten in separaten Autos aus den separaten kleinen Hotels, in denen sie wohnten, nach Luton. Zusammengefasst lauteten ihre Anweisungen: Handeln Sie schnell.

Agent A bekam die Aufgabe, sich das Wählerverzeichnis anzusehen. In Großbritannien ist dies ein öffentlich einsehbares Dokument. Politische Wahlkreisfunktionäre studieren es, und es enthält Adressen. Agent A erstattete innerhalb eines Tages Bericht. In Luton wohnten neun Familien namens Jennings, aber nur in einer gab es einen Luke. Sein Alter war mit achtzehn Jahren aufgeführt, und er war eben erst in das Verzeichnis aufgenommen worden, nachdem er sich an seinem letzten Geburtstag dafür qualifiziert hatte. Er wohnte bei seinen Eltern, und es gab eine Adresse für die jetzt drei Wähler, die beiden Eltern – Sue und Harold – und den Teenager.

Agent B wurde gesagt, wohin er gehen sollte, und er fuhr dort vorbei. Im Vorgarten stand ein Schild, auf dem zu lesen war, das Haus sei zu verkaufen. Der zuständige Makler war ebenfalls angegeben. Agent B fuhr hin und vereinbarte einen Besichtigungstermin für den Nachmittag.

Bei seinem Besuch konnte er sehen, dass das Haus offensichtlich ausgeräumt und professionell gesäubert worden war. Nicht einmal ein alter Umschlag fand sich, eine Rechnung oder ein Beleg, aus dem hervorgegangen wäre, wo die Familie hingezogen war. Bis er zu dem Schrank unter der Treppe kam. Agent B bestand darauf, in jeden Winkel zu spähen, und in der kleinen Kammer im Flur, hinten an der Wand, lag ein vergessenes Golf-Tee. Möglicherweise hatte der dunkle Schrank einen Satz Golfschläger enthalten, ein Hobby des Vaters vielleicht.

Am nächsten Tag übernahm Agent C. In der Stadt Luton gibt es drei Golfclubs. Von seinem Hotelzimmer aus rief der russische Agent den ersten an. Beim zweiten hatte er Glück. Sein Geplauder erregte keinen Anstoß.

»Hören Sie, ich frage mich, ob Sie mir nicht helfen können. Ich bin eben erst in die Gegend von Luton gezogen, und ich suche einen alten Kollegen, der hier wohnt. Er hat mir seine Karte geschickt, doch blöd, wie ich bin, habe ich sie verloren Aber er hat mir damals erzählt, er habe einen fabelhaften Golfclub gefunden. Sind Sie das vielleicht? Mein Kollege heißt Harold Jennings.«

Es war die stellvertretende Sekretärin, mit der er telefonierte.

»Wir haben einen Harold Jennings in unserer Kartei, Sir. Ist er das vielleicht?«

»Ja, das ist er sicher. Haben Sie wohl seine Nummer?«

Eine Festnetznummer, und sie war abgeschaltet. Höchstwahrscheinlich die Nummer des alten Hauses. Nicht, dass es noch wichtig gewesen wäre. Agent C fuhr hinaus zum Golfclub.

Er entschied sich, seinen Besuch in der Mittagspause zu machen, fragte nach dem Sekretär und erkundigte sich nach einer Mitgliedschaft.

»Ich glaube, Sie haben Glück, Sir«, sagte der liebenswürdige Angestellte. »Normalerweise sind wir voll bis unters Dach, aber wir haben gerade zwei Mitglieder verloren. Der eine ist zum großen neunzehnten Loch im Himmel gegangen, und ich glaube, der andere ist ausgewandert. Ich zeige Ihnen, wo die Bar ist, und dann gehe ich nachsehen.«

In der Bar war es voll, und die Atmosphäre war vergnügt. Die Mitglieder kamen zu zweit und zu viert herein, ließen ihre Schläger in der Garderobe und bestellten sich eine Stärkung vor dem Lunch. Agent C spazierte zwischen ihnen umher, und sein Sprüchlein war das gleiche wie zuvor am Telefon.

»Ich bin eben von London hierhergezogen. Hatte einen sehr guten Freund, der hier Mitglied war. Harold Jennings. Ist er noch hier?«

Toby Wilson stand an der Bar. Seine große, geäderte Nase ließ erkennen, dass er hier kein Fremder war.

»Er war es bis vor einem Monat. Wollen Sie eintreten? Guter Laden. Ja, Harold ist einfach ausgewandert. Oh, ich sage nicht nein. Gin and Tonic. Vielen Dank.«

Der Barkeeper kannte seine Kundschaft. Das sprudelnde

Glas stand auf der Theke, bevor sein Vorgänger verschwunden war. Der Sekretär kam mit den Formularen zurück, die ausgefüllt werden mussten. Agent C tat es. Aufspüren würden sie ihn sowieso niemals; die Adresse, die er angab, war völlig frei erfunden. Nur eine Formsache, erklärte der Sekretär. Die Sache würde vom Vorstand verhandelt werden, aber da sehe er kein Problem für einen Freund von Harold Jennings, der ab dem zehnten Loch spielte. Wollte er einstweilen nicht sein Gast an der Bar sein? Dann wurde der Sekretär weggerufen. Agent C wandte sich wieder Toby Wilson zu.

»Ja, traurig, wirklich. Die Ehe war im Eimer. Wohlgemerkt, ich hätte nichts dagegen gehabt, ihm diese Frau abzunehmen. Was für ein Kracher.«

»Sue, nicht wahr?«

»Genau. Prachtmädel. Jedenfalls haben sie sich getrennt, und er ist nach New York verschwunden. Guter Job, schöne Wohnung, neues Leben. Das ist das Letzte, was ich gehört habe.«

»Das heißt, Sie haben Kontakt?«

»Er hat mich vorgestern angerufen.«

Eine Stunde später half Agent C Toby zu seinem Wagen, und dabei wanderte ein Mobiltelefon aus Wilsons Tasche in die des Agenten.

Als Agent C sich bei Dimitri Wolkow meldete und ihm Bericht erstattete, erwies sich der sehr hilfreich. Wenn es sich bei dem Hacker um den Jungen handelte, dann waren er und seine Mutter offenkundig aus Luton verschwunden. Doch wenn jemand wusste, wo sie jetzt waren, dann der Vater. Er war in New York, aber Agent C hatte seine Telefonnummer.

Der SWR hat auch in New York eine Kette von Agenten, und mit der modernen Anrufverfolgungstechnologie ist eine Mobilfunknummer so gut wie eine Adresse. Also nahm man Verbindung zu der Kolonie russischer Gangster in New York auf.

SECHS

An dem Müllcontainer in der schmuddeligen New Yorker Straße an diesem Morgen Mitte Mai war nichts Ungewöhnliches, abgesehen davon, dass ein menschliches Bein herausbaumelte.

Wäre der Container leer gewesen, hätte die Leiche unsichtbar darin auf dem Boden gelegen, für Tage oder sogar Wochen. Aber das war er nicht. Und hätte der Bewohner eines Apartments hoch oben heruntergeschaut, hätte er vielleicht das Bein eines Toten aus dem Container hängen sehen, aber hier gab es keine Apartments.

Der Container stand auf einem Brachgrundstück am Rand einer dreckigen Gasse in Brownsville, nicht weit von Sheepshead Bay, Brooklyn. Die Gasse war von alten, leerstehenden Lagerhäusern gesäumt, und die ganze Gegend war ein Industrieslum. Der Streifenpolizist hatte das Bein nur gesehen, weil er das Brachgrundstück betreten hatte, um zu pinkeln.

Er zog den Reißverschluss hoch und rief seinen Partner. Die beiden jungen Männer starrten das Bein an und reckten dann die Hälse, um einen Blick in den Container zu werfen. Der Rest der Leiche lag auf dem Rücken: ein Weißer mittleren Alters, dessen offene Augen im Tode blicklos in die Höhe schauten. Der Partner rief das Revier in der Nachbarschaft an, und die übliche Maschinerie setzte sich in Bewegung.

Als sie sicher waren, dass es sich um einen Toten handelte, zogen die Cops sich von dem Container zurück. Jetzt war es ein Fall für die Kriminalpolizei und die Rechtsmedizin. Während sie auf deren Ankunft warteten, durchstöberten die Streifenpolizisten die unmittelbare Umgebung, und in einem benachbarten Lagerhaus, verdreckt und leer, abgesehen von verstreutem Müll, fand einer von ihnen Stricke, die an ein Heizungsrohr geknotet waren. Wie es aussah – und wie der Rechtsmediziner anhand der Abschürfungen bestätigen konnte, die der Strick an den Handgelenken der Leiche hinterlassen hatte –, war das Opfer an das Rohr gefesselt und anscheinend geschlagen worden.

Ein nicht gekennzeichneter Personenwagen rollte vorsichtig über den Müll in der Durchfahrt zwischen den Häusern. Zwei Detectives stiegen aus und schauten sich zusammen mit den Uniformierten die Leiche an. Ein Team der Spurensicherung erschien und sperrte den Container und die Umgebung mit Flatterband ab. Passanten hätte man abgewiesen, aber hier gab es keine. Die Täter hatten den Ort gut ausgesucht.

Als Nächstes kam der Rechtsmediziner selbst. Er brauchte nicht lange, um den – mutmaßlich gewaltsamen – Tod festzustellen und den Abtransport des Leichnams zu gestatten. Sein Team hob den Toten aus dem Container auf eine Trage und brachte ihn in den Van, der ihn zum Leichenschauhaus fuhr. Bis dahin hatte der Rechtsmediziner nur feststellen können, dass der Leichnam vollständig bekleidet war, aber keine Wertsachen bei sich trug. Er hatte Druckstellen an beiden Seiten der Nasenwurzel, jedoch keine Brille. Diese wurde später in der Nähe der Stricke im Lagerhaus gefunden, zusammen mit einem Taschentuch.

An einem Finger fand sich die Spur eines Rings, aber kein

Ring. Die Taschen in der Kleidung waren allesamt leer – keine Brieftasche, kein Ausweis. Eine gründlichere Durchsuchung würde erst im Leichenschauhaus vorgenommen werden.

Als man den Leichnam dort entkleidete, bemerkte der Rechtsmediziner zwei weitere Auffälligkeiten. Am linken Handgelenk befanden sich die von einer Armbanduhr hinterlassenen Kerben, aber eine Armbanduhr fehlte. Merkwürdiger war, dass die Markenetiketten in den Kleidungsstücken des Toten darauf hinwiesen, dass es sich nicht um amerikanische Erzeugnisse handelte. Es schienen britische Produkte zu sein. Der Rechtsmediziner seufzte. Ein toter Tourist, von der Straße weg entführt und in einem Slum ermordet, war keine gute Nachricht. Er rief einen leitenden Ermittler an.

Was den Rest anging, so konnte er die Todesursache ermitteln: Herzversagen. Das Opfer hatte einen harten Schlag ins Gesicht bekommen, der ihm das Nasenbein gebrochen hatte. In den Nasenlöchern und rund um den Mund befand sich geronnenes Blut. Ein zweiter Schlag hatte den Solarplexus getroffen. Nach der Öffnung des Torsos war klar, dass das Opfer – vielleicht ohne es zu wissen – ein schwaches Herz gehabt hatte. Das erlittene Trauma – Angst, Schmerz, Schläge – hatte zu einem Herzstillstand geführt.

Der Detective kam in die rechtsmedizinische Abteilung herunter, und auch er begutachtete die Etiketten in der Kleidung. Jermyn Street. War das nicht in London? Das Opfer war mittleren Alters. Ein wenig übergewichtig, aber nicht adipös. Weiche Hände. Er ließ das Gesicht waschen und fotografieren, und natürlich ließ er auch Fingerabdrücke und eine DNA-Probe nehmen. Wenn es sich um einen kürzlich eingereisten Briten handelte, musste er durch die Einreisekontrolle gegangen sein, wahrscheinlich am Kennedy Airport.

Was Detective Sean Devlin brauchte, war ein Name. Hatte der Mann in der Stadt gewohnt? In einem Hotel in Uptown Manhattan? Oder bei Freunden? Neben der britischen Kleidung gab es noch andere Merkwürdigkeiten. Dies war kein schiefgegangener Straßenraub. Räuber überraschten ihr Opfer, schlugen zu, machten es wehrlos, beraubten es und flüchteten. Dieser Mann war anscheinend meilenweit von hier entführt worden; man hatte ihn in diesen Slum verschleppt, an die Rohre gefesselt und geschlagen. Warum? Um ihn zu bestrafen? Oder um Informationen von ihm zu bekommen?

Als Detective Devlin die Bilder hatte, ließ er sie von drei Behörden überprüfen: von der Einwanderungs- und Zollkontrolle, dem Immigration and Customs Enforcement, bekannt unter der Abkürzung ICE, vom allgegenwärtigen Heimatschutz-Ministerium, der Homeland Security, und natürlich vom FBI. Das dauerte einen Tag, und die Gesichtserkennungstechnologie brachte ein Ergebnis. Auf dem Revier Brownsville, zu dem Detective Devlin gehörte, wimmelte es plötzlich von FBI. Der Tote war neu zugezogen, und er hatte unter dem Schutz des FBI gestanden. Die Sache würde peinlich werden, aber nicht für Detective Devlin, sondern weit oben im FBI-Büro in New York.

Dort war den Akten zu entnehmen, dass Mr. Harold Jennings die Genehmigung bekommen hatte, nach New York zu ziehen und sich dort niederzulassen, und dass der notwendige und umfangreiche Papierkram als Gefälligkeit gegenüber der britischen Premierministerin via Scotland Yard mithilfe des FBI beschleunigt worden war. Scotland Yard musste jetzt informiert werden, und eine Entschuldigung war fällig.

Drüben in London wurde auch ein Mann namens Sir Adrian Weston informiert. Er fuhr hinaus nach Chandler's Court und gab die Neuigkeit mit Bedauern an Mrs. Sue Jennings und ihre beiden Söhne weiter. Der jüngere, Marcus, vergoss Tränen, der ältere nahm den Tod seines Vaters als Tatsache zur Kenntnis, eine von vielen anderen, die er speicherte.

Sue Jennings fragte, ob der Leichnam ihres Mannes zur Beisetzung zurück nach England überführt werden könne. Man sagte es ihr zu. Das britische Konsulat in New York solle sich mit dem FBI in Verbindung setzen, um die Überführung zu veranlassen, sobald der Leichnam freigegeben wäre. Die Frau erwähnte auch eine Armbanduhr von sentimentalem Wert, die sie gern zurückhätte.

Es handle sich, erklärte sie, um eine Rolex Oyster, die sie ihrem Mann zu ihrem zehnten Hochzeitstag geschenkt habe. Und sie trage eine gravierte Inschrift auf der Rückseite: »Für Harold, in Liebe von Sue zu unserem zehnten Hochzeitstag«.

New York antwortete, eine Uhr sei nicht gefunden worden, aber die Fahndung nach den Mördern sei im Gange, und die New Yorker Polizei werde nach einer goldenen Rolex mit entsprechender Gravur suchen. Es gab eine Liste, die regelmäßig an Pfandleiher und Juweliere verteilt wurde. Die Uhr wurde auf diese Liste gesetzt, aber ohne Erfolg.

Sir Adrian war beunruhigt über diese New Yorker Entwicklung. Der Zufall erschien ihm allzu groß. Sollte Moskau einen Zusammenhang zwischen dem Desaster der *Admiral Nachimow* und dem Vereinigten Königreich entdeckt haben, so hatten sie dort unglaublich schnell gearbeitet, und das war besorgniserregend. Er rief das FBI in New York an und fragte nach dem Detective, der den Fall bearbeitete.

Mithilfe des FBI konnte er ein langes Gespräch mit

Detective Devlin in Brooklyn führen. Devlin half, so gut er konnte, aber viel hatte er nicht zu bieten. Und eine Woche lang steckten die Ermittlungen fest.

An dem Tag, als die Leiche in dem New Yorker Müllcontainer als Harold Jennings identifiziert wurde, versammelten sich acht der stärksten hochseetüchtigen Schlepper des Westens im Ärmelkanal und nahmen den gestrandeten Schlachtkreuzer ins Schlepptau. Stahltrossen, so dick wie eine Männertaille, schlängelten sich von ihren Hecks zu dem unbeweglichen Leviathan. Auf dem Höhepunkt der Flut setzten sie sich alle in Bewegung. Die beiden riesigen Propeller der *Nachimow* wirbelten unter ihrem Heck tonnenweise feinen Sand auf. Zoll für Zoll, Fuß um Fuß und schließlich Yard auf Yard wurde sie rückwärts von den Goodwins ins tiefe Wasser gezogen.

Zehn Tage lang war die *Admiral Nachimow* eine Touristenattraktion gewesen. Geschäftstüchtige Barkasseneigner an der Küste von Kent hatten Ausflüge in das Flachwasser zwischen den Goodwins und der als Downs bekannten Küste angeboten. Besucher machten Millionen von Fotos, auf denen sie meistens strahlend vor dem Schlachtkreuzer standen.

Als die *Nachimow* frei war, warfen die acht Schlepper die Leinen los und dampften zu ihren Stützpunkten zurück, die Russen in die Ostsee und die Holländer und Franzosen, die man zu Hilfe gerufen hatte, in ihre jeweiligen Häfen. Die *Nachimow* jedoch kam auf ihrer Reise in den fernen Osten Russlands nicht weit. Ihr Rumpf musste untersucht werden. Als sie wieder Fahrt machte, ging sie vollkommen seetüchtig auf Nordkurs, zurück nach Sewmasch. Für die Bewohner von Kent war das Spektakel zu Ende. Der Kreml allerdings war anderer Ansicht.

Wie es bei polizeilichen Ermittlungen oft der Fall ist, war der Durchbruch, als er endlich kam, einem glücklichen Zufall zu verdanken. Ein Straßenräuber wurde verhaftet, und er trug eine goldene Rolex mit Gravur. Und er war Russe.

In New York City leben sechshunderttausend Russen, ein Viertel davon wohnt und arbeitet in einer Gegend namens Brighton Beach am südlichen Rand Brooklyns, die sich am Ufer der Halbinsel Coney Island erstreckt. Hier gibt es eine lebendige und gewalttätige kriminelle Szene, die aus mehreren bekannten Gangs besteht. Die New Yorker Polizei hat ein großes Team von Russisch sprechenden Polizisten, die sich nur mit Brighton Beach und seinen Gangs beschäftigen.

Der Verhaftete hieß Viktor Uljanow, und er ließ keinen Zweifel daran, dass er nicht vorhatte, etwas zu sagen. Er war offensichtlich ein mieser kleiner Gauner vom Bodensatz der Gangs und außerdem extrem dumm.

Er hatte im dicht belaubten Queens, meilenweit von zu Hause entfernt, im Alleingang einen Raubüberfall versucht und sich dazu einen respektabel aussehenden Managertypen auserwählt, der in der Straße unterwegs war, in der er wohnte. Aber es war nicht Viktors großer Tag gewesen. Der Geschäftsmann, ein Mann mittleren Alters, hatte bei den Olympischen Spielen in Atlanta als Halbschwergewicht für die USA geboxt, und seine rechte Faust war noch immer ein beeindruckendes Gebilde aus Muskeln und Knochen.

Bevor Uljanow sein Messer einsetzen konnte, hatte die Faust seines Opfers bereits Bekanntschaft mit seinem Kiefer geschlossen. Er war auf dem Gehweg aufgewacht, umgeben von mehreren blau gekleideten Beinen. Auf dem Revier wurde er verspottet und verhöhnt, sodass er in Missmut und Elend versank. Außerdem wurden all seine Habseligkeiten beschlagnahmt, bevor er in eine Zelle wanderte.

In einer der oberen Etagen sah ein cleverer junger Rekrut die Uhr und erinnerte sich an die Fahndungsmeldung, die eine Woche zuvor die Runde gemacht hatte und in der eine gravierte goldene Uhr erwähnt worden war, die einem toten Briten gehört hatte. Er meldete die Sache seinem Sergeant und wurde für seinen scharfen Verstand gebührend gelobt. Die Kriminalpolizei übernahm den Fall und alarmierte das FBI.

Mrs. Sue Jennings bekam ein Bild der Uhr zu sehen, als sie von der Beisetzung ihres Mannes in einer nahe gelegenen Kirche nach Chandler's Court zurückkehrte, und sie bestätigte, dass es seine Uhr war. In New York informierte man Uljanow, dass die Straftat, die man ihm zur Last legte, nicht mehr einfacher Straßenraub war, sondern Mord.

Er erinnerte sich genau an das, was passiert war. Er war erst in letzter Minute für die Bande rekrutiert worden, die den britischen Steuerberater entführen sollte, weil ein intelligenteres Bandenmitglied ausgefallen war. Sie waren zu fünft gewesen, und es war ein Auftragsjob gewesen. Sie ahnten nicht, dass ein russischer Agent, der für den SWR in Moskau arbeitete, ihr Auftraggeber war.

Der Auftrag lautete, zu einem Apartment in Queens zu fahren, dort zu klingeln und, wenn der alleinige Mieter des Apartments öffnete, ihn mit vorgehaltener Pistole aus dem Haus und in den Lieferwagen zu bugsieren. Das war auch geschehen. Der verängstigte Gefangene hatte alles getan, was man ihm befahl. Es war dunkel gewesen, kurz vor Mitternacht, und niemand hatte etwas bemerkt.

Auftragsgemäß waren sie zu einem leeren Lagerhaus in einem Slum nicht weit von Sheepshead Bay gefahren, hatten den weinenden Ausländer an ein Heizungsrohr gefesselt und sich darauf vorbereitet, den Auftrag zu Ende zu führen. Ihre Anweisungen waren simpel: Sie sollten ihn ein bisschen verprügeln und ihm eine einfache Frage stellen: Wo ist dein Sohn?

Dann war etwas schiefgegangen. Beim zweiten Schlag, den der Anführer ihm verpasst hatte, hatte der Mann Krämpfe bekommen, die Augen waren ihm aus den Höhlen gequollen, und er war in seinen Fesseln zusammengesackt. Sie dachten, er sei ohnmächtig geworden, und versuchten, ihn wiederzubeleben. Aber er war tot. Abgesehen von dem ständig wiederholten Wort »Bitte« hatte er nichts weiter gesagt.

Die Reaktion ihres Chefs hatte ihnen mehr Sorge bereitet als der Tote.

Drei von ihnen gingen hinaus, um eine Stelle zu suchen, wo sie die Leiche ablegen konnten. Der vierte und Uljanow blieben in dem Lagerschuppen, banden den Mann los und durchsuchten ihn nach Dingen, die sich zu stehlen lohnten. Der andere Russe nahm den Siegelring und die Brieftasche, und Uljanow nahm ihm die Uhr ab und steckte sie in die Tasche. Später befestigte er sie an seinem Handgelenk und warf seine billige Timex weg.

Als der Russe zwei Detectives mit stahlhartem Blick gegenübersaß, war ihm klar, dass er ein toter Mann wäre, wenn er die Namen seiner Komplizen preisgäbe. Deshalb war er völlig verdattert, als sie ihm einen ganz anderen Deal anboten. Den beiden Polizisten war klar, dass eine Mordanklage nicht standhalten würde. Sie sagten ihm, sie seien nur an einer einzigen Information interessiert, und wenn sie die bekämen, könnten sie den Mordvorwurf fallen lassen. Was hatte der Brite gesagt, bevor er starb?

Viktor Uljanow dachte nach. Das zu beantworten, schien ihm harmlos zu sein. Im Vergleich zu mindestens zwanzig Jahren Knast?

»Er hat nichts gesagt.«

»Nichts? Gar nichts?«

»Kein Wort. Er hat den zweiten Schlag kassiert, nach Luft geschnappt und ist krepiert.«

Die Detectives hatten ihre Antwort. Sie gaben sie weiter an die FBI-Zentrale, und die informierte London.

Für Sir Adrian war Harold Jennings' plötzlicher Tod in New York und die Zusicherung der New Yorker Polizei, er habe anscheinend kein Wort über seinen Sohn oder, genauer gesagt, über den neuen Aufenthaltsort seines Sohnes geäußert, zum Teil eine Erleichterung. Aber nur zum Teil.

Wichtiger war eine bohrende Sorge. Wie war den Russen jemals der Name Jennings zu Ohren gekommen, und wie hatten sie den richtigen Harold Jennings 3 500 Meilen weit entfernt in einem New Yorker Apartment finden können? Irgendwo – er hatte keine Ahnung, wo – hatte es eine undichte Stelle gegeben.

Es verstand sich von selbst, dass Moskau die globale Demütigung durch den auf Grund gelaufenen Schlachtkreuzer nicht einfach als Pech abtun würde. Auch ohne die traditionelle russische Paranoia würden sie darauf kommen, dass jemand in ihre Computer eingedrungen war. Die Nachkonstruktion an Bord der *Nachimow* und in der Datenbank in Murmansk dürfte gezeigt haben, dass sie gehackt worden waren, und zwar sehr erfolgreich und so clever, dass man es erst entdeckte, als es zu spät war. Das würde eine massive Untersuchung zur Folge haben. Sir Adrian ahnte, wer damit betraut worden war.

So ist es mit den Spitzenleuten in der Welt der Nachrichtendienste. Sie studieren einander wie Schachspieler. Einander zu überlisten, statt einander über den Haufen zu schießen, ist der ideale Weg. Schießen ist etwas für Männer in Tarnuniformen. Ein Schachmatt bringt mehr Befriedigung. Sir Adrian hatte den Flecktarn bei den Fallschirmspringern getragen und den dunklen Anzug bei der Firma.

Er war zwar zehn Jahre älter als der Mann in Jassenewo, aber der aufsteigende Stern im SWR war Weston schon aufgefallen, als er stellvertretender Leiter des MI6 war. Jewgenij Krilow war damals, als Leiter der Westeuropa-Abteilung seines Dienstes, raffiniert und hartnäckig gewesen, und im weiteren Verlauf seiner Karriere hatte er die Erwartungen, die man in ihn setzte, nicht enttäuscht, was zu seinem Aufstieg durch die Abteilungen bis in das Büro im siebten Stock führte.

Es wird berichtet, der britische General Bernard Montgomery habe während des Afrikafeldzugs im Zweiten Weltkrieg stundenlang in seinem Wohnwagen gesessen, das Foto seines deutschen Widersachers Erwin Rommel angestarrt und herauszufinden versucht, was der Feind als Nächstes tun würde. Sir Adrian hatte eine Akte über Jewgenij Krilow geführt, und auch sie enthielt ein Foto. Er kehrte zu seinen alten Kollegen in Vauxhall Cross zurück, und um der alten Zeiten willen erlaubte man ihm, in einem geschlossenen Raum die Akte Krilow zu studieren. Ende der neunziger Jahre hatte Krilow zwei Jahre unter dem Stationschef der SWR-Einheit in der russischen Botschaft in London gearbeitet. Er war unangemeldet, was hieß, er gab sich als harmloser stellvertretender Kulturattaché aus, aber die Briten wussten genau, was er in Wirklichkeit war.

Im seltsamen *danse macabre* der Spionage ist es nicht ungewöhnlich, dass Agenten die Cocktailpartys in den Botschaften beider Seiten besuchen. Sie treiben Konversation, strahlen, lassen die Gläser klingen und tun so, als wären sie allesamt fröhliche Diplomaten, während sie beabsichtigen, hinter dieser Maske verborgen den Gegner zu überlisten und zu vernichten. Sir Adrian hielt es für möglich, dass er dem (damals) jungen russischen Spion auf einem solchen Empfang schon einmal begegnet war.

Er konnte nicht wissen, dass es beinahe noch eine Begegnung gegeben hätte, und zwar in Budapest, wo er ein Treffen mit einem desertierten russischen Oberst abgeblasen hatte, weil er spürte, dass es aufgeflogen war. Später fand er heraus, dass er recht gehabt hatte. Unter Folter hatte der Oberst alles verraten, bevor man ihn hinrichtete. Weil der Verräter ein Russe war, hatte der ungarische Geheimdienst ÁVO einen Mann aus der russischen Botschaft eingeladen, bei der Festnahme des britischen Agenten zugegen zu sein. Budapest war Krilows dritter Auslandsposten, und er hatte in der Falle gewartet, die die ÁVO dem britischen Agenten stellte, der nie erschien.

Sir Adrian schloss die Akte und verließ Vauxhall, und sein Verdacht festigte sich. Krilow war nicht umsonst vom Laufburschen der russischen Botschaft in den siebten Stock von Jassenewo aufgestiegen. Er musste der Mann sein, den man beauftragt hatte, den Superhacker aufzuspüren.

Weston wusste auch, dass Moskau zwei Namen in Erfahrung gebracht hatte: Jennings und Luton. Wie, wusste er nicht. Aber darauf kam es auch nicht mehr an. Die Familie

Jennings war von dort verschwunden, und er hatte guten Grund zu der Annahme, dass Moskau den Namen Chandler's Court noch nie gehört hatte. Und dennoch ... und dennoch hatte er wieder dieses Bauchgefühl. Deshalb wollte er, dass der Junge von einem kleinen Trupp erfahrener Leute umgeben wurde. Ein paar Soldaten in Chandler's Court zu haben, wäre keine schlechte Idee.

In einem schäbigen Hinterhof in Brownsville hatten Krilows auserwählte Männer versagt, aber wenn Moskau wirklich zu dem Schluss gekommen war, dass die Köpfe und Hände, die für die Demütigung der *Admiral Nachimow* verantwortlich waren, auf der kleinen Insel am Nordwestrand Europas zu Hause waren, die der Woschd so sehr hasste, dann würde er dort nicht aufhören. Er würde es noch einmal versuchen.

Sir Adrians Besorgnis wäre noch größer gewesen, wenn er wie eine Maus im Büro seines Widersachers über dem Birkenwald von Jassenewo hätte sitzen können.

Ausgebreitet auf Krilows Schreibtisch lag der großformatige Ausdruck einer Fotografie. Das Original stammte von einem russischen Satelliten, der über der Mitte Englands seine Bahn zog und auf sein Ersuchen von seinem geplanten Kurs abgewichen und den Koordinaten gefolgt war, die tief unter ihm programmiert worden waren. Er hatte das Bild aufgenommen und war auf seinen ursprünglichen Kurs zurückgekehrt. Als er das nächste Mal über Russland war, hatte er das gewünschte Foto heruntergeschickt.

Jewgenij Krilow nahm eine große Lupe und betrachtete das Bild im Zentrum der Satellitenaufnahme. Es zeigte ein von Mauern umgebenes, bewaldetes Gelände namens Chandler's Court.

SIEBEN

Die Organisation, für die Jewgenij Krilow arbeitete, war nicht zimperlich. In der Vergangenheit und zuletzt auch unter seiner Leitung hatte der SWR mehrere Mordanschläge im Ausland durchgeführt, aber Krilow setzte für »nasse Jobs« vorzugsweise Auftragskiller ein.

Als er das Satellitenfoto studierte, begriff er, dass er die ersten beiden ihm vom Woschd gestellten Aufgaben gelöst hatte. Der Instinkt des Präsidenten hatte also nicht getäuscht. Die Briten, nicht die Amerikaner, hatten sich an Mütterchen Russland für die Skripal-Affäre gerächt.

Im Frühjahr 2018 war ein Russe, der friedlich in der britischen Kathedralstadt Salisbury lebte, von russischen Agenten beinahe ermordet worden. Sergej Skripal hatte früher für Großbritannien gegen Russland spioniert. Er war enttarnt, vor Gericht gestellt und verurteilt worden und hatte in Russland eine Haftstrafe verbüßt. Nach seiner Haftentlassung hatte man ihm erlaubt, nach Großbritannien auszuwandern und sich dort niederzulassen.

Dort lebte er still und praktisch unsichtbar, als ein russischer Agent das tödliche Nervengift Nowitschok auf Skripals Türklinke strich. Skripal und seine Tochter Julia, die bei ihm zu Besuch war, berührten das Gift und zogen sich eine beinahe tödliche Vergiftung zu. Ein bis dahin unbekanntes britisches Gegengift rettete sie mit knapper Not. Das Verdienst wurde Porton Down zugeschrieben.

Persönlich war Jewgenij Krilow gegen dieses Unternehmen gewesen, aber darüber hatte der Woschd sich hinweggesetzt. Wie sich herausstellte, hatte Krilow recht gehabt. In der Folge waren sechsunddreißig russische Diplomaten ausgewiesen worden, und die Briten hatten eine gute Wahl getroffen. Alle sechsunddreißig waren in der Botschaft stationierte Spione gewesen, und ihr Verlust hatte verheerende Auswirkungen auf Krilows Netzwerk in Großbritannien.

Das alles war ein katastrophaler Fehler gewesen, aber er wusste, dass es ihn mehr als seinen Job kosten würde, das zu sagen. Jetzt hatte sich mit dem gestrandeten Stolz der Nordmeerflotte eine neue Katastrophe ereignet, und die russische Vergeltung war unerlässlich. Zumindest hatte er zwei Drittel des Weges dorthin schon geschafft.

Die Briten hatten eine Geheimwaffe gefunden, und sie waren bereit, sie mit einer Skrupellosigkeit einzusetzen, vor der auch er nicht zurückschrecken würde. Und sie war nicht Teil einer Maschinerie, sondern ein menschliches Gehirn. Das Gehirn eines autistischen Jugendlichen, das Unmögliches leisten konnte. Wie die Cyberwissenschaftler in Fort Meade hatten auch die Russen in Murmansk angenommen, dass die Firewall um die Datenbanken von Murmansk undurchdringlich sei, und das hatte sich als falsch erwiesen.

Dank einem Agenten in Washington hatte der Junge jetzt einen Namen. Dank der Detektivarbeit in Luton hatte er den Vater des Genies ausfindig gemacht, aber der hatte sich als nutzlos erwiesen. Jetzt hatte eine neue Quelle das Ziel benennen können – den Ort, an dem die Briten ihre Geheimwaffe versteckten. Aus den Augen, aus dem Sinn – nur, dass Krilow ihn keineswegs vergessen hatte. Er musste die dritte

Forderung des Woschd erfüllen: den Jungen eliminieren, die Kränkung rächen.

Es gab fünf Kader von ausgebildeten Killern in Russland, bei denen Krilow sich bedienen konnte. Die eigentliche Frage war, welchen er einsetzen sollte.

Zwei unterstehen der Regierung. Da sind zum einen die Speznas – Soldaten der Spezialeinsatzkräfte, die dem britischen SAS, dem SBS und dem fast unsichtbaren SRR sowie den amerikanischen Green Berets, der Delta Force und den Navy SEALs entsprechen. Alle diese Einheiten sind hoch spezialisiert und besitzen unterschiedliche Fähigkeiten, je nach ihren speziellen Talenten und Erfahrungsbereichen.

Innerhalb der Speznas gab es eine geheime Einheit, die für Auslandseinsätze ausgebildet war. Ihre Angehörigen durchliefen eine streng geheime Schule, in der sie lernten, wie sie sich in Zivilkleidung unbemerkt in ausländischen Gesellschaften bewegten, wie sie sich in geheimen Lagern, in denen die Botschaft das – im unantastbaren Diplomatengepäck importierte – Ausrüstungsmaterial deponierte, mit den entsprechenden Waffen versorgten, um dann ihren Auftrag zu erledigen, und wie sie, unsichtbar, wie sie gekommen waren, in ihr normales Leben zurückkehrten. Sie beherrschten Fremdsprachen nahezu fließend, und die Sprache, die sie vor allem lernten, war die meistverbreitete Sprache der Welt, nämlich Englisch.

Ebenfalls im Dienst der Regierung und unter Krilows Leitung stand die alte Abteilung 13, die inzwischen erweitert und in Abteilung V oder Otdel Mokrije Dela umbenannt worden war – die »Abteilung für nasse Jobs« –, ein Überbleibsel des alten KGB, das nie untergegangen war, als diese Organisation unter Gorbatschow aufgespalten und umbenannt wurde.

Es waren zwei Agenten der Abteilung V, der Teamchef und einer, der ihm Deckung gab und den Leihwagen fuhr, die in Salisbury gewesen waren und den Türgriff des Verräters mit Nowitschok bestrichen hatten. Nicht einmal der russische Botschafter in Großbritannien, die Witzfigur Jakowenko, wusste von ihnen. Deshalb hatte er, ohne rot zu werden, der britischen Presse erzählen können, Russland habe mit der Affäre nichts zu tun.

Außerhalb des SWR konnte Krilow auf die kriminelle Unterwelt, die Wory w Sakone, zurückgreifen. Die Wory war jederzeit zuverlässig bereit, der Regierung Gefälligkeiten zu erweisen, da sie sich darauf verlassen konnte, dass diese Gefälligkeiten in Russland mit Verträgen und Konzessionen für ihr pandemisches Geschäftsimperium belohnt werden würden.

Im Westen weitgehend unbekannt waren die Biker, die Nachtwölfe; sie operierten auf einer Ebene der Gewalt, die die kalifornischen Hell's Angels aussehen ließ wie Kapläne in der Sommerfrische. Unter dem Banner eines wütenden Patriotismus waren die Nachtwölfe darauf spezialisiert, durch Europa reisende Fußballfans zu attackieren und außer Gefecht zu setzen. Unter ihnen waren ein paar ehemalige Speznas-Leute, und manche sprachen Englisch.

Und schließlich gab es zwei nichtrussische Gruppen, die Moskau für Auftragsarbeiten zur Verfügung standen. Beide hatten Zugriff auf kriminelle Banden, die für ein extremes Maß an Gewalttätigkeit berüchtigt waren – die Tschetschenen und die Albaner.

Zivile Unternehmer mussten bezahlt werden, aber auch das war kein Problem. Der Kreml hatte engste Verbindungen zu dem Netzwerk industrieller und geschäftlicher Milliardäre, die ihren unvorstellbaren Reichtum damit erlangt hatten, dass sie das Vermögen ihres Heimatlandes abgeräumt hatten und dann ins Ausland gezogen waren, um dort ein Luxusleben zu führen. Ein paar von ihnen, die Dümmeren, hatten mit dem größten aller Gangster geteilt, und zwischen ihnen und dem Kreml tobten erbitterte Rachefehden. Sie mussten sich auf ihren ausländischen Anwesen mit Teams von Bodyguards umgeben, und selbst das rettete sie nicht immer. Diejenigen, die wussten, was gut für sie war, stellten die nötigen Mittel jederzeit zur Verfügung.

Jewgenij Krilow dachte zwei Tage nach und entschied dann, die Biker zu benutzen, ein Eliteteam der Nachtwölfe, allesamt weit gereist und Englisch sprechend.

Seine Wahl war folgerichtig. Als Schuldigen an der Affäre Skripal hatte man sofort Russland ausgemacht, was von der gesamten nachrichtendienstlichen Welt bestätigt worden war, weil Nowitschok eine spezifisch russische Entwicklung war. Kriminalität unterhalb der staatlichen Ebene indessen war ein universelles Phänomen. Die Biker konnte jeder engagiert haben. Wenn der Hacker tot wäre, würden die Briten auf offizieller Ebene wissen, wer die Killer geschickt hatte, aber anders als bei der Nowitschok-Spur würden sie es niemals beweisen können.

Sir Adrian sah sich gern als Pragmatiker, der bereit war, sich der Realität zu stellen und sie zu akzeptieren, so unerfreulich sie auch sein mochte. Aber er hatte auch nichts gegen Intuition. Zweimal im Leben hatte er sich geweigert, das Bauchgefühl zu ignorieren, das ihm sagte, dass etwas nicht stimmte. Zweimal hatte er die Gefahr gewittert und sich so weit wie möglich außer Reichweite gebracht. Einmal, gegen Ende der siebziger Jahre, schnappte die Falle der ostdeutschen Stasi zu, als er gerade über die Grenze in den sicheren Westen entkommen war. Zum zweiten Mal geschah es, als der KGB zu Anfang der Achtziger eine Razzia in einem Budapester Café durchführte, in dem er einen Kontaktmann treffen sollte. Wenige Minuten vorher hatte er sich abgesetzt, und später wurde bekannt, dass der Kontaktmann da bereits nach Sibirien abtransportiert worden war, wo er sterben würde.

In den Jahren, in denen er für sein Land Kopf und Kragen riskierte, hatte Adrian Weston gelernt, sein Bauchgefühl ernst zu nehmen und es nicht mit der Nervosität eines Feiglings zu verwechseln, der er nicht war.

Nach der Sache in Budapest hatte es einen Deserteur vom ÁVO gegeben, und er hatte den Mann in einem Safe House außerhalb von London befragt. Zufällig war der Ungar einer von denen gewesen, die an dem Treffpunkt im Café auf den britischen Spion gewartet hatten, der nie erschienen war. Das konnte er bestätigen, weil es sich bei dem verhafteten Verräter um einen Russen gehandelt hatte und deshalb ein Mann vom KGB dabei gewesen war. Dessen Name war Jewgenij Krilow. In der Folgezeit hatte Weston natürlich den stetigen Aufstieg dieses Krilow von ferne verfolgt, und nach seiner eigenen Pensionierung hatte er von der letzten Beförderung des Russen in die oberste Etage von Jassenewo erfahren.

Als Profi wusste er, dass die massenhafte Ausweisung von SWR-Agenten aus der Londoner Botschaft nach der Skripal-Affäre den Mann, der einmal beinahe seine Nemesis gewesen wäre, massiv hatte bluten lassen. Deshalb zeigte ein anderes Porträt an seinem Bett dieses Gesicht, herausgefiltert aus den Archiven all jener Diplomatenpartys vor langer Zeit, das Gesicht des Mannes, der jetzt den SWR leitete.

Als er die FBI-Berichte aus New York studiert hatte, nahm er die alte Witterung wieder auf.

Irgendetwas stimmte nicht. Moskau handelte zu schnell. Sir Adrian wusste nichts von einem russischen Maulwurf im Justizministerium in Washington, aber irgendwie war Krilow an diesen Namen gekommen, und es war der richtige. Und nach Aussagen des FBI waren die vom SWR beauftragten Männer in New York nur durch einen dummen Zufall gescheitert, nämlich wegen Harold Jennings' Herzschwäche.

Er war zunehmend überzeugter, dass Krilow es noch einmal versuchen würde. Das Ganze roch nach Panik. Die Befehle kamen offenbar aus dem Herzen des Kreml, und sie würden befolgt werden. Er hatte einen Bären gereizt, und der Bär war wütend. Also bat der alte Mandarin aus Vauxhall Cross um ein weiteres privates Meeting mit der Premierministerin und trug ihr sein Anliegen vor. Als er darlegte, was er vermutete und was er haben wollte, schloss sie die Augen.

»Sie glauben wirklich, das könnte nötig sein?«

»Ich hoffe nicht, aber Vorsicht ist besser als Nachsicht, Prime Minister.«

Politiker muss man selten dazu überreden, vorsichtig zu sein. Im Buckingham-Palast werden Orden verliehen, aber niemals an Politiker.

»Wenn Sie den Direktor der Special Forces überzeugen können? Aber falls er Ihnen widerspricht, werde ich seinem Rat folgen.«

Der Direktor der Special Forces, DSF, ist ein hoher Offizier der Army, meistens im Rang eines Brigadegenerals, und sein Büro liegt abseits der Albany Street in Regent's Park. Er empfing Sir Adrian unverzüglich und am selben Nachmittag, denn die Anfrage war aus Downing Street gekommen. Der DSF sah schrecklich jung aus, fand Sir Adrian, doch das taten sie heutzutage alle. Er legte sein Problem dar, und der Brigadier verstand sofort. Er hatte vor seiner Beförderung jahrelang im Regiment gedient.

Das Regiment hat kein Problem mit »unmittelbarem Personenschutz« – »Close Protection«, wie eine Leibwache unter Fachleuten genannt wird. Es hat CP-Aufträge überall auf der Welt übernommen, war Freunden Großbritanniens behilflich und hat nicht selten die eigenen Landsleute solcher Staatschefs ausgebildet. Es kann denen, die es auf sein Niveau im Personenschutz bringen, stattliche Honorare berechnen, und es war lange Zeit im ölreichen Persischen Golf tätig. Tatsächlich ist es vielleicht die einzige Einheit der bewaffneten Streitkräfte, die im Staatsauftrag Gewinne macht.

»Sie erwarten einen Angriff, Sir Adrian?«, fragte der Brigadier.

»Nein. Aber ich möchte sichergehen.«

»Wir übernehmen im Inland nur selten CP-Aufträge.«

Beide wussten, dass die Personenschützer, die gelegentlich die Königin umgaben, den Special Forces angehörten, auch wenn die Metropolitan Police über erstklassige bewaffnete Einheiten verfügt. Das blieb unerwähnt.

»Vielleicht könnten wir es als Trainingseinsatz behandeln«, überlegte der Brigadier. »Wie viele Leute brauchen Sie?«

»Ein Dutzend vielleicht. In den alten Personalunterkünften sind genug Schlafplätze. Regelmäßige Verpflegung aus der Küche. Ein Fernsehzimmer für die Freizeit.«

Der Brigadier lächelte. »Klingt wie Urlaub. Ich werde sehen, was ich tun kann.«

Zwei Tage später trafen sie in Chandler's Court ein, drei Sergeants und neun Soldaten, kommandiert von einem dreißigjährigen Captain namens Harry Williams. Er bekam ein Zimmer im ersten Stock und sollte mit der Familie und dem Team vom GCHQ essen.

Sir Adrian legte Wert darauf, anwesend zu sein und sie zu begrüßen. Dabei hatte er auch Gelegenheit, sich ein Bild von ihnen zu machen. Was er sah, gefiel ihm. Niemand brauchte ihm zu erklären, dass die Special Forces nicht ohne Grund »Special« genannt wurden. Allgemein gesagt, besitzen sie einen hohen IQ und vielfältige Fähigkeiten. Extreme körperliche Fitness und die Beherrschung eines breiten Spektrums der Waffentechnik verstehen sich von selbst. Zu den Vier-Mann-Einheiten, den Grundkomponenten des Regiments, gehören zumeist ein oder zwei Linguisten, ein Sanitäter zur Erste-Hilfe-Leistung, ein Ingenieur/Techniker und ein Waffenmeister.

Vor der Fahrt nach Chandler's Court hatte Sir Adrian die Notizen über den Teamführer überflogen, die der Direktor der Special Forces zusammengestellt hatte. Harry Williams hatte die gleiche Bewertung erhalten wie Adrian Weston Jahre zuvor, als er sich als Teenager zum Militär gemeldet hatte: »Gute Familie, gute Schule, gute Examina, potenzielles Offiziersmaterial«. Weston hatte die Uniform zwanzig Jahre lang getragen.

Williams war außerdem in Sandhurst gewesen und hatte sich dann ein Patent bei den Coldstream Guards gesichert, aber mit fünfundzwanzig, als sein Verlangen nach Kampfeinsätzen weiter gewachsen war, hatte er sich um eine Versetzung zum Special Air Service beworben. Das Auswahlverfahren, das zu einem großen Teil in den Bergen der Brecon

Beacons in Südwales stattfindet, ist dermaßen zermürbend, dass nur ein kleiner Prozentsatz der Kandidaten angenommen wird. Harry Williams war einer davon gewesen.

Die permanenten Angehörigen des Regiments sind die ORs, die »anderen Ränge«: Unteroffiziere und einfache Soldaten. Offiziere oder »Ruperts« kommen und gehen, und das stets auf Einladung. Captain Williams war zum dritten Mal dabei. Vorher war er zweimal auf geheimen Einsätzen hinter der Front in Afghanistan und in Syrien gewesen, die er mit einer geringfügigen Schusswunde im Oberschenkel überlebt und bei denen er ein halbes Dutzend Terroristen eliminiert hatte.

Sir Adrian dachte an die Bemerkung des Brigadiers: »Klingt wie Urlaub.« Für diesen kampferprobten Krieger wäre Chandler's Court sicher kaum etwas anderes. Bevor er aufbrach, sorgte der Mastermind der Operation Troja dafür, dass der Kommandant der Schutztruppe seine Schützlinge, die Familie Jennings, kennenlernte. Sie tranken im Wohnzimmer der Familie Tee.

Die Jungen reagierten unterschiedlich auf Captain Williams. Luke war wie immer schüchtern und zurückhaltend, aber Marcus lechzte nach Details vergangener Kampfeinsätze. Captain Williams lächelte nur und sagte: »Später… vielleicht.«

Sir Adrian war ein geübter Beobachter. Beifällig sah er, wie behutsam der Soldat mit dem älteren Jungen umging, und auch die Reaktion der sehr hübschen Sue Jennings entging ihm nicht. Seine geliebte Fiona hätte mit ihrem leisen Lächeln geflüstert: »Sie würde ihn nehmen.« Das war eindeutig die unausgesprochene Reaktion der kürzlich verwitweten Mrs. Jennings. Sir Adrian spürte die Vibrationen über den Teetisch hinweg. Aus seinen Notizen wusste er, dass der Soldat Witwer war. Vermutlich würde dieser Umstand später zur Sprache kommen, wenn er gegangen war.

Die Männer waren an den Aufenthalt in Wüsten gewöhnt, in Mooren, in der Arktis, im Dschungel und im Sumpf, und so fühlten sie sich in den alten Mitarbeiterquartieren unter dem Dach bald wie zu Hause. Für die Mitarbeiter, die außerhalb wohnten, waren sie ständig sichtbar, und die Mundpropaganda verbreitete sich schnell. Deshalb trugen sie keine Tarnkleidung, sondern T-Shirts, Fleecewesten und Turnschuhe.

Zwei Tage wurden damit verbracht, die unmittelbare Umgebung des Landhauses so zu verändern, wie Captain Williams es haben wollte. Büsche und Sträucher wurden gerodet, und rund um das Haus entstand eine ununterbrochene Rasenfläche, ein fünfzig Meter tiefes, freies Schussfeld für den Fall, dass man es brauchen sollte. In dem schmalen Streifen Waldland vor der offenen Rasenfläche wurden Körperwärmesensoren an die Bäume gehängt. Tagsüber waren sie abgeschaltet, aber nachts leuchteten die Lämpchen auf den Konsolen in der Kommandozentrale unter dem Dach. An ihrer Helligkeit erkannte man die Größe der Wärmequelle. Die Männer hielten die Augen offen, sie lauschten und warteten im Schichtdienst, Tag und Nacht. Was im Computerzentrum vor sich ging, wussten sie nicht. Hier herrschte das *Need-to-know*-Prinzip: Jeder wusste nur das, was er für seine Arbeit wissen musste.

Die Russen stahlen sich am nächsten Tag ins Land. Es waren sechs, und sie gehörten den Nachtwölfen an. Sie waren groß und bullig, ehemalige Soldaten aus Kampfeinheiten, die alle gegen Afghanen oder tschetschenische Rebellen im Einsatz gewesen waren. Sie waren über die vor ihnen liegende Aufgabe umfassend informiert worden und operierten unter der von ferne ausgeübten Aufsicht Jewgenij Krilows.

Ihren professionell gefälschten Pässen nach kamen sie aus slawischen Ländern in Osteuropa. Alle sprachen englisch, teils stockend und mit starkem Akzent, aber auch – im Fall zweier ehemaliger Speznas – fließend. Sie kamen mit verschiedenen Flügen aus verschiedenen Hauptstädten der Europäischen Union.

Nach der Landung in Heathrow trafen sie sich im vereinbarten Café im Terminal – ein halbes Dutzend harmlos aussehende Touristen – und warteten, bis sie abgeholt wurden. Jemand fuhr sie zu einer Mietwohnung in einem der äußeren Vororte und verschwand sofort auf Nimmerwiedersehen.

Die Waffen, die sie verlangt hatten, warteten in Koffern im zweiten Schlafzimmer. Sie waren gegen einen Pauschalbetrag von einer in London operierenden albanischen Bande geliefert worden. Vorratsschränke und Kühlschrank waren voll. Am zweiten Tag erschien auf dem Parkplatz wie geplant ein Ford-Kleinbus, dessen Zündschlüssel unter der Gummimatte auf der Fahrerseite lag.

Auf der britischen Seite war alles von einem russischen Milliardär organisiert und geplant worden, der weitgehend im Dienste des Kreml stand. Als die sechs sich eingerichtet hatten, machten sie sich unter der Führung Antons daran, ihren Angriff vorzubereiten.

Sie unternahmen einen Erkundungstrip in das Dorf in der Nähe von Chandler's Court und fuhren dann um das Anwesen herum. Auf einem einsamen Stück Landstraße hielten sie an, und zwei stiegen über die Mauer und schlichen durch das Waldstück, bis sie die Mauern und Fenster des Landhauses sehen konnten, in dem ihre Zielperson wohnte. Anton machte seinen Plan, dann zogen die beiden sich an die Mauer zurück und kletterten hinüber. Alle fuhren davon. Es war mitten in der Nacht. Die Wissenschaftler schliefen.

In dem Haus, das sie besucht hatten, leuchtete eine rote Lampe auf einer Konsole. In London saß ein älterer Mann allein beim Essen, einen kurzen Spaziergang vom Admiralty Arch entfernt.

In seiner Brusttasche vibrierte leise ein Smartphone. Sir Adrian warf einen Blick auf das Display.

»Ja, Captain?«

»Wir hatten Besuch. Zwei Leute. Im Wald. Sie haben sich nur umgesehen und sind wieder weg.«

»Sie werden zurückkommen, und es werden mehr sein. Ich fürchte, sie sind voll bewaffnet. Und sie werden ihre Deckung verlassen. Höchstwahrscheinlich kommen sie nachts.«

»Und meine Befehle?«

Normalerweise konnte nur ein vorgesetzter Offizier auf diese Frage antworten, aber Captain Williams war angewiesen, die Befehle der Stimme unter dieser Telefonnummer zu befolgen.

»Erinnern Sie sich an Loughgall?«

Loughgall ist ein kleines Dorf in der Grafschaft Armagh in Nordirland. Am 8. Mai 1987 überfiel ein Killertrupp aus acht der besten IRA-Leute dort die kleine Kaserne des Royal Ulster Constabulary. Sie rollten in der Dunkelheit mit einem Bagger an, in dessen Schaufel eine Bombe lag. Die Bombe zerstörte das Haupttor, und der Baggerführer sprang ab und schloss sich den übrigen sieben an. Alle acht stürmten den Stützpunkt. Sie hatten den Befehl, die komplette Garnison der RUC zu eliminieren. Aber es hatte eine undichte Stelle gegeben. Irgendein hochrangiger Informant hatte ein Telefongespräch geführt. Vierundzwanzig SAS-Soldaten warteten im Gebäude und im Waldgelände ringsum. Sie stürmten heraus und eröffneten das Feuer. Alle acht IRA-Männer starben. Seitdem bedeutet das Wort »Loughgall«, was Lawrence von Arabien seinen Leuten auf der Straße nach Damaskus zurief: Keine Gefangenen.

»Ja, Sir.«

»Dann, Captain, haben Sie Ihre Befehle.«

Er trennte die Verbindung, und der Sommelier schenkte ihm Rotwein nach.

Für den Weinkellner änderte sich nichts an der Haltung seines Gastes. Innerlich jedoch kochte Sir Adrian. Die Tatsache, dass sein Gegner Krilow von Chandler's Court wusste, konnte nur eines bedeuten: Es gab noch einen zweiten Maulwurf.

ACHT

Sie kamen zurück. In der folgenden Nacht waren die Wölfe wieder da, diesmal bis an die Zähne bewaffnet. Sie hielten ihr Zielobjekt für ungeschützt. Ihr Auftrag war, in ein altes, weitläufiges Haus einzudringen und einen Teenager zu eliminieren, der in einem der Zimmer dort schlief. Jeder andere, der sich in diesem Stockwerk befand, sollte ebenfalls ausgeschaltet werden.

Sie trugen schwarze Overalls und schwarze Skimasken, und sie parkten an einem einsamen Abschnitt der Umfassungsmauer, wo sie auf das Dach ihres Fahrzeugs kletterten und in den Wald hinuntersprangen. Im Gänsemarsch trotteten sie zwischen den Bäumen hindurch, bis sie das Landhaus Chandler's Court im Mondlicht vor sich sahen. Sie ahnten nicht, dass auf einer Konsole dort im Haus rote Lichter wütend blinkten. Sie ahnten auch nicht, dass dreizehn Nachtsichtgeräte sie anstarrten. Erst recht ahnten sie nichts von den Nachtsicht-Zielfernrohren. Und von Loughgall hatten sie noch nie gehört.

Das Special-Air-Service-Regiment genießt (neben anderen) ein Privileg, das nur zwei andere SF-Regimenter genießen. Es darf sich seine Bewaffnung aus einem weltweiten Sortiment aussuchen, statt zu akzeptieren, was ihnen das Verteidigungsministerium zuteilt.

Als Sturmgewehr bevorzugen sie den C8-Karabiner von Diemaco, heute Colt Canada. Die Lauflänge beträgt nur 508

Millimeter, aber die Waffe ist kaltgeschmiedet und sehr präzise. Als Scharfschützengewehr verwenden sie das Accuracy International AX 50 mit einem Zielfernrohr von Schmidt & Bender. Sechs von jeder Sorte verbargen sich hinter den Vorhängen von Chandler's Court. In den Zielfernrohren erschienen die Eindringlinge in wässrig grünem Leuchten. Die Waffen, die auf sie gerichtet waren, trugen Schalldämpfer.

Anton ging an der Spitze seiner Kameraden, als sie aus dem Wald auf den Rasen hinaustraten. Gewalt war ihm nicht fremd; auf den Straßen von Marseille hatte er drei englische Fußballfans rollstuhlreif geprügelt. Trotzdem war er überrascht, als das Hohlspitzgeschoss ihn in die Brust traf. Eine halbe Sekunde später war er tot.

Als seine Kameraden ihn fallen sahen, hoben sie ihre Sturmgewehre in Feuerposition, aber zu spät. Hohlspitzmunition gestattet keine Debatten oder posttraumatische Chirurgie. Zwei der sechs begriffen, dass sie sich in einer Todeszone befanden, und versuchten, in den Schutz des Waldes zu fliehen, aber sie fielen getroffen zu Boden und blieben liegen.

Keine fünf Minuten später waren die Leichen in einen Schuppen auf dem Gelände des Landhauses geschleift worden. Ein fensterloser Lieferwagen würde sie ins Leichenschauhaus nach Stirling Lines bringen, und dort würden sie bleiben, bis man eine Entscheidung getroffen hätte. Mutter Natur und ein langer Gartenschlauch würden sich um die roten Spuren im Rasen kümmern.

Als es hell wurde, stöberte man den geparkten Van an der Mauer auf. Er wurde kurzgeschlossen, hundert Meilen weit weggefahren und in Brand gesetzt. Die Polizei der Grafschaft verfolgte ihn zu einem Gebrauchtwagenhändler in London zurück, der ihn gegen Barzahlung an einen Mann verkauft hatte, der nicht existierte. Das ausgebrannte Gerippe wanderte in die Schrottpresse. Das Gemetzel bei Chandler's Court hatte nie stattgefunden.

In Jassenewo wartete Jewgenij Krilow vergebens auf Neuigkeiten. In zwei Tagen würde ihm klar sein, dass seine Killer nicht mehr nach Hause kamen. Aber er hatte immer noch ein Ass im Ärmel. Er würde es noch einmal versuchen. Das musste er. Der Woschd würde darauf bestehen.

In London wurde Sir Adrian wieder einmal von einem Anruf vor dem Morgengrauen geweckt und bekam einen knappen Bericht, der einem Lauscher nichts verraten hätte. Es ging um Unkraut, das erfolgreich aus dem Garten entfernt worden war.

Er saß in seinem Apartment, als die aufgehende Sonne die Spitze von Big Ben berührte, der am Ende der Straße namens Whitehall über Westminster Palace aufragte, und betrachtete das Gesicht auf dem gerahmten Foto. Die Augen über den slawischen Wangenknochen, die er zuletzt vor zwanzig Jahren auf einer bedeutungslosen Party gesehen hatte, starrten zurück. Der britische Spion fluchte selten, aber jetzt fluchte er voller Wut. Seine schlimmsten Befürchtungen hatten sich bewahrheitet.

Der Name Chandler's Court war niemals über den Atlantik gedrungen. Sir Adrian durchstöberte die Unterlagen, studierte jede Situation, in der der Name genannt worden war, wo und von wem. Wem war er zu Ohren gekommen? Wie hatte Jewgenij Krilow davon erfahren können?

Der zweite Maulwurf, der verborgene Informant, musste

in London sein, nah am Herzen des Establishments. Moskau wusste einfach zu viel. Das FBI hatte darauf bestanden: Harold Jennings, der tote Vater des autistischen Genies, hatte keine Gelegenheit gehabt, den Namen Chandler's Court preiszugeben. Aber die Russen kannten ihn. Es musste einen Verräter geben. Das Jagd-Gen in Adrian Weston kam wieder in Fahrt.

Im Kalten Krieg, selbst nach der Niederschlagung des ungarischen Aufstands 1956 und der brutalen Unterdrückung der Tschechen im Jahr 1968, als so viele westliche Kommunisten, angewidert von der Skrupellosigkeit Moskaus, ihre wahnwitzigen Überzeugungen aufgegeben hatten, gab es immer noch ein paar Unverbesserliche, die Karl Marx und seinem Traum bis zum Ende treu blieben.

Aber dieses Ende lag längst in der Vergangenheit. Sogar Moskau und der Mann, der Russland jetzt regierte, hatten den Kommunismus zugunsten eines wütenden Nationalismus aufgegeben. Selbst ein völlig verblendeter Intellektueller – und Sir Adrian hatte sich nie vorgemacht, dass selbst eine angesehene Geistesgröße nicht auch dumm wie Stroh sein konnte – würde heute nicht mehr für den Kommunismus spionieren. Der Verräter musste ein anderes Motiv haben, und zwar ein starkes. Doch was für eins?

Verletzter Stolz? Ein verwundetes Ego, das sich schlecht behandelt fühlte? Wichtigtuerei? Als Talentsucher und Rekrutierer im Kalten Krieg hatte Sir Adrian sie alle benutzt.

Ein Leben im freien Westen funktionierte als Anreiz für Gefangene der kommunistischen Welt, aber hinter dieser undichten Stelle verbarg sich etwas anderes. Wo und in welchen Unterlagen war der Name Chandler's Court vorgekommen? Doch nur bei wenigen Auserwählten, und folglich musste das Leck bei jemandem hoch oben im britischen System zu suchen sein, bei jemandem, der gut bezahlt, privilegiert und verwöhnt war. Zwei mögliche Beweggründe gab es, entschied er. Erpressung, vielleicht um ein privates Verhalten zu vertuschen, das die Karriere zerstören konnte. Das konnte gehen. Oder altmodische Geldgier. Bestechung war so alt wie die Menschheit. Sir Adrian machte sich auf die Suche nach dem Leck. Er nutzte seinen Einfluss und forderte die Transkripte an; sämtliche Meetings im Zusammenhang mit der Umsiedlung der Jennings waren aufgezeichnet worden.

Da war der Besprechungsraum des Kabinettsbüros – der Cabinet Office Briefing Room oder kurz COBRA. Das »A« steht vielleicht für Annex, aber wahrscheinlich nicht. Es wurde vermutlich nur hinzugefügt, um ein Wort zu schaffen, das der Presse gefällt. Sir Adrian erinnerte sich an ein Meeting an dem langen, ovalen Tisch mit den geradlinigen Enden in diesem stillen Raum im Kellergeschoss des Cabinet Office. Unter der Erde hörte man das Rumpeln des Verkehrs von Whitehall nicht so deutlich wie im Erdgeschoss. Die Teilnehmerliste war eindeutig: nur fünf Personen, und zwar von ganz oben. Im Gesprächsprotokoll wurde Chandler's Court nicht erwähnt. Er musste als Einziger gewusst haben, dass er das Landhaus als neue Heimat der ultrageheimen Cybereinheit ausgewählt hatte, und er hatte den Namen nicht genannt.

Dann hatte es eine streng begrenzte Kabinettsbesprechung in 10 Downing Street gegeben, in demselben Raum, in dem er und die Premierministerin mit dem amerikanischen Botschafter gesprochen hatten. Anwesend waren Mrs. Marjory

Graham, die Minister für Inneres, Äußeres und Verteidigung, der Kabinettssekretär – der höchste Beamte des Landes – und zwei Protokollführer. Auch hier war von Chandler's Court nicht die Rede gewesen.

Damit blieb nur eine Besprechung, die des Nationalen Sicherheitsrates, an der er als Gast teilgenommen hatte. Und ja, hier war der Name Chandler's Court einmal genannt worden. Teilnehmer waren der Innen- und der Außenminister, die Chefs von GCHQ, MI6, MI5 und des gemeinsamen Ausschusses der Nachrichtendienste. Und der stellvertretende Kabinettssekretär, dessen Vorgesetzter an diesem Tag mit der Premierministerin im Ausland war.

Sir Adrian beschloss, sich auf dieses Meeting zu konzentrieren. Alle Teilnehmer hatten höchste Sicherheitsfreigabe. Aber die hatte der Doppelagent Kim Philby seinerzeit auch gehabt. Es gab in der Geschichte keine menschliche Maschine, die keinen Fehler machen konnte. In der Firma hatte es eine Redensart gegeben: Wenn du etwas geheim halten willst und drei Leute wissen davon, musst du zwei erschießen. Er ließ sich die beiden möglichen Motive durch den Kopf gehen.

Erpressung? Er sah sieben Gesichter vor seinem geistigen Auge. Konnte eins davon einem Erpressungsopfer gehören? Wegen geheimer Orgien? Oder wegen Pädophilie? Unterschlagungen zu Beginn der Karriere? Möglich war alles.

Oder Bestechung? Damals, im Kalten Krieg, war es eine britische Schwäche gewesen, auf die kommunistische Ideologie hereinzufallen. Bei den Amerikanern war es immer um Geld gegangen. Er erinnerte sich an die Spione jener Zeit, die Walker Family, Aldrich Ames – immer hatte Geld die Hauptrolle gespielt.

London ist ein internationales Bankenzentrum, und das schon seit Jahrhunderten. Versicherungen, Vermögensmanagement, weltweite Finanzgeschäfte. Londons Tentakel reichen zu tausend Banken in hundert Ländern, und sie transportieren auch persönliche Freundschaften und Beziehungen. Adrian Weston hatte ein paar Kontakte in dieser Welt, konzentriert auf eine einzige Quadratmeile der Londoner Innenstadt, die man »The City« nennt. So kannte er ein paar ehemalige Geheimdienstleute, die sich aus dem Schlachtgetümmel zurückgezogen und einen Posten im Vorstand einer Bank übernommen hatten. Er beschloss, ein paar Schuldscheine einzufordern. Nach wenigen Tagen hatte er eine Antwort.

Die Frage, die er gestellt hatte, war einfach: Hatte irgendjemand bemerkt, dass in letzter Zeit, wahrscheinlich irgendwo in einer Steueroase oder einem Bankenparadies – also dem idealen Ort für dubiose Transaktionen – durch Russen ein Depositenkonto eröffnet worden war? Eröffnet, mit massiven Einlagen versehen, genauso schnell abgeräumt und wieder geschlossen?

Ein Investmentbanker rief an und teilte Sir Adrian mit, er habe ein Gerücht gehört. Liechtenstein. Eine Bank in Vaduz. Ein trinkseliges Dinner in Davos vor nicht allzu langer Zeit und ein gewisser Herr Ludwig Fritsch, der zu viel geredet hatte.

Vaduz hat keinen internationalen Flughafen. Liechtenstein ist ein winziges Fürstentum und, pro Kopf der Bevölkerung gerechnet, das reichste Land der Welt. In der Hauptstadt Vaduz gibt es zwölf große und sehr diskrete Banken. Sir Adrian vereinbarte telefonisch eine Unterredung mit Herrn

Fritsch. Sein Adelstitel war hilfreich. Er deutete an, dass er ein wenig Geld unterzubringen habe, und das genügte.

Er flog nach Zürich in der benachbarten Schweiz und mietete sich ein Auto. Er reiste immer nur mit Handgepäck und in der Economy-Klasse, und in seinem Pass stand kein »Sir« vor seinem Namen. Alte Gewohnheiten sind hartnäckig. In seiner beruflichen Laufbahn hatte er Wert auf Unsichtbarkeit gelegt, und sie hatte ihm gute Dienste geleistet.

Mithilfe des Navis war er eine Stunde zu früh bei der Bank und machte eine ausgedehnte Kaffeepause in einem Café auf der anderen Straßenseite. Vaduz ist eine ruhige kleine Stadt; von seinem Fenstertisch aus sah Sir Adrian vielleicht ein Dutzend Fußgänger auf dem Gehweg. In Vaduz fahren die Leute. Und zwar vorsichtig.

In der Bank eskortierte man ihn durch das Foyer, mit dem Aufzug zwei Stockwerke nach oben und in das Büro des Herrn Ludwig Fritsch. Als Erstes musste er die Erwartung enttäuschen, er sei gekommen, um ein lukratives Konto zu eröffnen.

»Die Angelegenheit ist delikat«, sagte er.

Fritsch war so glatt wie ein Stück Butter und ungefähr genauso mitteilsam. Er deutete an, er habe selten mit Angelegenheiten zu tun, die nicht delikat seien. Sie nippten an Kristallgläsern mit Quellwasser.

»Wie kann ich Ihnen denn behilflich sein, Sir Adrian?«

»In meinem Land ist ein sehr großer Geldbetrag gestohlen worden. Zu den Geschädigten gehört Ihre Majestät.«

Das war ein Schock für den glatten Herrn Fritsch. Im Cyberzeitalter kamen Finanzdelikte überall vor, und auch London konnte nicht erwarten, immun zu sein. Aber Vaduz wollte nicht gern zum Aufbewahrungsort für Diebesbeute werden, zumindest nicht, wenn sie als solche erkennbar war. Und alles, was die britische Königin betraf, konnte Auswirkungen bis hinauf zu seinem eigenen Staatsoberhaupt Fürst Hans-Adam II. haben. Es war also ernst.

»Unerhört.«

»Es war natürlich ein Finanzdelikt. Ein Betrug von gewaltigem Ausmaß, bei dem es auch um Geldwäsche ging.«

»Das ist eine Pest, Sir Adrian. Überall. Ich frage noch einmal: Wie kann ich Ihnen behilflich sein?« Jetzt meinte er es ernst.

»Wir kennen den Täter. Scotland Yards Wirtschaftsdezernat besteht nicht aus Idioten.«

»Nehmen Sie an, er hat seinen Wohnsitz hier in Liechtenstein? Gott behüte.«

»Nein, nein, nein. Er ist Russe. Wir wissen, dass das gestohlene Vermögen nach Russland gegangen ist. Ein sehr zwielichtiger Milliardär, von denen viel zu viele in London leben dürfen.«

Herr Fritsch nickte ernst. Was dieses Thema anging, so passte kein Blättchen Zigarettenpapier zwischen die beiden Männer und ihre Ansichten.

»Die Briten sind sehr tolerant, Sir Adrian.«

»Vielleicht toleranter, als wir es sein sollten.«

»Allerdings. Aber was kann das alles mit Liechtenstein und einer Bank in Vaduz zu tun haben?«

»Bei jedem Fass mit Äpfeln, Herr Fritsch, besteht die Gefahr, dass ein schlechter drinliegt. Wir glauben, dass der Betrüger Hilfe hatte. Und zwar aus dem Inneren des Fasses. Tatsächlich wissen wir es sogar. Und der Schurke wird eine beträchtliche finanzielle Belohnung verlangen. Ich weiß, ich kann mich auf Ihre Diskretion verlassen …«

»Dafür ist diese Bank bekannt.«

» ... wenn ich sage, dass Telefone angezapft und Gespräche überwacht wurden.«

Ludwig Fritsch brauchte nicht überzeugt zu werden. Dass die Briten in diesen Dingen Fachleute waren, war bekannt, seit Sir Francis Walsingham den Geheimdienst für Königin Elizabeth I. organisiert und seine Monarchin am Leben erhalten hatte, indem er die geheimen Briefe von Verschwörern abfing.

»Es besteht die Möglichkeit...« Herr Fritsch wusste, dass es mehr als eine Möglichkeit war. Die verdammten Briten hatten Beweise, denn wie sonst kam dieser Mann, der offensichtlich dem Geheimdienst angehörte, in sein Büro? Und der Palast des Fürsten war nur anderthalb Kilometer weit entfernt.

» ... dass in jüngster Zeit eine Person von russischer Herkunft hier ein Depositenkonto eröffnet hat, auf das dann sehr schnell ein hoher Betrag eingezahlt wurde. Und dass dann eine andere Person kam und das Geld gleich wieder abhob, eventuell in bar. Wir wären Ihnen natürlich ungeheuer dankbar...«

Herr Fritsch entschuldigte sich und verließ das Zimmer. Als er zurückkam, brachte er einen dünnen Ordner mit.

»Ich habe mich mit meinen Kollegen beraten, Sir Adrian«, begann er. Adrian Weston zuckte nicht mit der Wimper, obwohl er wusste, dass er belogen wurde. Der butterglatte Herr Fritsch hatte also an der Transaktion mitgewirkt. Er war gekauft.

»Vor einem Monat war ein Gentleman hier. Er saß genau da, wo Sie jetzt sitzen, und er kam von der russischen Botschaft in Bern, auf der anderen Seite der Grenze. Er eröffnete ein Depositenkonto mit einem symbolischen Betrag. Eine Woche später gingen fünf Millionen US-Dollar in Euro per elektronischer Überweisung auf dem Konto ein. Herkunft unbekannt.«

»Eine hübsche Summe. Und der Empfänger?«

»Eine Woche später kam ein anderer Mann. Er gab keinen Namen an, aber das war auch nicht nötig. Die Geschäftsbedingungen verlangten lediglich eine Reihe von Buchstaben und Ziffern, und der Mann konnte diese Kombination vorweisen. Aber er war ohne Zweifel ein Landsmann von Ihnen.«

»Und er hob den kompletten Betrag in bar ab.«

»Ganz recht. Das darf ich Ihnen ausschließlich unter der Voraussetzung anvertrauen, dass Sie mir Ihr Wort geben, es für sich zu behalten.«

»Mein Wort haben Sie, Herr Fritsch. Aber im Foyer habe ich eine Überwachungskamera gesehen, die doch sicherlich ein Bild von ihm aufgenommen hat.«

»Sie haben einen sehr scharfen Blick, Sir Adrian.«

»Man tut sein Bestes, Herr Fritsch.«

»Sie werden verstehen, dass diese Akte das Zimmer nicht verlassen darf. Doch wenn Sie zufällig einen Blick hineinwerfen, kann ich das natürlich nicht verhindern.«

Die Akte lag zwischen ihnen. Herr Fritsch stand auf, wandte sich ab und schaute aus dem Fenster auf die Stadt hinunter. Adrian Weston beugte sich vor und klappte die Akte auf. Sie enthielt ein einzelnes Foto des Foyers mit einem Mann, der dort hindurchging. Er betrachtete den Mann, schloss die Akte und schob sie über den Schreibtisch. Herr Fritsch kehrte auf seinen Platz zurück.

»Herr Fritsch, ich und vor allem mein Land sind Ihnen

überaus dankbar. Ich versichere Ihnen, was ich heute hier gesehen habe, werde ich selbstverständlich für mich behalten. Wir werden Schritte unternehmen, aber nichts wird auf diese Bank zurückdeuten.«

In gut gespielter Kameraderie schüttelten sie einander die Hand, und ein Mitarbeiter wurde gerufen, der den Briten zum Ausgang begleitete. Sir Adrian warf einen Blick hinauf zu der Kamera an der Wand des Foyers, die das Bild des Mannes mit dem prall gefüllten Gladstone-Koffer aufgenommen hatte. Mit einem Koffer, der fünf Millionen Dollar in Euro-Scheinen von hohem Nennwert enthielt.

Sein Leihwagen stand auf dem Parkplatz der Bank. Adrian Weston machte sich auf den weiten Rückweg zum Flughafen Zürich. Aus seinem Fenster im zweiten Stock schaute Herr Fritsch ihm nach und griff dann zum Telefon.

Unterwegs ließ Sir Adrian sich durch den Kopf gehen, was er gesehen hatte. Das Standfoto zeigte einen hohen Beamten mittleren Alters in der Lobby, in der er eben gewesen war. Das Gesicht war unverwechselbar, und er kannte es gut. Es gehörte Julian Marshall, dem stellvertretenden Kabinettssekretär in London.

Schon vor einer Weile war Sir Adrian klar gewesen, dass der Schuldige von London nach Vaduz gereist sein musste, um seinen Judaslohn in Empfang zu nehmen. Aber das bedeutete, die Nadel im Heuhaufen zu suchen. Fast jeder in den oberen Etagen besaß ein Haus auf dem Land, in dem er sich regelmäßig an den Wochenenden aufhielt. Jeder hochrangige Bürokrat konnte von dort unbemerkt verschwinden, in einen Privatjet steigen, nach Liechtenstein fliegen und zurückkommen. Seine Ermittlungen hatten nichts weiter ergeben. Er rief sich das Foto vor Augen und betrachtete es. Etwas daran stimmte nicht, irgendein winziges Detail. Dann sah er es.

Der Russe in Jassenewo, der das Bild zusammengebastelt hatte, war brillant gewesen. Die Schuhe stammten wahrscheinlich von Lobb's in Saint James's und der fabelhaft geschnittene Anzug aus Savile Row. Und das Gesicht, das mit Photoshop auf die Schultern gesetzt worden war, gehörte ohne Zweifel dem Beamten, der das Meeting des Nationalen Sicherheitsrats geleitet hatte, in dem der Name Chandler's Court erwähnt worden war.

Der Fotodesigner war sehr clever gewesen und hatte nur einen einzigen Fehler gemacht. Die zusammenmontierte Gestalt trug die falsche Krawatte.

NEUN

Für die meisten Männer auf der Welt ist die Krawatte, wenn sie überhaupt getragen wird, ein Stoffstreifen, der unter dem Kragen um den Hals geschlungen und vorn zusammengeknotet wird, sodass er vor der Brust herunterhängen kann. Muster oder Motiv, falls vorhanden, sind dem Geschmack des Trägers überlassen. Aber in England kann es durchaus ein wenig mehr sein.

Das Muster, die Farben der Streifen oder die Struktur des Gewebes können auf den ersten Blick verraten, auf welche Schule der Träger gegangen ist, bei welcher militärischen Einheit er gedient hat oder welchem Club er angehört. Es ist eine Art Code, ein Erkennungszeichen.

Julian Marshall hatte ohne Zweifel das Eton College absolviert, eine der exklusivsten Privatakademien oder »Public Schools« in Großbritannien. Wer dort war, hat das Recht, die »Old-Etonians«-Krawatte zu tragen. Genau genommen gibt es drei Krawatten: die Standardkrawatte mit hellblauen Schrägstreifen auf schwarzem Grund und zwei weitere, die noch exklusiver sind, weil sie auf sportliche Erfolge des Schülers hinweisen.

Da gibt es die Krawatte der Eton Ramblers: Magenta mit violetten und grünen Streifen und feinen goldenen Linien, Farben, die so schlecht zusammenpassen, dass es beabsichtigt sein muss. Sie wird von denen getragen, die für ihre Schule Cricket gespielt haben. Der Mann auf dem Foto trug sie auch.

Dann ist da noch die Krawatte der Eton Vikings: dunkelrote und schwarze Streifen mit hellblauen Linien für die Ruderer der Schule. Diese beiden Sportarten füllen das Sommertrimester aus und schließen sich daher gegenseitig aus.

Sir Adrian erinnerte sich, dass er vor Jahren am Themseufer bei Henley gestanden hatte, wo er das Wochenende bei einem Kollegen vom MI6 verbrachte, der ein Cottage am Flussufer besaß. Er hatte zugesehen, wie Eton den Princess Elizabeth Cup gewann. Schlagmann im Eton-Achter war ein sehr junger Julian Marshall gewesen.

Noch ehe er am Flughafen Zürich ankam, war ihm klar, dass er an der falschen Stelle gesucht hatte. Er hatte den Verdacht gehabt, ein hoher Beamter sei der Judas. Krilow hatte gewollt, dass er das glaubte, und darum hatten sie sich die ganze Mühe gemacht und Herrn Fritsch bestochen, damit er die Information über ein fiktives Bankkonto und den fiktiven Besuch eines echten britischen Beamten in die Welt setzte. Fast hätte man Adrian Weston überlistet. Er hatte vergessen, dass es noch eine Kategorie von Personen gibt, die im Zentrum des britischen Establishments sitzt: der unsichtbare Untergebene.

Als zwanghafter Beobachter des Lebens hatte er festgestellt, dass diejenigen, die als die Großen und Schönen herausgestellt wurden, oftmals das Heer der guten und loyalen Männer und Frauen übersahen, die dafür sorgten, dass die Maschinerie der Wirtschaft, des Gewerbes und des Staates funktionierte – nämlich die Fahrer, die Sekretärinnen, die Notizenmacher, die Aktenkopierer und Archivverwalter, die Dolmetscher und sogar die Kaffeekellner in ihren weißen Jacken.

Sie kamen und gingen, sie standen da und servierten, und

sie wurden allgemein ignoriert. Aber sie waren keine hölzernen Statuen. Sie hatten Augen und Ohren, Gehirne, die sich erinnern und Schlussfolgerungen ziehen konnten, und sie besaßen sicher auch die Fähigkeit, sich von arroganten Snobs gekränkt, ignoriert und missachtet zu fühlen.

Es bestand kein Zweifel, dass der Name Chandler's Court von dort an die Russen gelangt war. Aber welcher dieser Kulis war dafür verantwortlich gewesen? Was das »Warum?« anging, so glaubte er immer noch an Bestechung, wobei der Preis sicher nicht annähernd fünf Millionen Dollar betragen hatte. Doch wo in dem Heuhaufen von Whitehall sollte er diese unsichtbare Nadel finden? Er dachte an seine Zeit beim MI6, an die Enttarnung eines Verräters und an die List, mit der er ihn aus der Dunkelheit ans Licht getrieben hatte. Er würde diese List erneut verwenden müssen.

Auf dem Rückflug nach Heathrow kehrten seine Gedanken noch einmal zu der einzigen Besprechung zurück, in der der Name Chandler's Court beiläufig ausgesprochen worden war. Einer der Anwesenden hatte es gehört, und womöglich hatte er die Wörter notiert, den Namen des Ortes, wo der Junge, den man »Fuchs« getauft hatte, zu seiner Sicherheit untergebracht worden war.

Wer war dabei gewesen? Nun, die Chefs der vier Geheimdienste, MI6, MI5, GCHQ und der gemeinsame Ausschuss. Alle mit einer Sicherheitsfreigabe der höchsten Stufe. Aber wer hatte hinter ihnen gesessen und unauffällig mitgeschrieben?

Da waren außerdem die beiden Kabinettsmitglieder, der Innen- und der Außenminister, beide begleitet von kleinen Mitarbeiterteams.

Vier Tage waren seit dem russischen Überfall auf Chandler's Court vergangen. Inzwischen hatte Krilow sicher gemerkt, dass der bewaffnete Angriff ein totales Desaster gewesen war. Zumindest da hatten sie Sir Adrian unterschätzt. Vielleicht könnte er sie dazu verleiten, es noch einmal zu tun. Es wäre naheliegend, seinen phänomenalen Hacker anderswohin zu bringen. Also würde er das Gegenteil tun.

Am Tag nach der Attacke hatte er sich für alle Fälle mit Dr. Hendricks beraten. Der Computerzauberer aus Cheltenham hatte ihn gebeten, die Familie nicht umzusiedeln, wenn es sich irgendwie vermeiden ließe. Der Wissenschaftler war in wenigen Wochen so etwas wie ein Ersatzvater für den Jungen geworden. Jedes Mal, wenn Luke Jennings umziehen musste oder seine Welt in Unordnung gebracht wurde, verfiel er in eine mentale Krise, und er hatte soeben seine zweite Aufgabe übernommen, das Hacken einer Datenbank, woran er jetzt arbeitete.

Sir Adrian hatte die Beziehung, die sich da entwickelte, bei einem seiner Besuche mit Wohlwollen gesehen. Dr. Hendricks hatte sein Leben mit Computern verbracht und war dem Teenager in technischer Hinsicht weit voraus. Aber weder er noch sonst jemand im GCHQ besaß den scheinbaren sechsten Sinn des Jungen, wenn es um das Durchdringen der atemberaubenden Komplexität der Firewalls ging, mit denen die Großmächte ihre innersten Geheimnisse beschützten. Dr. Hendricks hätte so etwas übel nehmen können. Andere hätten es wahrscheinlich getan. Doch Jeremy Hendricks' Großzügigkeit befähigte ihn zu einem väterlichen Beschützergefühl gegenüber dem jungen Genie in seiner Obhut. Luke Jennings schien darauf zu reagieren. Er sah sich täglich ermutigt, wie er es bei seinem toten Vater nie empfunden hatte. Er hatte sich abgelehnt gefühlt und in seiner eigenen Welt gelebt. Seine Mutter konnte ihn beschützen und seine Verletzlichkeit abschirmen wie eine Glucke ihr Küken, aber ermutigen konnte sie ihn nicht, denn seine Welt war für sie absolut unbegreiflich, wie sie es auch für Sir Adrian und wohl auch für alle seine früheren Lehrer in der Schule gewesen war. Nur mit Dr. Hendricks hatte er zumindest eine gemeinsame Sprache. Deshalb war Hendricks' Rat für Sir Adrian wichtig. Wenn die Verlegung von Chandler's Court an einen anderen Ort den Jungen in eine panische Depression stürzen würde, dann kam sie nicht infrage. Luke Jennings musste bleiben, wo er war.

Also fing Sir Adrian mit Hendricks' Rat im Hinterkopf an, den Versuch zu planen, Krilow zu überlisten. Er würde so tun, als verlegte er den Jungen, und dann würde er verbreiten, dass er es getan hatte. Er würde sich vier Ziele aussuchen. Aber vorher hatte er einiges zu recherchieren. Er begann mit seiner umfangreichen Kontaktliste. Vier Landhäuser, allesamt auf eigenem Gelände.

Früher, als er noch zwei Schrotflinten besaß und Einladungen bekam, einen Tag lang Fasane und Rebhühner zu schießen, hatte er mehr als ein Dutzend Eigentümer solcher Anwesen kennengelernt. Vier davon rief er an und bat sie um einen Gefallen. Alle waren einverstanden. Einer vermutete sogar: »Das könnte Spaß machen«, und das war immerhin eine Möglichkeit, es zu beschreiben. Allerdings bezweifelte Sir Adrian, dass die Nachtwölfe in ihren Wannen in der Pathologie in Herefordshire es auch so sehen würden.

Seine zweite Aufgabe bestand darin, den Direktor der Special Forces aufzusuchen.

Der Brigadier blieb höflich, verhehlte jedoch seine Missbilligung nicht.

»Der Regimentskommandant ist nicht begeistert«, bemerkte er. »Er dachte, seine Leute wären auf einem Trainingseinsatz als Personenschützer für eine dreiköpfige Familie und drei Eierköpfe. Tatsächlich handelte es sich um eine Neuinszenierung von Stalingrad.«

»Stalingrad war ziemlich ausgeglichen«, antwortete Sir Adrian. »Was in Chandler's Court passiert ist, war sehr unausgewogen. Aber bitten Sie das Regiment trotzdem für mich um Verzeihung. Ich hatte keine Ahnung, dass die Killer das Ziel ausfindig gemacht hatten. Hätte ich es gewusst, wäre das Ziel gar nicht da gewesen. Das Haus hätte leer gestanden. Was jetzt wahrscheinlich folgt, wird völlig anders sein.«

Er erläuterte seinen Plan. Der DSF dachte darüber nach.

»Ich empfehle das SSR. Die sitzen auch in Herefordshire. In Credenhill. Ich würde sagen, zwei Mann pro Haus. So könnten sie sich gegenseitig unterstützen.«

Das Special-Reconnaissance-Regiment ist – zusammen mit dem SAS und dem Special Boat Service – eine von Großbritanniens drei Special-Forces-Kampftruppen. Hoch oben auf der Liste seiner Fähigkeiten stehen das verdeckte Eindringen und die Unsichtbarkeit bei seinen Operationen. Dazu kommt die (unbemerkte) Aufklärung aus nächster Nähe. Die Soldaten sind für gewöhnlich bestrebt, Nahbegegnungen mit dem Feind zu vermeiden, aber wenn es notwendig ist, sind sie genauso tödlich wie die Mitglieder der beiden anderen Einheiten.

Es gab noch ein verschlüsseltes Telefongespräch zwischen dem Kommandanten des SRR in seinem Stützpunkt in

Credenhill und dem Direktor der Special Forces. Noch einmal war es der Wunsch der Premierministerin nach Unterstützung für ihren Sicherheitsberater, was die Sache entschied.

Vierundzwanzig Stunden später erschienen jeweils zwei unerwartete Hausgäste vor den Türen der vier Gastgeber und wurden willkommen geheißen. Die vier Anwesen waren ein Landhaus, ein Gut und zwei Bauernhöfe.

Alle Häuser waren groß und weitläufig und lagen weit draußen auf dem Land, wo ein fremder Wanderer, ganz zu schweigen von einem Ausländer auf Erkundungsmission, sofort auffallen würde. Die Soldaten richteten sich in ihren Quartieren ein, streiften durch das Gelände der Umgebung und suchten sich ihre Beobachtungsposten. Alle fanden eine kleine Anhöhe, die ihnen einen guten Überblick über das Anwesen verschaffte. Dort bezogen sie nacheinander Stellung.

Sir Adrian hatte vier von denen ausgewählt, die bei dem entscheidenden Meeting des Nationalen Sicherheitsrats dabei gewesen waren. Es handelte sich um den völlig unschuldigen Julian Marshall, den Innenminister, den Außenminister und den Vorsitzenden des gemeinsamen Ausschusses der Nachrichtendienste. Er kannte sie alle, die beiden Politiker allerdings nicht so gut.

Jedem von ihnen schrieb er einen sehr persönlichen Brief und adressierte den Umschlag so, dass niemand außer dem Mann, dessen Name in der Adresse stand, ihn öffnen würde. Wenn dieser ihn gelesen hätte, würde ihn nur noch eine weitere Person zu Gesicht bekommen, nämlich ein vertrauenswürdiger Privatsekretär oder Büroleiter, dem die private Korrespondenz anvertraut war.

Er schrieb, es habe einen Zwischenfall in Chandler's Court gegeben, und er halte es für klug, den jungen Hacker im Zentrum der Operation Troja an einen anderen Ort zu verlegen. Dann enthüllte er diesen neuen Ort, aber in jedem Brief war es ein anderer. Der Klarheit halber identifizierte Weston sie für sich als A, B, C und D.

Was warten war, wusste er. Ein großer Teil der geheimdienstlichen Arbeit besteht aus warten, und er hatte sein Leben damit verbracht. Ein Angler kennt das Gefühl: Stundenlang versucht man, nicht einzudösen, den Schwimmer im Auge zu behalten und nach dem Glöckchen an der Spitze der Rute zu lauschen. Wenn man eine Falle gestellt hat, ist es ganz ähnlich, nur dass es immer wieder falschen Alarm gibt. Um jeden Anruf muss man sich kümmern, aber es ist nicht der, auf den der Fallensteller wirklich wartet.

Er brauchte jedoch nicht lang zu warten. Der Anruf kam, wie vereinbart, vom Regimentskommandeur in Credenhill.

»Meine Leute melden mir, dass sie beobachtet werden. Jemand streift mit einem Feldstecher durch den Wald und späht zum Haus. Meine Jungs sind natürlich nicht gesehen worden. Wollen Sie, dass der Mann festgesetzt wird? Sie müssen es nur sagen.«

»Danke, Colonel. Ich habe, was ich brauche. Ich glaube, Sie werden bald feststellen, dass er verschwunden ist.«

Der Colonel hatte von Anwesen C gesprochen. Das war das Gut Persimmon Grange in Wiltshire. Vor Jahren hatte Sir Adrian auf einer eintägigen Jagd als einer von acht Jägern fünfzig Fasane zur Strecke gebracht. Ein pensionierter Botschafter aus einer Botschaft hinter dem Eisernen Vorhang hatte sich dort mit seiner arthritischen Frau und seiner reizlosen Tochter zur Ruhe gesetzt.

Persimmon Grange war der Ort, der in dem Brief an den Innenminister genannt worden war. Weston musste mit ihm sprechen.

Er bekam seinen Gesprächstermin, nachdem der Minister einen privaten Lunch im Brooks's Club beendet hatte. Sie zogen sich in die Bibliothek zurück.

»Ich muss wirklich wissen, Minister, wer diesen Brief gelesen haben könnte, nachdem Sie ihn gelesen hatten.«

Der Mann war zwanzig Jahre jünger als Adrian Weston, einer der aufstrebenden Dynamiker, denen die Premierministerin ein hohes Amt verliehen und der sich dessen trotz seiner Jugend würdig erwiesen hatte.

Das Gespräch dauerte nicht lange. Es gab keinen Grund, Zeit zu verschwenden.

»Nachdem ich ihn gelesen hatte«, sagte der Innenminister, »dürfte er zu den Akten genommen worden sein. Ein einziges Exemplar, nämlich das, das Sie geschickt haben, abgeheftet und unter Schloss und Riegel verwahrt. Durch meinen Privatsekretär, Robert Thompson.«

Wenn nicht irgendetwas schrecklich schiefgegangen war, hatte Sir Adrian seinen Verräter.

Robert Thompson war ein Beamter mit einem Beamtengehalt. Er wohnte nicht in Chelsea, Knightsbridge oder Belgravia, sondern südlich der Themse in Battersea. Aus seiner Akte ging hervor, dass er verwitwet war und eine zehnjährige Tochter hatte, die bei ihm wohnte. Sir Adrian klopfte kurz nach zwanzig Uhr an Thompsons Wohnungstür. Der Mann, dessen Akte er studiert hatte, öffnete ihm.

Thompson war ungefähr vierzig Jahre alt, und er sah

müde und angespannt aus. Von einer Tochter war nichts zu sehen, aber vielleicht übernachtete Jessica bei einer Freundin. Als Thompson Sir Adrian vor seiner Tür stehen sah, flackerte etwas in seinem Blick – weder Überraschung noch Schuldbewusstsein, sondern Resignation. Was immer er getan hatte, es war vorbei, und das wusste er.

Thompson blieb höflich. Er bat Adrian Weston in sein Wohnzimmer. Beide blieben stehen. Wieder gab es keinen Grund, Zeit zu verschwenden.

»Warum haben Sie es getan? Haben wir Ihnen nicht genug gezahlt?«

Thompson ließ sich in einen Sessel fallen und schlug die Hände vor das Gesicht.

»Jessica«, sagte er.

Ah, die Tochter. Eine bessere Schule vielleicht. Exotischere Ferienreisen. Die Tropen. Mithalten mit ihren bessergestellten Freundinnen. Er bemerkte ein gerahmtes Foto auf einem Beistelltisch. Ein Mädchen: Sommersprossen, Zöpfe, ein vertrauensvolles Lächeln. Daddys kleine Tochter.

Dann fingen die Schultern des jüngeren Mannes an zu zittern. Sir Adrian wandte sich ab. Der Mann weinte wie ein Kind, und Sir Adrian hatte ein Problem mit weinenden Männern. Er gehörte einer Generation und einer militärischen Tradition an, in der man anderes lernte.

Im Sieg Bescheidenheit. Im Leid Stoizismus. In der Niederlage Haltung unter Feuer. Aber Tränen? Selten. Winston Churchill hatte zu Tränen geneigt, doch er war in vieler Hinsicht anders gewesen.

Adrian Weston erinnerte sich, dass er zweimal gesehen hatte, wie erwachsene Männer in Tränen ausbrachen. Einmal war es ein Agent in Ostdeutschland gewesen, der es geschafft hatte, durch den Checkpoint Charlie in den sicheren Westen zu gelangen, wo er voller Erleichterung zusammengebrochen war, weil er lebendig und endlich in Freiheit war. Und dann sein eigener Sohn auf der Wöchnerinnenstation, als er auf das winzige, empörte Gesicht seines erstgeborenen Sohnes und Sir Adrians einzigen Enkelkindes blickte, jetzt in Cambridge. Aber ein auf frischer Tat ertappter Verräter? Der sollte ruhig weinen. Doch dann war plötzlich alles anders.

»Sie haben sie«, schluchzte der Mann im Sessel. »Sie haben sie auf dem Weg von der Schule nach Hause entführt. Und dann angerufen. Sie haben gedroht, sie würden sie mehrfach vergewaltigen und erwürgen, wenn ich nicht …«

Eine Stunde später kannte Sir Adrian die Details. Das Kind war nach der Chorprobe allein von der Schule nach Hause gegangen. Ein Auto hatte am Randstein gehalten. Die einzige Zeugin war eine Freundin, die alles aus fünfzig Meter Entfernung mit angesehen hatte. Sie hatten Jessica halb ins Auto gezogen, halb gestoßen und waren weggefahren.

Dann der Anruf. Sie hatten also seine Handynummer, aber die dürfte Jessica ihnen gegeben haben. Sie hatte einen speziellen Spitznamen für ihren Dad, und den kannte der Anrufer auch.

Die Stimme? Sprach fließend Englisch, jedoch mit Akzent. Russisch? Möglich. Thompsons Telefon hatte die Nummer des Anrufers gespeichert, aber der dürfte ein Wegwerf-Handy benutzt haben, einen »Burner«, der längst in die Themse geflogen war.

Sir Adrian gab dem gebrochenen Mann eine letzte Anweisung, bevor er ging. Er solle seinem Kontakt beim nächsten Anruf mitteilen, es sei noch ein Brief gekommen. Weston habe es sich anders überlegt. Der Junge würde umgesiedelt werden, aber in eine Kaserne, nicht in ein Privathaus.

Er verließ Battersea und ging zu Fuß nach Hause zurück, über die Themse und nach Whitehall und zum Admiralty Arch. Sein Leben lang hatte er sich bemüht, seinen Zorn im Zaum zu halten. Zorn vernebelte die Urteilskraft, schaltete das logische Denken aus und verdunkelte den klaren Kopf. Wenn etwas schiefging, brauchte ein intelligenter Mensch das alles.

Aber jetzt war er zornig.

Er hatte Agenten verloren und Kameraden betrauert, die nicht mehr nach Hause kommen würden. Er war an schlimmen, unbarmherzigen Orten gewesen, doch Regeln gab es immer. Kinder waren unantastbar. Jetzt hatte Moskau schon wieder beschlossen, sich über alle Regeln hinwegzusetzen, wie es das schon mit dem Attentat auf den längst im Ruhestand lebenden Colonel Skripal getan hatte.

Adrian Weston machte sich nicht viele Illusionen über den Beruf des Geheimagenten, den er fast sein ganzes Leben lang ausgeübt hatte. Der Beruf hatte seine dunkleren Seiten, und das wusste er. Immer wieder hatte er seine Freiheit und sein Leben aufs Spiel gesetzt, weil seine Erfahrung im »Job« ihm gezeigt hatte, dass dies in einer durch und durch unvollkommenen Welt nötig war, wenn die, die in Sicherheit und Freiheit lebten, weiterhin so leben sollten. Er glaubte an sein eigenes Land und dessen erprobte Prinzipien. Er glaubte, dass sie grundsätzlich anständig waren, aber er wusste auch, dass Anständigkeit auf dem modernen Planeten etwas war, das nur von einer kleinen Minderheit noch ernst genommen wurde.

Jahrelang war sein Hauptfeind der KGB und nach dem Zusammenbruch des Sowjetkommunismus dessen Nachfolgeorganisationen gewesen. Er wusste, auf beiden Seiten waren Mord, Folter und Grausamkeit die Norm gewesen. Aber er hatte der Versuchung, diesen Weg zu gehen, um eine Sache abzukürzen und Ergebnisse zu erzielen, entschieden widerstanden. Er wusste und bedauerte, dass einige seiner Verbündeten nicht widerstanden hatten.

Seine bevorzugte Methode war es stets gewesen, den Gegner zu täuschen, zu überlisten und auszutricksen. Jawohl, es gab schmutzige Tricks, aber wie schmutzig? Handlanger des globalen Gegners mussten unterworfen und dazu überredet werden, ihr Land zu verraten und für den Westen zu spionieren. Jawohl, wenn nötig auch durch Erpressung. Erpressung von Dieben, Ehebrechern und Perversen in hohen Ämtern. Es war abstoßend, aber manchmal unumgänglich, denn der Feind – von Stalin bis zum IS – war viel grausamer und durfte nicht siegen. Er wusste, dass der Mann in Jassenewo, den der Kremlchef jetzt beauftragt hatte, die Demütigung der *Admiral Nachimow* zu rächen, bei seinem spektakulären Aufstieg Praktiken gutgeheißen oder eingeführt haben musste, die für Adrian Weston niemals infrage kämen.

Aber das hier war noch einmal etwas anderes. Ein Kind war entführt und möglicherweise mit einer Gruppenvergewaltigung bedroht worden, um einen Beamten zu erpressen, damit er Landesverrat beging. Krilow benutzte Auftragskiller, die kaum besser waren als Tiere. Dafür musste es Vergeltung geben. Blut würde fließen. Er würde dafür sorgen.

ZEHN

Das Liebespaar, das sich in dem Auto auf dem Parkstreifen mitten in der Nacht in den Armen lag, nahm keine Notiz von der Limousine, die draußen vorbeischoss, weit oberhalb des Tempolimits.

Aber sie fuhren mit einem Schreckensschrei auseinander, als der Wagen hundert Meter weiter vom Asphalt abkam und gegen einen Baum prallte. Durch die Frontscheibe beobachteten sie, wie die ersten Flammen unter dem Kofferraum am Wrack heraufleckten.

Als der Feuerschein heller wurde, konnten sie die Umrisse einer Gestalt erkennen, bevor der Tank Feuer fing und der Wagen explodierte. Der junge Mann hatte sein Telefon in der Hand und wählte die Notrufnummer.

Kurz darauf waren zwei Feuerwehrwagen und ein Rettungsfahrzeug da. Die Feuerwehr bespritzte das brennende Wrack mit weißem Schaum und erstickte die Flammen, aber für die zusammengekrümmte und verkohlte Gestalt auf dem Vordersitz konnten die Sanitäter nichts mehr tun. Der Tote wurde aus dem Wagen gehoben und weggefahren. Ein weiterer Unfall in der Landstraßen-Statistik.

Das Team der Rechtsmedizin hatte die scheußliche Aufgabe, das Opfer zu identifizieren. Seine Gesäßtaschen hatten die schlimmste Hitze überstanden, und darin fanden sich mehr oder weniger unbeschädigte Kreditkarten und ein Führerschein. Der Unglückliche, der viel zu schnell gefahren war, wurde als Robert Thompson identifiziert, ein Beamter, der in London wohnte, wo er auch arbeitete.

Ohne die stille Einflussnahme von außerhalb wäre der Unfall vielleicht gar nicht in die Medien gekommen, aber so berichteten am nächsten Abend die Zeitungen darüber, und am Tag darauf noch einmal. Tatsächlich war die Berichterstattung in Radio, Fernsehen und Presse umfassender, als der Fall es eigentlich verdiente. Stille Einflussnahme dieser Art ist ein Aspekt des offiziellen Lebens in Großbritannien, von dem man wie bei einem Eisberg nur sehr wenig je bemerkt.

Der Anruf kam nach der Morgenzeitung. Sir Adrian hatte die umfassende Mitarbeit des MI5 und des GCHQ in Cheltenham sichergestellt. Der MI5 beschaffte die Telefonnummern, und diejenigen, denen diese Nummern tatsächlich gehörten und die sie für sicher hielten, wären ziemlich überrascht gewesen.

Thames House, der Sitz des Security Service, ist nur ein paar hundert Meter weit von der Mutter aller Parlamente entfernt, aber man kann sehen, dass die Demokratie hier an der Türschwelle endet. Die Massenausweisung russischer, als Diplomaten verkleideter Spione nach dem empörenden Einsatz des Nervengifts Nowitschok in den Straßen von Salisbury hatte den bis dahin aktiven Spionageapparat, den Moskau in London betrieb, ins Chaos gestürzt.

Verbindungen wurden unterbrochen, laufende Operationen blockiert, Beziehungen abgebrochen. Der neue Mann, Steppan Kukuschkin, war erst vor Kurzem Resident geworden, also der Leiter der nachrichtendienstlichen Operationen in der russischen Botschaft, und er benötigte noch Einarbeitungszeit. Das Gleiche galt für seinen Stellvertreter, Oleg Politowski, der bis dahin ein bescheidener Presseattaché gewesen war. Beide Männer glaubten, ihre privaten Mobiltelefone seien abhörsicher. Sie waren es nicht. Sie wurden abgehört.

Außerhalb der Botschaft gab es die vertraglich tätigen Mitarbeiter Krilows, unter ihnen Wladimir Winogradow, ein Gangsterboss und Berufsverbrecher, sowie Oligarch und Milliardär, der nach London gezogen war, einen Fußballverein gekauft hatte und in einem Apartment für zehn Millionen Pfund in Belgravia wohnte. Von ihm kam der Anruf. Er wurde abgehört, dafür hatte das GCHQ gesorgt. Sir Adrian war nicht überrascht. Er wusste, dass Winogradow hinter der leutseligen Fassade des Fußballfans eine durch und durch unerfreuliche Figur war.

Im Russland unter Jelzin war Winogradow ein hauptberufliches Mitglied der kriminellen Unterwelt gewesen, mehrfach verurteilt wegen Schutzgelderpressung, organisierter Kriminalität, Vergewaltigung, Mord und bewaffnetem Raub, und er hatte im Gefängnis Lefortowo in Moskau gesessen. Als der Raub der natürlichen Ressourcen Russlands begann, war er auf freiem Fuß und konnte ein paar Millionen Dollar anhäufen. Mithilfe korrupter Bürokraten konnte er für ein Taschengeld ein kleines Ölfeld in Sibirien kaufen, und so wurde er Milliardär. Er schloss sich dem aufsteigenden Woschd an, und auf geheimnisvolle Weise löste sich seine komplette Vorstrafenakte in Luft auf. Mit seiner neuen Achtbarkeit verlegte er seinen Wohnsitz nach London und wurde dort zu einem großzügigen Gastgeber.

Obwohl Winogradow sein Telefon für abhörsicher hielt, drückte er sich sehr vorsichtig aus. Sein Anruf richtete sich an einen albanischen Gangster, der sein Territorium in Südlondon hatte, wo früher einmal die Richardson-Bande, Rivalen der Krays, Hahn auf dem Mist war. Bujar Zogu hatte schon öfter für ihn gearbeitet. Immer Auftragsarbeiten, und immer war Gewalt im Spiel gewesen. Eine knappe Stunde nach dem Telefonat hatte Sir Adrian ein Transkript.

Winogradow gab seine Befehle, und sie waren einfach. Die Operation ist vorbei, beendet, abgesagt. Benachrichtige deine Freunde. Vermeide jede Art von Telekommunikation. Fahr persönlich zu ihnen. Schaffe sämtliches Beweismaterial beiseite – und ich meine, wirklich alles. Hinterlasse keine Spur und fahr wieder nach Hause.

Natürlich war Eile geboten. Wenn Zogu das Versteck erreichte, in dem seine Gorillas das Mädchen gefangen hielten, würden sie es umbringen.

Die Fahrzeugsteuer- und Führerscheinbehörde in Swansea hatte die Angaben zu Zogus Auto innerhalb von Sekunden. Ein bescheidener dunkelblauer Volvo, Kennzeichen soundso. Westons nächster Anruf richtete sich an Commissioner Lucinda Berry bei der Metropolitan Police.

»Lucy, können Sie mir helfen?«

»Wenn es legal und machbar ist. Worum geht's?«

»Ein albanischer Gangster verlässt seinen Stützpunkt in Südlondon mit dem Auto. Fahrtziel unbekannt.« Er diktierte ihr die Daten des Wagens. »Ich habe Grund zu der Annahme, dass ein Kind ermordet wird, wenn er sein Ziel erreicht. Können wir ihn abfangen?«

»Du lieber Gott, das müssen wir.«

London ist ringförmig umgeben von der 117 Meilen langen Autobahn M25. Streifenwagen sind hier ständig unterwegs, aber überwacht wird sie vor allem von Tausenden von Geschwindigkeits-Überwachungskameras vom Typ HADECS-3, die zentral miteinander verbunden und computergesteuert sind. Eine von ihnen erfasste den Volvo auf dem südlichen Kreisbogen der Autobahn, offenbar in der Absicht, durch den Dartford Tunnel unter der Themse hindurchzufahren.

Dort gibt es Mautschranken und Kameras. Die Fahrt des Volvo durch den Tunnel und auf den nördlichen Kreisbogen wurde beobachtet. Zehn Meilen weiter glitt ein Streifenwagen aus der Auffahrt 29 und nahm die Verfolgung auf. Er hatte die Anweisung, an der nächsten Ausfahrt wieder abzufahren.

Bujar Zogu bemerkte den Polizeiwagen in seinem Rückspiegel, aber er sah auch, dass er die Autobahn an der Ausfahrt 28 wieder verließ. Inzwischen hatte ein Polizeihubschrauber den blauen Wagen unter sich geortet. Der Hubschrauber blieb in Position, bis der Volvo die Grafschaft Essex verließ, London jedoch auf der Autobahn weiter umkreiste.

Ein ziviles Polizeifahrzeug übernahm die Verfolgung bis zur Ausfahrt 16, wo der Albaner auf die Autobahn M40 wechselte, die nach Nordwesten in Richtung Midlands und Wales führte. Hier übernahm die Thames Valley Police und dann wieder ein Hubschrauber.

Nach zweistündiger Fahrt war klar, dass der Albaner auf dem Weg nach Wales war, genauer gesagt, nach Nordwales, einer der am dünnsten besiedelten Gegenden des britischen Festlands.

Am einfachsten wäre es gewesen, Zogu abzufangen und zu stoppen. Aber Scotland Yard hatte dessen Akte geöffnet und gesehen, dass er clever und gerissen war. Er hatte sich die ganze Zeit an das Tempolimit gehalten und würde daher wissen, dass es keinen Grund gab, ihn zu stoppen. Und die Polizei wusste immer noch nicht, wohin er unterwegs war und an welchem abgelegenen Ort er und seine Leute ihre Gefangene versteckt hielten. Vielleicht hatte er die Position in sein Navi eingegeben, doch die konnte er löschen, noch während die Polizisten auf ihn zukamen, und dann würde man sie auch in monatelangen Befragungen nicht aus ihm herausholen.

Sir Adrian hatte nicht monatelang Zeit. Das Gute war nur, dass Zogu seine Befehle befolgt hatte. Er hatte nicht versucht, seine Leute per Handy zu warnen und ihnen zu sagen, dass er kam und warum. Trotzdem musste er gestoppt werden, bevor er ankam. Wenn es so weit war, blieben vielleicht nur noch Sekunden. An dieser Stelle wandte Sir Adrian sich hilfesuchend an das Special Reconnaissance Regiment in Credenhill.

Am Spätnachmittag wurden die Straßen, denen der Albaner folgte, schmaler und einsamer. Er war jetzt auf der A5 unterwegs in Richtung Bangor und bog, den Anweisungen seines Navis folgend, nach Denbigh Moors ab, als der SRR-Hubschrauber hinter ihm anflog, hoch und für ihn unsichtbar. Aber die sechs Soldaten an Bord sahen ihn.

Man hatte ihnen nur gesagt, ein Kind sei entführt worden, und wenn der Mann mit dem blauen Volvo das Versteck erreichte, werde dieses Kind umgebracht werden. Das genügte. Soldaten können sehr wütend werden, wenn jemand ein Kind bedroht.

Denbigh Moors ist eine wilde Heidelandschaft mit vereinzelten Bauernhöfen. Der Volvo bog in einen schmalen Feldweg ein, der zu einem solchen, zwei Meilen weiter gelegenen Hof führte. An diesem Feldweg stand kein weiteres Haus.

Aus tausend Fuß Höhe konnte der Pilot des Dauphin-Hubschraubers sehen, dass der Feldweg hinter dem Bauernhof endete. Der Hof war anscheinend verlassen; nur ein Van stand vor dem Haus. Für eine bewirtschaftete Farm war das nicht genug.

Durch die Windschutzscheibe sah Bujar Zogu einen nicht weiter gekennzeichneten Hubschrauber, der über ihn hinwegflog und dann hinter der Anhöhe verschwand, die vor ihm lag. So sah er nicht, wie der Hubschrauber sich ins Tal hinabsenkte, und wie die zwei Männer in Tarnanzügen und mit Maschinenpistolen heraussprangen.

Bis er über die Anhöhe kam. Der Hubschrauber war fort – durch das Tal geflogen und verschwunden. Die beiden Soldaten standen auf der Straße. Er sah nicht, dass ihre MP5 mit Schalldämpfern ausgerüstet waren, aber er konnte nicht übersehen, dass sie ihm winkend befahlen anzuhalten. Er bremste und blieb stehen. Die Männer kamen zu beiden Seiten heran. Neben ihm auf dem Beifahrersitz lag seine zusammengefaltete Jacke. Darunter lag seine Pistole.

Er hätte wirklich nicht danach greifen dürfen. Es war ein dummer Fehler. Und es war sein letzter. Er erfüllte die »Notwehr«-Bedingung. Seine Kollegen im Bauernhaus würden die russische Nachricht nie erhalten.

Einer der Soldaten bei dem durchlöcherten Wagen sprach kurz mit den vier anderen unten im Tal.

Sie waren jetzt auch zu Fuß und marschierten zurück zu dem Bauernhof. Bevor er in Sicht kam, verschwanden sie im hüfthohen Heidegestrüpp.

Eine der besonderen Fähigkeiten des SRR ist die zielnahe Erkundung. Dabei kommt man einem Objekt sehr nah, ohne dass die darin Anwesenden etwas bemerken. Im Schutz von Stallungen und Außengebäuden erreichten die sechs Mann in der zunehmenden Dunkelheit die Fenstersimse, ohne gesehen zu werden.

Eins der Fenster war zerbrochen, aber mit Brettern vernagelt. Ein Auge spähte durch eine Lücke hinein.

»Drei Personen«, murmelte eine Stimme in ein Schultermikrofon. Die anderen hörten sie in ihren Ohrstöpseln. »Erdgeschoss. Wohnküche. Beim Essen. Alle bewaffnet.«

Eine weitere Spezialität ist der direkte Zutritt. Weiteres Schleichen hatte wenig Sinn. Es würde ein Feuergefecht geben. Einer der Soldaten ging zur Eingangstür und klopfte laut und fordernd. Dann trat er zur Seite.

Die drei Esser sprangen auf und schrien auf Albanisch durcheinander. Sekunden später drangen vier Kugeln von innen durch die Haustür. Die Jagd war eröffnet. Die bisher unsichtbaren Soldaten tauchten vor den Fensterscheiben auf. Die beiden Kidnapper, die am Tisch standen, hatten keine Gelegenheit zu schießen oder sich zu ergeben. Sie hielten Pistolen in den Händen, und das genügte. Vorn flog die Haustür krachend auf, und der dritte Albaner starb in der Diele.

Das Erdgeschoss zu sichern, dauerte nur Sekunden. Es hatte nur vier kleine Zimmer mit ein paar Möbelstücken und drei übel riechenden Leichen, aus denen rote Flüssigkeit sickerte.

Der Teamführer stürmte die Treppe hinauf. Zwei Zimmer, kein Bad. Er stieß die erste Tür auf. Auch hier stank es nach ungewaschenen Körpern. Drei muffige Schlafsäcke. Der Soldat wusste nicht mit Sicherheit, wie viele Albaner die Geisel hier bewachten. Vielleicht gab es noch einen vierten, der dem Mädchen eine Pistole an den Kopf hielt. Vorsichtig drückte er die Tür auf der anderen Seite der Treppe auf, die MP5 im Anschlag.

ELF

Sie war allein und saß auf einem Stuhl in der hinteren Ecke. Das Zimmer war klein und dunkel. Eine einzelne schwache Glühbirne hing an einem Kabel von der Decke.

Auf dem Boden lag eine dünne Matratze, und ein stinkender Eimer diente als Toilette. Eine von Essensresten verkrustete Schüssel und eine Flasche Wasser – mehr war nicht da.

Aus dem einzelnen Fenster hätte man auf die hügeligen Felder hinausblicken können, doch es war mit Brettern vernagelt worden, und nur dünne Lichtstrahlen drangen durch die Ritzen hinein. Aber was den Soldaten überwältigte, war der Gestank. Das Zimmer war nie elegant gewesen, doch jetzt war es ein Höllenloch.

Dicke schwarze Fliegen kreisten summend um die Glühbirne. Andere krochen auf dem Rand des Eimers entlang und fraßen sich voll. Die Kleine hatte aus der Schale essen und auf der stinkenden Matratze auf dem Boden liegen müssen, wenn sie nicht auf dem Stuhl sitzen wollte, auf dem sie jetzt saß, immer noch in ihrer Schuluniform, ungewaschen und mit verfilztem Haar. An den Geruch hatte sie sich gewöhnt. Sie hatte die Arme um sich geschlungen, und ihre Augen waren groß und rund, erfüllt von Trauma und Angst. Sie sagte kein Wort.

Der SRR-Mann legte langsam seine Maschinenpistole auf den Boden und zog die Skimaske vom Kopf. Sein plötzliches Auftauchen musste sie erschreckt haben. Aber sie hatte jetzt genug Angst gehabt. Er näherte sich nicht, sondern ließ sich auf den Boden sinken und lehnte sich mit dem Rücken an die Wand. Dann sagte er: »Hallo«, und lächelte.

Sie antwortete nicht, sondern starrte ihn nur an.

»Ob du mir wohl helfen kannst? Ich suche ein Mädchen namens Jessica. Ihr Daddy hat mich gebeten, sie nach Hause zu bringen.«

Ihre Lippen bewegten sich, und ein dünnes Quieken kam aus ihrem Mund.

»Das bin ich.«

Er tat freudig überrascht.

»Wirklich? Ach, das ist ja wunderbar. Ich habe dich gefunden. Dein Daddy vermisst dich schon. Er hat gesagt, ich soll dich nach Hause bringen. Möchtest du das?«

Sie nickte. Er sah sich um.

»Hier ist es ja scheußlich. Ich wette, dein Zimmer in London ist schöner.«

Sie fing an zu weinen. Tränen stiegen ihr in die angstvollen, erschöpften Augen und rollten ihr über die Wangen. »Ich will nach Hause. Ich will zu Daddy.«

»Ja, das ist wundervoll, Jessica. Das fände ich auch gut. Ich habe ein paar Freunde unten, und wir haben einen Hubschrauber. Bist du damit schon mal geflogen?«

Sie schüttelte den Kopf. Er stand langsam und vorsichtig auf, ging zu ihr und streckte die Hand aus. Sie ergriff sie, und er zog sie vom Stuhl hoch. Dabei fing sie an zu urinieren, und vor Scham weinte sie noch mehr. Ein tiefes Trauma hat verschiedene Folgen, und keine davon ist schön. Er wandte sich ab und ging zur Tür.

»Wir kommen herunter!«, rief er. »Diele räumen!«

Es war nicht nötig, dass sie sah, was dort und in der Küche

lag. Draußen sah er die Lichter des Hubschraubers und hörte das Grollen des Doppeltriebwerks. Der Hubschrauber landete in der Heide hinter den Stallungen, wo Platz genug war.

Die anderen Männer warteten unten. Sie hatten die Leichen in die Küche geschleift und die Tür geschlossen. Jetzt sahen sie, wie das Mädchen an der Hand ihres Kollegen zögernd die Treppe herunterkam, Stufe um Stufe. Sie schauten sie an, und einer sagte: »O mein Gott.« Falls sie noch einen Rest Mitgefühl für die Getöteten gehabt hatten, war das jetzt verflogen.

Der Teamführer hob Jessica Thompson in den Dauphin, der sie nach Credenhill bringen würde.

Als er sein Mobiltelefon benutzen wollte, stellte er fest, dass der tote Zogu keinen Kontakt mit seinen Leuten hätte aufnehmen können, auch wenn er Gelegenheit dazu gehabt hätte. In diesem Teil der Denbigh Moors gab es kein Funknetz. Er stieg zu dem Mädchen hinein und nickte dem Piloten zu.

Die übrigen Männer würden dableiben und später abgeholt werden. Einstweilen hatten sie hier einiges aufzuräumen. Unten an der Straße stand der Volvo. Sie hatten den Motor nicht zerschossen. Er funktionierte noch. Einer von ihnen lief los, um den Volvo zu holen. Jetzt waren fünf Soldaten und vier tote Gangster in Leichensäcken abzuholen. Die hilfsbereite, aber zweifellos verdatterte Polizei von Conwy würde man bitten, den durchlöcherten Volvo in die Schrottpresse zu geben.

In Credenhill lieferten sie Jessica geradewegs ins Lazarett ein. Zwei Soldatinnen nahmen das Kind unter ihre gluckenhaften Fittiche, badeten es und wuschen ihm das Haar. Eine von ihnen kam heraus und berichtete dem befehlshabenden Offizier.

»Sie haben sie nicht angerührt. Aber sie haben damit gedroht und haben sie geil angegrinst, wenn sie ihr das Essen gebracht haben. Es war also gerade noch rechtzeitig. Sie ist ein cleveres Mädchen mit einem gesunden Verstand. Sie wird psychologische Betreuung brauchen, doch sie wird es verkraften.«

Der Befehlshabende rief Sir Adrian an, und der informierte Robert Thompson, der noch quicklebendig war.

Als sie wieder in London waren, besuchte Sir Adrian Thompson noch einmal in dessen Wohnung in Battersea.

»Ich bezweifle, dass Sie nach all dem noch im Staatsdienst bleiben können. Ich weiß auch nicht, ob Sie es noch wollen. Vielleicht wäre ein Tapetenwechsel gut. Und garantierte Sicherheit für Sie beide. Ich kenne da einen sehr schönen Ort. Warmes Klima, ein funkelndes blaues Meer. Wellington, Neuseeland. Gute Schulen, gastfreundliche Menschen. Ich glaube, ich könnte etwas in die Wege leiten, wenn Sie möchten. Ich kenne den neuseeländischen High Commissioner in London. Ein guter Job bei der Regierung, ein hübsches Haus, kurze Wege – groß ist es dort ja nicht. Ein neues Leben vielleicht. Ich glaube, ich könnte es arrangieren, wenn Sie wollen. Sagen Sie mir Bescheid.«

Einen Monat später reisten Robert Thompson und Jessica ab, um ein neues Leben am Wasser der Cookstraße zu beginnen.

Adrian Weston war menschlich, und er war daran interessiert, die wahre Identität des Mannes herauszubekommen, dessen verkohlte Überreste in dem ferngesteuerten, viel zu schnell fahrenden Auto gewesen waren.

Die westlichen Alliierten waren 1943 bei den Vorbereitungen zur Landung in Südeuropa gewesen. Es ging darum, das Oberkommando der Nazis zum Narren zu halten und sie glauben zu lassen, dass die Landung dort kommen würde, wo sie nicht geplant war. Die Briten nahmen den Leichnam eines unidentifizierten Landstreichers, zogen ihm die Uniform eines Majors der Royal Marines an und warfen ihn vor der südspanischen Küste ins Wasser.

Ein Aktenkoffer war mit einer Kette an seinem Handgelenk befestigt; er enthielt scheinbar streng geheime Dokumente, aus denen hervorging, dass die Landung in Griechenland stattfinden werde. Der Leichnam wurde an Land gespült, an einem Strand gefunden und der Guardia Civil übergeben. Francos Spanien, formal gesehen neutral, stand in Wahrheit auf der Seite der Achse. Die Unterlagen wurden an den deutschen Nachrichtendienst und weiter nach Berlin geleitet.

Griechenland wurde massiv befestigt, und die Alliierten unter Patton und Montgomery landeten über Sizilien und Italien. Tausende Menschenleben wurden gerettet. Später wurde ein Buch darüber geschrieben und verfilmt. Der Titel war *Der Mann, den es nie gab*, und daher hatte Sir Adrian die Idee gehabt.

Die Leiche in dem verunglückten Wagen war ebenfalls die eines Landstreichers und ebenfalls nicht identifiziert. Er war für ein Armenbegräbnis in einem nicht markierten Grab vorgesehen gewesen. Bei der Autopsie hatte sich herausgestellt, dass er an Lungenentzündung gestorben war, die er sich wahrscheinlich beim Schlafen im Regen unter freiem Himmel zugezogen hatte. Tests hatten ergeben, dass er ein unrettbarer Alkoholiker mit einer ohnehin stark beeinträchtigten Gesamtverfassung gewesen war. Das Einzige, was er noch nicht versetzt hatte, um sich dafür Alkohol zu kaufen, war ein Siegelring.

Aber früher einmal, dachte Sir Adrian, war er ein Mann gewesen, der vielleicht liebte und geliebt wurde, der einen Job gehabt hatte, eine Familie, ein Leben. Wie war er zu dem Wrack geworden, das in der Gosse verreckt war? Adrian Weston wollte wenigstens versuchen, es herauszufinden.

Er ließ das Armenbegräbnis aussetzen, forderte hier einen Gefallen ein, trat da jemandem in den Hintern und rüttelte dort an einem Gitter, und schließlich wurde eine DNA-Probe genommen. Aber sie brachte nichts ein. Wenn der Tote vorbestraft gewesen wäre, hätte sich eine Akte gefunden, doch es gab keine.

Weston wollte dem Amtsschimmel seinen Lauf lassen, als ein Wissenschaftler, der bei der DNA-Datenbank arbeitete, ihn anrief.

»Könnte sein, dass es eine Geschwister-Entsprechung gibt«, sagte er.

Die Person, die eine potenzielle Entsprechung der DNA aufwies, war vor Jahren in eine Kneipenschlägerei verwickelt gewesen und wegen schwerer Körperverletzung vor Gericht gestellt und verurteilt worden. Und die Person hatte einen Namen: Drake. Philip Drake. Die Polizei brauchte ein wenig Zeit, um ihn nach drei Adresswechseln zu finden, aber sie fand ihn und zeigte ihm den Siegelring. Er bestätigte, dass der Ring seinem Bruder Benjamin gehört habe, auch bekannt als Benny.

Er hatte seinen älteren Bruder seit zwanzig Jahren nicht

mehr gesehen, nicht, seit er, von einer posttraumatischen Belastungsstörung zermürbt, durch die Maschen der sozialen Sicherungen und diverser Hilfsorganisationen der Gesellschaft in den Alkoholismus und ein Leben auf der Straße gefallen war. Aber er erinnerte sich, dass Bennys Probleme vom Kampfeinsatz in Afghanistan in der Uniform seines Landes herrührten.

Er war ein Mercian gewesen, Mitglied eines Regiments aus den East Midlands, das sein Hauptquartier in Lichfield hatte. Weston rief den Kommandeur an und berichtete ihm, und dieser entschied, dass Corporal Benny Drake, so tief er auch gefallen sein mochte, sein Soldatenbegräbnis erhalten sollte. Der Kommandeur brachte die nötigen Mittel aus den Regimentsreserven auf.

Eine Woche später kam die Trauerprozession durch das Haupttor von Whittington Barracks in die Straßen von Lichfield. Auf einem mit dem Union Jack bedeckten Leichenwagen stand der Sarg, und dahinter folgte eine Limousine mit den Eltern. Die Bewohner der Stadt zogen die Hüte und wandten sich der Straße zu, als der Trauerzug vorbeikam. Die Sargträger und ein Warrant Officer bildeten den Schluss. Alle marschierten langsam voran.

Am Dorffriedhof von Whittington wurde die Kolonne empfangen und zur vorbereiteten Grabstätte geleitet. Dort übernahmen die Träger, sechs Soldaten, die den Sarg an der Kirche Saint Giles vorbei zum Grab trugen. Der Regimentspfarrer las die Totenandacht, und als er fertig war, wurde die Fahne vom Sarg genommen, zusammengefaltet und den Eltern übergeben.

Als der Sarg in die Erde hinabgelassen wurde, traten die Schützen mit dem Regimentstrompeter vor. Die Totengräber warteten mit ihren Schaufeln. Die Schützen feuerten drei Salven über das Grab, und der Trompeter spielte »Last Post«. Mr. und Mrs. Drake standen sehr aufrecht und stolz am Grab, als ihr Sohn, Corporal Benny Drake, zur letzten Ruhe gebettet wurde. Er mochte in der Gosse geendet sein, aber jetzt lag er bei seinen Kameraden.

Als der letzte Ton von »Last Post« verklungen war, steckte eine einzelne Gestalt am anderen Ende des Friedhofs das Fernglas ein. Sir Adrian stieg in seinen Wagen und ließ sich nach London zurückfahren. Er hatte eine Rechnung zu begleichen.

Am nächsten Morgen stellte Mr. Wladimir Winogradow fest, dass seine Bankkonten eingefroren waren, und er erhielt die Aufforderung, das Land zu verlassen. Die formale Erklärung, für die weiter keine Begründung angegeben wurde, weil rechtlich gesehen keine notwendig war, lautete, seine fortgesetzte Anwesenheit in diesem Lande sei in den Augen der britischen Regierung »dem öffentlichen Wohl nicht förderlich«.

Er protestierte und drohte mit langwierigen Gerichtsverfahren. Man legte ihm ein Foto vor. Es zeigte das Gesicht eines Gangsters mit geschlossenen Augen, den er beauftragt hatte, ein Kind zu entführen. Er verstummte, und dann rief er seinen Privatpiloten in Northrop an und ließ sein Flugzeug startklar machen.

Im verdunkelten Computerzimmer in Chandler's Court kauerte Luke Jennings vor seinem Computer, starrte auf das Display, berührte ein paar Touchscreen-Symbole und starrte wieder auf das Display, versunken und verloren in seiner eigenen

Welt. Neben ihm saß Dr. Hendricks und sah ihm zu. Er wusste, was der Teenager machte, aber nicht, wie er es machte. Es gibt Augenblicke, in denen der Instinkt der Logik trotzt und sie außer Kraft setzt. Der Mann von GCHQ hatte dem Jungen eine Aufgabe gestellt, die als unlösbar galt ... und dennoch.

Draußen war es stockfinster, aber die beiden vor dem Computer wussten es nicht, und es interessierte sie auch nicht. Im Cyberspace gibt es keine Tageszeiten. Irgendwo, viele Meilen weit entfernt leistete eine Datenbank lautlos Widerstand und wollte ihre Geheimnisse beschützen. Kurz vor dem Morgengrauen hatte sie verloren.

Dr. Hendricks konnte es kaum fassen. Irgendwie – und er hatte keine Ahnung, wie – war die Aufgabe gelöst worden. Luke Jennings hatte die Air Gap überschritten, die Lücke zwischen zwei nicht miteinander verbundenen Computersystemen, und die richtigen Algorithmen eingegeben. Die Firewalls hatten sich geöffnet, die ferne Datenbank hatte kapituliert. Sie brauchten nicht weiterzumachen. Sie hatten die Codes. Er klopfte dem Jungen auf die Schulter.

»Du kannst jetzt zumachen. Wir können zurückkommen. Du hast uns den Zugang ermöglicht. Gut gemacht.«

Mit seinem Einbruch in die Datenbank von Fort Meade hatte Luke Jennings, ohne es zu wissen, eine jahrelange Haftstrafe in einem amerikanischen Gefängnis riskiert. Dafür, dass er das Gleiche hier getan hatte, würde es nur Lob geben. Aber das interessierte ihn nicht. Er hatte vor einer Herausforderung gestanden, und er hatte sie gemeistert. Nur das war wichtig. Andere konnten jetzt in die ausländische Datenbank eindringen und Malware installieren, Trojaner oder den Befehl zur Selbstzerstörung.

Die ausländische Datenbank lag unter dem Wüstensand

der theokratischen Republik Iran, eines Landes, das Terrorismus einsetzte und propagierte und seine eigene Atombombe bauen wollte. Einem anderen Land blühte die Vernichtung, sollte diese Atombombe je einsatzreif werden. Wenn es nach Sir Adrian ginge und er die Premierministerin überzeugen könnte, würden die Zugangscodes der iranischen Datenbanken dem Staat Israel übergeben werden.

Aber vielleicht nicht völlig kostenlos. Das riesige neue Erdgasfeld, das kürzlich vor der israelischen Westküste entdeckt worden war, könnte in diesem Zusammenhang ins Gespräch kommen.

Sue Jennings schaute hinauf in die Dunkelheit, als der erste Schimmer des Tageslichts im Osten heraufkam. Sie wusste genau, was sie empfand, und sie genoss jede Minute. Es war so lange her.

Ihre Ehe war im Grunde zehn Jahre zuvor zu Ende gegangen. Die mühsame Erziehung der beiden Jungen und die zusätzlichen Bedürfnisse des Älteren hatten eine Rolle gespielt, aber nicht die wichtigste. Es hatte auch keinen flammenden Streit mit Harold gegeben, doch er hatte irgendwann keinen Zweifel mehr daran gelassen, dass er keinen Funken Interesse für die körperliche Seite ihrer Ehe mehr aufbrachte. Zu der Zeit hatten sie schon wochenlang nicht mehr miteinander geschlafen. Da war er Mitte vierzig und sie in der Blüte der Dreißiger gewesen.

In den zehn Jahren seitdem hatte sie kurze Affären gehabt, allesamt rein sexuell. Aber sie und Harold waren wegen der Jungen zusammengeblieben, speziell wegen Luke, und es gab auch praktische Erwägungen: ein Haus, ein festes Einkommen und all die Dinge, die man mit diesem Einkommen kaufen konnte. Doch Harold war nicht mehr da. Sie war jetzt Witwe.

Was sie empfand, war pure Lust – das Verlangen nach der Berührung des Mannes, der neben ihr schlief. Sie wusste, er hätte niemals riskiert, durch das gesamte erste Stockwerk zu ihr zu kommen, zumal ihr Zimmer zwischen denen von Luke und Marcus lag. Also war sie schließlich zu ihm gegangen.

Seine Tür war nicht verschlossen gewesen. Sie war eingetreten, hatte ihren Bademantel zu Boden fallen lassen und war zu ihm unter die Decke geschlüpft. Sie hatten nur wenig gesprochen, hatten einfach miteinander geschlafen, er mit eisenharter Kraft, sie mit der Leidenschaft eines lange unterdrückten Verlangens.

Als Captain Williams und seine Leute ihrer kleinen Gemeinschaft zugewiesen wurden, hatte er einen Platz am gemeinschaftlichen Tisch eingenommen, zusammen mit ihr, Dr. Hendricks, zwei anderen GCHQ-Mitarbeitern und den beiden Söhnen. Sie waren höflich miteinander umgegangen, aber in ihren Blicken hatte das gegenseitige Interesse gefunkelt. Details kamen zur Sprache. Er war neununddreißig und ledig, seit seine Frau vor acht Jahren bei einem tragischen Kanuunfall an der Algarve ums Leben gekommen war.

Sue Jennings hatte tagelang überlegt, was sie tun sollte. Sie konnte inzwischen nicht einmal mehr versuchen zu bestreiten, wie sehr sie sich zu diesem Soldaten hingezogen fühlte, der jetzt mit der Familie und den Wissenschaftlern am Esstisch saß. Und wenn ihre Blicke sich über die Teetassen hinweg begegneten, spürte sie, dass es ihm genauso erging.

Aber sie war keine raffinierte Verführerin. So etwas hatte nie zu ihrem Leben gehört.

Sie wartete darauf, dass er den ersten Schritt tat, doch er blieb immer korrekt und höflich und machte ihr keine Avancen. Manieren? Zurückhaltung? Zum Teufel damit. Sie wusste, sie war dabei, sich zu verlieben. Warum tat er nichts?

Kurz nach Mitternacht war sie aufgestanden. Im Mondschein hatte sie sich nackt vor den Spiegel am Kleiderschrank gestellt. Sie war jetzt vierzig und hatte eine wohlgerundete, aber nicht plumpe Figur. Sie hatte sich im Fitness-Studio in Form gehalten, doch für wen? Nicht für den glanzlosen Harold, der sich mehr für sein Golf-Handicap als für Sex mit ihr interessiert hatte.

Sie war jung genug, um noch ein Kind zu bekommen, und genau das wollte sie, aber nur mit *einem* Mann, und der schlief in seinem Zimmer auf der anderen Seite des Hauses. Sie legte sich einen Bademantel über die Schultern und öffnete ihre Tür möglichst lautlos, um die Jungen, die in den beiden benachbarten Zimmern schliefen, nicht zu wecken.

Vor seiner Tür war sie noch einmal stehen geblieben und hatte seinen tiefen, gleichmäßigen Atemzügen gelauscht, bevor sie den Türknauf drehte und ins Zimmer schlüpfte. Jetzt hatten sie ihre erste Nacht miteinander verbracht. Als der erste Schimmer des neuen Tages durch die Vorhänge drang, fasste sie ihren Entschluss. Sie würde ihn bekommen, und nicht nur für eine Nacht. Sie gedachte, die neue Mrs. Harry Williams zu werden, und sie wusste, neben einer gut aussehenden und entschlossenen Frau sah eine Exocet-Rakete jederzeit aus wie ein schlecht designter Feuerwerkskörper. Als die Junisonne über die Wipfel der Bäume im Wald stieg, schlich sie sich zurück in ihr eigenes Zimmer.

ZWÖLF

Der Iran schielt seit vielen Jahren nach einer eigenen Atombombe. Zum ersten Mal wurde diese Idee schon unter dem Schah erörtert, der 1979 abgesetzt wurde. Damals wurde sie ihm von seinem Freund und Beschützer, den USA, ausgeredet. Bei den Ayatollahs gab es solchen Einfluss nicht.

Viele Jahre lang war nicht die Technologie das Problem. Ein pakistanischer Wissenschaftler, der im Zentrum der erfolgreichen Forschung und Entwicklung der Atombombe seines Landes gearbeitet hatte, war zum Verräter geworden und hatte sein Material an den Iran verkauft. Das Problem hatte lange darin bestanden, hinreichende Mengen von waffenfähigem Uran zu kaufen.

Uranerz, auch bekannt als Yellowcake, kauft man seit vielen Jahren bei diversen Lieferanten aus der ganzen Welt. Aber in der Form von Erz hat Uran-235 eine Reinheit von fünf Prozent oder weniger – viel zu wenig für die Produktion einer Kernwaffe. Das Erz muss raffiniert werden, bis es zu fast fünfundneunzig Prozent rein ist.

Der Vorwand für den Erwerb ist fast immer der Bau von Kraftwerken, für die eine fünfprozentige Reinheit ausreicht. Doch diesen Vorwand hat die Welt noch nie geglaubt. Warum, so argumentiert man, sollte ein Land, das buchstäblich auf einem Meer von Rohöl schwimmt und sich einen feuchten Kehricht für die Umwelt interessiert, nicht seine eigenen kostenlosen Rohstoffe ausbeuten, damit die Lichter weiter brennen? Schon seit Langem liegt die Antwort in geheimen Chemiefabriken, deren Existenz vor der Welt verborgen und geleugnet wird und deren Funktion es ist, das rohe Yellowcake zu waffenfähigem Uran-235 zu raffinieren.

Der Club der Atommächte USA, China, Frankreich, Russland und Großbritannien, zusammen mit dem kernwaffenfreien Deutschland und der Europäischen Union, hat 2015 eine Vereinbarung getroffen, nach der der Iran seine Kernwaffenforschung aufgibt und im Gegenzug die zahlreichen Wirtschaftssanktionen gemildert werden, die dem Land wegen seiner nuklearen Ambitionen auferlegt worden waren. Diese Vereinbarung wurde insgeheim nicht befolgt.

Die Ayatollahs haben schon vor langer Zeit bestimmt, dass der Staat Israel, der keine Ölfelder besitzt, aber technologisch sehr weit fortgeschritten ist, vom Angesicht der Erde zu verschwinden hat. Israel blickt daher mit wachen Augen auf die iranischen Atomambitionen. Es hat außerdem den Mossad (das »Institut«), einen sehr effizienten Geheimdienst. Spionage mit dem Ziel, herauszufinden, was die iranische Diktatur vorhat und wie weit sie damit gekommen ist, ist unablässig im Gange.

Der Iran war nicht der erste Nachbar Israels, der ein Atomwaffenprogramm aufgelegt hat. Das war Syrien, und es hat seine Lektion 2007 gelernt. Israelische Aufklärungseinsätze und Überflüge entdeckten ein großes, kantiges Gebäude, das in Tel Aviv den Namen »Würfel« bekam. Es wurde bei Deir ez-Zor gebaut, auf einem abgelegenen Gelände in Ostsyrien, und es weckte so viel Neugier, dass man es nicht ignorieren konnte. Weitere Spionageoperationen enthüllten, dass darin ein nordkoreanischer Kernreaktor verborgen war, der den syrischen Diktator mit Plutonium versorgen sollte – einem unentbehrlichen Bestandteil einer Atombombe.

In einer Nacht im Jahr 2007 starteten acht israelische Jets von ihren Stützpunkten im Süden Israels. Sie flogen westwärts über das Mittelmeer, dann nach Norden, dann nach Osten und überquerten ungesehen die syrische Küste. Sie flogen in einer Höhe von etwa dreihundert Fuß, buchstäblich dicht über den Dächern, und bei dieser Geschwindigkeit mussten sie auf Nanosekunden genau sein. Ausgestattet waren sie mit einer Vielzahl an Bomben, um die vollständige Zerstörung des Ziels sicherzustellen.

Um 00 Uhr 42 warfen sie ihre Ladung ab. Keine Bombe verfehlte das Ziel. Um 00 Uhr 45 funkte der Staffelführer ein einziges Wort – »Arizona«. Ziel zerstört. Die Staffel ging auf Nordkurs bis zur türkischen Grenze und folgte ihr in Richtung Westen, bis sie wieder über dem Meer waren und an der Küste entlang nach Hause flogen.

Die Zerstörung des Würfels betraf den Iran nicht unmittelbar, aber sie war eine Lehre für das Land. Als die Iraner mit ihrem Kernwaffenprogramm anfingen, zogen sie sich dazu tief unter die Erde zurück, in eine Reihe von bombensicheren Bunkern. Dort fingen sie an, Uran-235 zu waffenfähigem Uran anzureichern.

Man weiß, dass es zwei Anreicherungsanlagen gab. Die kleinere, Natanz, befand sich in einem ausgehöhlten Berg im Norden des Landes. Eine weit größere namens Fordo lag so tief unter dem Wüstenboden, dass sie selbst gegen die stärksten bunkerbrechenden Bomben immun war.

Reihen um Reihen von Zentrifugen, die früher als Zyklotrone bezeichnet wurden, werden im Anreicherungsverfahren eingesetzt. Solche Maschinen zu betreiben, ist extrem gefährlich. Es sind senkrechte, ein Meter achtzig bis zwei Meter vierzig hohe Säulen, deren Kern mit atemberaubenden fünfzigtausend Umdrehungen pro Minute rotiert. Sie stehen in Reihen, die als »Kaskaden« bezeichnet werden. Man schätzte, dass der Iran zwanzigtausend davon besaß, die im Hauptzentrifugensaal zu Kaskaden von jeweils hundertachtundzwanzig verbunden waren.

Man hat so viele, weil das Uranerz extrem langsam gereinigt wird und pro Tag nur winzige Mengen produziert werden können, die sorgsam gelagert werden. Gefährlich sind sie, weil sie auf Lagern rotieren, die präzise gewuchtet sein müssen. Die geringste Variation von Rotationsgeschwindigkeit oder Unwucht kann dazu führen, dass sie entweder überhitzen oder auseinanderfliegen oder beides. Wenn das geschieht, wird der ganze Saal zu einem Leichenhaus, in dem Körperteile der Techniker kreuz und quer durch die Luft fliegen und die benachbarten Maschinen zu glühenden Trümmern zerschmelzen.

Um das zu verhindern, wird der gesamte Betrieb durch einen Zentralcomputer gesteuert, dessen Datenbank so geschickt durch vielschichtige Firewalls geschützt ist, dass nur die vor Ort eingesetzten iranischen Techniker mit ihren Zugangscodes Zugriff darauf haben. Diese unmöglich zu beschaffenden Zugangscodes hatte der Teenager, der neben Dr. Hendricks in Chandler's Court saß, beschafft.

In Fordo wurde keine Warnung ausgelöst, und deshalb musste nichts weiter getan werden. Der Besitz der Zugangscodes genügte. Mit Erlaubnis der Premierministerin übergab Sir Adrian sie einem hohen, für Kernwaffenfragen zuständigen Beamten in der israelischen Botschaft in Palace Green, London.

Ungefähr eine Woche später, zu Anfang Juli, geschah etwas sehr Merkwürdiges tief unter der iranischen Wüste. Der Zentralcomputer zeigte eine winzige Variation an: Die Rotationsgeschwindigkeit in einer Kaskade von Zentrifugen stieg langsam an. Ein Ingenieur im weißen Kittel an der Hauptkonsole wies den Computer an, zu korrigieren. Der Rechner nahm keine Notiz von dem Befehl. In der Wüste Negev erteilten andere Hände andere Befehle. Die Rotationsgeschwindigkeit stieg weiter an.

Der besorgte Ingenieur in Fordo rief einen Vorgesetzten an. Verwirrt gab dieser die Korrekturcodes ein. Sie wurden ignoriert. Die Temperaturanzeige der Lager stieg an. Besorgnis wurde zu Beunruhigung und schließlich zu Panik. Der Computer gehorchte nicht. Die Rotationsgeschwindigkeit stieg an, die Temperatur der Lager ebenfalls. Eine rote Linie wurde überschritten. Der leitende Ingenieur drückte auf einen roten Knopf. In dem riesigen Zentrifugensaal gellte eine Alarmsirene. Männer in weißen Kitteln liefen zu den großen Stahltüren. Die Sirene lärmte weiter, und das Laufen wurde zu einem panischen Rennen um das liebe Leben, als die erste Kaskade aus ihren Lagern gerissen wurde. Stahl glühte hellrot von der unkontrollierbaren Reibung. Die flüchtenden Männer drängten sich durch die offenen Türen.

Im ersten Bericht, der den obersten Führer der Republik, Ayatollah Khamenei, erreichte, hieß es, auch der letzte Techniker sei noch rechtzeitig herausgekommen. Die Türen begannen sich zischend zu schließen und das Inferno in der Halle einzudämmen. Die Männer waren gerettet, aber die Zentrifugen zerstörten sich selbst, als sie aus ihren Lagern sprangen und die benachbarten Kaskaden umstürzten.

Der Ayatollah, hochverehrt und vom Alter gebeugt, zwang sich, bis zur letzten Zeile des Berichts zu lesen, während die Reihe der graugesichtigen Wissenschaftler in seiner bescheidenen Residenz in der Pasteur-Straße in Teheran vor ihm stand.

Zwanzig Jahre, schätzte man. Die unablässige harte Arbeit und die Kosten von zwanzig Jahren waren in einer katastrophalen Stunde vernichtet worden. Natürlich würde es eine Untersuchung geben. Er würde den Befehl dazu geben. Die klügsten Köpfe des Iran würden graben und bohren, und sie würden ihm Bericht erstatten. Sie würden ihm sagen, was passiert war, wie es passiert war und vor allem, durch wessen Hand. Er schickte die Wissenschaftler weg und zog sich in seinen privaten Gebetsraum zurück.

Natürlich steckten die Israelis dahinter, möge Allah sie in die Hölle fahren lassen. Aber wie hatten sie Zugang zu den Codes bekommen? Sie hatten es jahrelang vergebens versucht. Stuxnet, die von Israelis und Amerikanern vor ein paar Jahren entwickelte Malware, hatte Schaden angerichtet, doch sie war nicht über die Codes hinweggekommen. Aber jetzt war es jemandem gelungen. Konnten es wieder die Israelis gewesen sein? Die Iraner konnten nicht wissen, dass der Täter in Wahrheit sehr weit entfernt arbeitete und der größte Hacker war, den die Welt je gesehen hatte – oder, in diesem Fall, eben nicht gesehen hatte.

Der Oberste Führer hatte keinen Schimmer von Computern und war deshalb ganz und gar auf seine Fachleute angewiesen, die ihm nach einer detaillierten Untersuchung berichteten, dass es höchstwahrscheinlich eine israelische Hand gewesen war, die dem Zentralcomputer befohlen hatte, die

Zentrifugen in einem irrwitzigen Tempo rotieren zu lassen, bis sie sich selbst zerstörten.

Aber das Schlüsselproblem betraf die Zugangscodes. Sie waren unentbehrlich, und ohne sie konnte niemand dem zentralen Steuercomputer den Befehl zur Selbstzerstörung geben. Mit ihnen war alles möglich.

Die iranische Katastrophe blieb nicht lange geheim. Eine solche Nachricht lässt sich nicht unter den Teppich kehren. Menschen – sogar Wissenschaftler –, die ein traumatisches Erlebnis hinter sich haben, reden darüber. Sie sprechen mit ihren Kollegen, mit denen, die dabei waren, und mit anderen. Sie erzählen ihren Familien davon. Es spricht sich herum.

Und so sickerte die Nachricht von dem Desaster in die weltweite Community der Wissenschaftler, deren Lebensaufgabe darin besteht, im Auftrag ihrer Regierungen die Fortschritte anderer auf demselben Gebiet zu beobachten. Was in Fordo passiert war, hatte allzu große Ähnlichkeit mit dem Computerdesaster in Murmansk.

Am Ende wurde das Rätsel nicht in Teheran gelöst, sondern in Moskau: Moskau wusste, wer es gewesen war und wo er war.

Zwei Tage später ersuchte der russische Botschafter in Teheran um eine Privataudienz beim Obersten Führer. Er überbrachte eine persönliche Nachricht des Woschd. Darin ging es um ein abgelegenes Anwesen auf dem Land in England und um einen Hacker im Teenageralter, der das Unmögliche vollbrachte.

Wie Sir Adrian es versprochen hatte, erreichte den Mann im Weißen Haus ein umfangreicher Bericht. Ein weiterer Report, der weitgehend das Gleiche sagte, kam von der CIA.

Der Präsident begriff, dass er belogen worden war. Er sprach sich ohnedies schon lange gegen das Abkommen aus, das die USA veranlasst hatte, die finanziellen Sanktionen gegen den Iran zu lockern, während der Iran im Gegenzug seine Atomwaffenforschung und vor allem die Urananreicherung einstellte. Er zerriss das Abkommen und setzte die ruinösen Wirtschaftssanktionen wieder in Kraft.

Etwa um die gleiche Zeit erhielt Sir Adrian in seinem Apartment am Admiralty Arch einen Brief. Er war fasziniert. Nur wenige Leute kannten diese Adresse, und der Brief war durch einen Boten zugestellt worden. Der Inhalt war kurz und höflich. Der Absender schlug ein Treffen vor, das für beide Seiten wertvoll sein könne, und lud Sir Adrian zu einer Unterredung ein. Das Papier trug den Briefkopf der israelischen Botschaft, und unterschrieben war der Brief mit Avigdor Hirsch, einem Namen, den Sir Adrian nicht kannte.

In seiner Zeit beim MI6 war er Spezialist für Russland, die UdSSR und die osteuropäischen Satellitenstaaten des Sowjetreichs. Der Nahe Osten war nicht sein Territorium gewesen, und seit seiner Pensionierung waren über zehn Jahre vergangen. Andere hatten sich ebenfalls zur Ruhe gesetzt, wieder andere waren befördert oder versetzt worden, oder sie waren aus dem Dienst ausgeschieden, die einen aus freien Stücken, die anderen mit freundlicher Ermunterung. Kontakte hatte er aber trotzdem noch, und einer war der Mann, der den Nahen Osten »unter sich« gehabt hatte. Er war jünger als Sir Adrian und deshalb noch auf seinem Posten in Vauxhall Cross. Sein Name war Christopher.

»Avi Hirsch? Natürlich kenne ich ihn«, sagte die Stimme, die über die abhörsichere Leitung an Sir Adrians Ohr drang.

»Er ist seit drei Jahren hier, Stationschef des Mossad. Sehr clever.«

»Sonst noch was?«

»Na ja, nach dem Dienst in den Special Forces dort wurde er Anwalt. Zugelassen für drei Staaten – Israel, UK und USA. Hat am Trinity College in Cambridge Examen gemacht. Das absolute Gegenteil eines Kibbuznik mit Schwielen an den Händen. Wir halten ihn für einen ordentlichen Kerl. Was will er denn?«

»Das weiß ich noch nicht«, sagte Sir Adrian.

»Sie haben von der Katastrophe in Fordo gehört?«

»Natürlich. Und von der Reaktion der USA.«

»Tja, meine Abteilung arbeitet rund um die Uhr. Viel Glück mit Avi.«

Die israelische Botschaft in London ist extrem gesichert. Das ist auch nötig. Sie hat Attentatsversuche und zahlreiche transparentschwenkende Demonstrationen erlebt. Sir Adrians Wagen hielt vor dem schmiedeeisernen Tor, und sein Ausweis wurde gründlich überprüft. Ein Posten in der Kabine telefonierte. Dann erst wurde er hineingewinkt. Ein anderer Wachmann wies ihn zu einem Parkplatz, und als sein Fahrer angehalten hatte, wurde Sir Adrian zum Gebäude eskortiert.

Eine aufdringliche Sicherheitskontrolle wie am Flughafen gab es nicht, aber er wusste, dass verborgene Scanner jeden Zollbreit seines Körpers abtasteten. Er hatte kein Gepäck bei sich, nicht mal einen Aktenkoffer. Der Besprechungsraum, in den man ihn führte, lag im Kellergeschoss, zweifellos gescannt und sterilisiert und absolut abhörsicher.

Avi Hirsch war so, wie Weston es erwartet hatte: Mitte vierzig, athletisch, sonnengebräunt und großstädtisch. Die

Sprache Shakespeares sprach er fließend. Den angebotenen Kaffee lehnte Sir Adrian ab. Dann waren sie allein. Sir Adrian wusste, dass dieses Gespräch nicht ohne ausführliche Vorbereitung durch das Mossad-Oberkommando in dessen Hauptquartier am nördlichen Rand von Tel Aviv stattfinden würde.

»Man hat mich angewiesen, Ihnen zu sagen, dass meine Regierung und mein Land Ihnen äußerst dankbar sind«, begann der Mossad-Bürochef. Sir Adrian wusste, Avi Hirsch sprach von der Überlassung der Zugangscodes für den Zentralcomputer in Fordo.

Das war wirklich ein beachtliches Lob. In der Welt der Geheimdienste und vor allem in der inzwischen integrierten Cyberwelt überragt der Staat Israel alle anderen um Haupteslänge. Der Mossad hat seine Agenten überall in der Welt, und im Nahen Osten ist er unschlagbar. Tief unter der Wüste Negev außerhalb von Be'er Scheva gibt es einen Thinktank namens Shmone Matayim oder Einheit 8200. Dort sind die besten Cyberköpfe der Republik versammelt. Sie knacken Codes, kreieren neue, dringen in feindliche Datenbanken ein und überwachen Flutwellen von codierten Korrespondenzen, die zwischen den Diensten ihrer Feinde hin und her huschen – und übrigens auch ihrer Freunde. Einheit 8200 schläft nie.

Sir Adrians Laufbahn war lange vor all dem zu Ende gegangen. Er war ein Veteran in einer Welt voll junger Leute. Aber manche Dinge ändern sich nie. Es gibt Freunde, es gibt Feinde, es gibt Verräter, und es gibt Dummköpfe, die zu viel reden. Die Tage, in denen man einander in kopfsteingepflasterten Gassen im sowjetisch besetzten Bratislava im Vorübergehen streifte, mochten ein Ding der Vergangenheit sein, aber die richtige Information am richtigen Ort zum richtigen Zeitpunkt konnte immer noch den Lauf der Geschichte verändern.

Entscheidender noch – ein Messer zwischen den Rippen oder eine Bombe unter einem Auto kann ein Menschenleben nach wie vor beenden. Und Sir Adrian wusste sehr wohl, dass der kultivierte Bürochef, der ihm gegenübersaß, einen Dienst vertrat, der diese alten Methoden in keinster Weise verschmähte, wenn ihr Einsatz für nötig gehalten wurde.

Hinter dem Nachrichtendienst des Mossad steht eine Reihe von Spezialeinheiten, die dem Special Air Service, dem Special Boat Service und dem Special Reconnaissance Regiment der Briten oder den Delta Boys, den Navy SEALs und der Special Activities Division der CIA entsprechen. Die Spezialkommandos der Sajeret Matkal, der Kidon (»Bajonett« oder »Speerspitze«), die Mordaufträge in Übersee ausführt, und die noch geheimnisvollere Jechidat Duvdevan, deren spezielle Fähigkeit darin besteht, die Sprachen und Gesellschaften des Mittleren Ostens so gut zu kennen, dass sie jederzeit in feindliche Länder einsickern können, wo sie als Einheimische wahrgenommen werden und jahrelang als »Schläfer« existieren, bevor sie aktiviert werden.

All das wusste Sir Adrian, obwohl der Nahe Osten nie sein Gebiet gewesen war. In nachrichtendienstlichen Kreisen ist es allgemein bekannt. Deshalb wusste er auch, dass der Iran von israelischen Schläfern durchsetzt sein musste, zweifellos auch in hohen Positionen. Er saß ruhig da und wartete darauf, dass Avi Hirsch den Ball ins Rollen brachte.

»Ich will vollkommen offen sein«, sagte der Israeli und meinte das Gegenteil. »Es ist klar, dass die außerordentlichen Informationen, die Sie uns gegeben haben – ich meine die

Zugangscodes für Fordo – von einem Cybergenie stammen müssen. Wir haben ein paar ziemlich gute Hacker in der Einheit 8200, aber Ihr Junge war ihnen voraus. Er hat die Air Gap überwunden, was als unmöglich gilt. Das macht ihn sehr wertvoll, aber auch sehr verwundbar.«

»Verwundbar?«

»Für Vergeltungsmaßnahmen. Im Rückblick werden die Umstände der Katastrophe um die *Admiral Nachimow* ein wenig klarer. Es sieht ja so aus, als hätte jemand die Kontrolle über das Schiff übernommen.«

Sir Adrians umfassende Antwort war »Ah«.

»Ich kann Ihnen sagen, dass der russische Botschafter gut eine Woche nach dem Burn-out in Fordo ein privates Zusammentreffen mit Ayatollah Khamenei hatte. Fällt Ihnen dazu etwas ein?«

Sir Adrian sagte noch einmal »Ah«.

»Sehen Sie, Sir Adrian, wir sind auf den Gedanken gekommen, dass Moskau jetzt vielleicht den Iran über die Identität dieses bemerkenswerten Menschen informiert hat, den Sie da unter Verschluss halten, und möglicherweise auch über seinen Aufenthaltsort. Das heißt, wenn sie ihn kennen. Falls die Iraner diese Information haben, könnte es sein, dass sie in Betracht ziehen, sich zu rächen. Hören Sie auf einen freundschaftlichen Rat. Von einem dankbaren Geheimdienst. Vielleicht wäre es klug, ihn zu verlegen. Unverzüglich. Auch der Iran hat Killereinheiten.«

»Sehr freundlich von Ihnen«, sagte Sir Adrian. »Ich bin Ihnen überaus dankbar. Es lohnt sich auf jeden Fall, auf höchster Ebene darüber nachzudenken.«

Er wusste etwas, das Avi Hirsch nicht wusste. Luke Jennings in eine neue und fremde Umgebung zu verlegen, war leichter gesagt als getan. Der Geisteszustand des Jungen, seine obsessive Bindung an seine unmittelbare Umgebung, an den Platz jedes Gegenstands in seinem Wohnbereich und vor allem an die Anordnung der Algorithmen in seinem Computer waren so ausgeprägt, dass eine plötzliche Entwurzelung und Verlegung an einen anderen, meilenweit entfernten Ort einen Zusammenbruch herbeiführen konnten.

Aber es war eine rechtzeitige Warnung. Der Iran hatte Selbstmordattentäter, Fanatiker und professionelle Killer zu seiner Verfügung. Im Kern der Iranischen Revolutionsgarde, der Pasdaran, existierte die Al-Quds-Brigade, die überall im Mittleren Osten wahllos und selektiv gemordet hatte. War Chandler's Court außer Reichweite? Würde die Premierministerin noch eine Schießerei auf dem friedlichen grünen Rasen von Warwickshire gestatten?

Er hatte seine Zweifel. Den hemmungslosen Angriff mit dem Nowitschok-Nervengift in den Straßen von Salisbury mit der Havarie der *Admiral Nachimow* zu vergelten, war ein Racheakt gewesen und in den Augen der Welt nicht nachzuweisen. Israel dabei zu helfen, die nukleare Heimtücke des Iran vor dem amerikanischen Präsidenten zu demaskieren, war eine Sache. Damit aber Racheangriffe irgendwelcher Wahnsinniger aus dem Nahen Osten auf englischem Boden zu provozieren, war etwas ganz anderes.

»Sagen Sie mir, Avi, wenn es noch eine streng geheime iranische Organisation gäbe, auf deren Computer Ihre Vorgesetzten lieber zugreifen würden als auf irgendwelche anderen, welche wäre das? VAJA oder FEDAT?«

Der israelische Agent hatte Mühe, sich nichts anmerken zu lassen. Er war überrascht, dass dieser bejahrte, pensionierte Kreml-Experte von den beiden wusste. Aber Sir Adrian hatte seine Hausaufgaben gemacht. VAJA, das wusste er, ist das iranische Geheimdienstministerium. Es hat seine eigenen Killer im Einsatz, zu Hause, aber hauptsächlich im Ausland. FEDAT ist das extrem geheime Kernwaffenforschungs- und Entwicklungszentrum unter dem Dach des Verteidigungsministeriums. Es hat seinen Sitz in einem modernen Bürogebäudekomplex in der Stadtmitte von Teheran, gleich gegenüber der Malek-Aschtar-Universität.

Als er durch das schmiedeeiserne Tor der israelischen Botschaft hinausfuhr, fragte Sir Adrian sich, wie groß die Chancen waren, dass seine neueste List – den Israelis einen zweiten Gefallen zu tun – ebenfalls funktionieren würde. Ihnen dabei zu helfen, die Zentrifugen in Fordo zu zerstören, hatte dabei geholfen, die Welt sicherer zu machen. Was er jetzt im Sinn hatte, betraf eher seine Heimat.

Er brauchte eine Gefälligkeit, und in seiner und in der Welt Avi Hirschs bezahlte man Gefälligkeiten mit Gefälligkeiten.

Insgeheim mutmaßte Sir Adrian, dass Einheit 8200, die unter der Wüste Negev bei Be'er Scheva eifrig auf ihren Tastaturen klapperte, wenn Tel Aviv sich für die eine Möglichkeit entschied, die andere bereits infiltriert haben dürfte. Drei Tage später hatte er seine Antwort: FEDAT.

DREIZEHN

Wenn ein Staat beschließt, Atommacht zu werden, entstehen gewaltige Aktenberge. Der Iran traf diese Entscheidung vor vielen Jahren, gleich nachdem die Ayatollahs die Macht übernahmen und ihre skrupellose Theokratie begründeten. Als Ayatollah Rafsandschani erklärte, Israel solle vom Angesicht der Erde gefegt werden, entsprach das einer Kriegserklärung. Es war ein verdeckter Krieg, aber immer noch ein Krieg, der unsichtbar geführt wurde, ohne Rücksicht auf die Genfer Konvention oder irgendwelche anderen Regeln.

Indem der Iran dem kleinen, umzingelten Land auf der anderen Seite der Arabischen Halbinsel den Krieg erklärte, legte er sich mit dem furchterregendsten Gegner im Umkreis von zweitausend Meilen rund um Teheran an. Israel wurde aus Geheimoperationen geboren, zuerst gegen die kriegsmüden Briten des Jahres 1945, aber seit 1948 auch gegen den Ring von wütenden und rachsüchtigen Palästinenser- und Arabergruppen.

Die Araber konnten ihr Arsenal mit riesigen Kopfzahlen, endlosen Landmassen und unbegrenzten Finanzmitteln füllen. Die Israelis hatten nichts davon, aber ihre Waffen und ihre Fähigkeiten waren den Gegnern überlegen. Dazu gehörten jahrelange Erfahrung in der Undercover-Planung und Durchführung von Operationen. Dazu kommen ein fanatischer Patriotismus sowie die Gewissheit, dass Scheitern den

Tod bedeutet, ein weltweites Netzwerk von Juden, die bereit sind, auf jede Art und Weise zu helfen, und sich nicht zweimal bitten lassen, weiter chamäleonhaftes Geschick, für alles Mögliche gehalten werden, nur nicht für einen Israeli.

Ein weiteres Element war ein außergewöhnliches technologisches Niveau. Im Falle des Scheiterns von restloser Vernichtung bedroht, hatte Israel keine Skrupel, Hilfe vom weißen Südafrika, einer gleichfalls umstrittenen Minorität, anzunehmen und die notwendigen Mengen von angereichertem Uran zu erwerben, um eine Atommacht zu werden und eine eigene Bombenproduktion in Dimona in der Wüste Negev zu errichten.

Der Preis bestand darin, Südafrika zu helfen, seine eigenen sechs Atombomben wiederherzustellen, die demontiert worden waren, bevor der Afrikanische Nationalkongress unter der Regenbogenkoalition die Macht übernahm.

Der verdeckte Krieg tobte sechs Jahrzehnte lang, und er ist immer noch nicht zu Ende. Gelegentlich bekommt die Öffentlichkeit eine Andeutung davon zu sehen – einen Toten hier, eine zerstörte Familie dort. Der alte Mossad le Alija Bet, dessen Aufgabe es war, europäische Juden, die Hitlers Holocaust überlebt hatten, aus den Lagern und ins Gelobte Land zu schaffen, wurde in den Mossad verwandelt, den wahrscheinlich furchterregendsten Geheimdienst der Welt.

Die CIA hat eine Special Activities Division, die auf Befehl in den Krieg zieht und tötet. Der britische MI6 (oder SIS) macht sich die Hände lieber nicht schmutzig und überlässt es den Regimentern der Special Forces, zu tun, was getan werden muss. Auch Israel hat seine Special Forces, aber der Mossad wird »Ausschaltungen« im In- und Ausland ohne Zögern übernehmen, wenn es erforderlich ist. Daher die

Liste selektiver Morde, denen Feinde auf der ganzen Welt zum Opfer gefallen sind, teils weil sie eine zukünftige Bedrohung für Israel darstellten oder – im Fall derer, die bei den Münchener Olympischen Spielen 1972 die israelischen Sportler abschlachteten – aus Rache.

Unter dem Schah hatte Israel vom Iran wenig zu fürchten gehabt, aber mit der Ankunft der Ayatollahs änderte sich das alles, umso mehr, als das iranische Programm zum Bau einer eigenen Atombombe in Gang kam. Iran rüstete sich mit den Pasdaran und der darin enthaltenen Al-Quds-Brigade, deren Aufgabe es war, Terrorakte und Morde im In- und Ausland zu verüben. Dazu kann man VAJA, das Geheimdienstministerium, und SAVAMA, die Geheimpolizei mit ihrer Sammlung von furchtbaren Gefängnissen und Foltereinrichtungen, rechnen.

Die Organisation mit dem Auftrag, diese unsichtbare Atombombe zu schaffen, war und ist FEDAT, die Hüterin des riesenhaften Archivs von Unternehmungen, Akquisitionen, bestochenen Wissenschaftlern, von Lagern mit spaltbarem Material und detaillierten Beschreibungen der bisherigen Fortschritte. Jahrelang gelang es dem Iran, alle diese Unterlagen raffiniert verborgen zu halten. Während die Welt von Akten zu computerisierten Datenbanken wechselte, bewahrte der Iran viele seiner geheimen Unterlagen immer noch in Papierform auf. Nach der Methode »Vor aller Augen versteckt« deponierte man sie in einem riesigen, aber heruntergekommenen Lagerhaus im südlichen Teheran, in einem Viertel namens Schorabad.

Dann wurde alles gestohlen, eine halbe Tonne Papier. Es war der Mossad, dem dieser Coup gelang – allerdings, wie er genau vonstattenging, bleibt nach wie vor ein Geheimnis, nur nicht für dessen Führung in einem gleichermaßen anonymen Büroblock nördlich von Tel Aviv. Anscheinend haben seine Agenten sich Zugang zu dem Lagerhaus verschafft und die ganze Ladung dann erstaunlicherweise entweder zu einem Hubschrauberlandeplatz oder direkt auf ein Schiff geschafft, das vor der Küste im Golf wartete, und dann weiter nach Israel – um die saudische Halbinsel herum und durch das Rote Meer hinauf.

Aber dieser Beutezug war nicht die ganze Geschichte. Der Rest war immer noch in den FEDAT-Datenbanken gespeichert, und in die war man noch nicht eingedrungen. Noch nicht. Dieser Hack war Teil der Vereinbarung, die Sir Adrian mit Avi Hirsch schloss, der ganz offensichtlich inkognito mit El Al nach Tel Aviv geflogen war und sich grünes Licht geholt hatte.

Der israelische Privatjet war ein Gulfstream VI und landete auf dem RAF-Stützpunkt Brize Norton und Oxfordshire. Er gehörte einem israelischen Multimillionär und trug die Beschriftung seiner IT-Firma. Der Mann war einer der Sayanim, der Helfer, Mitglied eines weltweiten Netzwerks von Juden, dem eine Verbindung zum Mossad nicht nachgewiesen werden kann, die aber jederzeit behilflich sind, wenn man sie bittet. Heimatflughafen des Privatjets war nicht der Ben Gurion Airport, Tel Aviv, sondern der Luftwaffenstützpunkt Sde-Dov im Norden. Die britische Gruppe hatte versteckt gewartet. Nach dem Auftanken kam sie heraus und wurde von einem leitenden Unteroffizier der Bodenbesatzung zur Treppe des Gulfstream geführt. Das Empfangskomitee, das sie nach Israel begleiten würde, verließ das Flugzeug nicht.

Zur Gruppe der Briten gehörte eine gut aussehende blonde

Frau, die einen nervösen, schmerzlich scheuen und sichtlich widerstrebenden Jungen im Teenageralter und seinen kleinen Bruder entschlossen beschützte. Zu der Gruppe gehörten außerdem drei Cybertechniker, die mit den Jungen und deren Mutter zusammenwohnten.

Bereits an Bord waren die beiden Piloten und eine Stewardess, alle drei in der Uniform der IT-Firma, und außerdem vier Mossad-Agenten, die sich nur mit Vornamen vorstellten – Yuval, Mosche, Mordechai, genannt Mottit, und Avram –, was nicht ihre richtigen Namen waren. Fotografieren war verboten, aber ohnehin hatte niemand vor, eine Kamera herauszuholen.

Die nicht so gute Nachricht war, dass einer von ihnen ein Verräter war. Er war im Iran geboren und aufgewachsen und vom VAJA angesprochen worden. Man hatte ihm eine sehr hohe Summe angeboten, wenn er für sie spionieren würde. Da es sein Wunsch war, eines Tages als steinreicher Mann in die USA auszuwandern, hatte er eingewilligt.

Die bessere Nachricht war, dass der Direktor des Mossad, Meyer Ben-Avi (Codename Manschettenknopf), das alles wusste und den Mann benutzte, um einen Strom von Falschinformationen nach Teheran zu leiten. Trotzdem hatte alles seine Grenzen, und eines Tages in nicht allzu ferner Zukunft würde es eine Verhaftung im Morgengrauen geben, einen Geheimprozess und eine sehr lange Haftstrafe in einer unterirdischen Zelle oder eher noch einen tödlichen Autounfall. Danach würde ein geheimes Bankkonto, das nicht völlig geheim war, beschlagnahmt werden, und das Guthaben würde der Witwen- und-Waisen-Fonds bekommen.

Es war ein ereignisloser Flug, und als sie auf dem alten Flughafen Owda landeten, wurden sie von drei Limousinen

erwartet, die sie zu einer neu eingerichteten Villa am Stadtrand von Eilat bringen würden, weit weg von den Blicken
der Touristen, aber nah genug am Strand, um täglich im war-
men blauen Meer baden zu können. Die Bucht und die Bar,
die Rafi Nelson dort gegründet hatte, waren nur ein Stück
weit entfernt vom Strand.

Als die britische Gruppe in der Villa unmittelbar am Golf
von Eilat untergebracht war, wurden die vier Mossad-Agenten ihrer Eskorte entlassen und nach Tel Aviv zurückgeflo-
gen. Einer von ihnen – der Motti genannt wurde – hatte ein
größeres Problem. Er musste alles, was er erfahren hatte, an
seine Zahlmeister in Teheran weitergeben.

Die Katastrophe in der Urananreicherungsanlage von
Fordo war inzwischen allgemein bekannt. Aber Motti wusste
außerdem, dass das Computergenie, das die Zugangscodes
zu dem Zentralcomputer in Fordo geknackt hatte, bei dem
sechsstündigen Flug von Brize Norton nach Eilat mit ihm zusammen im Flugzeug gesessen hatte.

Die Briten sprachen kein Wort Hebräisch und hatten sich
ausschließlich auf Englisch unterhalten, doch Motti sprach
auch diese Sprache fließend. Der ängstliche Teenager hatte
im Gulfstream hinten gesessen, wo die Sonnenblenden vor
den Fenstern heruntergeschoben waren; er hatte sich geweigert, auf Meer und Landmassen hinunterzuschauen, die
unter der Tragfläche vorüberzogen, und sich stattdessen in
technische Zeitschriften vertieft, die für Motti mit seinem
Alltagsverständnis für normale Computersysteme völlig un-
verständlich gewesen wären. Der Junge nahm nichts als die
Limonade an, die ihm die Stewardess mit schüchternem Lächeln reichte. Aber bald war klar, dass er es gewesen war,

der die Codes von Fordo geknackt hatte. Jetzt musste Motti diese Information aus seinem kleinen Apartment am Stadtrand von Tel Aviv über tausend Meilen weit östlich nach Teheran übermitteln.

Geboren und aufgewachsen war Motti in Isfahan als Spross einer Familie in der winzigen, 30 000köpfigen jüdischen Community, die noch im Iran lebte. Im späten Teenageralter hatte er sich verdrückt und im Tumult die Grenze überquert, als der Schah die Macht verlor. Motti hatte das Rückkehrgesetz genutzt und war nach Israel ausgewandert.

Natürlich konnte er sich als Iraner ausgeben, denn er sprach akzentfrei Farsi. Er meldete sich zur Duvdevan, aber man hielt es dort für zu riskant, ihn unter der neuen Herrschaft der Ayatollahs in geheimer Mission in den Iran zurückkehren zu lassen. Jeder aus seiner Vergangenheit würde ihn erkennen und verraten können, und sei es aus Versehen. Stattdessen stellte der Mossad selbst ihn ein.

Jemand in Isfahan musste geplaudert haben. In Ostjerusalem sprach man ihn an und offerierte ihm einen Deal. Gegen eine hohe Summe, die es bei zukünftigen Informationen noch einmal geben würde, sollte er die Seiten wechseln und für VAJA arbeiten. Er dachte an sein künftiges Leben als reicher Pensionär und willigte ein.

Seine Enttarnung als Doppelagent ließ nicht lange auf sich warten. Es kommt selten vor, dass ein Israeli die Seiten wechselt und für den Iran oder eine andere Diktatur im Nahen Osten arbeitet, aber umgekehrt ist das nicht der Fall. Im Iran wird eine nach Millionen zählende Bevölkerung von den gefürchteten Pasdaran in Schach gehalten, und es gibt viele, die bereit sind, im Widerstand zu arbeiten und sich nach einer Reform an Haupt und Gliedern sehnen.

Meyer Ben-Avi führte eine Reihe von Agenten im Iran, darunter zwei innerhalb von VAJA, und Motti als neuen Agenten zu rekrutieren, dauerte nicht lange. Das Einfachste wäre gewesen, Motti einfach festzunehmen und seinen Widerstand in einem gewissen unterirdischen Komplex unter dem Sand der Negev zu brechen; Ben-Avi entschied sich jedoch für einen anderen Weg. Die Personalkosten waren zwar hoch, aber er stellte den Renegaten unter Beobachtung, nahm jedes seiner gesprochenen und geschriebenen Worte zur Kenntnis und registrierte, mit wem er sprach.

In der Spionage sind gezielte Desinformationen eine machtvolle Waffe, und ein Kanal zu den höchsten Rängen des Gegners ist dabei erstrebenswert. Ohne es zu wissen, spielte Motti jetzt diese Rolle.

Die Erfindung des vollständig digitalisierten Nachrichtenaustauschs hat das Leben in allen legitimen und legalen Bereichen leichter gemacht. Auch das Abfangen von Nachrichten ist zu einem Kinderspiel geworden. Angesichts dessen gibt es einen Trend zur Rückkehr zu den alten Methoden.

Jahrelang hatte der Iran seine Atomwaffenunterlagen in Papierform in dem Lagerhaus in Schorabad aufbewahren können, weit entfernt von den Kontrollen durch die Internationale Atomenergiebehörde in Wien. Angesichts eines Sturms von digitalen Datendiebstählen greifen auch Geheimagenten wieder zu den Methoden von gestern. Dazu gehören das Streifen im Vorübergehen und der tote Briefkasten.

Ersteres ist einfach, erfordert aber ein auf den Sekundenbruchteil genaues Timing. Der Spion trägt Hunderte von Geheimdokumenten, auf Mikrofilm verkleinert, in einem Behälter bei sich, der nicht größer als eine Streichholzschachtel ist. Dieser Behälter muss absolut unbemerkt von ihm zu seinem Agentenführer gelangen. Der Spion steht aber bereits unter Verdacht und wird von der Geheimpolizei beschattet.

Unvermittelt biegt er vom Gehweg in eine Bar oder ein Restaurant. Drinnen ist der Agentenführer auf dem Weg zum Ausgang. Im Vorbeigehen streifen die beiden Männer einander eine halbe Sekunde lang, und dabei findet die Übergabe statt. Die Polizisten erreichen den Eingang, der Agentenführer tritt höflich zur Seite, um sie hereinzulassen, und verschwindet mit den Dokumenten. Der Spion ist nun absolut »clean«.

Der tote Briefkasten ist einfach ein Hohlraum – vielleicht hinter einem losen Mauerstein oder in einem Baumstumpf in einem Park. Er ist nur dem Spion und dem Agentenführer bekannt. Der Spion sucht den toten Briefkasten auf, vergewissert sich, dass niemand ihn beobachtet, und deponiert sein Päckchen unsichtbar in dem Versteck. Später erscheint ein Kreidezeichen an einer vereinbarten Stelle. Spion und Agentenführer haben stets einen meilenweiten Abstand voneinander gehalten. Der Agentenführer schaut regelmäßig nach dem Kreidezeichen, das ihm mitteilt, der tote Briefkasten enthalte eine Lieferung, und wenn sie da ist, holt er sie ab. Motti hatte einen solchen Briefkasten in Ostjerusalem.

Er schrieb seinen Bericht auf ein einzelnes Blatt von gewöhnlichem Schreibpapier aus dem Supermarkt, wischte es mit einem putzmittelfeuchten Schwamm sauber und schob es, vielfach gefaltet, in eine ebenfalls von Fingerabdrücken gereinigte Streichholzschachtel. Die Schachtel wanderte in eine Baumwolltasche und würde nie wieder mit seinen Fingerspitzen in Berührung kommen. Dann fuhr er mit dem Egged-Bus nach Jerusalem.

Er stieg in der Westhälfte aus und schloss sich den Touristenkolonnen an, die sich durch das Mandelbaumtor in das Labyrinth der historischen Gassen und Basare der Altstadt schlängelten. Eine Stunde später war die Streichholzschachtel in dem Hohlraum hinter einem lockeren Ziegelstein verschwunden, und auf dem Mauerwerk eines Brückenpfeilers, keine hundert Meter weit von der Via Dolorosa, war ein Kreidezeichen erschienen. Weder Stadtbewohner noch Touristen hatten etwas bemerkt.

Er arbeitete gewissenhaft und vorsichtig und ging kein Risiko ein. Aber hoch oben an einem Dachfenster über den Toiletten eines Cafés saß ein junger Mossad-Probekandidat mit der langweiligen Aufgabe, den toten Briefkasten zu beobachten. Er sah, wie Motti seine Lieferung ablegte, und machte Meldung. Ein paar Stunden später sah er, wie der dunkelhäutige Adressat an den Toiletten vorbei in die verlassene Gasse schlich und die Sendung abholte. Wieder machte er Meldung.

Als es Abend wurde, war der dunkelhäutige Mann über die Allenby-Brücke nach Jordanien zurückgekehrt, und die Streichholzschachtel war auf dem Weg nach Teheran und zu Hossein Taeb, dem Geheimdienstchef der Pasdaran. Außerhalb von Tel Aviv frönte Ben-Avi seiner Vorliebe für sehr alten Scotch Whisky und nippte an einem Chivas Regal, während er den letzten Schimmer der ersterbenden Sonne über dem dunklen Mittelmeer betrachtete.

Er hatte getan, was er konnte. Jetzt konnte er nur noch warten. Beim Geheimdienst wird schrecklich viel gewartet.

VIERZEHN

Hossein Taeb war zwar zum Geheimdienstchef der Pasdaran ernannt worden, aber er war weder Soldat noch Nachrichtendienstoffizier, und er war es auch nie gewesen. Er war ein Geistlicher, durchdrungen von der Theologie der islamischen Konfession der Schia und absolut treu ergeben ihrem Obersten Führer, Ayatollah Khamenei und der Revolution, die den Iran seit dem Sturz des Schahs regierte. Der Bericht der einen seiner zwei Quellen im Innern des israelischen Nachrichtendienstapparats ließ ihn kochen vor Wut.

Er wusste genau, was in der großen Anlage in Fordo geschehen war und wer es getan hatte. Er war bei der extrem limitierten Besprechung zugegen gewesen, bei der die besten Kernphysiker erklärt hatten, wie viele Jahre es dauern und welche Finanzmittel es erfordern würde, um auch nur auf das Niveau dessen zurückzukehren, was in Fordo verloren gegangen war, und den Vorrat an waffenfähigem Uran aufzubauen, den sie verloren hatten.

Er wusste, Jahre zuvor hatte Israel, beeindruckt von dem Ausmaß an Fähigkeiten und Reichtum, die im kalifornischen Silicon Valley geschaffen wurden, den Beschluss gefasst, etwas Entsprechendes auf die Beine zu stellen. Seine Abteilung hatte beobachtet, wie die Cyber City entstand, mit der die staubige Wüstenstadt Be'er Scheva in eine Enklave von glänzenden Hochhäusern verwandelt wurde. Seine Experten hatten ihn über die stete Rekrutierung der besten jungen Köpfe seines Feindes Israel informiert, die dann ober- oder unterirdisch in der Einheit 8200 arbeiteten, der besten ultrageheimen Cyberspionageeinrichtung diesseits von Cheltenham oder Fort Meade. Und er wusste, der Iran hatte dem nichts entgegenzusetzen.

Er wusste aber auch, dass nicht die Teams brillanter junger Israelis für die Zerstörung von Fordo verantwortlich waren. Ja, sie waren in den Zentralcomputer eingedrungen und hatten ihm die tödlichen Befehle eingegeben. Doch jemand hatte ihnen die Zugangscodes verschafft, nach denen sie so lange vergeblich gesucht hatten. Jetzt hatte Moskau den Obersten Führer freundlicherweise von der Identität der Person in Kenntnis gesetzt, die das Unmögliche tatsächlich vollbracht hatte – nämlich eines Jugendlichen aus England, der zweifellos zu den gefährlichsten Hackern der Welt gehörte. Und er war nach Israel gekommen, um sich mit einem kostenlosen Strandurlaub am Golf von Eilat belohnen zu lassen. Der Geistliche ließ seinen Operationsleiter kommen.

Oberst Mohammed Khalq war kein Geistlicher. Er war ein Soldat und ein Killer, und zwar sein Leben lang. Als Jugendlicher hatte er sich den Basidsch angeschlossen, der eifrigen Freiwilligeneinheit der Pasdaran, die im Iran-Irak-Krieg gegen Saddam Hussein in selbstmörderischen Scharen auf die irakischen Minenfelder entlang der Grenze stürmten, um für Allah und den Iran zu sterben.

Sein Einsatz und sein Mut hatten Aufmerksamkeit erregt. Er wechselte von den Basidsch zu den regulären Pasdaran und stieg dort von Operation zu Operation immer weiter auf. Er diente im Südlibanon bei der vom Iran ausgebildeten Hisbollah und in jüngerer Zeit in Assads Streitkräften in Syrien. Er las den Bericht des Mossad-Renegaten und schaute Hossein Taeb an.

»Dieser Junge muss sterben«, sagte der Geistliche.

»Selbstverständlich«, erwiderte der Soldat.

»Ich wünsche, dass du persönlich das Kommando übernimmst«, fuhr Taeb fort. »Ich werde dafür sorgen, dass du alle nötigen Freigaben bekommst. Aber lass keine Zeit verstreichen. Die englische Gruppe wird nicht lange dort bleiben.«

Oberst Khalq wusste sofort, dass der Mordanschlag vom Meer her geführt werden musste. Die Pasdaran sind nicht nur eine Armee in einer Armee, sondern auch eine Geheimpolizeieinheit, eine Vollstreckertruppe, eine Agentur des Terrors und Garantie für nationalen Gehorsam. Sie haben ihre eigene Luftwaffe und Marine, ein ausgedehntes Industrie- und Handelsunternehmen und eine eigene Handelsflotte. Khalq verließ seinen Vorgesetzten und ging zu einer Besprechung mit dem General, der sämtliche Schiffe der Pasdaran befehligte, Handels- und Kriegsschiffe gleichermaßen.

Das Schiff, das sie auswählten, war die *Mercator*, die früher einen iranischen Namen getragen hatte, jetzt aber umgetauft und nach Valletta, Malta, ausgeflaggt worden war. Diese winzige, zur EU gehörende Republik weiß die Gebühren zu schätzen, die sie dafür kassiert, dass sie Handelsschiffe registriert, deren Ladung sie nie zu kontrollieren braucht.

Die Entscheidung wurde dadurch unterstützt, dass die *Mercator* nur ein 2000-Tonnen-Trampschiff war, verwahrlost und rostig. Sie würde kaum Aufsehen erregen, wenn sie mit ihren kleinen Frachten von Hafen zu Hafen schipperte. Zudem lag sie derzeit leer in Bandar Abbas, im tiefen Süden des Iran.

Als Erstes mussten der Skipper und die gesamte Besatzung durch ein Team von kampferfahrenen Marinesoldaten von den aggressiven Torpedobooten, die im Persischen Golf regelmäßig die westliche Schifffahrt drangsalierten, ersetzt werden. Diese Aufgabe erledigte Ali Fadavi, der Oberbefehlshaber der Pasdaran-Marine, innerhalb von vierundzwanzig Stunden. Die *Mercator* wurde mit Brettern, Pfählen und Balken beladen, und die dazugehörigen Papiere bestätigten, dass sie für eine Baufirma in Aqaba in Jordanien bestimmt waren, einem blühenden Hafen gegenüber von Eilat in Israel auf der anderen Seite der Bucht.

Für die letzten fünf Meilen von Aqaba nach Eilat beschlagnahmte der Oberst zwei der stärksten Schnellboote der Welt, Bradstone Challengers, von denen der Iran vor Kurzem ein Dutzend gekauft hatte, ohne einen Grund dafür anzugeben. Sie rasen mit über fünfzig Knoten über das flache Wasser und gehören normalerweise zum Spielzeug verwöhnter reicher Leute. Oberst Khalq ließ die beiden Boote nach Süden transportieren und mit ihren Crews an Bord der *Mercator* bringen, wo sie unter Persenningen versteckt wurden.

Jetzt brauchte er seine Leute. Er entschied sich für zwölf Marinesoldaten, die Erfahrungen in Landungsunternehmen gemacht hatten und für den Nahkampf mit Handfeuerwaffen ausgebildet waren. Die ganze Truppe flog mit dem Hubschrauber nach Süden zur *Mercator*, die sich bereits auf See befand, zwanzig Kilometer weit südlich in der Straße von Hormus. Unter Führung von Oberst Khalq seilte sich der Sturmtrupp vom Helikopter auf das Vorderdeck der *Mercator* ab und wurde in die engen Quartiere unter der Holzladung geführt. Es würde eine Fünf-Tage-Fahrt mit keuchender Maschine zum Golf von Aqaba werden.

Motti hatte in seinem Bericht geschrieben, dass die Sicherheit um die Villa durch die Polizei von Eilat gewährleistet würde, die in Zwei-Mann-Schichten arbeitete, damit es für die Staatsgäste auf ihrem Ferienanwesen nicht zu eng würde. So hatte man es Motti erzählt, als das Mossad-Team nach Norden flog. Es stimmte aber nicht ganz. Tatsächlich hatte Meyer Ben-Avi zwanzig Mann von einer höchst speziellen Special-Forces-Einheit namens Sajeret Matkal abkommandiert.

Die Matkal operiert normalerweise außerhalb der Staatsgrenzen und ist geschickt darin, überall im Nahen Osten unsichtbar und unhörbar einzudringen und in Position zu bleiben, bis sie tätig wird. Ihre Spezialität ist die Unsichtbarkeit, aber wenn sie schließlich sichtbar wird, ist sie tödlich.

Die *Mercator* hatte den Hafen von Aden passiert und war in die Meerenge des Bab al-Mandab eingefahren, als sie schließlich identifiziert wurde. Für das israelische Flugzeug über ihr stellte sich die Frage, ob das Schiff eliminiert werden sollte. Es hatte die richtige Größe, die Malteser Flagge täuschte niemanden, und am Kielwasser war zu erkennen, dass es volle Fahrt machte. Eine kurze Anfrage im Büro des Hafenmeisters in Aqaba ergab, dass es dorthin unterwegs war. An Deck sah man mit Segeltuch bedeckte klobige Objekte, und der jordanische Bauunternehmer, der angeblich eine Ladung Bauholz bestellt hatte, war ein paar Monate zuvor in Konkurs gegangen. Hossein Taebs Nachrichtendiensttruppe war anscheinend hoch motiviert, aber nicht über jedes Detail informiert. Ab Dschiddah wurde die *Mercator* auf dem ganzen Weg bis Aqaba beobachtet.

Am Ziel angekommen, machte sie nicht im inneren Hafen fest, sondern ging auf Reede vor Anker. Mit den Davits der

Mercator wurden die beiden Schnellboote zu Wasser gelassen und längsseits festgemacht. Vollgetankt konnten sie die fünf Meilen bis zum Golf von Eilat in ein paar Minuten zurücklegen und dann südwärts rasen und sich mit dem sehr viel größeren und schwerer bewaffneten Pasdaran-Kriegsschiff auf Nordkurs treffen.

Bevor er den Iran verließ, hatte Oberst Khalq den für Mottis toten Briefkasten zuständigen Agenten, der jetzt als Tourist getarnt in Jordanien war, angewiesen, über die Landgrenze nach Israel überzuwechseln. Dort sollte er, immer noch als harmloser Tourist, südwärts nach Eilat fahren und die Villa auskundschaften, die Motti beschrieben hatte und die nicht weit von der Bar gelegen war, die einst Rafi Nelson geführt hatte.

Vom Strand aus beobachtete der Agent durch ein Fernglas, wie die *Mercator* ankam. Er mietete ein Boot und fuhr hinaus, um mit seinem Vorgesetzten zu sprechen.

In der Kapitänskabine konnte er die Villa, auf die sie es abgesehen hatten, minutiös beschreiben. Die beiden Polizisten aus Eilat hatte er am Tor auf ihrem Posten stehen gesehen. Die Sajeret Matkal, die sich in der Villa und in der Landschaft ringsum versteckt hielten, hatte er nicht gesehen.

Die sechs Engländer hatte er zu Gesicht bekommen. Drei Männer, die Mutter und ihre beiden Söhne. Der eine, scheu und nervös, musste nachdrücklich ermuntert werden, in das warme blaue Wasser zu gehen. Der Agent hatte in der Nähe der Villa keine Kamera in der Hand gehabt, aber er hatte präzise Skizzen anfertigen können, die er jetzt an Oberst Khalq weitergab. Der Oberst plante den Angriff für die folgende Nacht.

Es war zwei Uhr morgens, die Stunde des nächtlichen Killers, als die beiden Schnellboote die Leinen losmachten und in den Golf hinausglitten. Schnelligkeit war jetzt nicht notwendig – dieses atemberaubende Tempo brauchten sie erst für ihre Flucht durch den Golf ins Rote Meer. Seit es am Abend um neun dunkel geworden war, strahlten die Lichter des Touristenmagneten Eilat City im Westen, und die Musik aus hundert Bars, Restaurants, Clubs und Partys hallte über das stille Meer. Der Industriehafen Aqaba hinter ihnen, einst durch Lawrence und die Haschemiten von den Türken befreit, war stiller und um zwei Uhr morgens vollends eingeschlafen. Die kraftvollen, aber schallgedämpften Maschinen der beiden Challengers gaben kaum mehr als ein Grummeln von sich, als sie mit weniger als zehn Knoten westwärts steuerten.

Die verstreuten Lichter der Vorortvillen auf ihren separaten Grundstücken südlich der Stadt kamen in Sicht. Zuvor, bei Tageslicht, hatte der Oberst in dem Schlauchboot gekauert, das als Rettungsboot der *Mercator* für den Fall diente, dass die Besatzung das Schiff verlassen musste. Er hatte sich unter die Feriengäste gemischt, war vor dem Strand gekreuzt und hatte sich die Lage des Zielobjekts eingeprägt. Eine einzelne Strandbar diente als Markierungspunkt. Sie würden zehn oder zwölf Meter daneben landen und hätten dann noch einen klaren Hundert-Meter-Sprint bis zum Zielobjekt zu absolvieren.

Auf jeder Challenger waren zwei Mann Besatzung, und bei ihnen waren sechs bewaffnete Kommandosoldaten. Es gab Platz für mehr, aber Oberst Khalq wollte nicht, dass sie einander in die Quere kamen, wenn sie ins knietiefe Wasser sprangen und den Strand hinaufstürmten. Die Feuerkraft von zwölf erfahrenen Schützen würde genügen, um die Zielpersonen zu eliminieren.

Er wusste nicht, dass andere Augenpaare, unterstützt durch starke Nachtsichtgeräte, die Schnellboote beobachteten, die aus dem Dunkel der Nacht auf den Strand zukamen. An Land wurden leise Befehle erteilt, nicht auf Farsi, sondern auf Hebräisch.

Khalqs Leute legten eine perfekte Landung hin und liefen in einer nahezu geraden Linie nebeneinander den Strand hinauf. Die Scharfschützen hätten sie schon sehr viel früher ausschalten können, aber die Matkal hatten ihre Befehle. In der Villa war niemand; in ihren Betten lagen Dummys, zugedeckt und scheinbar schlafend. Die Pasdaran erreichten die Villa, deren Türen und Fenster offen standen; sie liefen hinein und die Treppe hinauf. Dann erst wurde das Feuer eröffnet. Es zerriss die Stille der Nacht und ließ andere, die hundert Meter weit weg in ihren Betten lagen, mit Schreckensschreien aus dem Schlaf fahren.

Die Urlauber, die in ihren Villen weiter oben und unten am Strand erwachten, gingen in Deckung. Die beiden letzten Gäste der Beach Bar fluchten und warfen sich zu dem Barkeeper auf den Boden.

In der Zielvilla gab es keinen Widerstand. Jedes Schlafzimmer wurde gestürmt, und die schlafenden Gestalten wurden mit Kugeln durchsiebt. Der jüngste Kommandosoldat stürmte in ein Schlafzimmer, als Oberst Khalq herauskam. Im wässrig grünen Zwielicht seiner Nachtsichtbrille sah er deutlich die Gestalt eines blonden Jungen in einem weißen Baumwollpyjama, blutgetränkt vom Kinn bis zur Hüfte, der ausgestreckt auf dem tropfenden Laken lag. Er wandte sich ab und folgte seinem Oberst. Auftrag ausgeführt. Mission erfüllt.

Die zwölf Killer verließen die Villa, wie sie hereingekommen waren – durch Türen und Fenster. Die schallgedämpften Gewehre der Scharfschützen machten kein Geräusch, und die panischen Urlauber hörten nichts. Einen Augenblick vor seinem Tod fragte Oberst Khalq sich, warum die beiden Polizisten aus Eilat nicht da gewesen waren, wo er sie am Nachmittag von seinem Schlauchboot aus gesehen hatte. Auf diese Frage bekam er nie eine Antwort.

Wie die Special Forces in Chandler's Court benutzten die Matkal Hohlspitzgeschosse. Jedes Projektil durchdrang eine laufende Gestalt, spreizte sich auseinander und hinterließ ein Austrittsloch, so groß wie eine Untertasse. Bis auf zwei starben sie alle. Die Befehle waren unmissverständlich gewesen. Einer oder zwei mussten den Strand erreichen und in die Boote klettern. Die übrigen zehn schafften nicht mehr als fünfzig der hundert Meter.

Der junge Soldat, der mit dem Oberst im Schlafzimmer des blonden Jungen gewesen war, gehörte zu den Überlebenden. Er sah, wie seine Kameraden ringsum zu Boden stürzten, aber einen Moment lang vermutete er, sie stolperten, und fragte sich, warum. Dann watete er durch knietiefes Meerwasser und griff nach den Händen, die sich ihm entgegenstreckten. Die beiden Challengers schwenkten mit dröhnenden Motoren vom Strand weg in die Dunkelheit. Niemand schoss hinter ihnen her.

Aus einem Bunker oberhalb und hinter dem Zielobjekt sah Avi Hirsch, wie die cremeweißen Kielwasserstreifen in der Dunkelheit verschwanden. Er hatte seinem Stellvertreter das Kommando in der Station in London überlassen dürfen, um nach Hause zu fliegen und die Operation in Eilat zu leiten. Schließlich, so hatte er Meyer Ben-Avi gegenüber argumentiert, war die Idee dazu das Resultat einer Besprechung in einem abhörsicheren Raum abseits von Palace Walk zwischen ihm und einem listenreichen alten Recken, der seine Laufbahn beim MI6 verbrachte und mit dem der Mossad schon öfter gemeinsame Operationen durchgeführt hatte.

Die beiden Challengers brauchte eine Stunde, um mit Höchstgeschwindigkeit durch den Golf von Aqaba zu rasen und mit dem Pasdaran-Kriegsschiff zusammenzutreffen. Mit fast leeren Tanks wurden sie an Bord gehievt – aus dem Roten Meer hinaus, an der Küste von Oman entlang und zurück in die Straße von Hormus. Aber Radiowellen reisen schneller.

Was die Kommandosoldaten in der Abschlussbesprechung zu berichten hatten und von den jungen Lauschern der Einheit 8200 unter Be'er Scheva mitgehört wurde, erreichte Hossein Taeb innerhalb von einer Stunde. Er wiederum übermittelte es dem Obersten Führer in dessen frugalem Apartment an der Pasteur-Straße. Es hatte schwere Verluste unter den Kommandosoldaten gegeben, als die ungläubigen Juden aufgewacht waren und zurückgeschossen hatten. Aber sie hatten zu spät reagiert. Der englische Junge war tot – einer der überlebenden Pasdaran hatte es mit eigenen Augen gesehen.

In Israel hielt man die Fiktion aufrecht. Jubellieder wären über kurz oder lang an die Öffentlichkeit gedrungen. Für die Medien in Eilat war es eine große Story – ein Zusammenstoß zwischen zwei rivalisierenden Gangsterbanden am Strand von Eilat, mitten in der Nacht. Die Urlauber waren beruhigt. Die Polizei hatte alle Gangster festgenommen, nachdem sie einen Tipp bekommen und ihnen aufgelauert hatte.

Wie die meisten Geschichten in den Medien war sie kurzlebig, und Urlauber haben die erfreuliche Gewohnheit, nach Hause zu fahren, wenn der Urlaub vorbei ist. Niemand hatte einen Toten gesehen – sie waren alle vor Tagesanbruch verschwunden.

Herzliche Glückwünsche gingen an die sechs Schauspieler von der Israeli Film School, vor allem an den Jungen mit den blond gefärbten Locken, der die Rolle des Luke Jennings meisterhaft gespielt hatte, und an die Technische Abteilung von Spiro Films, in der die sechs Dummys gebaut worden waren, die bei Beschuss explodierten und eimerweise sehr echt aussehendes Blut verspritzten.

Die Schauspieler erhielten außerdem großes Lob für das fließende Englisch, das sie auf dem Flug von Brize Norton zum Flughafen Owda und weiter zur Villa beibehalten hatten. Sogar Motti hatte keinen Verdacht geschöpft.

In Teheran wurde gefeiert, denn dort war man überzeugt, dass der Zerstörer der Zentrifugen in Fordo in der Hölle der Ungläubigen verrottete.

In Moskau bat der iranische Botschafter um eine Privataudienz beim Woschd. Andeutungsweise teilte er mit, er habe wichtige Informationen zu übermitteln, die direkt für die Ohren des Kremlherrn bestimmt seien. Als sie sich trafen, war der Russe anfänglich skeptisch, aber bald gratulierte er dem Iraner erfreut, als dieser ihm offenbarte, das Cybergenie Luke Jennings sei während eines mutmaßlichen Urlaubsaufenthalts von einem iranischen Kommando liquidiert worden.

Als der Botschafter es höflich ablehnte, einen Wodka darauf zu trinken, und sich verabschiedete, rief der Russe seinen Spionagechef in Jassenewo an. Jewgenij Krilow nahm die Glückwünsche erfreut entgegen. Doch als das Gespräch zu Ende war, forderte er ein paar Unterlagen aus dem Archiv an. Es ist eine schlichte Tatsache, dass die Spionagezentren in der ganzen Welt ihre bekannten Freunde im Auge behalten, aber über ihre Feinde sehr viel detailliertere Akten führen. Das Archiv in Jassenewo enthielt umfangreiche Informationen über bekannte Mitarbeiter der CIA, des FBI und anderer amerikanischer Dienste. Entsprechend umfassend waren die Informationen über den britischen MI5 und vor allem den MI6. Und sie reichten über viele Jahre zurück.

Auf Sir Adrian war man aufmerksam geworden, als er im Kalten Krieg zum Leiter der Osteuropaabteilung befördert worden war. Damit war es, offiziell zumindest, vielleicht zu Ende, aber nicht mit dem Interesse an ihm. Seine Beförderung zum stellvertretenden Leiter des MI6 war ebenfalls hochgradig aktenkundig, und diese Akte war es, die Jewgenij Krilow anforderte. Als sie kam, studierte er sie eine Stunde lang.

Er entnahm ihr, dass der damals Mr. Weston genannte Mann stille, aber spektakuläre Erfolge gegen die UdSSR und später auch gegen die Russische Föderation erzielt hatte. Man wusste, dass er zwei bedeutende sowjetische und russische Verräter für sich angeworben hatte, und man musste vermuten, dass es noch mehr waren. Seine Spezialität war anscheinend die Täuschung: Irreführungen, Ablenkung der Aufmerksamkeit, Tricksereien. Erwähnung fand außerdem die Möglichkeit, dass er nach seiner Pensionierung in aller Stille als Berater der Premierministerin zurückgerufen worden war.

War er wieder im Dienst? Alles, was in letzter Zeit für Russland und seine Verbündeten schiefgegangen war, trug das Markenzeichen des Mannes, dessen drei Zentimeter dicke Akte jetzt vor Krilow lag. Ein Foto war auch dabei, ein Schnappschuss, der auf einem Diplomatenempfang vor ein paar Jahren mit einer Knopflochkamera gemacht worden war. Sein Verdacht verhärtete sich zu beinahe hundertprozentiger Gewissheit. Es war Adrian Weston gewesen, der Fritsch in der Bank in Vaduz aufgesucht hatte – er war im Foyer fotografiert worden, und das Foto in der Akte zeigte denselben Mann. Aber er hatte den Köder offensichtlich nicht geschluckt. Auf eine Katastrophe war die nächste gefolgt. Krilow starrte das Foto an und verspürte erste Zweifel an dem Massaker am Golf von Eilat.

Sue Jennings hatte den Aufenthalt der sechs Gäste aus Israel genossen. Sie wusste nicht, warum ihre Anwesenheit nötig war, aber sie hatte genug Vertrauen zu Sir Adrian, um ihm zu glauben, als er sagte, er habe einen Plan zu ihrem und dem Schutz ihrer Kinder.

Sie bemerkte die Ähnlichkeit zwischen ihr selbst und der blonden Frau und zwischen ihren Söhnen und den lockigen Jungen, und sie war nicht so dumm, das für einen Zufall zu halten. Es sah aus, als sollten diese Leute demnächst als ihre Doubles arbeiten, aber sie hatte keine Ahnung, warum. Sie brauchte es auch nicht zu wissen. So ist es in einer Welt aus Schall und Rauch.

Jedenfalls hatte sie den Aufenthalt der Leute genossen. Es war eine Abwechslung von der monotonen Alltagsroutine gewesen. Sie waren nur zwei Tage da gewesen und hatten sie und ihre Söhne die ganze Zeit aufmerksam beobachtet. Dann waren sie wieder verschwunden.

Davon abgesehen genoss sie in den Armen des SAS-Captains Harry Williams einen Sex, wie sie ihn in ihrem bisherigen Leben noch nie erlebt oder sich erträumt hatte. Ihr zweiter Sohn, Marcus, fühlte sich wohl in seiner neuen Schule. Er war dort zum Captain des Colt-XI-Cricketteams ernannt worden, und das wiederum hatte ihm die Aufmerksamkeit seiner ersten Freundin eingebracht.

Was im Computerzimmer stattfand, wusste sie nicht. Dort saß ihr älterer Sohn Luke versunken wie immer vor einem Monitor und tippte stundenlang auf der Tastatur in einer Welt, in die anscheinend niemand, nicht einmal Dr. Hendricks, ihm folgen konnte.

An einem sehr heißen Tag Anfang August zog sich Dr. Hendricks in sein privates Büro zurück und wählte Sir Adrians Nummer.

»Er hat es geschafft«, platzte er heraus, als die Verbindung hergestellt war. »Verdammt, er hat es geschafft. Er hat alles geknackt… Firewalls, Air Gap, einfach alles. Das hat jahrelang niemand geschafft, aber wir haben sie. Und Teheran hat es nicht mal gemerkt.«

Sir Adrian hätte es Avi Hirsch erzählen können, der inzwischen wieder auf seinem Posten war, aber er war ein bescheidener Mann und schenkte Mrs. Marjory Graham dieses Vergnügen. Über eine absolut abhörsichere Leitung rief die Premierministerin den israelischen Botschafter an und informierte ihn; sie wusste, der israelische Ministerpräsident würde sehr erfreut ein. Dann befahl sie, die Zugangscodes zu den Datenbanken des Hauptcomputers bei FEDAT an Jerusalem und Washington weiterzuleiten.

Was man mithilfe dieser Codes aus der iranischen Kernforschungsanlage in Teheran abschöpfen konnte, bewies, dass der amerikanische und der israelische Präsident recht gehabt hatten. Der Iran hatte die Internationale Atomenergiebehörde und damit die ganze Welt durchgängig belogen. Die iranische Kernforschung war niemals eingestellt, ja, nicht einmal verlangsamt worden. Im Licht der bei FEDAT gewonnenen Erkenntnisse erwies sich, dass die Ernte aus dem Archiv in Schorabad nur noch ein Bruchteil dessen war, was geheim gehalten worden war. Ein Aufruhr war die Folge.

Die USA hatten sich aus der internationalen Vereinbarung zur Einstellung der Sanktionen gegen den Iran verabschiedet. Die meisten anderen Unterzeichner des Abkommens hatten dagegen protestiert. Aber sie hatten den Inhalt des FEDAT-Archivs nicht gesehen.

In Jerusalem wurde ein toter Briefkasten in einer Mauer hinter einem Café geschlossen, und in Tel Aviv kam es zu einer unauffälligen Verhaftung.

FÜNFZEHN

Es war eine sehr private Besprechung, und sie fand beim Lunch auf der sonnenbeschienenen Terrasse von Chequers statt, dem offiziellen Landsitz des britischen Premierministers außerhalb von London. Das Personal kam wie immer von der Cateringabteilung der Royal Air Force. Colin, der Ehemann der Premierministerin, streckte den Kopf durch die Terrassentür, nickte, strahlte und zog sich wieder zurück, um sich das Cricketspiel zwischen England und Australien anzusehen.

Marjory Graham war keine große Trinkerin, aber gelegentlich schätzte sie ein Glas Prosecco vor dem sonntäglichen Lunch. Sir Adrian nahm das Gleiche. Als die Kellnerin sich zurückgezogen hatte, wandte Mrs. Graham sich ihrem Gast zu.

»Diese nordkoreanische Geschichte. Was halten Sie davon, Adrian?«

»Das Außenministerium hat Sie bereits umfassend informiert?«

»Ihre früheren Vorgesetzten? Ja, natürlich. Aber ich würde gern Ihre Ansicht hören.«

»Wie ist die offizielle?«

»Konventionell natürlich. Konformistisch. Wir sollten der amerikanischen Führung folgen. In Übereinstimmung mit dem State Department und dem Weißen Haus. Und Sie?«

Sir Adrian trank einen Schluck und schaute über die weite Rasenfläche hinweg.

»Ich habe hin und wieder an ein paar Täuschungsoperationen teilgenommen. Eine oder zwei habe ich sogar geleitet. Für den Gegner können sie außerordentlich schädlich und für einen selbst sehr vorteilhaft sein. Sie können den Feind über Monate, ja, über Jahre hinweg in die Irre führen. Zeit, Geld, Anstrengungen, Schweiß, Mühen und Tränen. Für nichts und wieder nichts. Ja, für weniger noch. Für einen Irrtum. Aber die schlimmste Variante ist die Selbsttäuschung. Ich fürchte, das ist das Meer, in dem die Amerikaner schwimmen wollen.«

»Die vollständige Denuklearisierung Nordkoreas. Letztlich doch nicht zu machen?«, fragte sie.

»Es ist Betrug, Prime Minister. Eine Lüge, ein Taschenspielertrick. Aber geschickt dargeboten, wie immer. Und ich fürchte, das Weiße Haus fällt darauf herein. Wieder einmal.«

»Warum? Die haben doch ein paar sehr kluge Köpfe.«

»Zu viele sind entlassen worden. Und der Mann, der dort residiert, möchte zu gern den Friedensnobelpreis bekommen. Deshalb ist der Wunsch, es zu glauben, übermächtig. Und das ist immer die Vorbedingung für einen erfolgreichen Trick.«

»Sie glauben also, Pjöngjang lügt?«

»Ich bin mir sicher.«

»Wie kommen die damit durch? Jedes Mal wieder?«

»Nordkorea ist ein Rätsel, Prime Minister. Auf den ersten Blick haben sie gar nichts. Oder sehr, sehr wenig. Im globalen Maßstab ist das Land klein, unfruchtbar, arm an Rohstoffen, schrecklich regiert, bankrott und dem Verhungern nah. Bei beiden Getreidesorten – Reis und Weizen – hat es wieder Missernten gegeben. Und trotzdem behandelt Nordkorea die Welt wie ein Eroberer.«

»Und warum schafft das Regime das, Adrian?«

»Weil man es ihm erlaubt. Wer logisch denkt, hat immer Angst vor dem Wahnsinnigen.«

»Und weil sie Atombomben haben.«

»Ja, beide Typen. Atom- und thermonukleare Bomben. Uran und Polonium. Nordkorea hat ein beachtliches Arsenal von beiden, und auch wenn das Kim-Regime einen Teil davon an die Internationale Atombehörde zur Vernichtung übergibt, bin ich davon überzeugt, dass sie an geheimen Orten noch einiges versteckt haben. Es kommt darauf an, ob die Außenwelt ihre Lügen glaubt.«

»Aber wenn Nordkorea seine Testanlage öffentlich zerstört – wie heißt sie gleich?«

»Punggye-ri, Prime Minister.«

»Wenn die zerstört wird, wie können sie dann weitermachen?«

»Erstens, weil Punggye-ri, das ein Berg ist oder war, bereits zerstört worden ist, und zwar von ihnen selbst, aus Versehen. Mindestens dreißig Jahre lang haben sich drei aufeinander folgende Regimes, alle beherrscht von der Kim-Dynastie – Großvater, Sohn und jetzt der Enkel –, Tag und Nacht abgemüht, ein komplettes Arsenal von Atomwaffen zu schaffen und zu besitzen.

Vor Jahren wählten sie den Berg Punggye-ri und bohrten in die Flanke. Sie bohrten und gruben, bis sie in der Mitte angekommen waren. Dazu benutzten sie Maschinen, aber auch Sklavenarbeiter. Tausende starben an Unterernährung und Überarbeitung. Aus dem Berg wurde genug Abraum geholt, um zwei neue Berge aufzuhäufen, und mit Lastwagen weit fortgeschafft, damit man es aus der Luft nicht sah.

Als sie in der Mitte angekommen waren, gruben sie tiefer, immer mehr Tunnel, Stollen, Testkammern, insgesamt in einer Länge von hundertachtzig Meilen. Das entspricht einem Autobahntunnel von London bis Hoek van Holland. Schließlich übernahm Mutter Natur die Sache. Der Berg war erschöpft. Er fing an zu bröckeln und einzubrechen.

Trotzdem hörten sie nicht auf. Dann testeten sie ihre größte Wasserstoffbombe tief unter der Erde. Damit lösten sie ein Erdbeben der Stärke sechs auf der Richterskala aus, was die Explosion des Berges Punggye-ri vollendete.

Gleichzeitig fing die nordkoreanische Wirtschaft an zu kollabieren wie der Berg. Das war eine Folge der von der Außenwelt verhängten Wirtschaftssanktionen nach der Ausweisung der Inspektoren der Internationalen Atomenergiebehörde. Im letzten Jahr verfielen sie auf diese List: Wir werden Punggye-ri vor den Augen der Weltöffentlichkeit zerstören, wenn ihr uns das Getreide und das Öl liefert, das wir brauchen. Und der Westen ist darauf hereingefallen.«

»Woher wissen Sie das alles?«, fragte die Premierministerin.

»Das sind lauter öffentlich verfügbare Informationen, wenn man weiß, wo man nachschauen muss. Männer und Frauen vom Royal United Services Institute for Defence and Strategic Studies, kurz RUSI, die ihr Leben damit verbringen, weltumspannende strategische Bedrohungen in allen Details zu erforschen. Es lohnt sich, sie zu konsultieren.«

»Und warum ist der Westen dann auf diesen Betrug hereingefallen?«

»Tatsächlich, Prime Minister, sind es die USA in Gestalt des State Department und des Weißen Hauses, die darauf hereingefallen sind.«

»Noch einmal – warum sind sie darauf hereingefallen?«

»Weil sie es vorgezogen haben, Prime Minister.«

Sir Adrian hatte seine Beamtenlaufbahn in einer der strengsten Disziplinen verbracht, die der Geheimdienst zu bieten hat. Er war davon überzeugt, dass die meisten Politiker und viel zu viele hohe Beamte ein Ego von himalajaischen Proportionen besaßen. Die durch solche Eitelkeit hervorgebrachten Selbsttäuschungen richten kaum mehr Schaden an als die umfangreiche Vergeudung von Steuergeldern. Staatliche Verschwendung ist eine Tatsache des Lebens. Aber wer sich auf einer geheimen Mission im Zentrum einer feindlichen Diktatur irgendwelchen Selbsttäuschungen hingibt, spielt mit seinem Leben. Sir Adrian war nur aus einem Grund bereit, für Marjory Graham zu arbeiten: Er wusste, dass sie unter all diesen Egos eine seltene Ausnahme war.

»Oje, halten Sie wirklich so wenig von uns, Sir Adrian?«

»Ich war 1938 noch gar nicht geboren. Ich bin Jahrgang 1948.«

»Und ich bin zehn Jahre jünger. 1958. Was wollen Sie damit sagen?«

»Wir hatten 1938 bereits das MI6. Die Amerikaner hatten die CIA noch nicht gegründet, und die USA versanken im Isolationismus. Aber unsere Agenten waren in Nazi-Deutschland aktiv. Sie wussten von den ersten Konzentrationslagern – von Dachau, Sachsenhausen, Buchenwald. Wir haben entdeckt, was sie waren, wo sie waren, und was darin vorging. Wir haben berichtet. Niemand wollte es wissen.

Wir haben berichtet, dass Hitler Kriegsschiffe auf Kiel legte, die ein friedliebendes Deutschland niemals brauchen würde. Wir entdeckten, dass neue Messerschmitt-Jagdflugzeuge produziert wurden, zwei Stück pro Tag. Wir haben berichtet. Downing Street hörte nicht zu.

Der leichtgläubige Premierminister hatte nur Ohren für das Appeasement-begeisterte Außenministerium: Hitler, ließ er sich einreden, sei ein ehrenhafter Gentleman, der sein einmal gegebenes Wort halten werde. Aber Tag für Tag verstieß der Führer gegen jeden Paragrafen des Versailler Vertrags von 1918, gegen jedes Versprechen, das er je gegeben hatte. Und alles war beweisbar.«

»Adrian, das war damals. Wir leben heute. Worauf wollen Sie hinaus?«

»Dass es wieder passiert. Die führende westliche Weltmacht hat beschlossen, sich vorzumachen, dass ein asiatisches Ungeheuer von erwiesener Brutalität sich für einen Sack Reis in einen friedliebenden Partner verwandeln wird. Das ist ein weiterer Triumph der Selbsttäuschung.«

Mrs. Graham stellte ihre Kaffeetasse hin und schaute über die grünen Wiesen Englands hinweg, die so weit entfernt waren von den ausgehöhlten Bergen Nordkoreas.

»Und dieser Berg …«

»Punggye-ri.«

»Von mir aus. Der hat wirklich keinen Wert?«

»Nicht den geringsten. Er ist keine Testanlage mehr. Was sie vor der Beifall klatschenden Welt sprengen werden, ist schon jetzt kaum mehr als Schutt. Die Anlage ist für ihre Zwecke nicht mehr geeignet. Aber sie haben andere. Und im Augenblick brauchen sie sowieso keine Tests mehr durchzuführen. Sie haben genug Waffen, um die zivilisierte Welt zu bedrohen.

Punggye-ri zu zerstören, ist kein Problem. Doch sie haben zwei andere Probleme. Es hat wenig Sinn, Atombomben zu besitzen, wenn man sie nicht an ihr Tausende von Meilen weit entferntes Ziel bringen kann. Ihre größte ballistische

Interkontinentalrakete ist immer noch nicht stark genug, um ihren kleinsten thermonuklearen Gefechtskopf zu transportieren. Zurzeit bemühen sie sich, den Gefechtskopf zu verkleinern und die Interkontinentalrakete zu vergrößern, und irgendwann wird es ihnen gelingen.

Die Hwasong-15-Rakete wird so weit verbessert, dass sie den thermonuklearen Gefechtskopf tragen kann, sodass sie zwar nicht die amerikanische Insel Guam, aber jeden Punkt auf dem nordamerikanischen Festland erreichen kann. Wenn sie das geschafft haben, brauchen sie keine Gefälligkeiten mehr zu erbitten. Sie werden sie fordern.«

»Wenn die öffentliche Zerstörung eines bereits zerstörten Berges nur Theater ist, was wollen sie dann wirklich?«, fragte die Premierministerin.

»So etwas wie ein Überbrückungsdarlehen. Viele Millionen Tonnen Getreide, Milliarden Gallonen Treibstoff. Nur – ein Darlehen muss man zurückzahlen. Aber dieses würde niemals zurückgezahlt werden. Insofern wäre es … ein Geschenk zum Lohn für gutes Benehmen. So lange, wie es dauert, das heißt, solange es ihnen passt. Über Jahre hinweg war China der Retter Nordkoreas. Allerdings verliert Präsident Xi allmählich die Geduld. Daher das verzweifelte Umwerben des Weißen Hauses.«

»Und wenn der nordkoreanische Diktator sein ›Überbrückungsdarlehen‹ nicht bekommt?«

»Dann ergibt sich für Kim Jong-un Problem Nummer zwei. Im Gegensatz zu unserem Außenministerium bin ich der Ansicht, dass der pummelige kleine Kim sehr viel schwächer ist, als er aussieht. Wir sehen immer nur riesige Schwadronen von ultratrainierten, ultrafanatischen Loyalisten, die im Gänsemarsch durch Pjöngjang stolzieren. Aber nur diese Million von privilegierten Loyalisten darf überhaupt in Pjöngjang wohnen – gut untergebracht, gut ernährt und gut beschäftigt. Nur diese sorgfältig ausgewählten Personen dürfen vor westlichen Kameras auftreten. Dazu kommen die 200 000 ultraloyalen Soldaten, seine Prätorianergarde, die für ihn und sein Regime ihr Leben geben würden.

Doch auf dem Lande, außerhalb der Hauptstadt, stehen zwanzig Millionen Menschen und noch einmal eine Million Soldaten kurz vor einer massenhaften Hungersnot. Nicht die Soldaten – die bekommen zu essen. Aber ihre Mütter und Väter, Brüder und Schwestern sind durch Unterernährung ausgemergelt. Sie klammern sich ans Leben und produzieren kleinwüchsige, zwergenhafte Kinder. Erinnern Sie sich an Nicolae Ceaușescu, Prime Minister?«

»Der war mal hier, nicht wahr?«

»Allerdings. Wir haben ihn törichterweise zum Ehrenritter des Empires erhoben, weil er sich angeblich Moskau entgegengestellt hat. Auch so eine Idee aus dem Außenministerium. In der King Charles Street hat man anscheinend eine Vorliebe für Diktatoren. Später haben wir ihm den Titel wieder abgenommen. Als er tot war. Ein bisschen spät.«

»Und was hat er mit all dem zu tun?«

»Vor seinem Tod gab Kim Jong-uns Vater Kim Jong-il Condoleezza Rice gegenüber zu, er fürchte insgeheim das, was er seinen ›Ceaușescu-Augenblick‹ nannte.«

»Und der war …?«

»Wie die Kims war Ceaușescu ein skrupelloser kommunistischer Tyrann. Er herrschte in Rumänien mit eiserner Faust. Wie die Kims war er grausam und korrupt und bereicherte sich selbst. Und wie die Kims überflutete er sein Volk unablässig mit seiner Propaganda, damit es ihn liebte.

Eines Tages, als er in der Provinzstadt Temeschwar eine Rede hielt, hörte er ein Geräusch, das er noch nie im Leben gehört hatte. Er traute seinen Ohren nicht, wollte weiterreden und verlor den Faden. Schließlich flüchtete er vom Podium auf das Dach und wurde von einem Hubschrauber weggebracht. Die Leute buhten ihn aus.«

»Und das gefiel ihm nicht?«

»Es kam noch schlimmer, Prime Minister. Innerhalb von drei Tagen hatte sein eigenes Militär ihn verhaftet, ihm den Prozess gemacht und ihn erschossen, zusammen mit seiner schrecklichen Frau. Das war der Augenblick, den Kim Jong-il fürchtete: dass das Volk sich gegen ihn wendete und das Militär nur noch seinen eigenen Kopf retten wollte.«

»Und das könnte dem Pudding auch passieren?«

»Wer weiß, wie viel Hunger die Nordkoreaner noch ertragen können? Es sei denn, der Westen kapituliert und hilft ihm aus der Patsche.«

»Was dann, Adrian?«

»Dann hat er genug Zeit, um die Nutzlast seiner Hwasong-Rakete zu vergrößern und seine thermonuklearen Gefechtsköpfe so weit zu verkleinern, dass sie einsatzfähig sind. Damit kann er die Welt erpressen und braucht keine Zugeständnisse mehr zu machen, indem er nutzlose Berge in die Luft sprengt.«

»Die Getreidelieferungen sind also seine eigentliche Achillesferse?«

»Teilweise. Entscheidend sind nicht A- oder H-Bomben, sondern die dazugehörigen Trägerraketen. Er muss seine Abschusssysteme perfektionieren. Ich nehme an, das wird zwei, vielleicht drei Jahre dauern und mehrere Teststarts erfordern. Im Augenblick warten die Hwasongs in ihren Silos.«

»Selbsttäuschung oder nicht, Adrian, ich kann keinen Krieg mit Worten gegen die USA vom Zaun brechen. Gibt es davon abgesehen noch etwas, das wir tun können?«

»Ich glaube, dass die Hwasongs allesamt von Supercomputern gesteuert werden, die massiv gesichert sind, aber den Beweis für die nuklearen Ambitionen Nordkoreas in sich tragen, genau wie die FEDAT-Archive im Iran, die das Weiße Haus schließlich davon überzeugt haben, dass man sie belogen hat. Wenn wir beweisen könnten, dass der Pudding lügt...«

»Können wir es?«

»Wir haben eine bizarre Waffe. Einen angstgeplagten Jungen mit spektakulären Fähigkeiten. Ich würde ihn gern gegen Nordkorea einsetzen.«

»Okay, Sie haben die Erlaubnis. Aber arbeiten Sie wirklich sehr unauffällig. Halten Sie mich auf dem Laufenden. Und fangen Sie keinen Krieg an. Auf der anderen Seite des Atlantiks sitzt ein Mann, der den Friedensnobelpreis haben möchte.«

In ihren engsten Kreisen war Marjory Graham für ihren sarkastischen Humor bekannt.

SECHZEHN

Das Gelbe Meer ist nicht gelb. Es ist grau, kalt und feindselig, und die vier Männer, die in dem havarierten Fischerboot kauerten, froren. Der Morgen dämmerte trist herauf, aber es waren weder die Kälte noch die Wolkendecke, die die im Osten über Korea aufgehende Sonne verhüllte, was sie so elend stimmte. Es war Angst.

Aus Nordkorea zu fliehen, dessen Küste im Morgennebel noch sichtbar war, ist äußerst riskant. Nicht die wogende See bewirkte, dass es sie fröstelte, sondern das Wissen, dass sie, sollte eines der zahlreichen nordkoreanischen Patrouillenboote sie aufbringen, mit lebenslanger Haft in einem Sklavenarbeiterlager oder mit der Hinrichtung durch ein barmherzigeres Erschießungskommando rechnen mussten.

Drei der Männer waren Fischer, und sie waren an das Gewässer der Koreanischen Bucht, des nördlichen Teils des Gelben Meers, gewöhnt. Der vierte Mann hatte sie massiv bestochen, damit sie den Patrouillenbooten nach Möglichkeit aus dem Weg gingen, ihn an der südkoreanischen Küste absetzten und unauffällig nach Hause zurückkehrten, ehe es hell wurde. Sie hatten es nicht geschafft. Auf halbem Wege nach Süden war ihr klappriger alter Motor ausgefallen. Sie hatten zwar stundenlang wie verrückt gepaddelt, aber Wind und Wellen waren aus südlicher Richtung herangekommen, und so hatten sie bewegungslos vor der furchterregenden Küste der nordkoreanischen Halbinsel gelegen.

Sie hörten das Maschinengeräusch, bevor sie den grauen Fleck am Horizont sahen oder eine Flagge, einen Wimpel ausmachen konnten, an denen die Identität des Schiffes zu erkennen gewesen wäre. Aber das Dröhnen der Maschine kam immer näher. Sie hofften, ihr winziges Boot, optimistisch zur Tarnung mit Netzen drapiert, werde in der Dünung verschwinden. Doch das Patrouillenboot hatte Radar, und irgendetwas schien es entdeckt zu haben. Es kam unbeirrt näher. Fünf Minuten später ragte es vor ihnen auf, und eine Megafonstimme befahl ihnen, beizudrehen.

Querab erschien ein weiterer Fleck im dämmernden Licht. Sie hofften und beteten, es möge die Insel Kaul-li mit ihrem winzigen Hafen Mudu sein – ein Punkt auf der Landkarte, jedoch in Südkorea. Die Megafonstimme rief noch einmal, und einer der Fischer hob den Kopf. Sein Gesicht war voller Hoffnung.

Die Sprache war natürlich Koreanisch, nur war der Tonfall nicht der von der Küste hinter der Morgendämmerung. Der Fischer spähte unter seinen Netzen hervor und sah die Fahne die am Heck wehte: die südkoreanische Doppelträne. Sie würden ihre Frauen nicht wiedersehen, aber sie würden auch nicht vor ein Erschießungskommando kommen. Sie hatten es gegen alle Wahrscheinlichkeit geschafft. Man würde ihnen Asyl gewähren. Die nordkoreanische Polizei würde sie nicht erwischen.

Das südkoreanische Marineboot, eines der neuen Patrouillenboote der Chamsuri-Klasse, nahm sie an Bord, und zwei Matrosen gaben ihnen Wolldecken. Ein dritter machte ihr vollgeschlagenes Boot am Heck fest. Der Steuermann ließ den Motor aufheulen und richtete den Bug nach Süden, nach Kaul-li. Der junge Kapitän mit dem südlichen Tonfall drückte auf eine Taste an einem Funkgerät und sprach mit seinem Stützpunkt. Dies war ein Zwischenfall, und es würde eine Untersuchung geben. Auf dem Landweg war die Flucht unmöglich, und auf dem Seeweg kam sie nur selten vor. Er musste sich absichern und durfte die Meldung nicht verzögern. Er fragte nach den Namen.

Der ältere Mann, der die Fischer dafür bezahlt hatte, ihn trotz der Risiken nach Süden zu bringen, saß unter seiner Decke und zitterte immer noch. Vor Kälte? Angst? Es war jetzt wohl eher die Erleichterung nach der sicheren Aussicht auf Verhör und Tod. Die Crew hatte bereits festgestellt, dass drei der Flüchtlinge mittellose Fischer waren. Einer der Seeleute sprach den Mann unter der Decke an.

»Wie heißen Sie?«, fragte er.

Der vierte Mann blickte auf. »Mein Name«, sagte er, »ist Li Song-Rhee.« Die Wolldecke rutschte herunter. Die Schulterklappen seiner Uniform, die ihn durch die Kontrollen an der Straße von Pjöngjang zur Küste gebracht hatte, glänzten in der matten Sonne. Dies war kein panischer Corporal, der es auf ein besseres Leben in Südkorea abgesehen hatte. Dies war ein Vier-Sterne-General der Armee der Demokratischen Volksrepublik Nordkorea, ein Angehöriger der Ultraelite in Kims Diktatur.

Der Kapitän hörte sich an, was sein Matrose zu sagen hatte, und warf einen Blick auf die Schulterklappen der durchnässten Uniform. Dann kehrte er zu seinem Funkgerät zurück. Sie würden nicht an Kaul-li vorbeifahren. Dort gibt es einen Hubschrauberlandeplatz. Ein Helikopter würde vom Marinestützpunkt Incheon heraufkommen. Die Geschichte der Halbinsel der beiden koreanischen Staaten würde sich ändern.

Neun Stunden und genauso viele Zeitzonen weiter im Westen dämmerte ebenfalls der Morgen, als in einem bescheidenen Apartment abseits des Admiralty Arch das Telefon klingelte. Sir Adrian nahm ab.

»Ja, Prime Minister.«

»Es gibt eine neue Entwicklung. Sie erinnern sich, worüber wir vor zwei Wochen gesprochen haben? Wie es aussieht, ist ein Vier-Sterne-General aus Nordkorea nach Südkorea übergelaufen. Soll etwas mit Kims Raketenprogramm zu tun haben.«

Aus seinen Jahren beim SIS wusste Sir Adrian, dass es ein Prozedere gab, bei dem Angelegenheiten, die als hinreichend wichtig betrachtet wurden, schon vor der üblichen Morgenunterrichtung in die Downing Street geschickt wurden, sodass die Premierministerin sie beim Frühstück lesen konnte. Wenn die Nachrichten dringend genug waren, konnte sie ohnehin zu jeder Stunde geweckt werden, aber bei dieser wäre es darauf nicht angekommen. Ihr Stab fragte sich sowieso, wann sie eigentlich schlief.

»Ich werde unsere Leute dort drüben anweisen, die Sache im Auge zu behalten.«

»Sehr vernünftig, Prime Minister.«

Die Leitung wurde unterbrochen. Seufzend legte Sir Adrian den Hörer auf. Er wusste, mit »unsere Leute« meinte sie den Stationschef des SIS in der britischen Botschaft in Seoul in Südkorea. Er stand auf, zog seinen Bademantel an und machte sich einen Toast mit Butter. Und Kaffee. Natürlich Kaffee. Seinen bevorzugten starken schwarzen Arabica.

Es hatte keinen Sinn, der Premierministerin zu erzählen, wie viele Stunden er mit den besten Nordkorea-Experten gesprochen hatte, die das Royal United Services Institute zu bieten hatte. Stundenlange Briefings hatte er durchgestanden, bis er sich für General Li Song-Rhee entschieden hatte. Auch da war es noch lange nicht sicher gewesen, dass der Mastermind die falsche E-Mail erhalten, geschweige denn ihr Glauben schenken würde. Aber wie man so sagt: wer nicht wagt …

Luke Jennings war es in verblüffender Weise gelungen, die Zugangscodes zur nordkoreanischen Mobilfunk-Datenbank zu beschaffen. Sie waren hoch geheim und gut gesichert, und der Cyberspace war für die Nordkoreaner kein Neuland. Im Gegenteil, sie waren brillante Experten, die den Westen beständig mit Malware, Trojanern und allen anderen Tricks attackierten. Aber ein achtzehnjähriger Junge mit Asperger-Syndrom waren sie nicht.

In dieser paranoiden Diktatur gibt es nur 1,8 Millionen Festnetzanschlüsse, und die sind beschränkt auf die obersten Etagen von Regierung und Verwaltung. Telefone können im Mittelpunkt von Verschwörungen und Komplotten stehen; sie gehören nicht in die Hände der Massen. Selbst wer vertrauenswürdig ist, muss zahllose Formulare ausfüllen, um eins zu bekommen, und sie alle werden permanent abgehört. Die Eigentümer von Mobiltelefonen werden noch strenger kontrolliert.

Der landesweite Provider ist Koryolink, ein Partnerunternehmen der ägyptischen Orascom. Geschätzte vierhunderttausend Leute dürfen ein Mobiltelefon besitzen, und diese vierhunderttausend gehören fast ausschließlich zu den Privilegierten, die in der Hauptstadt wohnen. Für die eigentliche Elite gibt es einen noch kleineren Provider. Hier war Luke Jennings nach wochenlanger Arbeit schließlich eingedrungen. Dann hatten die fließend Koreanisch sprechenden

Mitarbeiter von RUSI, das Außenministerium und der SIS die Sache übernommen, die Datenbank durchstöbert und General Li Song-Rhees private Telefonnummer ausfindig gemacht.

Die Nachricht hatte ein nordkoreanischer Überläufer verfasst, der in einem Safe House unter Bewachung gehalten wurde. Kim Jong-un hatte 2013 unter dem erfundenen Vorwurf des Hochverrats die Verhaftung und Hinrichtung seines Onkels und Mentors Jang Song-Thaek befohlen, möglicherweise des zweitmächtigsten Mannes im ganzen Land. Der Mandarin wurde von Maschinengewehrfeuer zerfetzt. Die Nachricht an General Li, anonym, aber offenkundig von einem Freund aus Kreisen der Elite, warnte ihn, das gleiche Schicksal sei auch für ihn geplant.

Nein, es war nicht nötig, der Premierministerin das alles zu erzählen, dachte Weston, als er seinen Arabica trank. Auch hier galt das Prinzip des »Need to Know«: Jeder musste nur wissen, was nötig war, damit er seine Arbeit tun konnte. Die Amerikaner würden Li natürlich aufnehmen. Er wäre verrückt, wenn er in Südkorea bliebe. Ein Safe House in der Nähe der CIA in McLean wäre sicherer und genauso komfortabel. Und dann stundenlange sorgfältige Befragungen in koreanischer Sprache.

Was würde General Li zu erzählen haben? Und würden die Amerikaner einen Briten dabeisitzen lassen? Es war so lange her, und viele von Westons besten Freunden in der Firma waren im Ruhestand wie er. Oder sie sollten es sein. Aber ein paar der alten Bündnisse, die »in alten Zeiten«, wie man sagte, hinter dem Eisernen Vorhang geschmiedet worden waren, wurzelten immer noch tief. Geteilte Risiken, gemeinsam geleerte Gläser. Wie die Veteranen an der Bar des

SF Club sagten: Wir hatten unseren Spaß. Er würde sich mit einigen unterhalten.

Sir Adrians Instinkt erwies sich als zutreffend. Der Überläufer wurde von dem südkoreanischen Marinestützpunkt in Incheon sofort in die nahe gelegene Hauptstadt Seoul geflogen. Kein untergeordneter Kommandant wollte diese potenzielle Handgranate länger als nötig bei sich haben.

Das Gleiche galt für die südkoreanische Regierung. Dies sollte eine Zeit der Entspannung zwischen dem Norden und dem Süden sein, begleitet von massiver Publicity und international mit Beifall bedacht, und plötzlich sah die Regierung des Südens sich im Besitz einer diplomatischen Bombe, die den gesamten Entspannungsprozess in die Luft jagen und einen offenen Krieg auslösen konnte.

Der Gesichtsverlust für Pjöngjang würde atemberaubend sein, und das erfuhr die Führung des Nordens am späten Vormittag. Unverzüglich forderte man die Auslieferung des Generals. Die südkoreanische Regierung nahm keineswegs Anstoß, sondern war erleichtert, als die CIA in beachtlicher Stärke aus der amerikanischen Botschaft in Seoul anrückte. Noch immer in seiner salzfleckigen Uniform, stimmte der General den Amerikanern zu: Er wollte tatsächlich in die USA ausgeflogen werden.

Der Transfer fand noch am selben Abend statt, und zwar mit einer Passagiermaschine der U.S. Air Force. Innerhalb einer Stunde – General Li war in der Luft und schlief fest – gab Seoul bekannt, dass die ganze Operation durch die CIA organisiert worden sei. Die CIA rührte keinen Finger, um diese Behauptung zu dementieren. Hätte sie gestimmt, wäre es ein Meisterstreich gewesen.

Mit seiner zweiten privaten Vorhersage erwies der britische Veteran sich ebenfalls als Hellseher. Wenige Stunden nach seiner Landung hatte General Li Song-Rhee in dem großen Komplex der CIA in Langley eine äußerst komfortable Unterkunft bezogen, schwer bewacht von den harten Männern des SAD.

Experten für nordkoreanische Angelegenheiten und für die Regierung des Landes, sein Waffenprogramm, seine Kultur und Sprache wurden aus Geheimdienst, Pentagon, Außenministerium und Universitäten hastig zusammengerufen und bildeten den Kern des Befragungsteams und die beigeordnete Beobachtergruppe. Nicht einmal zarte Andeutungen waren nötig, um dem General klarzumachen, dass vorbehaltlose Kooperation der Preis dafür war, dass man ihn rettete und beschützte. Er war nicht dumm.

Das Weiße Haus verlangte unverzügliche Resultate. Was immer der Mann aus dem Zentrum der nordkoreanischen Macht- und Rüstungsmaschinerie zu enthüllen hatte – der POTUS wollte es wissen, und zwar sofort.

Die Welt der Diplomatie und der Medien litt Höllenqualen. Bald war es für die USA unmöglich, weitere Gipfeltreffen zu planen. Das Palaver am Rande des Treffens zwischen dem Präsidenten und dem Diktator auf der kleinen Insel vor Singapur begann zu verblassen. Größer als bei jedem anderen Show-Spektakel war die Neugier auf das, was der übergelaufene General zu sagen hatte.

Die nordkoreanische Regierung verfiel in ein bedrohliches Schweigen. Nach einer einzigen Beschimpfung, die sich gegen den Westen und seine Tricks richtete, sowie dem lahmen Versuch, den Überläufer als Hochstapler darzustellen, trat wütende Stille ein. Wie die Kommentatoren der westlichen Medien der Welt erläuterten, bestand die Hauptsorge Pjöngjangs darin, dass die Bevölkerung Nordkoreas von der Katastrophe erfahren könnte. Eine Zeit lang konnte man es verhindern, aber allmählich sprach die Sache sich doch herum.

Die tatsächliche Vernehmung General Lis, höflich als Abschlussbesprechung bezeichnet, begann zwei Tage später in rigoros abgeriegelten Räumlichkeiten der CIA-Zentrale, bewacht von SAD-Kräften.

Der General trug auf eigenen Wunsch einen maßgeschneiderten dunklen Anzug mit Oberhemd und Krawatte, und seine Befrager hatten die gleiche Wahl getroffen. Es waren vier, dazu zwei Dolmetscher: ein amerikanischer Wissenschaftler, zweisprachig in Englisch und Koreanisch, und ein nordkoreanischer Überläufer, der seit dreißig Jahren die amerikanische Staatsbürgerschaft besaß. Weitere zwanzig Beobachter verfolgten die Sitzung auf Videomonitoren.

Beabsichtigt war, General Li in eine entspannte, stressfreie, komfortable Situation zu bringen – fünf Profis, die freundlich miteinander plauderten, könnte man sagen. Der leitende Fragesteller war ein Professor der Koreanistik, der die Sprache nach einer lebenslangen Beschäftigung mit diesem Thema fließend beherrschte. Man hatte ihm ausführlich eingeschärft, was das Militär so dringend wissen musste.

General Li gehörte zufällig zu dem winzig kleinen Prozentsatz von Nordkoreanern, die gut Englisch sprachen. Die beiden Dolmetscher hatten vor allem auf Genauigkeit zu achten und halfen gelegentlich bei Formalien aus. Alle Anwesenden, auch die, die sich im Nebenzimmer aufhielten, hatten die höchste Sicherheitsfreigabestufe. Einer von ihnen war ein älterer Engländer, der sich im Hintergrund hielt und schwieg, wie er es am liebsten tat.

Auch wenn unter Politikern und leitenden Beamten, die innerhalb einer Stunde ihren Job verlieren konnten, weil sie dem Präsidenten nicht zustimmten, die Neigung zur Selbsttäuschung vorherrschte, bestand die CIA im Kern immer noch aus lang gedienten, in Vollzeit arbeitenden professionellen Realisten. Unter ihnen hatten ihre britischen Kollegen vom MI6 sehr gute Kontakte, und sie hatten ihre amerikanischen Partner bewogen, den pensionierten Briten auf die sehr kleine Gästeliste zu setzen.

Die treibende Kraft hinter allem war der Direktor der CIA, der unter dem Siegel der Verschwiegenheit informiert wurde, dass General Li Song-Rhee ohne einen gewissen Teenager, der jetzt im Herzen von Warwickshire vor seinem Computer hockte, immer noch in Pjöngjang wäre. Niemand sonst in Washington ahnte, dass die Handynachricht, die den Nordkoreaner zur Flucht veranlasst hatte, ein Trick gewesen war. Auch der General selbst wusste es nicht.

Solche Abschlussbesprechungen sind nicht auf eine einzige Sitzung beschränkt, wäre sie auch noch so lang. Sie dauern Tage. Am zweiten Tag bekam General Li Gelegenheit, auf sein eigentliches Fachgebiet zu sprechen zu kommen, nämlich auf Kims Raketenprogramm, das er verantwortlich leitete. Und hier ließ er seine Bombe platzen, möglicherweise ohne es zu wissen. Er wusste nicht genau, wie gut die westlichen Verbündeten wirklich informiert waren, und er ahnte nicht, dass sie weniger wussten, als sie zu wissen glaubten.

Am ersten Tag hatte er bestätigt, wovor zumindest Sir Adrian schon gewarnt hatte: Die Zerstörung der Testanlage Punggye-ri war vorgetäuscht gewesen. Die internationalen

Medien hatten sich tatsächlich zum Narren halten lassen, und sie hatten Lesern, Zuhörern und Zuschauern mit großer Freude ein bedeutendes Zugeständnis Nordkoreas gemeldet.

Tatsächlich war die Testanlage längst eine Ruine, erklärte der General. Sie war zu vielen Bohrungen, zu vielen Bombentests und einem Erdbeben zum Opfer gefallen und bestand jetzt nur noch aus eingestürzten Stollen, Kavernen und Tunneln. Hinter den mit Sprengladungen verschlossenen Eingangsportalen gab es nur noch Trümmer und Schutt.

Der General bestätigte zudem, dass die hochgelobten ballistischen Interkontinentalraketen vom Typ Hwasong-15 viel zu schwach waren, um die thermonuklearen Gefechtsköpfe zu tragen, die Nordkorea zu einer echten Atommacht machen würden.

Am zweiten Tag offenbarte er zwei Dinge, die der Westen wirklich nicht gewusst hatte. Das eine war, dass der Diktator Kim Jong-un schwächer sei, als sie alle annahmen. General Li beteuerte, der Diktator sei ein Strohmann, der von einem sogenannten »Selektorat«, bestehend aus zweitausend Generälen und hohen Beamten, getragen wurde. Sie waren es, die das Land besaßen und lenkten und in äußerstem Luxus lebten, während das Volk hungerte. So konnte Kim das tun, was er am besten konnte: vor der Presse posieren, dem anbetungsvollen Proletariat zuwinken und essen.

Die zweite Offenbarung war, dass die Unzulänglichkeit der Hwasong-15 nicht das Ende der Fahnenstange für das nordkoreanische Atomwaffenprogramm war. Tief unter einem anderen geheimen Berg, verborgen vor den Augen der Welt, gab es noch eine Höhle, in der in diesem Augenblick die machtvolle Nachfolgerin Hwasong-20 konstruiert wurde. Sie würde unter allen Umständen den schwersten thermonuklearen Gefechtskopf an jeden Ort der Welt tragen können. Was noch fehlte, waren die Mehrstufentriebwerke, aber sie konnten jetzt täglich zur Einsatzreife gelangen.

Am Ende des ersten Vernehmungstages sagte Washington ein zweites, bereits angekündigtes Treffen mit Kim und dem amerikanischen Präsidenten ab. Begründung: Mangel an Treu und Glauben.

Am Abend des zweiten Tages flog Sir Adrian zurück nach Großbritannien. Er musste einer Dame Bericht erstatten. Aber vorher gab es noch etwas zu recherchieren.

SIEBZEHN

Jede größere Stadt hat ihre Bibliotheken, in denen Wissenschaftler über Dokumenten und alten Texten brüten können, aber London ist der Traum jedes Forschers. Irgendwo in der ausgedehnten Metropole finden sich Archive zu allem, was der Mensch jemals gedacht, geschrieben oder getan hat, seit der erste Troglodyt aus seiner Höhle kam.

Manche Bibliotheken sind neue Gebäude aus Stahl, Glas und Beton. Andere sind altehrwürdige Keller, in denen die Schädel derer, die vor langer Zeit an der Pest starben, die Lebenden anstarren, als wollten sie sagen: »Wir waren einmal hier. Wir haben gelebt, geliebt, gekämpft und gelitten, und wir sind gestorben. Wir sind eure Geschichte. Entdeckt uns, und erinnert euch an uns.«

Sir Adrian entschied sich für das Royal United Services Institute, das versteckt abseits von Whitehall liegt, nahe den Wellen der Themse. Der Mann, den er nach sorgfältigen Erkundigungen aufsuchte, war bemerkenswert jung, fand er. Aber das waren sie heutzutage alle. Das fortschreitende Alter ist da gnadenlos. Professor Martin Dixon war vierzig und befasste sich mit Raketen, seit er sich als junger Teenager dafür begeistert hatte, was wiederum zur Beschäftigung mit den beiden Koreas führte.

»Das Verlangen des nordkoreanischen Regimes nach Atomwaffen und Trägerraketen begann vor fünfzig Jahren mit dem Gründervater, Kim Il-sung«, sagte er. »Nach 1945, als das besiegte Japan sich von der koreanischen Halbinsel zurückzog, war es Josef Stalin persönlich, der Kim dazu auserwählte, den kommunistischen Staat Nordkorea zu schaffen und in den Süden einzumarschieren. Drei Jahre später führte die koreanische Pattsituation zur dauerhaften Teilung der Halbinsel.

Als Kim Il-sung 1994 starb, hatte er die erste kommunistische Dynastie der Welt geschaffen und konnte sie an seinen Sohn Kim Jong-il weitergeben. Außerdem hatte er einen Kodex der absoluten Anbetung seiner selbst und seiner Familie geschaffen, nach dem sein Volk zu leben hatte, das durch Propaganda und Gehirnwäsche zu Marionetten gemacht wurde, die ihn verehrten und seine Gottgleichheit niemals, niemals infrage stellten. Zu diesem Zweck hatte er Nordkorea vor allen äußeren Einflüssen abgeriegelt und zu dem Einsiedlerstaat gemacht, den wir heute kennen.

Dabei hatte er erkannt, dass ein kleines, praktisch unfruchtbares Land mit dreiundzwanzig Millionen Einwohnern, das sich nicht einmal selbst ernähren konnte, niemals zu einer international gefürchteten Macht werden konnte, wenn es nicht über Atomwaffen und die notwendigen Trägerraketen verfügte, mit denen es sie in die Welt hinausschicken konnte. Alles – absolut alles, was Nordkorea ist oder hätte sein können – ist diesem Verlangen danach, die Welt zu bedrohen, geopfert worden.«

»Und die Raketen?«

»Zuerst kam die Bombe, Sir Adrian«, sagte der junge Wissenschaftler. »Die Koreaner, im Norden wie im Süden, sind hochintelligente Leute. Der Norden löste ein technisches Problem nach dem anderen und produzierte genug Uran-235 und Plutonium für eigene Atom- und dann auch Thermonuklearwaffen, um Reserven von beiden zu haben. Jeder Penny seiner Deviseneinnahmen ist dafür verwendet worden.

Aber bald war klar, dass der Besitz einer Atombombe sinnlos ist, wenn man sie nur im eigenen Garten zünden kann. Um wirklich so bedrohlich zu sein, dass andere einen Kotau machen, muss man sie über viele Meilen hinweg fliegen und detonieren lassen können. Anfangs importierten sie die nötige Technologie und bauten eine Serie von Raketen, die sie Musudan nannten. Die konnten in ihren Gefechtsköpfen Bomben von bescheidener Größe transportieren, aber auch nur über begrenzte Distanzen.

Wir im Westen sahen zu, wie sie ihre Atomtests durchführten, immer wieder, immer unterirdisch, bis sie überall im Land Riesenlöcher gesprengt hatten. Parallel dazu entwickelte sich das Raketenprogramm von den Musudans weiter zu einem neuen Typ mit viel größerer Nutzlast und Reichweite. Wie Sie wissen, trägt dieser Typ den Namen Hwasong.«

»Wie weit sind sie damit?«

»Kim Jong-il setzte die Politik seines Vaters fort. Die Wissenschaftler trieben das Hwasong-Raketenprogramm voran, bis 2011 der zweite Kim starb. Es gab einen kurzen Machtkampf, den der Lieblingssohn des verstorbenen Diktators mit einer Meile Vorsprung gewann. Er ist fett, hässlich und besteht auf einem bizarren Haarschnitt, aber das ist egal. Seine Skrupellosigkeit ist grenzenlos, und er ist absolut besessen von sich.

Seit er an der Macht ist, treibt er das Raketen- und das Bombenprogramm mit noch größerer Dringlichkeit und Geschwindigkeit voran. Test um Test, Start um Start. Alle waren unglaublich teuer, und viele sind gescheitert, und sein Benehmen wird zunehmend sonderbarer. Aber das ist anscheinend nicht wichtig. Handelssanktionen werden verhängt und wieder gelockert. Tatsache ist, die Welt hat Angst vor ihm.

Die USA könnten ihn und sein Regime mit einem Erstschlag eliminieren, und sein großer Nachbar und Schutzpatron China könnte es auch. Aber beide befürchten, er könnte dann so viele Thermonuklearsprengköpfe zünden, dass er damit die ganze Halbinsel und einen großen Teil von Nordostchina verwüstet. Daher die andauernde Nachsicht und die Erhebung zu einem Staatsmann von Weltrang.

Was das Raketenprogramm angeht – das ist mein spezielles Forschungsinteresse. Das neueste Modell mit der größten Reichweite und Nutzlast ist die Hwasong-15. Sie ist riesig, aber noch nicht groß genug, um den thermonuklearen Gefechtskopf, den Kim darauf installieren will, in jeden Teil der Welt zu tragen – speziell nicht nach Washington. Sie wissen, dass General Li Song-Rhee übergelaufen ist?«

»Ich war am Rande involviert«, gestand Sir Adrian.

»Nun, wenn ich recht verstanden habe, hat General Li ausgesagt, dass Nordkorea noch eine letzte Runde würfeln will. Alles oder nichts. Die Hwasong-20. Derzeit im Bau.«

»Genau das hat er gesagt. Ich war dabei.«

»Sie sind ein Glückspilz, Sir Adrian. Ich hoffe, ich bekomme später auch einmal Zugang zum General. Die Amerikaner sind die Ersten. Aber die Hwasong-20 wird sich stark von ihren Vorgängern unterscheiden müssen.«

»Inwiefern?«

»Raketen von dieser Größe werden üblicherweise in unterirdischen Silos gebunkert und von dort auch gestartet. Der Silodeckel verbirgt die Rakete vor neugierigen Augen am Himmel, bis er für den Start entfernt wird. Dann taucht die Rakete senkrecht auf und steigt mit einem riesigen Feuerball ins All. Wenn sie die Erde hinter sich hat, schwenkt sie in ihre Flugbahn ein, die sie zu ihrem Ziel führt. Dort klinkt sich der Gefechtskopf aus, fällt herab und explodiert.

Aber die Hwasong-15 wird auf einem 32-Achsen-Sattelschlepper transportiert, und beide zusammen wiegen hundert Tonnen. In Nordkorea sind nur wenige Straßen annähernd in einem Zustand, der eine solche Ladung gestattet. Doch das macht nichts. Da muss nur eine erfolgreich in einer Höhle versteckt sein, die ein paar Meilen weit von einer getarnten Landstraße entfernt ist, wo sie auftauchen und starten kann.

Die Hwasong-20 jedoch wird silobasiert sein müssen, gebaut und versteckt in einem unterirdischen Komplex, von dem wir noch nichts wissen.«

»Das sind auch meine Informationen«, sagte Sir Adrian. »Und hier kommt General Li ins Spiel. Er weiß es.«

»Das ist schlecht für Kim. Aber es ist nicht das letzte seiner Probleme. Diese Ehre gebührt dem Triebwerk der Rakete. Nordkorea war nie in der Lage, Triebwerkseinheiten zu bauen, die groß genug waren für die Hwasongs.«

»Und woher bekommt er sie dann? Aus China?«

»Nein, aus Russland. Das nordkoreanische Raketenpotenzial hat sich rapide gesteigert, seit Kim Jong-un an die Macht kam, und zwar, weil er die Triebwerke gewechselt hat. Früher gab es zwei Fabriken in der UdSSR, die die sowjetischen Triebwerke bauten. Die eine war in der Ukraine, die andere in unmittelbarer Nähe von Moskau. Dann kam der Zusammenbruch der UdSSR, und das war das Ende der ukrainischen Fabrik. Das russische Werk produzierte weiter das Raketentriebwerk RD-250. Damit wurden die Hwasong-12, 14 und 15 betrieben, und daher rührt der Zuwachs des Bedrohungspotenzials unter dem dicken Jungen.

Aber dann kam es zur Katastrophe. Die Regierung in Moskau startete ein Billionen-Rubel-Aufrüstungsprogramm und wechselte zu einem neuen Raketentriebwerk. Der Hersteller des RD-250 verlor seinen Vertrag. Sein Name ist Energomasch. Das Unternehmen saß plötzlich auf fertigen RD-250-Triebwerken, jedoch ohne Bestellungen. Und da kommt Kim Jong-un. Nach meinen Informationen ist Energomasch dabei, ein paar seiner RD-250-Triebwerke aufzurüsten, um sie als Antriebseinheiten für die Hwasong-20 nach Pjöngjang zu liefern. Wenn Energomasch damit aufhören würde, wäre Kim buchstäblich am Ende. Er hätte die Bombe, aber keine Rakete, um sie an ihr Ziel zu bringen.«

»Die Regierung in Moskau wird das aber nicht verhindern«, sagte Sir Adrian. »Nicht in ihrer gegenwärtigen Stimmung. Russland steht dem Westen zurzeit so aggressiv gegenüber wie zuletzt im Kalten Krieg. Von dort kommt also keine Hilfe. Wenn Energomasch fertig ist und liefern will, wie würden sie das anstellen?«

Professor Dixon überlegte.

»Es wird ein Riesending werden«, sagte er. »Ein Antrieb mit Flüssigkeitstreibstoff, aber nur einstufig. Dazu enorme Mengen von hypergolischem Treibstoff, der extrem toxisch und instabil ist. Ich bezweifle, dass man ihn mit einem Flugzeug transportieren würde. Eher in einem versiegelten Zug. Quer durch Sibirien, nördlich an den Grenzen Chinas und der Mongolei vorbei und den Isthmus hinunter bis zu dem winzigen Grenzübergang von Russland nach Nordkorea.«

»Instabil, haben Sie gesagt. Könnte da etwas schiefgehen?«

»Nur, wenn man es darauf anlegt.«

Sir Adrian bedankte sich und ging.

Die Sommersonne schien noch, und die Terrasse von Chequers war immer noch ein angenehmer Ort für einen Lunch, als die Premierministerin und Sir Adrian sich wieder trafen. Als sie allein waren, begann sie mit ihren Fragen.

»Zu Ihrem koreanischen Überläufer. Wie war er?«

»Sehr gescheit und sehr wütend. Natürlich verlangte der Begriff des ›Gesichts‹, dass er es sich nicht anmerken ließ.«

»Ist das gut?«

»Sehr gut, Prime Minister. Jemand, der davon überzeugt ist, ungerecht behandelt worden zu sein, kocht vor Wut und hält sich nicht mehr zurück. General Li wird alles erzählen, was er weiß, und das ist eine ganze Menge.«

»Weiß er, warum er verhaftet werden sollte?«

»Nein. Er war absolut loyal gegen das Kim-Regime.«

»Weiß er, von wem der Tipp kam, der ihn zur Flucht veranlasst hat?«

Sir Adrian dachte einen Moment lang schweigend darüber nach, wie er seine Antwort formulieren sollte.

»Er hat keine Ahnung, nicht wahr?«

»Zum Glück nicht. Die nordkoreanische Regierung weiß es auch nicht. Es ist ein Rätsel für beide.«

»Das waren Sie, nicht wahr, Adrian?«

»Man tut, was man kann, Prime Minister.«

Marjory Graham nahm nachdenklich einen großen Schluck Wein und bemühte sich, keine Miene zu verziehen.

»War auch ein Fuchs im Spiel?«

»Ich fürchte, Sie könnten recht haben, Prime Minister.«

»Und welche Neuigkeiten bringt der General?«

»Die wichtigste ist, dass Kim niemals die Absicht hatte, Nordkorea im Austausch gegen Zugeständnisse im Handelsverkehr nuklear abzurüsten, so notwendig sie auch sein mögen. Die Amerikaner sind nicht gerade entzückt darüber, dass man sie beinahe an der Nase herumgeführt hätte.«

»Deshalb sind diese Zugeständnisse und weitere Treffen abgesagt worden?«

»Ganz recht.«

»Der Winter steht vor der Tür. Ohne umfangreiche Importe, die sie nicht bezahlen können, wird die nordkoreanische Bevölkerung wieder hungern müssen.«

»Das ist dem Kim-Regime gleichgültig, Prime Minister.«

»Und was ist sein nächster Schritt?«

»Wie es aussieht, und wie General Li behauptet – und ich habe weitere Informationen, die bestätigen, was er sagt –, wird unter Kims Aufsicht eine wirklich gigantische Rakete gebaut, und zwar in einer geheimen Höhle, die bei den amerikanischen Überflügen noch nicht entdeckt worden ist.«

»Könnte unser junger Hacker in Chandler's Court sie finden?«

»Wir könnten es auf jeden Fall versuchen, Prime Minister.«

»Dann versuchen Sie es bitte, Sir Adrian. Kaffee?«

Sir Adrian fand Dr. Hendricks in seinem Büro im Computerflügel des alten Landhauses neben dem Operationszentrum mit seinen Reihen hochmoderner Computer, die leise vor sich hin summten. Er legte dem Wissenschaftler ein einzelnes Blatt Papier vor die Nase.

»In Russland gibt es eine Fabrik namens Energomasch«, sagte er. »Gibt es darüber irgendwelche öffentlich zugänglichen Informationen?«

Jeremy Hendricks zog seinen Laptop zu sich heran und tippte die Frage ein.

»Gibt es«, sagte er. »Ganz öffentlich. Ein Hersteller von Geräten und Bauteilen für die Raumfahrtindustrie.«

»So kann man es auch nennen.«

»Vorstand, Aktienkurs, Hinweise auf Regierungsaufträge für die Rüstung. Viele Absätze sind passwortgeschützt, also geheim. Wahrscheinlich werden die meisten Nachfragen aus Sicherheitsgründen abgewiesen. Das würden wir auch tun. Anscheinend bauen sie Raketenteile.«

»Die Unternehmensstruktur ist nicht interessant. Aber können wir etwas über die technischen Aspekte erfahren?«

»Nicht hier. Dazu müssen wir nach nebenan gehen und unsere eigenen geheimen Erkenntnisse über diese Leute aufrufen. Die sind nicht zum öffentlichen Gebrauch bestimmt.«

Im Hauptsaal setzte Dr. Hendricks sich vor einen anderen Computer und gab seine Fragen ein.

»Ihre Sicherheitsmaßnahmen sind in jeder Phase äußerst streng und, jawohl, sie sind computergesteuert. Ultrakomplizierte Firewalls schützen sie vor unbefugten Blicken, ganz zu schweigen davon, dass man sich daran zu schaffen macht.«

»Aber wenn man durch die Firewalls kommt und die Air Gap überwindet – was ja angeblich unmöglich ist –, könnte man dann eine kleine Malware einschmuggeln und sich unbemerkt zurückziehen?«

»Es gibt nur einen Hacker auf der Welt, der das vielleicht könnte, und wir wissen beide, wer das ist.«

Luke Jennings kam mit seiner Mutter aus dem Wohnflügel. In Gesellschaft war er immer noch pathologisch schüchtern und weigerte sich, dem Drängen seiner Mutter zum Trotz, jemandem die Hand zu geben oder Blickkontakt zu gestatten. Sir Adrian bestand nicht darauf.

Nachdem er sich im Computersaal davon überzeugt hatte, dass alles genau an seinem Platz stand, entspannte er sich sichtlich. Das bloße Summen der Computer wirkte fast wie ein Beruhigungsmittel auf ihn. Dr. Hendricks zeigte ihm ein Blatt Papier mit Reihen um Reihen von Zahlen und Hieroglyphen. Das waren die Firewalls eines Supercomputers im fernen Russland.

Wieder bemerkte Sir Adrian eine Veränderung in der Beziehung zwischen dem Jungen und dem älteren Mann. Die beiden schienen einander noch näher gekommen zu sein, und Sir Adrian erkannte, was der Grund sein konnte. Zum ersten Mal im Leben hatte Luke Jennings einen Kollegen. Sein ganzes junges Leben lang hatte er allein auf dem Dachboden in Luton gesessen und auf der Tastatur geklappert. In Chandler's Court waren ihm zuerst alle fremd gewesen. Wie es aussah, hatte endlich ein anderes menschliches Wesen die abgeschlossene Welt des Jungen betreten und dableiben dürfen. Aber all seinen Kenntnissen über die Cyberwelt und all seinen Jahren beim GCHQ zum Trotz, und obwohl er Luke jetzt wochenlang über die Schulter geschaut hatte, konnte Jeremy Hendricks immer noch nicht begreifen, geschweige denn nachahmen, was der Junge da tat, um das Unmögliche zu schaffen.

»Diese Leute sind sehr gefährlich für unser Land, Luke«, sagte Hendricks. »Glaubst du, wir können herausfinden, was sie da tun?«

Die Augen des Jungen fingen an zu leuchten. Er studierte die Zahlen auf seinem Tisch. Eine neue Herausforderung. Als er das zweifelnde »Ich fürchte, es geht nicht« hörte, erwachte er zum Leben. Dies war sein Daseinszweck.

Sir Adrian verbrachte die Nacht in einem Gasthof in der Nachbarschaft: ehrwürdiges Backsteinmauerwerk, vom Alter geschwärzte Deckenbalken und hausgemachte Wildpastete. Bei Kaffee und Calvados fand er eine alte Ausgabe des *Daily Telegraph* und versuchte sich an dem verzwickten Kreuzworträtsel. Er schaffte zwei Drittel, bevor er sich eingestehen musste, dass sein Gehirn hier versagte. Der Fuchs, das wusste er, würde im Dämmerlicht die ganze Nacht hindurch arbeiten.

Am nächsten Morgen um acht kam er wieder ins Landhaus. Der Teenager, der die Supermächte der Welt ratlos machte, schlief irgendwo. Im Waldland ringsum hatten die Personenschützer Schichtwechsel. Das nächtliche Team hatte nicht geschlafen – für alle Fälle. Dr. Hendricks war noch auf und wartete.

»Ich habe jeden seiner Schritte beobachtet«, berichtete er Sir Adrian, »und ich begreife einfach nicht, wie er es geschafft hat.« Er hielt ein Blatt in der Hand. »Das sind die Zugangscodes für den Zentralcomputer bei Energomasch. Dieser Computer steuert den Bau und die Montagesequenzen für die neueste Version des RD-250-Raketentriebwerks. Die Achillesferse ist die Endmontage. Bei all dem hypergolischen Treibstoff, der da herumschwappt, genügt ein winzig kleiner Funke… Wie dem auch sei, Luke hat die Codes, und niemand dort drüben scheint irgendetwas bemerkt zu haben.«

Auf der Rückfahrt nach London hatte Sir Adrian Anlass, sich bei Ciaran Martin im National Cyber Security Centre zu bedanken, weil er ihm erlaubt hatte, seinen Mitarbeiter Jeremy Hendricks zu entführen. Der Mann war genau der Richtige, um die Kluft zwischen dem verwundbaren Achtzehnjährigen, der alles über die Cyberwelt und nur wenig über die wirkliche Welt wusste, und dem viel älteren Geheimdienstmann zu überbrücken, der die Tricks und Täuschungen der Geheimdienstwelt kannte und manchmal auch praktiziert hatte, sich aber im Cyberspace so wenig auskannte wie auf dem Mond.

Aber eines bekümmerte Weston mehr als alles andere. Die geheime Einheit in Chandler's Court würde aufgelöst werden müssen. Alexander der Große weinte, als es keine Welten mehr gab, die er erobern konnte, und so würde auch der Tag kommen, an dem keine Rätsel mehr zu lösen waren, zumindest nicht auf Befehl der Regierung.

Für Gangster wäre Luke Jennings unbezahlbar – er konnte in Banken einbrechen. Doch das durfte niemals passieren. Er konnte auch nicht in einem Büroblock mit hundert Kollegen zusammenarbeiten; dazu war er zu zerbrechlich. Vielleicht wollte Jeremy Hendricks sein Mentor bleiben, sein beruflicher Adoptivvater, aber Operation Troja musste beendet werden. Was blieb dann für Luke? Diese Sorge plagte Weston noch immer, als er beim Admiralty Arch ankam.

ACHTZEHN

Man nimmt oft an, dass Nordkorea, weil es sich selbst als kommunistischen Staat bezeichnet, keine Religion zulassen kann und sich tatsächlich dem Atheismus geweiht haben muss. Dem ist nicht so. Die Demokratische Volksrepublik ist zutiefst religiös, und alle ihre Bürger haben tiefreligiös zu sein.

Der Bruch mit der Konvention besteht darin, dass jeder Nordkoreaner gesetzlich gezwungen ist, drei sterbliche Götter anzubeten – einen, der noch lebt, und zwei, die dahingeschieden sind. Das sind die drei Kims – der Großvater, der Vater und der Sohn. Porträts der beiden Toten, Kim Il-sung und Kim Jong-il, müssen in jedem Haus hängen wie das Kruzifix in einem frommen katholischen Haushalt. Regelmäßige Kontrollen sorgen dafür, dass sie vorhanden sind und verehrt werden.

Anstecknadeln, die den lebenden Gott Kim Jong-un zeigen, sind ebenfalls allenthalben zu sehen. Jede Erwähnung seiner Person ohne den Titel »der Marschall« ist strafbar. Jeder persönliche Vorteil kommt von ihm.

Wie bei allen Religionen müssen Legenden erfunden werden, die den nationalen Glauben stützen. Im Fall Nordkoreas gehört dazu die Heiligung eines Berges, auf dem der mittlere Kim, der Sohn des Staatsgründers, angeblich geboren wurde – heiliger Boden. Der Berg heißt Paektu.

Er ist ein inaktiver Vulkan im äußersten Nordwesten des

Landes, nördlich des Gelben Meeres und der Koreabucht, dicht vor der chinesischen Grenze. Hier baute das Regime sein ultrageheimes Raketensilo für die im Bau befindliche Hwasong-20.

Dicht unterhalb des Kraterrandes steht eine bescheidene Holzhütte, die angebliche Geburtsstätte des zweiten Kim. Die Legende soll »beweisen«, dass Kim in bescheidenen, aber heiligen Umständen auf koreanischem Boden geboren wurde und seinen Aufstieg aus eigener Kraft bewerkstelligt hatte. Daher ist er würdig, als lebender Gott verehrt zu werden. Das ist natürlich lauter Unfug.

Der zweite Kim kam in Wahrheit in Sibirien unter dem komfortablen Schutz Stalins zur Welt; hier befehligte sein Vater eine militärische Einheit aus Exilchinesen und -koreanern. Der Sohn verbrachte eine absolut angenehme Kindheit und Jugend. Es war der Völkermörder Stalin, der nach der Niederlage Japans im Jahr 1945 Nordkorea buchstäblich erfand und Kim Il-sung als kommunistischen Diktator einsetzte. Und dieser war es, der mit sowjetischer Unterstützung den Koreakrieg anfing.

Als heiliger Berg ist der Paektu für die nordkoreanische Bevölkerung gesperrt und vollständig in der Hand des Militärs. So konnten die Grabungsarbeiten geheim durchgeführt werden. Vieles wurde mit der Hand ausgehoben, und man setzte Tausende von Sklavenarbeitern aus den zahlreichen Konzentrationslagern dafür ein. Niemand weiß, wie viele an Überarbeitung, Unterernährung, Krankheiten und Kälte in den bitteren Frostwintern, die den Gipfel fünf Monate im Jahr einhüllen, gestorben sind.

Alles das hatte General Li den Amerikanern offenbart, aber gebührende Maßnahmen wurden nicht ergriffen. Die

Versuche, einen konstruktiven Dialog mit dem dritten Kim zu führen, wurden fortgesetzt, und der ersehnte Preis blieb die freiwillige nukleare Abrüstung Nordkoreas im Tausch gegen Handelszugeständnisse in Form von westlichen Getreide- und Öllieferungen. Parallel dazu nahm der Bau der Hwasong-20 seinen Lauf, bis nur noch die unentbehrlichen Triebwerke aus Russland fehlten.

Die Winterkälte kam früh nach Moskau. Ihr verräterischer Vorbote – die schneidenden Winde aus den Steppen im Osten – warnte vor dem nahenden Frost, als der größte Teil Europas noch die Spätsommersonne genoss.

Auf einem abgelegenen Nebengleis im Bahnhof Jaroslawl wurde ein sehr geheimer Zug zusammengestellt. Die Transsibirische Eisenbahn ist sehr berühmt, aber nur eine ihrer verschiedenen Varianten fährt auf einer ununterbrochenen Strecke von Moskau nach Pjöngjang, ohne mongolisches oder chinesisches Territorium zu durchqueren. Sie wird von den Nordkoreanern selbst betrieben, und einer ihrer Züge stand jetzt auf dem Nebengleis.

Die Szene erinnerte an Tolstoi. Die große Lokomotive war in Dampfwolken gehüllt. Im längsten Schienennetz der Welt, fast viertausend Meilen lang und mehrere Zeitzonen umfassend, gibt es lange Strecken, auf denen die Lokomotiven nicht mit Diesel oder Strom betrieben werden. Hier verwendet man immer noch kohlebefeuerte Dampflokomotiven.

Um ein paar der Steigungen zu bewältigen, und für den Fall eines Maschinenschadens in der Einöde, waren zwei große Loks, geschmückt mit den gekreuzten Flaggen Russlands und Nordkoreas, vor den Zug gespannt. Die Besatzung bestand aus Koreanern. Hinter ihnen und ihren Kohletendern rollten drei versiegelte Güterwaggons. Sie enthielten die noch nicht montierten Einzelteile der RD-250-Raketentriebwerke von Energomasch. Russisches und nordkoreanisches Wachpersonal umringte den Zug, damit unbefugte Personen nicht einmal versuchten, sich zu nähern.

Endlich war der letzte Bürokrat zufriedengestellt, der letzte Beamte beruhigt, und der Zug wurde freigegeben. Die Eisenräder setzten sich kreischend in Bewegung, und das Dampf speiende Monstrum verließ langsam das Nebengleis, schob sich vorbei an den Personenzügen mit ihren wimmelnden Fahrgästen und rollte nach Osten.

Wer schon mit der Transsibirischen gefahren ist, wird bestätigen, dass es nicht der komfortabelste Zug der Welt ist. Nur treue Eisenbahnfans reisen damit.

Scheinbar endlose Gleise führen durch Russlands alles bedeckende Fichten-, Tannen- und Lärchenwälder. Stunde um Stunde, Tag für Tag bietet sich dieser Anblick denen, die aus dem Fenster schauen. Die Langeweile ist mörderisch. Die einzigen Menschen in diesem Zug aber waren die Wachleute: sanftmütig, leidenschaftslos und gehorsam, ohne jede Lektüre, aber anscheinend immun gegen die Langeweile.

Im Passagierwaggon gab es Kojen, in denen viele von ihnen die Reise einfach verdämmerten. Es gab einfaches, geschmackfreies Essen, aber zumindest genug davon, was an sich schon ein Segen war. Und Tee – endlose Becher Tee aus dem scheinbar unerschöpflichen Samowar. Ob sie wussten, was für gewaltige Kräfte sie hier bewachten oder wie instabil die Kanister mit dem hypergolischen Raketentreibstoff waren, wird man nie erfahren. Aber wahrscheinlich hatten sie keine Ahnung. Sie hatten ihre Befehle, und sie taten ihre Arbeit.

Die Nacht wurde zum Tag und wieder zur Nacht. Sie verließen das europäische Russland, durchquerten den Ural und erreichten ihre asiatische Heimat. Langsam dampften sie durch trüb beleuchtete Städte, die in Smogwolken gehüllt waren, nach Jekaterinburg, wo 1918 der letzte Zar und seine Familie in einem Keller abgeschlachtet worden waren, was sie weder wussten noch wissen wollten.

Tage und Nächte schleppten sich hin, und sibirische Kälte durchdrang die unendlichen Wälder. Die Heizer schaufelten Kohle in den Lokführerkabinen, die Maschine dröhnte, das Wasser kochte im Kessel, die Kolben stampften, die Räder rollten.

Sie kamen durch Städte, deren Namen die koreanischen Wächter weder lesen noch aussprechen konnten: Nowosibirsk, Krasnojarsk und Irkutsk, wo der amerikanische Pilot Gary Powers 1960 mit seinem U-2-Spionageflugzeug abgeschossen worden war. Wenn sie aus dem Fenster schauten, sahen die Männer einen riesigen See. Das war der Baikalsee, der tiefste See der Welt. Das wussten sie nicht.

Im Süden lag die Mongolei, aber sie überquerten die Grenze nicht. Das Risiko, dass die Ladung beschlagnahmt wurde, durfte man nicht eingehen. Schon eine Kontrolle kam nicht infrage.

Irgendwann hieß das Land im Süden China, doch die Gleise blieben in Russland. Chabarowsk kam und ging, und endlich führten die Schienen nach Süden, auf die Grenze ihres Heimatlandes zu. Wladiwostok zog vorbei, und schließlich hielt der Zug an.

Aber sie waren erst in Tumangang, der russisch-koreanischen Grenzstation. Die Männer der Zugbesatzung hatten sich zwar sieben Tage und sechs Nächte lang regelmäßig abgelöst, doch sie waren erschöpft. Neue Teams kamen an Bord. Wäre es ein Personenzug mit den wenigen westlichen Touristen gewesen, die diese Reise unternehmen, dann wäre er die letzten paar hundert Kilometer bis zur Hauptstadt weitergefahren.

Diese spezielle Ladung war jedoch auf dem Weg zu einem speziellen Ziel. Der Paektu war meilenweit entfernt von der Hauptstrecke Pjöngjang – Moskau. Der Zug wurde umgeleitet und seine Fracht auf eine Nebenstrecke umgeladen. An der Grenzstation wimmelte es von Agenten der südkoreanischen Geheimpolizei NIS.

Unter neuem Kommando überquerte er das Mündungsdelta des Tumen und fuhr dann nach Westen in das Hinterland, wo der heilige Berg stand und das geheime Silo beschützte, in dem die Hwasong-20 vor neugierigen Augen abgeschirmt wurde.

Der Marschall empfing die Nachricht in seinem Palast in Pjöngjang und strahlte vor Freude. Sein doppeltes Spiel hatte geklappt. Präsident Moon im Süden, der an Entspannung interessiert war, schickte Hilfslieferungen mit Mais, Weizen und Reis. Südkorea hatte eine gute Ernte eingefahren und besaß reiche Überschüsse, die es spenden konnte. Und er, der Geliebte Führer, würde binnen einer Woche der Führer einer wirklich globalen thermonuklearen Großmacht sein.

Sir Adrian hatte die Gewohnheit, mehrere kleine Fachzeitschriften über Außenpolitik und nachrichtendienstliche Analysen zu abonnieren. In einer davon las er von einem Mann namens Song Ji-wei, der nach London kommen und einen Vortrag über Nordkorea halten würde. Sir Adrian hatte noch nie von ihm gehört. Man rechnete mit wenig Publikum, aber der pensionierte Geheimdienstler beschloss, den Mann kennenzulernen.

Mr. Song hatte ein außergewöhnliches Leben geführt. Er war vor fünfzig Jahren in Nordkorea zur Welt gekommen, und als er zehn war, waren seine Eltern nach China und von dort in den Westen geflüchtet. In Korea waren sie von ihrem Sohn getrennt worden; die Polizei hatte ihn gefasst und nach ein paar Wochen einfach auf die Straße gesetzt.

Die Macht, die die Kim-Regierungen über das Volk ausüben, besteht zum Teil in der rücksichtslosen Bestrafung der ganzen Familie eines Flüchtlings. Eltern, Geschwister, Nachkommen – alle werden verhaftet, wenn jemand versucht, ins Ausland zu flüchten, und erst recht, wenn es ihm gelingt. Überhaupt fortgehen zu wollen, ist schon ein Verbrechen.

Aus dem Polizeigewahrsam entlassen, wurde das Kind zu einem von denen, die man als »flatternde Schwalben« bezeichnet – Straßenkinder, die ein hartes Leben führen, in Hinterhöfen schlafen, ihr Essen aus dem Müll wühlen und nicht zur Schule gehen. Sie existierten weit entfernt von der Hauptstadt, und so würde kein Tourist sie je zu sehen bekommen. Mit achtzehn versuchte auch Song, zur chinesischen Grenze zu kommen. In der schwarzen Dunkelheit einer mondlosen Nacht überquerte er sie, doch zwei Tage später wurde er erwischt, als er etwas zu essen stahl. Damals lieferten die chinesischen Behörden alle Flüchtlinge nach Nordkorea aus. Song wurde zu lebenslanger Zwangsarbeit im Lager verurteilt. Dort wurde er gefoltert, geschlagen und zur Arbeit geschickt. Elf Jahre dauerte sein Leiden, bevor er ausbrechen konnte.

Diesmal hatte er drei Gefährten, und wieder versuchte er, nach Norden zur chinesischen Grenze durchzukommen, nicht zur Grenze nach Südkorea, zur entmilitarisierten Zone tief im Süden. Die entmilitarisierte Zone ist alles andere als entmilitarisiert. Sie ist eine der mörderischsten Grenzen der Welt. Tatsächlich sind es zwei Grenzen, voneinander getrennt durch einen eine Meile breiten Streifen mit Landminen, Beobachtungstürmen und Maschinengewehrstellungen. Nur sehr Wenige schaffen es, dort in den Süden zu wechseln.

Das Quartett gelangte nach China. Einer von ihnen hatte einmal dort gearbeitet und sprach gut Mandarin. Die drei anderen hielten den Mund, während er ihnen Fahrten auf der Ladefläche von Lastwagen oder in einem Güterwagen eines langsam fahrenden Zuges verschaffte. Sie drangen weiter und weiter ins Innere Chinas vor, weg von der Grenze mit ihren zahlreichen Patrouillen. Schließlich wandten sie sich nach Süden und erreichten Shanghai.

Es ist lange her, dass Shanghai ein Fischerdorf war. Heute ist es einfach nur riesig. Endlose Meilen lange Docks, Kais und Molen bieten Platz für Handelsschiffe jeglicher Art. Überwiegend sind es große Containerschiffe, aber es gibt auch noch Küstenfrachter, und sie fanden einen, der sie über das Ostchinesische Meer nach Südkorea bringen sollte.

Sie versteckten sich unter der Persenning, die sich über ein Rettungsboot spannte. Ein Matrose entdeckte sie, doch sie konnten ihn überreden, nichts zu sagen. Halb verhungert schlichen sie sich in Busan, Südkorea, an Land und beantragten Asyl.

Song Ji-wei war clever. Er erholte sich und fand einen Job, von dem er leben konnte. Zehn Jahre später begann er, mithilfe seiner Ersparnisse und finanzieller Unterstützung aus seiner Umgebung zurückzuschlagen. Er gründete das »No Chain Movement«, die Bewegung ohne Ketten. Als er und Sir Adrian sich nach seinem Vortrag trafen, erklärte er, worum es dabei ging.

Das zentrale Element der verblüffenden Fügsamkeit der breiten Massen in Nordkorea, sagte er, sei ihre absolute Ahnungslosigkeit in Bezug auf alles, was in der Außenwelt vor sich ging. Die Abriegelung ihres Landes und ihres Lebens von allem anderen auf der Welt sei total.

Sie hatten keine Radios, mit denen sie Auslandssender hören konnten, kein Fernsehen, keine iPads. Von morgens bis abends und weiter bis zum nächsten Morgen, ihr Leben lang, wurden sie mit regierungsfreundlicher Propaganda überflutet. Ohne jeden Vergleichsmaßstab glaubten sie, ihr Leben sei normal, statt es für grotesk verzerrt zu halten.

Bei dreiundzwanzig Millionen Einwohnern gab es ungefähr eine Million, die staatliche Privilegien genossen und halbwegs gut leben konnten. Sie litten nicht unter den periodisch wiederkehrenden Hungersnöten, bei denen sich die Toten in den Straßen stapelten, weil die Überlebenden zu schwach waren, um sie zu begraben. Der Preis, den sie zahlten, war die absolute und totale Loyalität gegen die Kim-Dynastie.

Ungefähr zwanzig Prozent der Bürger, Kinder eingeschlossen, waren Informanten. Sie und rund eine Million Geheimpolizisten hielten ständig Ausschau nach irgendwelchen Hinweisen auf Illoyalität oder Ungehorsam. Sie könnten sich aber ändern – und sie *würden* sich ändern, sagte Mr. Song –, wenn man ihnen erzählen könnte, was für ein wunderbares Leben in Freiheit möglich wäre. Seine Aufgabe war es, sie zu informieren.

Nahe der Grenze hatte er mehrere Freiwillige postiert, die dort auf Südwind warteten und dann kleine, heliumgefüllte

Ballons mit Nachrichten und Bildern steigen ließen, die das Leben im Süden beschrieben. Diese Ballons trieben nach Norden, bis sie platzten oder erschlafften, und ließen ihre Botschaften auf die Landschaft hinabwehen. Sie zu lesen, war eine Straftat, aber er wusste, viele taten es trotzdem.

Sir Adrian erinnerte sich an die Geschichte von dem verstorbenen Kim Jong-il und seine heimliche Furcht vor dem »Ceaușescu-Augenblick«, in dem die Leute aufhören zu jubeln und einer nach dem andern anfängt zu buhen.

»Was würden Sie brauchen, um Ihre Operation zu erweitern?«, fragte er jetzt.

Mr. Song zuckte lächelnd die Achseln. »Finanzierung. Das ›No Chain Movement‹ erhält keine materielle Unterstützung von der südkoreanischen Regierung oder aus dem Ausland. Wir müssen die Ballons und das Helium kaufen. Mit dem nötigen Geld könnte ich sogar den Wechsel von Ballons zu Drohnen ins Auge fassen. Diese könnten intakt zurückkehren und wiederverwendet werden. Immer wieder. Mit den Drohnen könnte ich auch kleine billige, batteriebetriebene Mediaplayer einsetzen. Das gesprochene Wort und das bewegte Bild sind viel eindringlicher und überzeugender. Die Nordkoreaner könnten das Leben im Süden sehen, wie es ist. Die Freiräume, die politische Freiheit, die Menschenrechte, die Möglichkeit zu sagen, was man denkt und was man will. Aber bis dahin ist es noch ein weiter Weg.«

»Und Sie glauben, Ihre früheren Landsleute könnten sich ändern? Rebellieren? Aufstehen?«

»Nicht sofort«, sagte Mr. Song. »Und es wäre auch nicht die breite Masse des Volkes. Wie vor Jahren in Rumänien wären es die Generäle, die Sie heute sehen, wie sie den dicken Mann umschmeicheln. Sie sind es eigentlich, die die Maschinerie der Unterdrückung und Versklavung steuern. Es gefällt ihnen, wie sie leben – reich, komfortabel und privilegiert, und zurzeit können sie das, indem sie die Kims verehren. Aber vergessen Sie den Altersfaktor nicht. In meiner Gesellschaft ehrt man das Alter. Das ganze Oberkommando ist alt genug, um Kims Vater zu sein. Diese Leute mögen es nicht, wenn man sie verächtlich behandelt. General Lis Flucht hat sie erschüttert. Kim muss jetzt liefern, jetzt und in Zukunft. Der leichtgläubige Westen, der Kim abnimmt, dass er seine Atomwaffen eines Tages aufgibt, ermöglicht ihm zu liefern. Und die Generäle werden hinter ihm stehen... bis sie sich selbst bedroht fühlen. Dann werden sie zuschlagen wie die Generäle in Rumänien.«

»Sie sind sehr überzeugend, Mr. Song«, sagte Sir Adrian. »Ich persönlich kann Ihnen nicht helfen, aber ich kenne jemanden, der es vielleicht kann.«

Er war entschieden der Ansicht, dass man dem überbelasteten britischen Steuerzahler nicht noch einen Beitrag zu einer ausländischen Sache aufbürden sollte, doch es war nicht gelogen, als er sagte, er kenne einen potenziellen Spender.

Niemand wird je wissen, was an jenem Tag im September im Herzen des heiligen Berges Paektu wirklich schiefging.

Die Hwasong-20-Rakete ragte aus der Tiefe ihres Silos herauf. Sie war wirklich gigantisch. Mit größter Sorgfalt, Bauteil für Bauteil, war die neue RD-250-Triebwerkseinheit aus Russland installiert worden. Mit noch größerer Vorsicht hatte man den höchst instabilen Treibstoff, die hypergolische Flüssigkeit, die diese Rakete halb um den Planeten schießen sollte, in die Tanks gefüllt. Der thermonukleare Gefechtssprengkopf war noch nicht da, und die Stahldeckel des Silos waren noch geschlossen.

Aber alle komplexen Systeme müssen getestet werden. Und während dieser Tests ging etwas schief. Theoretisch gab es nichts, was hätte schiefgehen können. Schaltkreise öffnen und schließen, sich vergewissern, dass Verbindungen im entscheidenden Augenblick nicht versagen, das dürfte nicht gefährlich sein.

Die Explosion riss den ganzen Berg in Stücke und ließ die absichtlich gezündeten Explosionen bei Punggye-ri, die von den Medien und den amerikanischen Beobachtern so eifrig verfolgt worden waren, aussehen wie ein Festtagsfeuerwerk.

In Paektu waren keine Ausländer. Aber die nordkoreanischen Generäle waren da und kauerten in ihren Bunkern. Sie waren gekommen, um Zeugen eines Triumphs zu sein. Jetzt stolperten sie zurück zu ihren Limousinen und klopften sich den Steinstaub von ihren Uniformen.

Weit entfernt und in verschiedenen Regionen registrierten seismische Detektoren ein Beben im Raum Nordkorea. Anscheinend kam es von dem einzigen Vulkan in diesem Teil der Welt. Es musste sich um den Paektu handeln, der da rumorte. Aber der Vulkan war doch inaktiv.

Die Außenwelt und die Beobachter vor den seismischen Monitoren konnten nur spekulieren, warum ein scheinbar schlafender Vulkan plötzlich rumort hatte. Im Palast des Marschalls in Pjöngjang gab es kein Rätsel, sondern nur eine Verzögerung.

Die Generäle, die bei der Katastrophe von Paektu zugegen gewesen waren, kehrten mit ihren Limousinen in die Hauptstadt zurück. Sie rauschten durch Dörfer mit klapperdürren, unterernährten Bauern, die ihnen zujubelten, weil sie nichts anderes zu tun wagten. Als sie angekommen waren, wagte keiner von ihnen, derjenige zu sein, der die Nachricht verkündete. Der dicke Diktator musste mehrmals fragen, bevor einer zugab, es habe »ein Problem« gegeben. Als sämtliche Details ans Licht kamen, verlor der unglückliche Überbringer der Nachricht seine Position und seine Freiheit und wurde in ein Arbeitslager verbannt.

Wer in dieser Kultur vor Wut schreit, verliert das Gesicht. Aber der Marschall schrie eine Stunde lang, und sein Hofstaat ergriff entsetzt die Flucht. Als er sich wieder beruhigt hatte, verlangte er Aufklärung bis ins letzte Detail und befahl eine umfassende Untersuchung, die herausbringen sollte, was da schiefgegangen war. Spätere Untersuchungen der Trümmer sollten ergeben, dass der Fehler in dem RD-250-Triebwerk gesteckt hatte, das aus Russland geliefert worden war, ein Produktionsfehler, der einen winzigen Funken hervorgerufen hatte. Was immer es gewesen war, der Treibstoff hatte sich entzündet. Doch bis zu dieser Entdeckung sollten noch ein paar Wochen vergehen.

Unmittelbar danach wusste der Marschall nur, dass er sein Spiel verloren hatte. Die Hwasong-20 war die Rakete, die ihn – mit dem mörderischsten thermonuklearen Gefechtskopf ausgestattet, den er hatte – zu einer echten Atommacht hätte machen sollen, die ihm Zugang zu den höchsten Sphären verschafft hätte. Jetzt teilten seine Wissenschaftler ihm mit, es werde Jahre dauern und astronomische Summen kosten, eine neue Rakete und ein neues Silo in einem anderen Berg zu bauen. Daraufhin zitierte er den russischen Botschafter herbei, und dieser verließ ihn wenig später mit aschgrauem Gesicht.

NEUNZEHN

Sir Adrian brauchte drei Tage, um seinen Spender für Mr. Songs koreanische Widerstandsbewegung »No Chain« zu finden. Zunächst sprach er in aller Stille mit zwei alten Kontakten bei der National Crime Agency. Hier handelte es sich um die ehemalige Serious Organized Crime Agency. Sie gehört zwar nicht zur Metropolitan Police, bekannt als Scotland Yard, aber sie arbeitet eng mit ihr zusammen. Sie hat landesweite Zuständigkeit.

Sie hat Abteilungen, die sich mit Rauschgift und mit der bekannten russischen Unterwelt befassen. Er sprach mit den Leitern dieser beiden Abteilungen, bevor er sich für Mr. Ilja Stepanowitsch entschied, ein ehemaliges hochrangiges Mitglied der russischen Unterwelt, das wie der kürzlich verstorbene Wladimir Winogradow beim wirtschaftlichen Zusammenbruch Russlands vor Jahren mit Geld, Bestechung und Gewalt eine Mehrheitsbeteiligung in der Platinindustrie seines Landes erworben hatte. Damit war er zum Milliardär geworden.

Dieser Reichtum hatte ihm ermöglicht, den Woschd mit Geld und Einfluss zu unterstützen, als dieser zu seiner ersten Amtszeit als Ministerpräsident aufstieg. Nachdem er dieses Amt in »arrangierten« Wahlen an sich gerissen hatte, war er jetzt dauerhaft Präsident. Die Verbindung zwischen den beiden war aber niemals abgerissen. Stepanowitschs Fühler reichten immer noch bis in den Kreml und auch in die

Unterwelt. Sein Strafregister war gelöscht worden, und er war nach London gezogen, um dort das Leben der russischen Megareichen zu führen, die sich als »Nichtansässige« niederlassen durften.

Er wohnte in einer 20-Millionen-Pfund-Villa im teuersten Teil der Stadt, in Belgravia, und hatte einen Privatjet in Northolt. Seine Eintrittskarte in die Gesellschaft der oberen Zehntausend war kein Fußballverein, sondern eine Reihe von Rennpferden, die in Newmarket trainiert wurden. Er hatte mehrere nicht-geheime Telefonnummern für Freunde und Kontaktpersonen und eine, die hochgeheim war, gesichert durch Firewalls, die ihm ein paar der besten Cybergeeks auf dem Markt eingerichtet hatten. Er hielt sie für völlig abhörsicher. Luke Jennings brauchte nur ein paar Tage, um die Zugangscodes zu hacken. Dr. Hendricks hatte wiederum keine Ahnung, wie ihm das gelungen war, aber er baute eine nicht zurückzuverfolgende Abhörvorrichtung ein, die schließlich einen Anruf bei einer Nummer in Panama City verzeichnete. Die Nummer gehörte einer Bank.

Der Mentor in Chandler's Court gab seinem jungen Genie einen neuen Auftrag. Nach ein paar Tagen war er in die interne Datenbank mit den Listen der Kontoinhaber in Übersee eingedrungen. Die Datenbank fragte den Anrufer, der eindeutig als Mr. Stepanowitsch persönlich identifiziert wurde, weil die Identifikationscodes allesamt stimmten, welchen Betrag er auf welches Konto bei welcher Bank überwiesen haben wollte.

Ein Telefon war dabei gar nicht im Spiel. Hier sprach Computer mit Computer. Die Rolle des »Anrufers« gab Sir Adrian sich selbst; er saß in der Computerzentrale in Chandler's Court, und Dr. Hendricks bediente die Tastatur und wartete auf Anweisungen. Sir Adrian warf einen Blick auf das Blatt in seiner Hand.

Darauf standen die elektronischen Details zu einem neuen Konto bei einer angesehenen Handelsbank auf den britischen Kanalinseln. Buchstabe für Buchstabe und Ziffer für Ziffer las Sir Adrian die Kontodetails vor, Dr. Hendricks gab sie ein, und innerhalb einer Nanosekunde waren sie in Panama. Dann blickte er auf.

»Panama will wissen, wie viel Sie von diesem Konto überweisen wollen.«

Darüber hatte Sir Adrian noch nicht nachgedacht. Er zuckte die Achseln.

»Alles«, sagte er. Eine Sekunde später war der Transfer abgeschlossen.

»Verflucht«, sagte Hendricks. »Das sind dreihundert Millionen Pfund.«

Der falsche Mr. Stepanowitsch beendete die Verbindung. Er hatte bereits dafür sorgen lassen, dass die Rückwärtssuche nicht nach Chandler's Court führen würde. Dr. Hendricks fing an zu kichern. Am anderen Ende des Raumes saß Luke Jennings auf einem Stuhl und lächelte. Er hatte etwas getan, das seinem Freund gefiel, und er freute sich. Sir Adrian fuhr zurück nach London.

Natürlich war dieser Betrag viel zu hoch für Mr. Songs Bedürfnisse in Seoul. Sir Adrian kabelte ihm eine hübsche Summe als Betriebsmittel, damit er Nordkorea mit subversiver Propaganda überfluten konnte, und er erlaubte sich selbst, ein paar anonyme Spenden an Wohltätigkeitsorganisationen zu überweisen, die sich um misshandelte oder hungernde Kinder auf der ganzen Welt und um verwundete oder verkrüppelte Soldaten kümmerten.

Die Hausangestellten der Villa in Belgravia, die in ihrer Freizeit bei einem Bier um die Ecke im »Crown and Anchor« plauderten, erzählten von einem Aufschrei wie von einem verletzten Tier, der nach dem Abendessen aus dem Wohnzimmer ihres Arbeitgebers gekommen war.

Wobei sie nicht erwähnten, weil sie es nicht wussten, dass das verschwundene Vermögen nicht Mr. Stepanowitsch gehörte. Er hatte es für die Wory w Sakone verwahrt. Es war das Kokaingeld der russischen Unterwelt, und diese steht in dem Ruf, sehr skeptisch gegenüber Ausreden zu sein, wenn ihr Geld verschwindet. Mr. Stepanowitsch rettete sich das Leben, indem er den Verlust ersetzte, aber die Rennpferde mussten veräußert werden.

Am Tag nach dem fröhlichen Bierabend unter den Deckenbalken des Pubs in Belgravia fand ein sehr exklusives Meeting in Chequers statt. Zu den Politikern gehörte die Premierministerin – die den Vorsitz führte, aber sehr wenig sagte, sondern es wie immer vorzog, den Fachleuten zuzuhören –, der Außenminister, der Verteidigungsminister und Referenten aus drei anderen Ministerien. Sie alle waren da, um ein paar sehr hochrangigen Beamten zuzuhören.

Zu ihnen gehörten der Chef des Verteidigungsstabs, der Leiter des SIS, der Direktor des National Cyber Security Centre, sein Kollege vom GCHQ sowie jeweils ein Vertreter des SIS und des Außenministeriums, die beide in Osteuropa und Russland studiert hatten. Es gab Neuigkeiten aus verschiedenen Quellen, und keine war gut.

Ein Team holländischer Wissenschaftler war nach jahrelangen Untersuchungen zu dem Schluss gekommen, es könne keinen Zweifel daran geben, dass der Malaysian-Airlines-

Flug Nummer 17, der im Juli 2014 mit 283 Passagieren und einer fünfzehnköpfigen Crew über der Ukraine abgeschossen worden war, von einer Raketenstellung mit russischer Besatzung in der Ostukraine absichtlich mit einer BUK-Rakete aufs Korn genommen worden war.

Abgehörte Funkplaudereien hatten bestätigt, dass die Verantwortlichen keine ukrainischen Aufständischen waren und genau wussten, dass es sich bei ihrem Ziel um ein ziviles Passagierflugzeug handelte.

»Vergeltungsmaßnahmen sind unerlässlich«, sagte der Chef des Verteidigungsstabs. »Abschreckungsmaßnahmen sind das Mindeste. Die Provokationen erreichen allmählich ein unerträgliches Ausmaß.«

Rings um den Tisch wurde gegrunzt und genickt. Der nächste Sprecher war der Mann vom Außenamt, und ihm folgte der vom NCSC.

Es hatte einen verheerenden Cyberangriff auf die Ukraine gegeben, auf ihre Banken, ihre Regierung und ihre Stromversorgung. Man sprach inzwischen von der NonPetya-Attacke. Sie hatte sich als krimineller Anschlag getarnt, deren Ziel es sei, für das Beenden ihrer Aktionen ein Lösegeld zu kassieren, aber keine westliche Einrichtung zur Cybercrime-Bekämpfung zweifelte daran, dass die russische Regierung dahintersteckte.

Wichtiger aber sei es, fuhr der Leiter des National Cyber Security Centre fort, dass die gegen Großbritannien gerichteten Cyberattacken, die aus Russland kamen, mit jeder Woche zahlreicher und bösartiger würden. Jede richtete Schaden an, und es kostete viel Geld, sich in jedem Fall dagegen zu wehren. Der Außenminister, aufgefordert von der Premierministerin, lieferte eine Zusammenfassung.

»Wir leben in einer Zeit, die gefährlicher ist als jede andere zu unseren Lebzeiten«, sagte er. »Die Schlagzeilen werden beherrscht von einem weltweiten Terrorismus, inszeniert durch einen irren, pseudoreligiösen Todeskult, der aus einem pervertierten Islam erwachsen ist. Aber allen Selbstmordattentätern zum Trotz ist dies nicht die hauptsächliche Bedrohung. Der IS ist kein Nationalstaat.

Ein Dutzend Länder besitzen inzwischen Atombomben und die nötigen Raketen, um sie zu starten. Vier davon sind durch und durch instabil. Drei andere sind nicht nur skrupellose Diktaturen im Innern, sondern auch hemmungslos aggressiv nach außen. Nordkorea und der Iran sind zwei davon, aber an der Spitze der Liga steht jetzt aus freien Stücken die Russische Föderation. So schlimm war es seit Stalins Zeiten nicht mehr.«

»Wie steht die nationale Verteidigung dazu?«, fragte Mrs. Graham.

»Ich muss dem Außenminister zustimmen«, sagte der Verteidigungsminister. »Versuche russischer U-Boote und Überwasser-Kampfschiffe, in unsere Territorialgewässer einzudringen, sowie Verletzungen unseres Luftraums durch ihre Atombomber kommen beinahe wöchentlich vor. Unsere Abfangjäger und unsere U-Boot-Abwehr sind beinahe ständig in Alarmbereitschaft. Großbritannien ist nicht das einzige Ziel in Westeuropa, aber das wichtigste. Wie der Außenminister sagt, der Kalte Krieg ist wieder da, und zwar nicht unseretwegen, sondern auf Betreiben Moskaus. Der Westen ist verdeckten Angriffen ausgesetzt, die sich als Provokationen tarnen, und zwar auf allen Ebenen.«

»Und innerhalb Russlands?«, fragte die Premierministerin.

»Genauso schlimm, wenn nicht schlimmer«, erwiderte die Osteuropaexpertin des Außenministeriums. »Der Kreml hat das russische Leben immer härter im Griff. Die Medien sind überwiegend Sklaven des Kremls. Kritische Journalisten werden routinemäßig von Killern aus der Unterwelt ermordet. Man hat seine Lektion gelernt: Du darfst nicht einmal *versuchen*, den Kreml zu kritisieren. Sonst bezahlst du nicht nur mit deiner Karriere, sondern mit deinem Leben. Kritiker außerhalb Russlands sind ebenfalls gezielt ermordet worden, wie wir wissen. Uns bleibt scheinbar nichts anderes übrig, als diese Aggressionen zu akzeptieren – von einem offenen Krieg abgesehen, und der ist undenkbar.«

Die düstere Konferenz endete eine halbe Stunde später, und Minister und Beamte gingen einer nach dem anderen hinaus und zum Lunch. Während die Letzten noch an der Tür warteten, lenkte Mrs. Graham Sir Adrians Blick auf sich und deutete mit dem Kopf zur Bibliothek. Ein paar Minuten später war sie bei ihm.

»Ich habe nicht viel Zeit«, sagte sie. »Sie haben die Einschätzungen gehört. Was waren Ihre ersten Gedanken?«

»Sie haben natürlich recht. Die Aussichten sind finster.«

»Und die letzte Sprecherin? Hat sie recht? Wir können nichts tun?«

»Oberflächlich gesehen nicht, Prime Minister. Aber wenn Russland einen wirklich katastrophalen Zwischenfall erlebte und der Kreml danach in aller Stille die Warnung empfinge, dass sich ein solcher Zwischenfall nicht wiederholt, wenn die Provokationen aufhören, dann würden sie dort vielleicht auf uns hören. Davon darf allerdings nichts an die Öffentlichkeit dringen. Jede Regierung muss ihr Gesicht wahren.«

»Lassen Sie mich bitte wissen, was Sie darüber denken, Sir Adrian. Schriftlich, an mich persönlich. Innerhalb einer Woche. Verzeihen Sie, ich muss jetzt gehen.«

Dann war sie weg. Sir Adrian entfernte sich unauffällig und fuhr nach Hause. Er hatte eine Idee.

Sir Adrian pflegte gründliche Nachforschungen anzustellen, bevor er den Mund öffnete oder zum Stift griff. In seinem Beruf konnten die Jungen sterben, wenn die Alten sich irrten. Er hatte die Informationsquellen über Gaspipelines durchforstet – wie sie gebaut und wie sie betrieben wurden. Er konzentrierte sich auf das International Institute for Strategic Studies, kurz IISS, und das Royal United Services Institute und entschied sich schließlich für das Erstere und für Dr. Bob Langley.

»Russland wendet bei TurkStream ungeheure Mengen von Geld und Mühe auf und setzt alles auf eine Karte. Anscheinend interessiert das keinen Menschen«, sagte Dr. Langley. »Was merkwürdig ist, denn es wird jahrzehntelang Auswirkungen auf ganz Westeuropa haben.«

»Und TurkStream ist…?«

»Die größte Erdgaspipeline, die die Welt je gesehen hat. Sie arbeiten jetzt daran und werden planmäßig gegen Ende 2020 fertig sein. Dann wird unsere Welt sich verändern, und nicht zum Besseren.«

»Erzählen Sie mir alles, was Sie über TurkStream wissen, Doktor.«

»Erdgas, auch als Petroleumgas bekannt, wird immer mehr zum Treibstoff unserer Industrien, und das wird so weitergehen. Einiges kommt auf Tankern in Form von LPG, Liquefied Petroleum Gas, aus dem Nahen Osten, aber nun auch aus Russland, durch mehrere Pipelines. Deutschland ist bereits jetzt faktisch abhängig von russischem Flüssig-gas, was erklärt, warum Berlin Moskau so unterwürfig ge-genübertritt. Die Pipelines führen durch die Ukraine, Polen, Moldawien, Rumänien und Bulgarien. Alle kassieren Tran-sitgebühren, und diese Einnahmen spielen für ihre Volks-wirtschaften eine bedeutende Rolle. TurkStream wird sie alle ersetzen. Wenn das russische Gas wirklich fließt, wird Europa von den russischen Lieferungen abhängig und im Endeffekt Russlands Sklave sein.«

»Und wenn wir es nicht kaufen?«

»Dann werden Europas Industrieprodukte auf dem Welt-markt nicht mehr konkurrenzfähig sein. Was, glauben Sie, wird gewinnen? Hochfliegende Grundsätze oder der Profit? TurkStream besteht im Wesentlichen aus zwei Pipelines. Beide kommen aus dem Herzen Russlands und verschwin-den bei Krasnodar an der Schwarzmeerküste in Westruss-land unter der Erde. Blue Stream führt unter dem Schwar-zen Meer hinweg zur Türkei und nach Ankara. Das und ein reduzierter Gaspreis war das Bestechende für die Türkei, und deshalb liegt sie jetzt fest im Bett mit Russland.

Die zweite, sehr viel längere Pipeline, South Stream, führt ebenfalls unter dem Schwarzen Meer hindurch, kommt aber in der Westtürkei, nahe der griechischen Grenze, ans Tages-licht. Dort wird die Hochseestation für die Flotten von Gas-tankern gebaut, die Westeuropa beliefern. Damit wäre die Abhängigkeit komplett.«

»Der Mann im Kreml weiß also, was er tut.«

»Er weiß genau, was er tut«, sagte Dr. Langley. »Es fängt an mit militärischen Bedrohungen, verbunden mit unabläs-sigen Cyberattacken, und am Ende steht die Dominanz auf dem Energiesektor. Ein Vorgänger hat sich der Roten Armee bedient. Anstelle des Roten Sterns steht jetzt die Abkürzung LPG.«

Bob Langley war unter anderem ein ausgebildeter Stratege, aber er war auch Techniker. Er erklärte dem technisch ungebildeten Sir Adrian, dass die unterseeischen Trassen zwar erst halb fertig waren, dass das Flüssiggas hier jedoch bereits strömte. Doch damit das möglich war, musste es flüssig bleiben und durfte nicht wieder verdampft werden.

Um flüssig zu bleiben, musste es unter Druck stehen, und dazu waren entlang der Strecke alle fünfzig Meilen Kompressorstationen erforderlich. Es gab drei Typen von Kompressoren, aber alle erfüllten den gleichen Zweck.

»Wie werden sie gesteuert?«

»Per Computer natürlich. Die Zentralcomputer stehen in einer Anlage außerhalb von Krasnodar auf dem russischen Festland. Auf der ganzen unterirdischen Strecke und meilenweit unter dem Schwarzen Meer hindurch empfängt die Kette der Kompressorstationen das Flüssiggas, komprimiert es und schickt es an die nächste Station, bis es schließlich in der Türkei wieder zutage kommt. Betrieben werden sie mit einem Überschuss an Gas, den sie als Energiequelle für ihre eigenen Bedürfnisse nutzen. Genial, finden Sie nicht auch? Es bezahlt für sich selbst und fließt aus dem fernen Sibirien immer weiter heran.«

Sir Adrian erinnerte sich an eine alte Redensart: »Wer die Musik bezahlt, bestimmt die Melodie.« Oder, in diesem Fall, wer die Räder der Industrie in Gang hält. In seinem Bunker im Kreml mochte der Woschd über eine Schrottökonomie herrschen, was Konsumgüter anging, aber mit einer einzigen Waffe gedachte er, den europäischen Kontinent seinem Willen zu unterwerfen.

Der alte Kämpe wusste jetzt genug, um seinen Vorschlag an die Premierministerin zu verfassen und abzuschicken. Er verbrachte noch zwei Tage mit technischen Recherchen, und als er die Antwort hatte, fuhr er mit dem Auto in nördlicher Richtung nach Chandler's Court. Dort würde er sich mit Dr. Hendricks betraten.

Madam Prime Minister, hier sind, wie Sie es wünschten, meine Gedanken.

Die Zukunft unseres Teils dieses Planeten, nämlich Westeuropas, und unseres Landes, hängt nicht von unserer Sicherheit ab. Die kommt später, denn vorher müssen wir sie uns leisten können. Wohlstand ist unsere erste Sorge. Die Menschen werden kämpfen, wenn ihnen andernfalls ewig Armut bestimmt ist.

Es war Deutschlands bevorstehender Bankrott in den dreißiger Jahren, der Hitler dazu trieb, seine Nachbarn zu überfallen. Er brauchte ihre Vermögen, um den durch seine Einkaufsorgien verursachten Staatsbankrott abzuwenden. Die Bevölkerung hätte aufgehört, ihn zu verehren, wenn sie wieder unter den Bedingungen der hungrigen zwanziger Jahre hätte leben müssen. Viel hat sich inzwischen nicht geändert.

Heute ist Energie der Schlüssel zum Wohlstand. Billige und ständig vorhandene Energie, und zwar jede Menge. Wir haben versucht, Wind, Wasser und Sonne nutzbar zu machen – erfindungsreich und modisch, jedoch nur ein Bruchteil unseres Bedarfs wird dadurch gedeckt.

Die Zeit der Kohle – Stein- und Braunkohle – ist vorbei. Holzpellets verschmutzen die Umwelt. Rohöl desgleichen. Die Zukunft gehört dem Erdgas. Davon liegt genug unter der Kruste unseres Planeten, um ein Jahrhundert lang für Wärme, Licht und Bewegung zu sorgen, und daraus wiederum entstehen Reichtum, Komfort und Ernährung. Die Menschen werden zufrieden sein. Sie werden nicht kämpfen.

Wir wissen, wo riesige, ungenutzte Lagerstätten zu finden sind, und ständig werden neue entdeckt. Aber die Natur ist eine eigenwillige Dame, und sie hat sie nicht da platziert, wo die Menschen, die sie brauchen, in großer Zahl leben.

Vor Kurzem erst ist ein großes Erdgasfeld vor der Küste Israels entdeckt worden. (Es erstreckt sich unter Wasser über die Hoheitsbereiche dreier weiterer Staaten, doch entdeckt hat es Israel.) Aber es gibt ein Problem.

Über kurze Distanzen kann Erdgas durch seinen eigenen Druck von der Quelle zum Verbraucher gepumpt werden. Israels neues Gasfeld liegt fünfzig Meilen weit vor der Küste. Ein paar Pumpstationen, und es ist nah genug. Über längere Strecken muss das Gas gefroren und verflüssigt werden – zu LPG, Liquefied Petroleum Gas. In dieser Form kann es verschifft werden wie jede andere Tankerladung. Bei der Ankunft wird es wieder verdampft und erhält das vieltausendfache Volumen dessen, was der Flüssiggastanker befördert hat. Es kann durch Rohrleitungen als billige und saubere Energie durch das ganze Land geleitet werden.

Es wäre äußerst sinnvoll, wenn Großbritannien einen langfristigen Exklusivvertrag mit Israel abschließen könnte. Die Israelis haben das Gas, aber keine Verflüssigungsanlage. Wir besitzen die Mittel und die Technologie, um eine zu bauen, auf einer Offshore-Plattform im Meer. Es wäre eine Winwin-Partnerschaft, die uns von der jahrzehntelangen Abhängigkeit von potenziell feindseligen Staaten befreien würde. Aber hier geht es nicht um Israel. Noch größere Lagerstätten gibt es innerhalb der Russischen Föderation, nur sind sie viele Meilen weit entfernt von den potenziellen Schatzkammern Westeuropas.

Um diesen Ozean von Gas zu vermarkten, muss Russland – in Gestalt seines Öl-/Gas-Monopols Gazprom – eine oder zwei gigantische Pipelines von seinen Gasfeldern durch Osteuropa zu den Seehäfen transportieren, von denen aus Gastanker die Westhälfte des Kontinents beliefern können.

Man hat kleinere Pipelines erwogen, die durch Weißrussland und Polen und auch durch die Ukraine zu Tankerhäfen an den Küsten Rumäniens und Bulgariens führen sollten. Russland ist jedoch faktisch in der Ukraine einmarschiert, und die Beziehungen zu Polen, Rumänien und Bulgarien sind angespannt, denn alle drei gehören zur EU und sind besorgt angesichts der neuen Aggressivität des Kremls. Die neue und endgültige Wahl ist die Türkei – und daher das wütende Werben um dieses kaum als NATO-Staat zu bezeichnende Land und seinen höchst autoritären Präsidenten.

Russland hat jetzt all seine Hoffnungen darauf gerichtet, Westeuropa mit seinem Erdgas zu fluten und es durch seine Energieabhängigkeit faktisch zu unterwerfen. Dies soll durch Pipelines in die Türkei geschehen. Zwei befinden sich im Bau. Sie heißen South Stream und Blue Stream.

Das Hauptproblem ist ein technisches. Um von Russland aus türkisches Territorium zu erreichen, müssen die Pipelines Hunderte von Meilen unter dem Schwarzen Meer hindurchführen. Die Trassen werden verlegt, während Sie diese Zeilen lesen.

Die Verlegungsmaschinen sind von verwirrender Komplexität, und wie alle solche Maschinen heutzutage werden sie von Computern gesteuert. Computer können, wie wir wissen, viele Probleme lösen, aber sie können auch fehlerhaft arbeiten.

Ihr gehorsamer Diener, Adrian Weston.

In Chandler's Court informierte Sir Adrian Dr. Hendricks. »Sie werden dort massiv gegen jedes Eindringen geschützt sein«, vermutete der Guru aus dem GCHQ. »Selbst wenn wir da durchkommen könnten, welche Malware sollten wir einschleusen? Welche Anweisungen sollte sie geben?«

»Ich habe mich beraten lassen«, sagte Sir Adrian. »Eine einzelne Fehlfunktion auszulösen, die unglückselige Konsequenzen hätte.«

Eine Stunde später sprachen die beiden Männer mit einem zaghaften Jungen, der in der Operationszentrale vor seinem Computer saß.

»Luke, es gibt da einen Zentralcomputer in der Nähe einer Stadt namens Krasnodar…«

Eine Woche später, in den blauen Tiefen des Schwarzen Meeres, passierte etwas mit dem Hubkolbenprozessor namens K15 bei Blue Stream. Das »K« stand für das russische Wort *Kompressor*. Der gewünschte und programmierte Druck fing an zu schwanken. Er ließ nicht nach – im Gegenteil, er fing an zu steigen.

Dreihundert Meilen weit entfernt, in einer Computerzentrale in einem flachen Stahlbau außerhalb von Krasnodar, gaben flinke Finger auf einer Tastatur eine Korrektur ein. Die Eingabe hatte keine Wirkung. Der Druck in einer Maschine tief unter dem Schwarzen Meer stieg immer weiter. Weitere und immer dringlichere Befehle folgten. K15 gehorchte nicht. Die Druckanzeige näherte sich einer roten Linie.

Im Innern von K15 wurden die zulässigen Toleranzgrenzen erreicht. Schweißnähte ächzten, Nieten platzten. Die Toleranzgrenzen wurden überschritten. K15 war konstruiert wie ein gigantischer Automotor mit Kolben, die auf einer Kurbelwelle saßen. Eine Kurbelwelle muss mit Schweröl geschmiert werden. Das Öl begann zu qualmen. Es schmierte nicht mehr.

Außerhalb von Krasnodar mischte sich tiefe Besorgnis mit absoluter Ratlosigkeit, und daraus wurde Panik. Als der ferne Kompressor explodierte, hörte man nichts. Aber an der tiefsten Stelle des Schwarzen Meers, wo K15 zufällig seinen Platz hatte, ist das Wasser 2200 Meter tief, und der Außendruck ist stärker, als eine Maschine es aushalten kann.

Durch die Risse strömte Seewasser ein, salzig und korrosiv, und die aberwitzige Stärke des eigenen Drucks trieb es in die Pipeline und meilenweit hindurch, bis sie an beiden Enden versiegelt war.

Es erreichte die Tunnelbohrmaschinen, und die stoppten den Betrieb und hörten da, wo sie angekommen waren, auf zu rotieren. Als es Abend wurde, musste TurkStream abgeschaltet werden.

»Das«, sagte der leitende Ingenieur in der Computerzentrale bei Krasnodar, »hätte nicht passieren dürfen. Es kann gar nicht passiert sein. Ich habe dieses System gebaut. Es war narrensicher. Es war undurchdringlich.«

Aber bei der genaueren Untersuchung der unterseeischen Katastrophe wurde klar, dass der Zentralcomputer gehackt und mit einer winzigen Malware verseucht worden war.

ZWANZIG

Es gab zwei Berichte. Der eine erreichte das innerste Privatbüro im Kreml am Morgen, der zweite am Nachmittag. Zusammen inspirierten sie den Herrn über ganz Russland zu dem wildesten Wutanfall, den seine Mitarbeiter je gesehen hatten.

Wenn er wütend war, pflegte er nicht zu schreien und zu brüllen, er tobte nicht und trampelte nicht. Er wurde totenbleich im Gesicht und an den Fingerknöcheln und erstarrte zur Bewegungslosigkeit. Wer dumm genug war, ihn anzusprechen, weil er die Zeichen nicht erkannt hatte, bekam zur Antwort nur ein Fauchen zu hören und war gut beraten, das Zimmer zu verlassen.

Der erste Bericht kam von einer Rüstungsfirma namens Energomasch, die Raketentreibstoff und -triebwerke herstellte, speziell das RD-250, das die ballistischen Interkontinentalraketen angetrieben hatte, bis das Verteidigungsministerium seine Politik geändert und die wichtigsten Raketensysteme des Landes durch einen neuen Typ von einem neuen Hersteller ausgetauscht hatte. Es war dieses Ministerium gewesen, das den Bericht von Energomasch sicherheitshalber an den Kreml weitergeleitet hatte.

Die Firma teilte mit, sie habe von einem neuen Kunden eine Beschwerde über den Treibstoff erhalten. Sie habe das RD-250 nach Nordkorea geliefert, und der Kunde habe reklamiert. Ein defektes Triebwerksbauteil, das in einer großen Lieferung mit einem versiegelten Zug zum Berg Paektu gebracht worden sei, habe beim Test der Hwasong-20-Rakete eine katastrophale Explosion herbeigeführt, bei der die Rakete und das Silo, in dem sie montiert wurde, zerstört wurden.

Energomasch habe eigene, gründliche Untersuchungen durchgeführt und sei zu dem Schluss gekommen, dass es hier nur eine plausible Erklärung gebe. Auf irgendeine Weise sei jemand in die Computerdatenbank der Qualitätskontrolle eingedrungen und habe nahezu unsichtbare Änderungen an der Herstellungssequenz vorgenommen.

Die Firewalls, die ihre computerisierte Produktionsdatenbank schützten, seien so dicht, dass man ein Eindringen von außen für unmöglich gehalten habe. Etwas einfach Unerklärliches sei schiefgegangen. Jemand habe das technisch Unmögliche geschafft.

Das Resultat sei eine Katastrophe für Nordkorea und sein geheimes Raketenprogramm, und das Regime sei nicht bereit, in Russland noch irgendwelche Waren zu bestellen. Diese Demütigung vor der eng verflochtenen wissenschaftlichen Community zu verbergen, die sich weltweit mit Raketen beschäftigte, wäre praktisch unmöglich.

Aber der Bericht von Energomasch verblasste zur Bedeutungslosigkeit im Vergleich mit der Nachricht, die am Nachmittag aus Krasnodar kam, der Operationszentrale des Projekts TurkStream. Für den Woschd war die Fehlfunktion tief unter dem Schwarzen Meer ein schreckliches Desaster.

Er besaß keinen technischen Sachverstand, doch das Dokument war in einer für Laien verständlichen Sprache gehalten. Irgendwo tief unter dem Meer, auf halbem Weg zwischen Russland und der Türkei, war ein Kompressor außer

Kontrolle geraten, obwohl man sich panisch bemüht hatte, die Fehlfunktion zu korrigieren. Wieder einmal hatten Computer, die immer perfekt funktioniert hatten, sich geweigert, Befehle auszuführen.

Die technische Leitung von TurkStream war zu dem Schluss gekommen, dass die Störung von außen verursacht worden sein musste. Das aber war ausgeschlossen. Die Steuercodes waren hochkomplex und beinhalteten Milliarden von Rechenschritten und Permutationen, sodass kein menschliches Gehirn in der Lage war, die Firewalls zu überwinden und zu den Steueralgorithmen durchzudringen. Das Unmögliche war jedoch geschehen, und das Ergebnis war ein Schaden, dessen Behebung Jahre dauern würde.

Über Moskau hatte die spätsommerliche Hitze schwarze Gewitterwolken aufziehen lassen, aber so düster die Wolken um die goldenen Kuppeln der St.-Basilius-Kathedrale auch sein mochten, sie waren nichts gegen die Stimmung im Büro des russischen Herrschers. An einem einzigen Tag hatte er nicht nur einen Bericht des Außenministeriums erhalten, der ein wahrhaft entsetzliches Gespräch mit dem nordkoreanischen Diktator wiedergegeben hatte, sondern auch noch diese verheerende Nachricht.

Für den Mann im Kreml war die Wiederherstellung seines geliebten Russlands an seinem rechtmäßigen Platz als einzige Supermacht auf dem europäischen Kontinent keine bloße Laune. Es war eine Lebensaufgabe. Diese Vormachtstellung war nicht mehr abhängig von Stalins riesigen Panzerdivisionen, sondern von der hundertprozentigen Beherrschung der russischen Gaslieferungen an den Westen zu einem Preis, den kein anderer Lieferant und keine alternative Energie zu bieten hatte. Dazu aber war TurkStream unentbehrlich.

Jahrelang hatte der Woschd persönlich einen stetig zunehmenden Cyberkrieg gegen den Westen autorisiert. Am Rand seiner Heimatstadt Sankt Petersburg steht ein Wolkenkratzer, der bis unters Dach voll von Hackern ist, die stetig und in wachsendem Maß Malware und Trojaner in die Computer des Westens einspeisen, speziell in die britischen und amerikanischen. Es war ein Krieg ohne Granaten, ohne Bomben, aber vor allem ohne Kriegserklärung. Trotzdem war es eine Art Krieg.

Schäden in Höhe von Milliarden Pfund und Dollar waren entstanden. Im Gesundheitswesen, im Luftverkehr und im öffentlichen Dienst waren die Systeme abgestürzt, und der Woschd hatte es mit Freude gesehen, auch wenn neunzig Prozent seiner Cyberattacken an der westlichen Abwehr gescheitert waren. Aber der Bericht aus Krasnodar, in dem von jahrelangen Verzögerungen die Rede war, und das Riesenvermögen, das die Behebung des Schadens verschlingen würde, bewies ihm – falls ein solcher Beweis noch notwendig war –, dass jemand zurückschlug. Und er wusste, wer das war.

Jemand hatte ihn belogen oder sich selbst komplett täuschen lassen. Die Iraner hatten versagt. Dieses britische Cybergenie war noch immer gesund und munter. Der Teenager, der im Cyberspace keine Grenzen kannte, war nicht in einer Villa bei Eilat gestorben. Er ließ seinen Spionagechef kommen, den Chef des SWR.

Jewgenij Krilow war innerhalb einer Stunde da. Der Woschd schob ihm die beiden Berichte zu, und während Krilow las, starrte sein Boss über den Alexandergarten hinweg zu den Dächern im Westen von Moskau.

»Sie haben versagt«, sagte er schließlich. »Ihre Nachtwölfe haben versagt, und die Pasdaran haben in Eilat versagt.«

Krilow saß schweigend da. Das war nicht alles, was schiefgegangen war. Er hatte für sich behalten, dass sein Gegenspieler nicht auf seinen Plan hereingefallen war, den stellvertretenden Kabinettssekretär als seinen Informanten in London zu belasten – warum, wusste er immer noch nicht –, und dass sein wahrer »Maulwurf«, der Regierungsbeamte Robert Thompson, mutmaßlich nicht bei einem Autounfall ums Leben gekommen, sondern einfach verschwunden war, zusammen mit seiner Tochter, deren Entführung ihn zu dem Verrat gezwungen hatte. Er kannte keine Einzelheiten, aber er hatte schon vor einer Weile gezwungenermaßen angenommen, dass die vier albanischen Gangster, die mit dieser Operation betraut gewesen waren, Tirana nicht wiedersehen würden.

Nichts davon hatte er seinem Boss im Kreml erzählt. Seine Jahre beim Erklettern der Karriereleiter hatten ihn gelehrt, dass Vorgesetzte nur gute Nachrichten schätzen und dass diese guten Nachrichten, wenn sie nicht wiederholt werden, bald vergessen sind. Die Erinnerung an Fehlschläge hingegen wird in Stein gemeißelt.

Nach dem, was der Chef des SWR soeben erfahren hatte, konnte es absolut keinen Zweifel geben: Weston war der Mann, mit dem er es zu tun hatte. Er war es, der jeden Versuch vereitelte, den jungen Hacker zu lokalisieren und zu eliminieren.

Alle Geheimdienste haben ihre Legenden. Manchmal stehen ihre Helden, oft aus längst vergangenen Zeiten, im Mittelpunkt dieser Legenden, aber manchmal sind es auch ihre alten, oft verstorbenen Widersacher. Die Briten erinnern sich an Kim Philby, die Amerikaner an Aldrich Ames. Die Russen denken heute noch zähnefletschend an Oleg Penkowski und an Oleg Gordijewski. Das waren die großen Spione und die Verräter ihrer eigenen Seite. Aber für die andere Seite waren die, die sie rekrutierten und »führten«, die Helden.

Als aufsteigender Stern im alten KGB hatte Jewgenij Krilow von einem britischen Spion gehört, der unauffällig in Ostdeutschland, der Tschechoslowakei und Ungarn ein und aus gegangen war und der einen Chiffrierbeamten im Außenministerium sowie einen Oberst der Raketenwaffe in Ungarn rekrutiert und geführt hatte.

Ohne dass er es je beweisen konnte, wusste Krilow auch, dass er bei der ÁVO-Falle in Budapest anwesend gewesen war, die man diesem Spion gestellt hatte. Danach war der Mann aus dem aktiven Dienst zu einem Schreibtischjob in London versetzt worden, wo er beim MI6 zur Nummer zwei aufgestiegen war, bevor er sich zur Ruhe setzte. Das hatte man jedenfalls angenommen.

Ja, es gab diesen jugendlichen Superhacker, aber es war Weston, der ihn führte, der die Sabotageaktionen auswählte und Russland einen Körpertreffer nach dem anderen verpasste. Sein Dienstherr war besessen von dem codeknackenden Jungen. Aber die Vereitelung der Täuschungsoperation in Liechtenstein, die Enttarnung Robert Thompsons und die planvolle Auswahl ruinöser Ziele – dafür war ein anderer Kopf verantwortlich, und jede Glocke in seinem Hirn läutete den Namen Adrian Weston.

Der Woschd starrte immer noch finster zu den Wolken hinaus, die den Himmel über Moskau verdunkelten.

»Was wollen Sie?«, fragte Krilow den Mann am Fenster.

Der Woschd drehte sich um, kam herüber und legte

dem sitzenden Krilow beide Hände auf die Schultern. Der Geheimdienstchef schaute in die eiskalten, wütenden Augen.

»Ich will, dass es aufhört, Jewgenij Sergejewitsch. Ich will, dass es aufhört. Es ist mir egal, wie Sie das anstellen und wen Sie dazu benutzen. Finden Sie diesen Jungen und beseitigen Sie ihn. Ihre letzte Chance, Jewgenij. Ihre letzte Chance.«

Krilow hatte seine Befehle. Und er hatte ein Ultimatum.

In der Welt der Spionage kennt jeder jeden. Zumindest wissen alle voneinander. Über die tiefen Gräben hinweg studieren sie einander, wie Schachmeister die Taktik und den Charakter der Spieler studieren, mit denen sie eines zukünftigen Tages in die Schlacht ziehen werden, in der Damen und Bauern die Waffen sind.

Verbündete treffen sich und essen miteinander, sie besprechen und beraten sich, und manchmal teilen sie ihre Erkenntnisse miteinander. Bei diplomatischen Empfängen unter dem Schutz des Wiener Übereinkommens und ihrer diplomatischen Immunität stoßen Gegner miteinander an, wohl wissend, wer der andere ist, was er wirklich tut, und dass der eine, wenn es möglich ist, die Karriere des anderen ruinieren wird. Manchmal kooperieren sie sogar – aber nur, wenn die Politiker in ihrer Dummheit zu weit gehen. Bei der Kubakrise im Jahr 1962 kooperierten sie.

In jenem schrecklichen Oktober, als Kennedy den Abzug der sowjetischen Raketen von Kuba forderte und Chruschtschow sich weigerte, war es der für die gesamte amerikanische Ostküste zuständige KGB-Chef, der sich an einen CIA-Kontakt wandte. Der Russe schlug dem Amerikaner vor, wenn die Amerikaner ihre Raketenbasis in İncirlik aufgäben, die eine Bedrohung für Russland darstellte, könne Chruschtschow ohne großen Gesichtsverlust seine Raketen von Kuba abziehen. Das wäre ein Tauschgeschäft, keine Demütigung. Es funktionierte. Andernfalls hätte jemand eine Atomrakete gezündet.

Jewgenij Krilow, der jetzt auf dem Rücksitz seiner Limousine nach Jassenewo zurückfuhr, war damals noch nicht auf der Welt gewesen, aber er hatte den Zwischenfall gründlich recherchiert. Später, als er auf der Beförderungsleiter des KGB aufstieg, hatte er die Gesichter der britischen, amerikanischen und französischen Abteilungschefs studiert, die ihm jenseits des Eisernen Vorhangs gegenüberstanden. Weston war unter ihnen gewesen.

Dann kamen Gorbatschow, der Zerfall der Sowjetunion, die Kapitulation des Kommunismus, das Ende des Kalten Krieges und Jahre der Demütigungen für Russland, großenteils selbst verschuldet, für die es sich jetzt rächte. Und als sie vorüber waren, hatte der Mann, an den er dachte, sich zur Ruhe gesetzt. Fünf Jahre später, mit fünfzig, war Krilow zum Leiter des russischen Auslandsnachrichtendienstes SWR befördert worden. Er hatte geglaubt, dass ihre Klingen sich nicht mehr kreuzen würden. Aber Weston war zurückgekommen, und nie war so viel schiefgegangen wie seitdem.

Weit drüben im Westen saß der Mann, an den Krilow dachte und der zehn Jahre älter war als er, mit ein paar Freunden in der Bar des Special Forces Club. Es war laut im Club, eine gesellige Stimmung mit Scherzen und alten Erinnerungen. Sir Adrian saß in seinem Sessel in der Ecke, nippte an seinem Rotwein, nickte und lächelte, wenn er angesprochen wurde, hing aber sonst seinen Gedanken nach. Er dachte an einen Russen in weiter Ferne, dem er nie begegnet war. Vor mehr als fünfundzwanzig Jahren war er mit ihm aneinandergeraten und hatte ihn besiegt. Dank dem Schwachkopf Vernon Trubshaw.

Es war gegen Ende des Kalten Krieges, aber das wusste noch niemand. Damals, als viele Landstriche hinter dem Eisernen Vorhang so schwer zu erreichen waren, dass man dort schon gar nicht operieren konnte, war es übliche Praxis, unschuldige Geschäftsleute, die aus legitimen Gründen dort hinreisten, zu bitten, Augen und Ohren offen zu halten und alles zu berichten, was den Behörden wichtig sein könnte. Mit »Behörden« war natürlich die Welt der Spionage gemeint. Wenn sie zurückkamen, erwarteten sie ein freundlicher Lunch und eine behutsame Vernehmung. Die meisten dieser Leute waren unergiebig, aber man konnte nie wissen.

Vernon Trubshaw war Verkaufsleiter bei einer Firma, die an einer Messe in Sofia teilnahm, der Hauptstadt des eisenharten Bulgarien. Man richtete das übliche Ersuchen an ihn, und Adrian Weston bekam die Aufgabe, ihn bei seiner Rückkehr zu vernehmen. Trubshaw kippte sich den von der Regierung bezahlten Wein hinter die Kiemen und hatte eine vermutlich wertlose Anekdote zu erzählen.

Er war bei einer Einladung zu einem Empfang in der russischen Botschaft einbezogen worden und dort im Kellergeschoss zur Toilette gegangen. Als er herauskam, sah er vier Männer im Korridor. Einer von ihnen, offensichtlich der ranghöchste, war dabei, einen jüngeren Untergebenen nach Strich und Faden zur Schnecke zu machen. Alles in russischer Sprache, von der Trubshaw kein Wort verstand.

Der junge Mann war kurz davor, in Tränen der Demütigung auszubrechen, weil der ältere ihn wie ein Stück Dreck behandelte. Eine Woche später wurde der durstige Mr.

Trubshaw zu einem zweiten Lunch gebeten. Wieder gab es Wein auf Staatskosten … und ein paar Fotos. Adrian Weston hatte das britische SIS-Team in Sofia um eine kleine Galerie von Gesichtern aus der dortigen russischen Botschaft gebeten. Trubshaw zögerte nicht. Sein nikotingelber Zeigefinger tippte auf zwei Gesichter.

»Dieser war der, der gebrüllt hat, und dem da hat er das Fell über die Ohren gezogen«, sagte er.

Eine Woche später war Adrian Weston, als Diplomat getarnt, in Sofia. Das britische Geheimdienstteam vor Ort half ihm bei der Identifikation. Der gedemütigte Russe war Ilja Ljubimow, ein Laufbursche in der Botschaft. Einen Tag später klopfte Weston bei dem jungen Russen an die Tür.

Er wusste, es war reine Spekulation und würde wahrscheinlich nichts einbringen. Aber er hatte keine Zeit, den Russen zu beschatten und ihn irgendwo außerhalb der Botschaft zu erwischen, um ihn dann ein paar Wochen lang zu umwerben, bis er sich schließlich mit ihm anfreunden könnte. Zum Glück sprach er wenigstens fließend Russisch.

Die Knall-auf-Fall-Methode der Rekrutierung funktioniert nur selten, aber wiederum: Man kann nie wissen. Weston gelang es, sich Zugang in Ljubimows Wohnung zu verschaffen, und er trug ihm sein Sprüchlein vor. Und es funktionierte. Die Erniedrigung, die der junge Russe vor den Augen seiner beiden Kollegen hatte hinnehmen müssen, hatte ihn tief getroffen und schwärte immer noch. Er war ein zutiefst niedergeschlagener und desillusionierter junger Mann. Und er war wütend, sehr wütend. Eine Stunde später ließ er sich »umdrehen« und war bereit, für den Westen zu spionieren.

Er war natürlich nicht wirklich nützlich, aber sechs Monate später wurde er nach Moskau zurückversetzt, weiterhin im

Dienst des Außenministeriums, und zwei Jahre später zahlte die Geduld sich aus. Jemand in der Chiffrierabteilung hatte ein Herzproblem und wurde pensioniert. Ljubimow wurde sein Nachfolger. Eine Goldader! Sämtliche Chiffren der diplomatischen Telegramme, weltweit – London bekam sie und teilte sie mit den USA. Das blieb so, bis Ljubimow acht Jahre später seine verwitwete Mutter in Sankt Petersburg besuchte und von einem betrunkenen Autofahrer auf dem Newski-Prospekt überfahren und getötet wurde. Der Diplomat, der ihn zehn Jahre zuvor in der russischen Botschaft in Sofia beschimpft hatte, war Jewgenij Krilow gewesen.

In London winkte der geadelte Veteran Sir Adrian dem Kellner und bestellte noch ein Glas. In Jassenewo entschied Krilow, wie er den Befehl des Woschd ausführen würde. Entweder das, oder es wäre sein Ende.

Es gab da einen Mann. Er hatte von ihm und seiner Reputation gehört, war ihm aber nie begegnet. Ein Mann der Schatten, ein Speznas. Selbst bei denen war er eine geheime Gestalt, und so war es ihm lieber. Er war nur unter dem Namen Mischa bekannt, und er war der beste Scharfschütze, den sie je gehabt hatten.

Man erzählte sich, er habe in Syrien über fünfzig Al-Qaida- und IS-Terroristen und nach der als Aufstand getarnten russischen Invasion in der Ostukraine noch einmal hundert ukrainische Kämpfer ausgeschaltet. Man verglich ihn mit dem legendären Saizew von Stalingrad.

Ein Sniper ist ein besonderer Typ Soldat. Menschen töten Menschen im Gefecht, in der Luft, auf See und zu Lande durch Granaten und Raketen. Aber sie sehen einander selten als menschliche Wesen, und auch wenn sie ein Gewehr benutzen, ist der Feind nur eine Gestalt, ein Schatten, der zu Boden fällt, wenn er tot ist. Der Sniper dagegen studiert das Opfer in allen Einzelheiten, bevor er abdrückt und dessen Leben beendet.

Es genügt nicht, einfach nur ein Scharfschütze zu sein. Ein solches Sportass, das im Liegen auf dem Schießstand durch ein Zielfernrohr späht, kann olympisches Gold gewinnen, aber sein Ziel, eine Papptafel, wird ihm präsentiert, bewegungslos an seinem Platz und ungeschützt. Im Gefecht dagegen ist der Sniper ein echter Menschenjäger.

Beide besitzen die Fähigkeit zur totalen Konzentration, aber der Sniper muss zusätzlich in der Lage sein, absolut bewegungslos zu bleiben, stundenlang, wenn es nötig ist. Er muss jedes Bedürfnis unterdrücken – die angespannten Muskeln zu lockern, seine Blase woanders als in der Kleidung zu entleeren.

Tarnung ist sein Schutz, seine Rettungsleine, und sie variiert. In einer Stadt ist es Mauerwerk, Stein, eine Holztür, ein Fenster, zerbrochenes Glas oder Schutt. Auf dem Lande nutzt er Bäume, Büsche, Gras, Laub oder umgestürzte Bäume. Mit Laub- und Grasbüscheln bedeckt, muss er in all dem verschwinden wie ein Geschöpf der Wildnis, und dann muss er warten, Stunde um Stunde, bis sein Ziel aus seinem Fuchsloch kommt und sichtbar wird.

So viel Warten, so viel Denken. Es erfordert einen sehr zurückgezogenen Mann, der selbst außerhalb des Einsatzes selten besonders gesprächig ist. Saizew war der Sohn eines Jägers aus Sibirien gewesen. Er schlich durch die Ruinen von Stalingrad und brachte einen Deutschen nach dem anderen zur Strecke. Mischa war ihm ähnlich. Er kam aus Kamtschatka, einer Landschaft des Schnees und der Wälder, aber er verstand es, zwischen den Trümmern von Aleppo zu verschwinden wie im Buschland von Luhansk und Donezk hinter der ukrainischen Grenze.

Jewgenij Krilow griff zum Hörer seines Bürotelefons. Er musste eine zeitweilige Versetzung von den Speznas zu seinem SWR beantragen.

So etwas wie einen sechsten Sinn gibt es sicher nicht, aber manchmal sieht es so aus, als gäbe es ihn doch. Adrian Weston war deshalb noch am Leben, und er kannte andere, bei denen es genauso war, zum Beispiel die vergnügten Gäste in der Bar des Clubs. Manchmal muss man bleiben, wo man ist, und manchmal muss man verschwinden. Erkennst du den richtigen Augenblick, kannst du alt werden.

Er erinnerte sich an Budapest, damals im Kalten Krieg, als er sich in einem Café am Fluss mit einem Agenten treffen wollte. Er war »schwarz« dort, ohne diplomatische Immunität, und sein Agent war ein ungarischer General, der den Glauben an den Kommunismus verloren und die Seiten gewechselt hatte. Als Weston sich dem Treffpunkt näherte, hatte er angefangen zu schwitzen.

Es gab immer einen Augenblick der Beklommenheit; das war normal, und man musste das Gefühl unterdrücken, aber diesmal war es anders. Etwas stimmte nicht – es war zu still für eine verkehrsreiche Straße, und die Fußgänger waren zu sehr damit beschäftigt, den Himmel zu betrachten. Er bog in eine Gasse ein, kam an einer anderen Straße wieder heraus, mischte sich unter die Leute und verschwand. Abbruch – vielleicht ohne Grund. Später hatte er erfahren, dass der General festgenommen und einem harten Verhör unterzogen worden war und dass der gefürchtete ÁVO mit einem

Großaufgebot auf ihn gewartet hatte. Darum hatten die Passanten zum Himmel geschaut: Sie hatten die stumm wartenden Trenchcoats gesehen.

Jetzt hatte er das gleiche Gefühl bei Chandler's Court. Seine Lage und die Hausgäste waren in Moskau bekannt. Einen Angriff hatte es bereits gegeben. Captain Williams und seine Leute hatten getan, was sie konnten. Krilow dürfte schon seit Wochen wissen, dass sein Team nicht nach Hause kommen würde. Aber Krilows Boss im Kreml hatte das Buch mit den Regeln längst zerrissen.

Die Nachricht von dem Desaster am Berg Paektu und aus Krasnodar hatten den Kreml sicher auch erreicht, und man hatte dort die korrekten Schlüsse gezogen.

Sir Adrian wusste, dass er es nicht beweisen konnte, doch er vermutete, die Nachrichten aus Korea und Krasnodar hatten den Mann im Kreml zu der Schlussfolgerung veranlasst, dass Luke noch lebte, und folglich war ein weiterer Anschlag auf dessen Leben mehr als nur denkbar. Vielleicht würde Jewgenij Krilow damit beauftragt werden, aber Weston wusste, der Mann an der Spitze wäre der Auftraggeber. In einem langen Leben voller Risiken hatte er immer seinem Bauchgefühl vertraut, und bis jetzt hatte es ihn nicht im Stich gelassen.

So aufwühlend es für Luke Jennings auch sein mochte, es war nicht zu ändern. Besser aufgewühlt als tot. Es wurde Zeit, das Rechenzentrum zu verlegen. Er bat um einen neuen Termin mit der Premierministerin und bekam ihn.

»Sind Sie sicher, Adrian?«

»So sicher, wie man es in dieser unsicheren Welt nur sein kann. Ich glaube jetzt, er wäre weit weg von hier sehr viel sicherer.«

»Also gut. Sie haben meine Erlaubnis. Brauchen Sie etwas?«

»Ich denke, ich brauche weiterhin Personenschutz durch das Regiment. Das kann ich direkt mit dem Brigadier und dem Kommandanten in Hereford klären. Doch ich brauche einen Etat, Prime Minister.«

»Dieses Büro hat Zugang zu einem Rücklagenfonds, bei dem keine Fragen gestellt werden. Haben Sie schon neue Zielorte im Sinn?«

»Nur einen. Aber da wären wir wieder bei Nordkorea. Unerledigte Angelegenheiten. Ich werde sehr vorsichtig sein, Prime Minister.«

Nachdem die Premierministerin ihm grünes Licht gegeben hatte, wandte Sir Adrian sich seinem neuen Dilemma zu. Wo sollte er hin?

Er überlegte hin und her und erinnerte sich dann an einen schottischen Offizier, der vor langer Zeit mit ihm bei den Fallschirmjägern gedient hatte. Damals war er The Honourable Soundso gewesen. Sein Vater war gestorben, und er war Earl of Craigleven geworden. Der Familiensitz Craigleven war ein riesiges Anwesen in Inverness im schottischen Hochland mit Castle Craigleven im Zentrum.

Adrian Weston war dort einmal zu Besuch gewesen, als sie beide noch junge Männer waren. Stolz und schroff stand Castle Craigleven inmitten von weiten Rasenflächen auf einem Felsen, ein mittelalterliches Granitgemäuer, umgeben von ein paar tausend Morgen Wald- und Schafweideland westlich von Inverness, ein vorzügliches Revier für die Rotwild- und Fasanenjagd.

Als Bonnie Prince Charlie, Charles Edward Stuart, 1745

den Aufstand gegen König George II. angeführt hatte, hatten die meisten Clanoberhäupter sich auf die Seite der Stuarts gestellt. Der Craigleven jener Zeit war schlauer gewesen und hatte den König unterstützt. Nach der Vernichtung der Highland-Armee bei Culloden hatten viele der Clanoberhäupter ihre Ländereien und Titel verloren. Craigleven wurde mit dem Titel eines Earls und weiteren Landgütern belohnt.

Sir Adrian machte seinen alten Waffenkameraden ausfindig, und sie trafen sich in Saint James's zum Mittagessen. Ja, der alte Adlige verbrachte den größten Teil des Jahres in seinem Haus in London, und der Südflügel von Castle Craigleven stand leer und war für eine bescheidene Miete zu haben. Der Flügel allein hatte zweiundzwanzig Zimmer plus Küchen- und Lagerräume, und im Gebäude wohnte Personal, das sich außerhalb der Saison um Gäste kümmern würde.

»Man müsste sich vielleicht ein bisschen um den Bau kümmern«, sagte der Laird. »Er steht seit mehreren Jahren leer, seit Millie und ich hierher umgezogen sind. Wenn du ihm einen Farbanstrich verpassen willst, gehört er dir.«

Am nächsten Tag rückte eine angesehene Malerfirma aus Inverness an. Mit einem Anstrich war die Sache nicht ganz erledigt, daher flogen Sir Adrian und Dr. Hendricks nach Schottland, um alles zu beaufsichtigen und Anweisungen zu geben. Der Computerfachmann würde das Cyberzentrum so kopieren, dass die Operationszentrale von Chandler's Court dorthin verlegt werden konnte, ohne Luke mehr als nötig aufzubringen und zu verstören.

Beiden Männern war klar, dass sie noch eine Aufgabe zu erfüllen hatten. Sie mussten eine exakte Nachbildung der Wohnräume des verletzlichen Luke Jennings erschaffen, denn dieser würde die winzigsten Veränderungen seiner

Umgebung sofort bemerken und sich dann nicht konzentrieren können.

Der komplette Umzug würde eine Woche in Anspruch nehmen. In der Zwischenzeit bat Sir Adrian Luke, seine Aufmerksamkeit auf eine neue Aufgabe zu richten. Sie betraf die ultrageheime, strengstens bewachte Datenbank eines Zentralcomputers tief unter der Erde in Nordkorea.

In Russland waren andere Vorbereitungen im Gange. Ein Mann namens Mischa wurde von den Speznas in den Dienst des SWR versetzt und umfassend über seinen bevorstehenden dritten Auslandseinsatz informiert.

Er sprach nur gebrochenes Englisch, das er in dem obligatorischen Sprachenprogramm im Rahmen der Ausbildung für Spezialeinheiten gelernt hatte. Man zeigte ihm eine Reihe von Fotos, auf denen ein Landhaus zu sehen war, das versteckt auf dem Land in einer Gegend namens Warwickshire im Herzen Englands lag. Er sah die Fenster und erfuhr, dass in einem von ihnen früher oder später ein Gesicht erscheinen würde. Man zeigte ihm ein Bild dieses Gesichts, aus Teheran übersandt. Es war natürlich nicht das wirkliche Gesicht, aber es war ihm ähnlich.

In London wurde der Resident des SWR, Stepan Kukuschkin, umfassend von der bevorstehenden Mission in Kenntnis gesetzt, und man teilte ihm mit, dass zwei seiner Schläfer, die als Briten unter Briten lebten, gebraucht würden, um Mischa ins Land, zu seinem Einsatzort und wieder hinauszubringen. Dies erforderte die Beförderung zwischen verschiedenen Flughäfen und ein zeitweiliges Safe House, in dem er unbemerkt unterkommen könnte, bis man ihn nach Chandler's Court brächte.

Scharfschießen ist eine Spezialität der russischen Streitkräfte, und die traditionelle Waffe war lange Zeit das Dragunow- oder das Nagant-Scharfschützengewehr. Mischa jedoch hatte sich für das modernere und weit überlegene Orsis T-5000 mit dem DH5-20×56-Zielfernrohr entschieden.

Jeder Sniper in Russland ist tief vertraut mit der Geschichte der großen Asse der Jahrzehnte, vor allem mit Wassili Saizew. Er hatte von Kindheit an bei seinem Vater gelernt, marodierende Wölfe zu erlegen, und er war geschickt darin, sich in Schneewehen zu verstecken. Im verschneiten Stalingrad des Winters 1942 erschoss er mehr als dreihundert deutsche Soldaten, darunter das deutsche Ass Major Erwin König.

Aber er hatte das standardmäßige sowjetische Infanteriegewehr benutzt. Seitdem hat die Entwicklung der Scharfschützengewehre beeindruckende Fortschritte gemacht, und das neueste, das Orsis T-5000, trifft ein Ziel, das mit dem bloßen Auge gar nicht mehr zu sehen ist. Das Gewehr, das Mischa auswählte, wurde mit Zielfernrohr und Munition unter seiner persönlichen Aufsicht sorgfältig verpackt und für den Versand an die russische Botschaft in London als Diplomatengepäck vorbereitet, das der britische Zoll nicht untersuchen durfte, zudem in einem mit Blei ausgekleideten Koffer, in den auch die vom MI5 benutzten Röntgenkameras nicht hineinschauen konnten.

EINUNDZWANZIG

Die beiden russischen Schläfer brauchten einander nicht zu begegnen. Der eine hatte den Ankömmling zu empfangen und als Gastgeber im Safe House zu fungieren, einem gemieteten Apartment im Vorort Staines. Der andere diente als Scout und Führer.

Mischa flog mit einem in jeder Einzelheit perfekten polnischen Pass aus Polen ein. Er sprach mit slawischem Akzent und kam aus einem Mitgliedsland der EU, und so wurde er in Heathrow nicht aufgehalten. Der Zoll kontrollierte nicht einmal seinen Koffer.

Hätte man ihn geöffnet, wäre dem Zollbeamten kaum etwas aufgefallen. Ein Tourist und begeisterter Vogelbeobachter führte derbe Tarnkleidung mit sich, Baumwollnetze, Wanderstiefel und eine Wasserflasche. Mehrere Vogelbücher und Ferngläser vervollständigten die Ausrüstung eines harmlosen Ornithologen. Aber auf all das warf niemand ein Auge.

Im Terminal hinter der Zollkontrolle wartete der Abholer, erkennbar an Jackett und Krawatte, und man wechselte ein paar bedeutungslose Floskeln. Sein Wagen wartete auf dem Kurzzeitparkplatz. Er war allem Anschein nach ein britischer Staatsbürger, der makellos Englisch sprach. Erst im fahrenden Auto bei geschlossenen Fenstern sprachen die beiden Russisch. Innerhalb von zwei Stunden nach der Landung hatte Mischa sein Apartment in Staines bezogen.

Eine Stunde später hatte der Abholer in der Zentrale des russischen Fernsehens angerufen, bei dem englischsprachigen prorussischen Propagandasender; er hatte mit dem richtigen Techniker gesprochen und den richtigen Satz geäußert. Stepan Kukuschkin in der Botschaft wurde informiert, dass der Schütze sein Quartier bezogen hatte und auf sein Gewehr wartete. Mit den üblichen diplomatischen Codes teilte er Jewgenij Krilow mit, dass der Killer wohlbehalten eingetroffen war. Mischa war angewiesen, sein Apartment nicht zu verlassen, aber das hatte er auch nicht vor. Er saß vor dem Fernseher und schaute Fußball.

Der Scout hatte kein so reibungsloses Programm. Er fuhr hinaus nach Chandler's Court, um zu erkunden, wie er den Sniper am besten in den Wald schmuggeln konnte. Als er an der gesperrten Zufahrt vorbeikam, sah er, wie die Schranke sich hob, um einen Umzugswagen mit dem Logo einer bekannten Speditionsfirma einfahren zu lassen. Das war interessant. Wer zog da um? Ein Chemiker aus dem staatlichen Labor? Oder jemand aus dem Landhaus?

Er verbrachte die Nacht zwei Grafschaften entfernt in seinem Haus und war bei Sonnenaufgang wieder da, diesmal zu Fuß, während sein Wagen außer Sichtweite parkte. Ein anderer großer Umzugswagen derselben Firma, aber mit anderen Nummernschildern, kam aus der Zufahrt auf die Straße, die durch das Dorf führte. Der Scout rannte zu seinem Wagen und holte den Lastwagen ein, als dieser auf die Autobahn M40 in Richtung Norden fuhr. Er fuhr ihm durch Oxford hinterher und brach die Verfolgung dann ab, kehrte zurück nach Süden und erstattete seinem Agentenführer Bericht.

Am nächsten Tag hatten die Russen Glück. Ein dritter

Umzugswagen kam aus der Zufahrt von Chandler's Court und fuhr ebenfalls in Richtung Norden. Diesmal wurde er verfolgt. Beim ersten Stopp an einer Autobahnraststätte wurde ein Funktracker an einem der hinteren Radkästen angebracht, wo er unbemerkt blieb.

Der Tracker führte sie in einer ermüdenden 450-Meilen-Fahrt in die Wildnis von Inverness-shire im schottischen Hochland und zu dem ausgedehnten Anwesen von Castle Craigleven. Über die üblichen Vertrauensleute erstatteten die Moskauer Agenten Stepan Kukuschkin Bericht, und dieser begriff, dass die Operation des Kremls durch die Gnade eines Gottes, an den er nicht glaubte, um Haaresbreite gerettet worden war. Die Vögel waren ausgeflogen, aber wenigstens wusste er, wo sie waren.

Einigermaßen erleichtert konnte er seinem Vorgesetzten Krilow melden, dass er seinen Agenten gerade rechtzeitig nach Chandler's Court geschickt hatte, um zu erfahren, dass die Zielperson sich abgesetzt hatte, und mit Freuden beanspruchte er die Lorbeeren dafür, dass man nun wusste, wo der Junge und sein Gefolge sich aufhielten. Mischas Einsatz musste keineswegs abgebrochen werden, er würde sich nur ein wenig verzögern.

Kukuschkins Gebiet war das gesamte Vereinigte Königreich, aber seine einzige permanente Außenstelle in Schottland war zuständig für den Atom-U-Boot-Stützpunkt der Royal Navy in Faslane am River Clyde, und die lag weit entfernt von Inverness. Touristen aus dem Süden besuchten jedoch die Highlands, und der Schläfer, den er verwendete, würde sich als einer von ihnen ausgeben müssen. Der Mann wurde unverzüglich autorisiert, ein Wohnmobil für zwei Personen anzuschaffen. Damit würde man immerhin plötzliche Hotelbuchungen in einer Landschaft vermeiden, in der Fremde vielleicht auffallen würden.

Zwei Tage später ließ der Resident des SWR das Paket mit dem Scharfschützengewehr an Mischa übergeben. Der Scout hatte sich in der Mietwohnung in Staines vorgestellt, und er und der Scharfschütze machten sich auf den Weg nach Inverness.

Aus Sicherheitsgründen durfte Mischa nicht ans Steuer, denn er besaß keinen britischen Führerschein. Der Scout, dessen britischer Name Brian Simmons war, vorgeblich ein selbstständiger Taxifahrer aus London, hatte makellose Papiere und fuhr den ganzen Weg. Er legte gut fünfhundert Meilen zurück und brauchte dreißig Stunden, eine Übernachtung auf einem Parkplatz eingeschlossen.

An einem strahlenden Morgen Mitte Oktober erreichte das harmlos aussehende Wohnmobil Craigleven, und sie sahen die Dächer des Schlosses vor sich. Jetzt übernahm Mischa das Kommando. Er interessierte sich für Distanzen und Schusswinkel. Zwei öffentliche Straßen durchquerten das Anwesen, und sie befuhren beide und erkundeten das Schloss von allen Seiten. Es war klar, dass die Gäste im Südflügel untergebracht waren.

Im Erdgeschoss befanden sich Wohnräume, und an der Südseite eröffneten Panoramafenster den Blick über weite Rasenflächen. Sie endeten an einem abschüssigen Hang, wo das Gelände sich zu einem tiefen Tal absenkte, auf dessen Grund ein Bach floss. Dahinter ging es wieder bergauf zu hoch aufragenden bewaldeten Hügeln. Den Rasenflächen gegenüber war das Tal ungefähr tausend Meter breit.

Mischa wusste bereits, wo er sein unsichtbares Scharfschützennest einrichten würde: auf der gegenüberliegenden

Bergflanke mit Blick auf die Schlafzimmerfenster, die drei Geschosse hoch über dem Rasen lagen. Früher oder später würde ein schlaksiger blonder Junge an einem der Fenster erscheinen... und sterben. Oder er würde sich mit anderen auf den Rasen setzen, um in der Sonne Kaffee zu trinken... und sterben.

Das Orsis T-5000 ist eine bemerkenswerte Waffe, deren .338-Lapua-Magnum-Patronen einen menschlichen Schädel auf zweitausend Meter Distanz zerschmettern können. Unter den ruhigen Bedingungen des Tals, in dem fast kein Wind wehte, war eine Distanz von tausend Metern so gut wie eine Treffergarantie.

Mischa befahl seinem russischen Landsmann, auf der kurvenreichen Straße weiterzufahren, bis er vom Schloss aus nicht mehr zu sehen war. In einer Haltebucht stieg er mit seiner Ausrüstung aus dem Wohnmobil und verschwand im Wald auf der anderen Seite des Tals.

Er würde dafür sorgen, dass ihn dort niemand sehen konnte. Er würde so lange wie nötig im Wald leben, und daran war er gewöhnt. Im Wohnmobil hatte er seinen Flecktarn-Overall angezogen. Ein Rucksack enthielt Proviantrationen, eine Wasserflasche und ein Multifunktionswerkzeug. Eine getarnte Scheide mit einem Kampfmesser hatte er sich um den Oberschenkel geschnallt.

Das Gewehr steckte in einer Flecktarn-Segeltuchhülle, und in seinen Taschen hatte er Reservemunition, obwohl er bezweifelte, dass er mehr als eine Patrone brauchen würde, und die steckte bereits in der Kammer. Er hatte sich seit zwei Tagen nicht mehr gewaschen oder die Zähne geputzt. In seinem Beruf können Seife und Zahnpasta tödlich sein. Sie stinken.

Sein Overall war übersät von kleinen Schlaufen, an denen er belaubte Zweige befestigen würde, wenn er seine Feuerposition eingenommen hätte. So setzte er sich in Bewegung und schlich lautlos durch den Wald auf die Bergflanke zu. Er wusste, dort würde er über das Tal hinweg auf den Südflügel von Castle Craigleven blicken können.

Der Agent, der das Wohnmobil aus dem Süden heraufgefahren hatte, sah, wie Mischa im Wald verschwand. Jetzt konnte er nichts mehr tun. Die Telefonverbindung wurde immer wieder unterbrochen, trotzdem gelang es ihm, Kukuschkin in London und den Leiter des SWR in Jassenewo zu informieren. Von jetzt an waren die beiden Geheimdienstchefs zur Untätigkeit verdammt.

Keiner von beiden konnte genau wissen, wo der Scharfschütze war, was er im Wald gesehen hatte oder was er dort tat. Sie wussten nur, dass er als Bewohner der Wildnis gewandt und erfahren war, listig wie ein Tier in freier Wildbahn und der beste Sniper der Speznas.

Wenn er seine Mission erfüllt hätte, würde Mischa sein Gewehr verschwinden lassen, als harmloser Vogelbeobachter aus dem Wald kommen und mit ein paar verschlüsselten Worten seine Abholung veranlassen. Bis dahin konnte man nur warten.

Captain Harry Williams vom Special Air Service Regiment war kein Sniper, aber er war im Gefecht gewesen und gut ausgebildet am bevorzugten Long-Range-Gewehr des Regiments, dem Accuracy International AX50 mit dem Schmidt-und-Bender-Zielfernrohr. Am selben Morgen richteten er und seine Leute ihr Quartier über dem Computerteam im Südflügel des Schlosses ein.

Sein Personenschutzteam war auf ihn selbst und drei weitere Männer reduziert worden, einen Sergeant und zwei Soldaten. Sir Adrian hatte das Risiko für seinen Schützling nach dem Umzug in den Norden als gering eingeschätzt. Niemand ahnte, dass sie dabei gesehen worden waren, wie sie Warwickshire verließen. In ihrem abgelegenen Hochlandschloss sah es aus, als herrschte tiefer Friede. Am zweiten Abend borgte Captain Williams den Jeep seiner Einheit aus und fuhr hinunter in das einzige Dorf auf dem Anwesen des Schlosses. Es hieß Ainslie und lag zwei Meilen weit entfernt.

Es bestand aus höchstens fünfzig Häusern, aber es gab immerhin eine Kirche, einen kleinen Eckladen und ein Pub. Das gesellschaftliche Leben im Dorf drehte sich eindeutig um das Letztere. Harry Williams trug Jeans und ein kariertes Hemd. Keine Uniform – wozu auch? Die Einheimischen wussten, dass der Laird Gäste hatte, auch wenn er und seine Frau nicht anwesend waren. Die Leute an den Tischen verstummten. Fremde kamen selten her. Williams nickte grüßend.

»'n Abend zusammen.« Er klang wie ein Polizist im Fernsehen. Ein Dutzend Köpfe nickten ihm zu. Wenn er einer von denen war, die der Laird zu sich eingeladen hatte, war er akzeptabel.

Die Gäste waren in dem einen Raum verteilt, doch einer saß allein an der Bar und sah gedankenverloren aus. Der Hocker neben ihm war frei. Williams nahm darauf Platz, und sie wechselten einen Blick.

»Schöner Tag heute.«

»Aye.«

»Sie trinken Single Malt?«

»Aye.«

Williams schaute den Barkeeper an und deutete mit dem Kopf auf das Glas des Mannes. Der Barkeeper nahm einen guten Islay Single Malt aus seinem Whiskyregal und schenkte dem Mann ein. Dieser zog eine Braue hoch.

»Für mich auch einen«, sagte Williams. Sein neuer Freund war viel älter als er, sicher knapp sechzig. Sein Gesicht war braun und runzlig von Wind und Sommersonne, und er hatte Lachfalten an den Augenwinkeln, aber es war nicht das Gesicht eines Trottels. Vielleicht würde Harry wochenlang in Craigleven bleiben müssen. Er wollte freundlichen Kontakt mit den Einheimischen haben. Dass es ihm eine hohe Dividende einbringen würde, ahnte er nicht.

Die Männer tranken einander zu, und Mackie, der schottische Jagdhüter, hatte allmählich den Verdacht, die Gäste des Laird könnten vielleicht mehr sein als bloße Touristen. Der Mann, der hier neben ihm saß, roch nach Militär.

»Sie sind Gast im Schloss«?, fragte er.

»Für ein Weilchen«, sagte der Soldat.

»Kennen Sie die Highlands?«

»Nicht gut, aber ich habe im Spey schon Lachs gefischt.«

Der Jagdhüter war ein erfahrener Ex-Soldat, und er wusste, wie der Hase lief. Der Mann, mit dem er hier trank, war kein regulärer Infanterieoffizier im Urlaub. Er sah muskulös und hart aus, wobei die anderen Gäste des Laird wie Zivilisten wirkten. Also war dieser hier zu ihrem Schutz da.

»Da ist noch ein Fremder in den Wald gezogen«, sagte er im Plauderton. Der Soldat richtete sich auf.

»Ein Camper? Tourist? Vogelbeobachter?«

Mackie schüttelte langsam den Kopf.

In Sekundenschnelle war Harry Williams draußen und

hatte sein Mobiltelefon in der Hand. Der Mann am anderen Ende war sein Sergeant.

»Alle halten sich von den Fenstern fern«, befahl er. »Sämtliche Vorhänge schließen. Auf allen Seiten. Ich bin gleich da. Erhöhte Wachsamkeit für alle.«

Als Jagdaufseher im Revier des Laird wie sein Vater vor ihm hatte Stuart Mackie viel mit Schädlingen und ihrer Bekämpfung zu tun. In Inverness ist das Rote Eichhörnchen zu Hause, aber die schädliche graue Art versuchte, sich anzusiedeln, und ihm lag daran, das zu verhindern. Also stellte er Fallen. Wenn er beide Arten fing, ließ er die roten laufen und tötete die grauen.

An diesem Morgen hatte er nach seinen Fallen gesehen, als er etwas sah, das nicht dort sein sollte. Im grünen Gehölz war etwas Weißes aufgeblitzt. Ein frisch in schrägem Winkel abgeschnittener Zweig, dessen weißes inneres Holz im Morgenlicht leuchtete. Er betrachtete den Schnitt. Nicht unregelmäßig gezackt, und der Zweig war nicht abgeknickt oder abgebrochen, sondern glatt wie mit einem rasiermesserscharfen Messer abgeschnitten worden. Von einem Menschen also. Von einem Fremden in seinem Wald.

Ein Mann im Wald schneidet einen Ast ab, weil er im Weg ist. Ein Zweig kann jedoch nicht im Weg sein. Man kann ihn zur Seite biegen. Also hatte jemand diesen Zweig zu irgendetwas gebraucht, und da gab es nur eine Möglichkeit: Tarnung.

Wer braucht Tarnung im Wald? Ein Vogelbeobachter. Aber die Vogelfreunde mit ihren Feldstechern und Kameras haben es auf seltene Arten abgesehen, auf Exoten. Dieser Wald gehörte Stuart Mackie, und er kannte die Vögel hier.

Sie waren nicht selten. Wer sonst versteckt sich getarnt im Wald? In seiner Jugend hatte Mackie im Black Watch Regiment gedient. Er wusste, was ein Sniper war.

Harry kam zurück an die Bar und orderte noch zwei Single Malt, rührte seinen aber nicht an.

»Die Leute, die meine Männer und ich beschützen, sind sehr wertvoll«, sagte er leise. »Vielleicht brauche ich Ihre Hilfe.«

Stuart Mackie nahm einen Schluck von seinem neu gefüllten Glas und hielt eine Rede.

»Aye«, sagte er.

Jetzt dämmerte der neue Morgen herauf, und Mackie stand im Wald, still wie ein Baum, und hielt Augen und Ohren offen. Er beobachtete die Tiere des Waldes. Er kannte sie alle. Ab und zu bewegte er sich lautlos ein paar Schritte weiter, näher an den Steilhang, der zum Bach auf dem Grund des Tals hinunterführte. Tausend Meter weit auf der anderen Seite des Tals war die Südfassade des Schlosses zu sehen, die Rasenflächen, die Fenster.

Das Kitz gab ihm den Tipp. Das kleine Reh stakste ebenfalls durch das Unterholz und suchte nach frischem Gras. Er sah es, das Tier sah ihn nicht. Es riss den Kopf hoch, schaute sich um, sicherte und floh. Gesehen hatte es nichts, aber gerochen – etwas, das nicht da sein sollte. Mackie spähte in die Richtung, in die das Kitz gewittert hatte.

Mischa hatte ein perfektes Nest gefunden – ein Haufen umgestürzter Baumstämme, ein Gestrüpp aus dürren Ästen am Hang gegenüber der Südfassade des Schlosses. Sein lupenförmiger Entfernungsmesser hatte ihm tausend Meter angezeigt, die Hälfte der tödlichen Distanz für sein Orsis.

In seiner Dschungeltarnung, bedeckt mit Zweigen und Blättern, war er fast unsichtbar. Der Kolben seines Gewehrs lag fest an seiner Schulter, das Metall war mit Segeltuch umhüllt. Bewegungslos lag er da, wie er es die ganze Nacht über getan hatte, und auch in den nächsten Stunden würde er, wenn nötig, keinen Muskel rühren, nicht zucken und sich nicht kratzen. Das war Teil seiner Ausbildung, Teil der Disziplin, und es hatte ihn im Gebüsch von Donezk und Luhansk am Leben erhalten, während er Ukrainer abschoss, einen nach dem anderen.

Er hatte das Rehkitz auch gesehen. Es war drei Meter weit weg gewesen, als es ihn entdeckt hatte. Jetzt war da ein Eichhörnchen, das auf sein Tarnnetz zugewieselt kam. Er ahnte nicht, dass noch ein Augenpaar am Berghang nach ihm suchte, wusste nicht, dass da noch eine bewegungslose Gestalt war, im Wald ebenso zu Hause wie er.

Stuart Mackie versuchte zu sehen, was das Rehkitz gewittert hatte. Ein paar umgestürzte Bäume weiter unten am Hang. Doch da regte sich nichts – bis das Eichhörnchen kam. Es sprang über das Totholz und die gebrochenen Äste. Dann erstarrte es ebenfalls und spähte nach vorn. Im nächsten Moment sprang es erschrocken zwitschernd davon. Einen halben Meter weit vor sich hatte es ein menschliches Auge gesehen. Mackie schaute angestrengt hin. Still und stumm lag das Holz da.

Oh, der Mann war gut. Aber er war da. Langsam löste sich eine Gestalt aus dem Laubwerk. Tannenzweige und breitblättriges Laub steckten in Schlaufen am Tarnanzug. Darunter eine Silhouette: Schultern, Arme, ein Kopf unter einer Kapuze. Bäuchlings hinter einem Baumstamm, Segeltuch über mattem Metall, nichts, das im Morgenlicht glänzen konnte.

Mackie merkte sich die Stelle und schlich sich davon. Hinter einer dicken Eiche zog er sein Handy aus der Tasche und gab die Nummer ein, die er auswendig gelernt hatte. Im Schloss auf der anderen Seite des Tals meldete sich flüsternd eine Stimme.

»Stuart?«

»Ich habe ihn«, flüsterte der Jagdhüter.

»Wo?«

Harry Williams war in einem Zimmer im obersten Stock an der Südseite. Die Fenster waren offen, doch er hielt sich im Hintergrund des Zimmers, sodass man ihn bei Tageslicht von außen nicht sehen konnte. Er hielt sein Zeiss-Fernglas an die Augen und das Telefon ans Ohr.

»Sehen Sie den weißen Felsen?«, fragte die Stimme am anderen Ende.

Er schwenkte das Glas über die Bergflanke jenseits des Tals. Da war ein weißer Fels, nur der eine.

»Hab ich«, sagte Captain Williams.

»Drei Meter oberhalb, dann fünfzehn Meter nach links. Ein paar umgestürzte Bäume. Segeltuchhülle, Laubbüschel.«

»Hab ich«, wiederholte Williams.

Er trennte die Verbindung und legte das Fernglas aus der Hand. Auf den Knien rutschte er zu dem umgekippten Sessel und dem Gewehr, das darauf lag. Er drückte den Kolben an die Schulter und schaute durch das Schmidt-und-Bender-Zielfernrohr. Jetzt sah er den Totholzhaufen so deutlich wie durch das Zeiss-Glas. Eine winzige Justierung. Noch schärfer. Als wäre es nur zehn Meter weit weg.

Segeltuch – das im Wald nichts zu suchen hatte –, und tief versteckt in dem Segeltuch glänzendes Glas. Ein Zielfernrohr, das ihm entgegenstarrte. Irgendwo, einen Fingerbreit über dem Glas, unsichtbar unter der Kapuze, musste das Gesicht des Scharfschützen sein.

Von unten hörte er Stimmen. Bei den Computertechnikern wurden die großen Fenster geöffnet. Er hatte ihnen befohlen, sich vom Rasen fernzuhalten und die Vorhänge zu schließen, aber jemand brauchte frische Luft. Vielleicht Luke. Keine Zeit für Gnadenakte. Sein Zeigefinger krümmte sich um den Abzug des AX50. Ein sanfter Druck. Ein leichter Stoß gegen die Schulter.

Das .50er-Projektil durchquerte das Tal in drei Sekunden. Der Russe sah nichts, hörte nichts, fühlte nichts. Das Geschoss riss die Oberseite seines eigenen Zielfernrohrs weg und drang in sein Gehirn. Mischa war tot.

Luke Jennings im Schloss war nicht auf den Rasen gegangen. Er saß in der Computerzentrale und starrte auf seinen Monitor. Dr. Hendricks hockte neben ihm. Sie waren die ganze Nacht auf gewesen. Für den Fuchs gab es keinen Unterschied zwischen Tag und Nacht. Immer flackerten Ziffern über einen Bildschirm, und seine Finger flogen über die Tasten.

Neun Zeitzonen weit im Osten, in einer Höhle unter einem Berg weit im Norden von Pjöngjang, ahnten die Techniker, die das Geheimnis von Kim Jong-uns Raketenprogramm zu hüten hatten, von all dem nichts. Sie wussten nicht, dass ihre Firewalls durchbrochen und ihre Zugangscodes geknackt worden waren und dass das hochleistungsfähige Gehirn eines blonden englischen Jungen weit weg von ihnen die Kontrolle über ihr Rechenzentrum übernommen hatte.

In einer anderen dämmrigen Höhle in einem schottischen Schloss saß Dr. Hendricks an Lukes Seite, beobachtete, wie die Cybertore sich vor ihm öffneten, und flüsterte nur: »Verflucht noch mal.«

Eine Stunde nach dem Schuss von Craigleven hatte Sir Adrian einen umfassenden Bericht von Captain Williams erhalten, und er sah sich in der Klemme. Was die Russen getan hatten, war ein klarer Akt der Aggression, und wenn die Medien davon Wind bekämen, würde sich ein massiver Skandal nicht abwenden lassen.

Moskau würde natürlich bestreiten, dass es davon gewusst hatte. Im Fall der Skripals, Vater und Tochter, hatte es zwei halb tote russische Exilanten gegeben, und das eindeutig russische Nervengift Nowitschok war auf ihre Türklinke gestrichen worden, aber gegen einen Berg von Beweisen hatte Russland immer noch bestritten, etwas davon zu wissen, und der Skandal hatte monatelang gewütet.

Jetzt gab es eine Leiche mit einem eindeutig als russisch identifizierbaren Zahnstatus. Doch auch das ließ sich abstreiten. Es gab ein Scharfschützengewehr vom ebenfalls russischen Typ Orsis T-5000 – aber da würde man Großbritannien beschuldigen, es aus speziellen Quellen außerhalb Russlands beschafft zu haben. Außerdem hatte Sir Adrian von Marjory Graham die strikte Anweisung erhalten, keinen Krieg anzufangen.

Schließlich konnte die ganze Affäre zur Enttarnung des zerbrechlichen Jungen auf Castle Craigleven führen, und das war etwas, das er um jeden Preis verhindern wollte.

Er wusste sehr wohl, wer die Sniperattacke in den Highlands veranlasst hatte. Ohne das Einschreiten eines sehr scharfsichtigen schottischen Jagdaufsehers hätte der Schütze durchaus erfolgreich sein können. Allein beim Lunch im Club kam ihm eine Idee, wie er sämtliche Probleme lösen und die längst fällige Rache an Jewgenij Krilow üben könnte. Über eine abhörsichere Leitung rief er Captain Williams an und gab ihm seine Anweisungen.

Was Krilow anging, der in Jassenewo saß und auf Nachricht wartete, so sollte er ruhig schmoren... eine Weile.

Eine Woche später bestellte der britische Außenminister den russischen Botschafter in die King Charles Street ein und stellte ihn zur Rede. Der Minister blieb stehen, um anzudeuten, dass er keine Zeit für Plaudereien hatte. Hier ging es um eine formelle Zurechtweisung.

»Ich habe die betrübliche Pflicht«, teilte er dem Diplomaten mit, »Ihnen mitzuteilen, dass die britischen Sicherheitskräfte einen Angehörigen der russischen Special Forces, der Speznas, bei einem aggressiven Einsatz in unserem Land gefasst haben. Die Regierung Ihrer Majestät missbilligt eine solche empörende Aktion auf das Schärfste. Der infrage stehende Mann war im Besitz eines Scharfschützengewehrs und hatte die feste Absicht, einen Mord zu begehen.«

Hier drehte er sich um und deutete auf einen Tisch am anderen Ende des Raums. Darauf lag ein Gegenstand unter einem grünen Filztuch. Ein Mitarbeiter zog das Tuch weg. Auf seinem Zweibeinstativ stand ein Orsis T-5000. Der Botschafter, rot vor Zorn und bereit, alles zu bestreiten, wurde bleich.

»Ich habe Ihnen mitzuteilen, Exzellenz, dass der betreffende Mann sich dafür entschieden hat, ein detailliertes Geständnis abzulegen und Asyl zu beantragen. Kurz gesagt, er ist desertiert. Vor die Wahl gestellt, hat er vorgezogen auszuwandern und ein neues Leben in den USA anzufangen. Das wurde ihm bewilligt. Er ist heute Morgen abgereist. Das ist alles, Sir.«

Der russische Botschafter wurde hinausbegleitet. Scheinbar beherrscht, kochte er innerlich vor Wut, aber die Wut richtete sich nicht gegen die Briten, sondern auf die Idioten zu Hause, die ihn dieser Demütigung ausgesetzt hatten. Der Bericht, den er an diesem Tag verfasste, spiegelte seine Stimmung in allen Einzelheiten. Der Bericht ging nicht nach Jassenewo in die Zentrale des SWR, sondern ans Außenministerium am Smolenskaja-Platz und von dort weiter an den Kreml.

Als sie ihn abholten, waren es vier Mann, und sie trugen die volle Uniform der Kremlgarde. Der Woschd wollte etwas klarmachen. Man geleitete sie schweigend in den siebten Stock hinauf, ohne sie aufzuhalten. Jewgenij Krilow protestierte nicht. Es hätte auch nichts genützt. Jedermann wusste, wessen Befehl hier ausgeführt wurde. Nirgends öffnete sich eine Tür, als man ihn ins Foyer hinunter und durch den Hauptausgang hinausführte. Die ZIL-Limousine stand nicht zur Verfügung, und Krilow wurde in diesem Birkenwald nie wieder gesehen.

ZWEIUNDZWANZIG

Für viele Leute ist es eine angenehme Urlaubsbeschäftigung, in den Bergen und Tälern des schottischen Hochlands zu wandern. Aber es ist auch eine Herausforderung, die ein hohes Maß an körperlicher Fitness erfordert.

Jeder mehr als tausend Meter hohe Berg wird hier »Munro« genannt, und es gibt 282 davon. Einer liegt auf Lord Craiglevens Anwesen. In diesem Oktober war das Wetter noch nicht umgeschlagen; die Sonne schien, und der Wind war noch warm. Deshalb unternahm man einen Bergspaziergang.

Es hatte lange Diskussionen darüber gegeben, ob Luke kräftig und fit genug war, um mitzukommen. Er hatte allen am eifrigsten versichert, dass er es sei. Seine Mutter hatte ihre Zweifel, aber das Wetter war so schön, die Luft so erfrischend, dass sie einräumte, ein Weg von fünf Meilen könne ihm guttun. Schon lange sah sie mit Sorge, wie viele Stunden er im Halbdunkel zubrachte und auf seinem Computer herumtippte. Also war man sich einig: Er würde mitgehen.

Vielleicht war es das Leben auf dem Land, vielleicht auch die Gesellschaft von Soldaten und Computerexperten, jedenfalls nahm Lukes Selbstvertrauen zu. Gelegentlich äußerte er eine persönliche Bemerkung, statt schüchtern darauf zu warten, dass man ihn ansprach, oder einfach zu schweigen. Seine Mutter betete zum Himmel, dass er ein Bewusstsein für die Welt abseits der Monitore entwickeln möge, abseits des Wirbelsturms der Ziffern, der so lange sein einziges Universum gewesen war.

Sie waren zu sechst, angeführt von Stuart Mackie, der jeden Zollbreit der Berge und Täler hier kannte, und Sergeant Eamonn Davis vom Regiment, der an die Brecon Beacons gewöhnt war, die Berge seiner Heimat Wales. Außerdem waren zwei Soldaten dabei, einer der Computerfachleute und Luke Jennings.

Für den Jagdaufseher und Sergeant Davis war diese Wanderung nicht mehr als ein Spaziergang durch den Park. Beide waren äußerst fit. Das Gleiche galt für die SAS-Soldaten. Sie alle hätten einen Flachlandbewohner in Grund und Boden marschieren können. Deshalb nahmen sie den Computerspezialisten und Luke Jennings beim Gänsemarsch in die Mitte.

Die Soldaten waren an große Rucksäcke der Marke Bergen gewöhnt, aber für diesen Marsch brauchten sie nur leichte Schultertaschen mit Energieriegeln, Wasserflaschen und Ersatzsocken. Dabei trugen sie auch das, was die beiden Computerleute brauchen würden, sodass diese nur ihre Wanderkleidung tragen mussten. Alles hätte ganz ohne Zwischenfälle vonstattengehen müssen.

Nach einer Stunde machten sie eine Pause, und dann begannen sie den Aufstieg auf den Ben Duill. Der Weg wurde steiler, aber er war einen Meter breit und leicht gangbar. Auf der einen Seite lag die Flanke des Munro, die zum Gipfel hinaufragte, auf der anderen ging es sanft bergab ins Tal. Es gab keinen ersichtlichen Grund, weshalb Luke auf ein paar losen Kieselsteinen den Halt verlieren sollte. Alles ging sehr schnell.

Wenn der Mann hinter ihm ein Soldat gewesen wäre, hätte er ihn vielleicht noch rechtzeitig festhalten können.

Aber es war der Computerspezialist. Er wollte den abstürzenden Jungen noch packen, doch es war zu spät. Trotzdem fiel Luke nur ein paar Meter tief, bevor er im dichten Heidekraut hängen blieb. Aber ein Steinbrocken dort war unnachsichtig. Er war im Heidekraut verborgen, und der Kopf des Jungen traf ihn mit einem leisen Knacken. Zwei Sekunden später war Sergeant Davis bei ihm.

Natürlich war der Sergeant in Erster Hilfe ausgebildet. Er untersuchte die aufgeschürfte Kerbe an der linken Schläfe, warf sich die schlaffe Gestalt über die Schulter und kletterte die paar Meter zum Weg hinauf. Hände streckten sich ihm entgegen, um sie beide über die Kante hinaufzuziehen. Auf dem Pfad konnte er einen genaueren Blick auf die Verletzung werfen.

Der Bluterguss schwoll an und färbte sich blau. Sergeant Davis betupfte ihn sanft mit Wasser, aber der Junge war besinnungslos. Er hätte ihn wie ein Feuerwehrmann über die Schulter werfen und zum Schloss zurücktragen können. Die beiden anderen Soldaten hätten ihn ablösen können, doch das alles hätte Zeit gekostet, und er wusste nicht, ob er Zeit hatte. Er blickte auf und sah Stuart Mackie an.

»Hubschrauber«, sagte er.

Der Jagdaufseher nickte und zog sein Handy aus der Tasche. Die nächste Bergrettungsstation lag vierzig Meilen weit entfernt in Glenmore, und sie hatte einen Hubschrauber. Vierzig Minuten später hörte die Gruppe am Hang das Knattern des S-92 der Glenmore Coast Guard durch das Tal herankommen.

Eine Trage wurde herabgelassen und der bewusstlose Luke Jennings an Bord gehievt. Keine sechzig Minuten später rollte man ihn, immer noch ohnmächtig, in die Notaufnahme des Craigmore Hospital in Inverness, der nächsten größeren Stadt.

Nach einem MRT entschied man, den Patienten nach Süden ins Edinburgh Royal Infirmary zu bringen. Das ERI hatte eine Intensivstation mit einer speziellen neurochirurgischen Abteilung. Luke würde die Reise im Flugzeug hinter sich bringen.

Er hatte Glück. Professor Calum McAvoy, der als bester Gehirnchirurg Schottlands galt, war seit zwei Tagen aus seinem Jahresurlaub zurück. Er ordnete einen zweiten Scan an, und was er sah, gefiel ihm nicht. Der äußere Anschein, der Sergeant Davis veranlasste, den Schaden zu unterschätzen, war trügerisch. Der Riss im Schläfenbein hatte eine Hirnblutung verursacht. McAvoy entschied sich für eine sofortige Operation.

Er ließ seinen Patienten in ein tiefes Koma versetzen, bevor er den Schädel öffnete und mit einer Hemikraniektomie einen erheblichen Teil des Schädelknochens entfernte. Er fand vor, was er befürchtet hatte. Gut war nur, dass er gerade noch zur rechten Zeit eingegriffen hatte.

Es handelte sich um ein extradurales Hämatom, eine Blutung auf dem Gehirn, und jede weitere Verzögerung hätte leicht zu einer dauerhaften Schädigung führen können. McAvoy konnte die Blutung stillen und dankte bei sich Inverness dafür, dass sie den Jungen in seine Akuteinheit nach Edinburgh geschickt hatten, obwohl es Zeit gekostet hatte.

Nachdem er die Wunde vernäht hatte, hielt er Luke noch drei Tage im Koma, bevor er ihn wieder zu sich kommen ließ. Alles in allem verbrachte der Teenager zwei Wochen auf der Intensivstation, bevor man ihn mit verbundenem Kopf nach Castle Craigleven zurückschickte.

Seine Mutter und Captain Harry Williams begleiteten ihn. Sue Jennings hatte ein Zimmer in einem kleinen Hotel in Edinburgh genommen, damit sie Luke jeden Tag besuchen und an seinem Bett sitzen konnte. Harry Williams war nach Süden geflogen, um bei ihr und Luke zu sein.

Von den Verbänden abgesehen, war Luke anscheinend kaum verändert. In Gesellschaft wandte er sich immer noch schutzsuchend an seine Mutter, aber er war völlig klar. Bei seiner Ankunft wirkte er erleichtert, wieder in einer vertrauten Umgebung zu sein, wo alles, was ihm gehörte, exakt da war, wo er es haben wollte.

Eine Stunde lang blieb er in seinem Zimmer an der Südseite, schaute über die weiten Rasenflächen hinaus und in das spektakuläre Tal, wo er, ohne es zu wissen, beinahe zum zweiten Mal gestorben wäre. Niemand hatte ihm erzählt, dass jetzt tief in dem Wald auf der anderen Seite ein russischer Scharfschütze begraben lag.

Dr. Hendricks umgluckte ihn und brannte darauf, ihn wieder in die Computerzentrale zu holen, in seine bevorzugte Umgebung. Im Laufe des gemeinsam verbrachten Frühlings und Sommers hatte sich ihre Beziehung so weit entwickelt, dass der Mann vom GCHQ inzwischen fast so etwas wie ein Ersatzvater geworden war – so weit, dass Lukes Erinnerung an seinen leiblichen, verstorbenen Vater zu verblassen schien. Nicht, dass sein leiblicher Vater jemals einen Funken Interesse an dem gezeigt hätte, was Luke interessierte – an der geheimnisvollen Welt des Cyberspace.

Aber Dr. Hendricks sah, dass der Junge zwar sein Zimmer durchstreifte und sich immer wieder vergewisserte, dass alle seine Habseligkeiten da waren, wo sie hingehörten, gleichzeitig jedoch keinen besonderen Drang verspürte, in den

Computerraum zurückzukehren. Das kommt schon, dachte er, das kommt schon. Nach der Hirnverletzung braucht er einfach Zeit.

Die ersten Warnglocken läuteten, als Luke eine Stunde an der Tastatur seines bevorzugten Computers verbracht hatte. Er kannte sich aus wie jeder junge Mann in der heutigen Zeit. Seine Finger flogen über die Tasten. Er bestand ein paar einfache Geschicklichkeitstests. Dann stellte Dr. Hendricks ihn vor eine kompliziertere Herausforderung.

Weit im Süden, im nordwestlichen Quadranten Londons, liegt der Vorort Northwood. Unter seinen Straßen – Reihen von ruhigen, baumgesäumten Pendlerhäusern – aus den Augen und großenteils aus dem Sinn der Bevölkerung, liegt das operative Hauptquartier der Royal Navy.

Die Admiralität hat ihren Sitz in Central London, die Kriegsschiffe liegen in Davenport, die großen Flugzeugträger *Queen Elizabeth* und *Prince of Wales* unterziehen sich noch der Hochseeerprobung vor Portsmouth, und die mit Atomraketen bestückten U-Boote liegen in der Mündung des Clyde vor Faslane, aber was den Cyberkrieg angeht, so ist das Herz der Marine in Northwood. Hier, tief unter den Vorortstraßen, flackern die Ziffern der Datenbanken über die Monitore. Und die Datenbanken sind geschützt durch mächtige Firewalls, die ihre entscheidenden Zugangscodes sichern.

Sir Adrian ersuchte den Oberbefehlshaber der Royal Navy um die Erlaubnis festzustellen, ob das Cybergenie diese Zugangscodes knacken könnte, und bekam sie. Luke bemühte sich eine Woche lang, aber jeder seiner Versuche wurde zurückgewiesen. Der sechste Sinn oder das Zweite Gesicht – was immer er gehabt haben mochte – schien nicht mehr da zu sein. Bei theoretischen Übungen hatten andere beim GCHQ größere Fortschritte erzielt, auch wenn keiner den heiligen Gral gefunden hatte.

Sir Adrian flog von London nach Inverness und wurde mit dem Auto zum Schloss gebracht. Er führte ein langes, behutsames Gespräch mit Luke und seiner Mutter und ein paar eher technische Diskussionen mit Dr. Hendricks, der ihm erklärte, dass sich anscheinend etwas verändert hatte. Der Junge, der zwei Wochen zuvor eine Bergwanderung unternommen hatte, war nicht der ratlose Jugendliche, der jetzt auf seiner Tastatur herumtippte.

Wieder wandte Sir Adrian sich an Professor Simon Baron-Cohen in seiner Praxis in Cambridge. Was der Wissenschaftler und Gehirnspezialist zu sagen hatte, klang nicht ermutigend. Alle Experten auf der Welt waren nicht in der Lage, die Folgen einer Hirnverletzung vorauszusagen.

Luke hatte nicht einfach einen Schlag an den Schädel bekommen, der zu einer vorübergehenden Bewusstlosigkeit führte, die der Laie als »Ko.« bezeichnet. Das passiert vielen Leuten – im Boxring, bei der Arbeit oder zu Hause. Man kommt schnell und dauerhaft wieder zu sich.

Aber was der schottische Stein auf dem Berghang angerichtet hatte, schien doch ernster zu sein. Der Professor bestätigte, dass es nach einer Kopfverletzung zu einem dauerhaften Hirnschaden kommen könnte. Es gab einfach keine Garantie, dass ein geschädigtes menschliches Hirn im Laufe der Zeit wieder so werden würde, wie es war.

Sir Adrian flog zurück nach London und informierte die Premierministerin, dass Operation Troja auf der Grundlage der unglaublichen Fähigkeiten des Fuchses vorbei sei.

»Ist der Junge noch auf andere Weise zu Schaden gekommen, Adrian?«, fragte sie.

»Nein, Prime Minister. Tatsächlich hat man den Eindruck, dass er sich seit seiner Rückkehr aus dem Krankenhaus in die Highlands zu einem sehr viel besser angepassten jungen Mann entwickelt. Aber wir müssen uns damit abfinden, dass sein erstaunliches Talent, die kompliziertesten Firewalls der Welt zu überwinden, wohl verloren ist.«

»Das heißt, unsere Geheimwaffe gibt es nicht mehr?«

»So ist es.«

»Wer weiß, dass es sie je gegeben hat?«

»Sehr, sehr wenige, Prime Minister. Was unsere Verbündeten angeht – das Weiße Haus und ein paar sehr ranghohe Amerikaner. Auf dieser Seite des Atlantiks – Sie, zwei oder drei Kabinettsmitglieder und ein paar leitende Geheimdienstbeamte. Wir alle haben Geheimhaltung geschworen und sind daran gewöhnt. Ich glaube nicht, dass etwas an die Öffentlichkeit dringt, wenn das ganze Rechenzentrum abgebaut und fortgeschafft wird. Und was den Kreml betrifft, so bin ich ziemlich sicher, dass sie diesen schlafenden Hund nicht wecken wollen.«

»Und die Familie Jennings? Denen haben wir doch sicher übel mitgespielt.«

»Ich habe den Verdacht, Mrs. Jennings möchte wieder heiraten. Ich schlage vor, sie legen alle einen Eid auf das Staatsgeheimnisgesetz ab, wir stellen die nötigen Mittel zur Verfügung, sodass ein Job für Luke gefunden werden und Marcus seine Schule zu Ende bringen kann, und zahlen ihnen eine Entschädigungsprämie dafür, dass wir sie den Frühling und den Sommer hindurch entführt haben.«

»Gut, Adrian. Ich verlasse mich darauf, dass Sie die Angelegenheit aus der Welt schaffen. Kurz gesagt, das alles ist nie passiert, oder die Regierung Ihrer Majestät hatte doch wenigstens nichts damit zu tun.«

»Wie Sie wünschen, Prime Minister.«

Die Schließung der Computerzentrale würde sehr still und sehr diskret verlaufen. Mit Erlaubnis der Premierministerin wies Sir Adrian im Hochlandschloss Dr. Hendricks an, das Rechenzentrum zu demontieren und die Mitarbeiter auf ihre Posten in Cheltenham zurückzuversetzen.

Wie Weston es vorausgesagt hatte, beschlossen Sue Jennings und Captain Williams, zu heiraten. Sie war zufrieden, als Soldatenfrau zu leben, und mit dem Ertrag aus dem Verkauf des Hauses in Luton würden sie am Rand von Hereford ein Zuhause für die Familie erwerben, nicht weit vom Stützpunkt des SAS-Regiments entfernt.

Sie trug ihren Söhnen diese Entscheidung vor. Die beiden verstanden sich schon ganz gut mit Captain Williams. Marcus reagierte philosophisch auf einen neuerlichen Schulwechsel; er hatte noch zwei Jahre Zeit bis zur Abschlussprüfung, aber zu Sues Überraschung akzeptierte auch Luke die Entscheidung. Die schwierigsten Verhaltensvariationen, die durch seinen Zustand hervorgerufen wurden, schienen nachzulassen. Alles, was er wollte, war sein Computerzimmer, in dem er seine Cyberspiele spielen konnte, und wie es aussah, war er nicht mehr in der Lage, die Datenbanken bei Freund und Feind ins Chaos zu stürzen.

Damit blieb Dr. Hendricks noch ein letztes Problem, als die Zentrale im schottischen Schloss aufgelöst wurde. Er war nach wie vor im Besitz der Informationen, die Lukes letzter Triumph vor seinem Sturz erbracht hatte. Er hatte die Zugangscodes zum Zentrum des nordkoreanischen Raketenprogramms, und Pjöngjang ahnte davon nichts. Die Entscheidung, was damit geschehen sollte, überließ er Sir Adrian.

Der alte Recke hatte sieben ereignisreiche, aber anstrengende Monate hinter sich. Er hatte genug von London – von Lärm und Druck, von Rauch und Verkehr, und er sehnte sich nach seinem Cottage in der unverdorbenen Landschaft Dorsets. Eine Nachbarin hatte seinen Spaniel zu sich genommen, und jetzt wollte er mit seinem Hund durch den Wald spazieren, mit seinen Büchern und Erinnerungen leben und an Winterabenden das Kaminfeuer anzünden. Aber er hatte noch eine letzte Aufgabe, bevor er die Hauptstadt verließ.

Das Vereinigte Königreich war immer noch in der Lage, unbemerkt die Kontrolle über die Steuersysteme des nordkoreanischen Raketenprogramms zu übernehmen. Er fand, es wäre eine Schande, eine solche Gelegenheit nicht zu nutzen.

In diesem Herbst testete Nordkorea wieder eine Rakete, nicht die Hwasong-15, sondern die kleinere und ältere Taepodong-2, und zwar aus einem einfachen Grund. Allen Versprechungen Pjöngjangs zum Trotz fand die geheime Entwicklungsarbeit an der Verkleinerung der atomaren Gefechtsköpfe in unbekannten Forschungslaboratorien tief unter der Erde weiterhin statt. Vorgebliche Abrisssprengungen über Tage hatten die Handelsvorteile rechtfertigen sollen, die seitens der USA weiterhin gewährt wurden.

Nach der desaströsen Erfahrung mit der Hwasong-20 hatte man beschlossen, an der älteren Taepodong fundamentale Verbesserungen vorzunehmen und sie mit einem kleineren Atomsprengkopf auszurüsten, wenn sie fertig wäre. Zur Tarnung erzählte man, die vierstufige Taepodong sei lediglich für die Weltraumforschung gedacht. Deshalb trug die Testrakete auch keinen Gefechtskopf.

Sie wurde von der Anlage in Tonghae gestartet, um jeden Verdacht abzulenken. Tonghae war schon früher benutzt worden, um unbewaffnete Raketen zu starten.

Die neueste Taepodong funktionierte reibungslos – zunächst jedenfalls. Sie stieg senkrecht und gelassen in die Stratosphäre. Geplant war, dass sie durch die Stratosphäre in die Exosphäre und dann ostwärts zum Japanischen Meer flog. Nach dem Überflug der japanischen Insel Hokkaido sollte sie mit leeren Tanks in den Westpazifik stürzen. Auf dem Zenit ihrer Flugbahn jedoch ging etwas schief. Sie kam ins Wanken und kippte nach Westen. In Richtung China.

Die Wissenschaftler an den Computerbanken in Tonghae tippten fieberhaft die Befehle ein, die die Rakete wieder auf Kurs bringen sollten. Die Sensoren reagierten nicht. Als klar wurde, dass die Taepodong außer Kontrolle geraten war, gaben sie hastig die Codes zur Selbstzerstörung ein. Die Rakete flog weiter, zitterte, kippte und begann zu fallen.

Sie stürzte auf offenes Land. Es gab eine mächtige Explosion und einen riesigen Krater, aber keine Verletzten und keinen Schaden, außer dass ein paar Bauernhütten nördlich von Peking bedenklich wackelten. Aber die Radarsysteme der chinesischen Abwehr schlugen Alarm, und Gegenmaßnahmen nach Code Red traten in Kraft. In seinem Büro in der Verbotenen Stadt in Peking wurde Präsident Xi von dem Alarm und den sofortigen, unbegründeten Gegenmaßnahmen informiert.

Zufällig brachen an diesem Morgen in drei Provinzstädten in Nordkorea Unruhen aus. Verzweifelte, hungrige Bürger plünderten die Lebensmittelgeschäfte für die Beamten und die wenigen Privilegierten. Die für Inlandseinsätze zuständige Prätorianergarde antwortete mit brutalen Vergeltungsschlägen, aber mehrere Generäle befahlen ihren Einheiten, in den Kasernen zu bleiben. Dies wurde nach Peking berichtet, und in den Berichten wurde auch erwähnt, dass die Bevölkerung seit ein paar Wochen mit Flugblättern überschwemmt wurde, die an Heliumballons mit dem herbstlichen Südwind ins Land getragen wurden.

Präsident Kim zog sich in sein befestigtes Luxusanwesen an der Wonsan-Bucht an der Ostküste zurück. Eine ganze Division der ultraloyalen Präsidentengarde besetzte sämtliche Zugangswege.

Eine Woche nach dem Absturz der Rakete landeten chinesische Elitetruppen mit Amphibienfahrzeugen an der Westküste der koreanischen Bucht. Sie stießen nicht auf Widerstand. Der größte Teil der nordkoreanischen Armee hatte die wiederholten Botschaften gehört, die sie in fließendem Koreanisch auf allen Wellenlängen aufforderten, zu ihrer eigenen Sicherheit in ihren Kasernen zu bleiben, und sie gehorchten.

Für den nordkoreanischen Diktator war der von seinem verstorbenen Vater im Gespräch mit Condoleezza Rice erwähnte Ceaușescu-Augenblick gekommen: der Augenblick, in dem die Reihen seiner dressierten Leibeigenen schließlich aufhörten zu jubeln und stattdessen buhten.

Eine Woche später wurde er verhaftet und kam unter strenger Bewachung aus seiner Festung an der Wonsan-Bucht. Auf zwei amerikanischen Kriegsschiffen dicht vor der koreanischen Küste stationierte Drohnen lieferten Bilder der Ereignisse und sendeten sie hinaus in die Welt.

In der Nähe eines Schlosses im schottischen Hochland und eines Cottages in Dorset sowie in der Umgebung des SAS-Stützpunkts in Hereford hörten Spaziergänger häufiges Gewehrfeuer. Die Fasanensaison war in vollem Gang.

LISTE DER PERSONEN
UND ORGANISATIONEN

GB

Sir Richard Dearlove, Leiter des MI5 bis zu seiner Pensionierung 2004

Professor Martin Dixon, Royal United Services Institute (Königliches Institut der Vereinigten Streitkräfte für Verteidigungs- und Sicherheitsstudien)

Mrs. Marjory Graham, Premierministerin

Dr. Jeremy Hendricks, Computerspezialist am GCHQ und Luke Jennings' Mentor

Familie Jennings: Harold, Sue und ihre beiden Söhne Luke (18) und Marcus (13)

Dr. Bob Langley, International Institute for Strategic Studies (Internationales Institut für strategische Studien)

Julian Marshall, stellv. Kabinettssekretär

Jessica Thompson, Robert Thompsons Tochter (10)

Robert Thompson, Privatsekretär des Innenministers

Sir Adrian Weston, Sicherheitsberater der Premierministerin

Captain Harry Williams, SAS, Kommandant des Personenschutzteams

British National Cyber Security Centre (NCSC), das Nationale Institut für Computersicherheit in Victoria

Cabinet Office Briefing Room (COBRA), der Besprechungsraum im Kabinettsbüro

Government Communications Headquarters (GCHQ), die
   Regierungskommunikationszentrale in Cheltenham
International Institute for Strategic Studies (IISS), das Inter-
   nationale Institut für Strategische Studien
Royal United Services Institute for Defence and Strategic
   Studies (RUSI), das Königliche Institut der Vereinigten
   Streitkräfte für Verteidigungs- und Sicherheitsstudien
Secret Intelligence Service (SIS) oder MI6 in Vauxhall Cross
Security Service (MI5)
Special Air Service (SAS)
Special Boat Service (SBS)
Special Reconnaissance Regiment (SRR)

EUROPA

Ludwig Fritsch, Angestellter der Vaduz Bank in Liechtenstein

USA

Graydon Bennett, Außenministerium
Wesley Carter III., Botschafter der USA in London
John Owen, Justizattaché und Vertreter des FBI
President of the United States (POTUS), US-Präsident
Central Intelligence Agency (CIA)
Department of Homeland Security
ELINT, der elektronische Geheimdienst der NSA
Federal Bureau of Investigation (FBI)
Immigration and Customs Enforcement (ICE), Einwande-
   rungs- und Zollbehörde
National Security Agency (NSA) in Fort Meade
Special Activities Division (SAD)

Russland

Kapitän Pjotr Denisowitsch, Kapitän der *Admiral Nachimow*

Jewgenij Krilow, Leiter des SWR in Jassenewo

Stepan Kukuschkin, leitet Krilows Netzwerk in der russischen Botschaft in London

Oleg Politowski, Kukuschkins Stellvertreter

Ilja Stepanowitsch, ehemals hochrangiges Mitglied der russischen Unterwelt, jetzt Milliardär

Viktor Uljanow, russischer Gangster in New York

Wladimir Winogradow, ehemaliger Gangsterboss und Berufsverbrecher, jetzt Oligarch und Milliardär in London

Dimitri Wolkow (Mr. Burke), Leiter des russischen Schläfer-Netzwerks in GB

der Woschd, Präsident der Russischen Föderation

Jakowenko, russischer Botschafter in GB

Bujar Zogu, albanischer Killer, beauftragt von Winogradow

Abteilung V oder Otdel Mokrije Dela, ausgebildete Killereinheit, früher Abteilung 13

FSB, der Inlandsgeheimdienst der Russischen Föderation, ehemals KGB

KGB, der Geheimdienst der UdSSR von 1954 bis 1991

SWR, der Auslandsnachrichtendienst der Russischen Föderation mit Sitz in Jassenewo

Nachtwölfe, eine Biker- und Killerbande

Speznas, eine Special-Forces-Einheit

Wory w Sakone, »Diebe im Gesetz«, die organisierte kriminelle Unterwelt in Russland

Energomasch, Hersteller des RD-250-Raketentriebwerks

Israel

Avigdor (»Avi«) Hirsch, israelischer Botschafter in London

Meyer Ben-Avi (Codename Manschettenknopf), Direktor des Mossad

Duvdevan, verdeckte Auslandsaufklärungseinheit

Mossad le Alija Bet, ehemalige Bezeichnung des Mossad

Sayanim, die »Helfer«

Sajeret Matkal, Special-Forces-Einheit

Shmone Matayim oder Einheit 8200, IT-Thinktank

Iran

Ali Fadavi, Oberkommandierender der Pasdaran-Marine

Oberst Mohammed Khalq, Taebs Operationsleiter

Hossein Taeb, Chef des Nachrichtendienstes der Pasdaran

Al-Quds-Brigade, der innere Zirkel der Pasdaran

Basidsch, die Freiwilligenreserve der Pasdaran

FEDAT, Atomwaffenforschungs- und Entwicklungszentrale, dem Verteidigungsministerium unterstellt

Pasdaran, die Islamischen Revolutionsgarden

SAVAMA, Geheimpolizei

VAJA, Nachrichtendienst

Fordo, Urananreicherungsanlage

Korea

Song Ji-wei, Gründer der »No-Chain«-Bewegung

Jang Song Thaek, Kim Jong-uns Onkel und Mentor

Die Kim-Dynastie: Kim Il-Sung, Kim Jong-il und Kim Jong-un

General Song-Rhee, Vier-Sterne-General des Heeres, Überläufer nach Südkorea/USA

Hwason-15 und Hwason-20, Atomraketen

Koryolink, staatliches Mobilfunknetz

Paektu, ein heiliger Berg, angeblich Kim Jong-ils Geburtsort

Punggye-ri, heiliger Berg und Kernwaffentestgelände

DANK

Dank an meinen erstklassigen Rechercheur Marcus Scriven, der so viele verborgene Experten aufgespürt hat, und an Jamie Jackson, dessen Wissen über alles Militärische ehrfurchterregend ist. Und an alle andern, die um ihrer Anonymität willen hinter vorgehaltener Hand geredet haben.

Lesen Sie weiter >>

LESEPROBE

Es ist nur ein Spiel.
Doch es geht um dein Leben.

Als Mavie während einer Party auf ihr cooles, im Dunkeln leuchtendes Tattoo angesprochen wird, hält sie das für einen Scherz. Doch dann sieht sie es im Lichtstrahl der Tanzfläche mit eigenen Augen und gerät in Panik: Woher kommt der Skorpion auf ihrer Haut? Mavie ahnt nicht, dass das Zeichen sie zur Zielscheibe eines perfiden Spiels macht.

Zur gleichen Zeit übernehmen die Ermittler Inga Björk und Christian Brand den Fall einer brutal im Wald ermordeten Joggerin. Noch wissen sie nicht, dass dies erst der Anfang einer grausamen Mordserie ist. Und dass sie nur eine Chance haben, diese zu stoppen: Sie müssen die Seiten wechseln – und das tödliche Spiel mitspielen…

Freitag, 21. August

1   Im Wald

Sie lief und wollte ihr Glück in alle Welt hinausschreien. Sie hatte es geschafft. Endlich war es vorbei.

Endlich war sie frei.

Nie wieder würde sie den Menschen gegenübertreten müssen, die ihr die letzten Jahre zur Hölle gemacht hatten. Diese Scheusale. Aber am Ende hatten sie bezahlen müssen. Und zwar teuer.

Man erntet, was man sät.

Sie lief schneller.

Die Genugtuung, die sie empfand, brannte stark wie ein Feuer in ihr. Vor wenigen Stunden erst war das Urteil im Prozess gegen ihren Arbeitgeber verkündet worden. Aufhebung der Kündigung und volle Wiedergutmachung des ihr entstandenen Schadens. Ersatz aller Behandlungskosten und Nachzahlung des Gehalts seit ihrem Rauswurf. Und: Strafanzeige gegen unbekannt.

Sie würde das Gesicht ihres Chefs niemals vergessen.

Ich habe gewonnen.

Sie bog in die große Waldschleife ab.

Das Gericht sieht es als erwiesen an, dass die Klägerin an ihrem Arbeitsplatz erheblichem, systematischem Druck ausgesetzt war. Als dies nicht zu ihrem freiwilligen Ausscheiden führte, wurde ihre Arbeit nachweislich manipuliert, um eine außerordentliche Kün-

digung aus wichtigen Gründen zu rechtfertigen. Da diese Gründe nicht vorlagen, war der Klage stattzugeben.

Sie lief und lief. Wie jeden Abend würde sie erst anhalten, wenn sie keine Kraft mehr hatte. Aber gerade fühlte sie sich, als könnte sie die ganze Welt umrunden.

Sie wollen Krieg? Den können Sie haben!

Und wie sie Krieg bekommen hatte. Nach allen Regeln hatte die Firma Krieg gegen sie geführt. Tarnen und Täuschen inklusive. Man wusste erst, was systematisches Mobbing hieß, wenn man es am eigenen Leib erlebte. Wenn sich jeder distanzierte, wenn das Opfer zum Täter gemacht wurde, zum Störfaktor, zum Spinner, der sich das alles nur einbildete, bis sogar die eigene Familie sich abwandte. Aber sie hatte durchgehalten. Hatte sich von niemandem unterkriegen lassen. Und hatte diesen Krieg, den sie nie wollte, am Ende gewonnen.

Ohne Mark hätte ich das nie geschafft.

Mark hatte vor Glück geweint, als sie ihn vorhin am Telefon erreicht und ihm alles erzählt hatte. Er kam erst am nächsten Tag aus London zurück. Sie hätte ihn so gerne bei der Urteilsverkündung an ihrer Seite gehabt. Damit er höchstpersönlich mitbekam, dass sein Vertrauen in sie gerechtfertigt war.

Ich war nicht verrückt. Die waren es. Und du hast immer an mich geglaubt. Ich liebe dich, Mark!

Tränen stiegen ihr in die Augen, als ihr klar wurde, dass für sie nun ein neues Leben begann. Mit der Entschädigung konnten sie eine Weltreise machen, wenn sie wollten. Oder eine riesige Hochzeit feiern. Vorausgesetzt, Mark fragte sie endlich. Sogar Kinder konnte sie sich jetzt vorstellen, ein Gedanke, der in den letzten Wochen und Monaten ganz weit in die Ferne gerückt war.

Warmer Sommerwind umstrich ihre Beine. Wie lange hatte sie nicht mehr so befreit laufen können? Wie lange hatte sie sich selbst jede Freude verboten, hatte das Ritual der täglichen Joggingrunde mit verbissener Disziplin durchgezogen, den Blick starr nach vorne gerichtet, aus der irrationalen Überlegung heraus, jeder Genuss vor der Urteilsverkündung könnte böses Karma geben? Wie lange hatte sie sich tief im Innern schuldig gefühlt und fast schon selbst zu glauben begonnen, was die anderen behaupteten? Der eigene Kopf spielte einem die schlimmsten Streiche.

Vorbei, vorbei.

Sie erreichte die Lichtung mit dem kleinen Waldsee. Über ihr leuchteten die Sterne. Die Vorhersage behielt recht: Es würde eine klare Nacht werden. Das war auch nicht schwer zu erraten. Seit Wochen brachte ein riesiges Hochdruckgebiet ganz Europa zum Schwitzen, nur die Nachtstunden waren halbwegs erträglich. Aber sie würde sich niemals darüber beklagen. Kalt wurde es noch früh genug.

In ein paar Tagen war Vollmond. Schon jetzt leuchtete er hell, spiegelte sich im Wasser und tauchte die ganze Umgebung in weißbläuliches Licht. Sie schaltete ihre Stirnlampe aus und konnte trotzdem jede Unebenheit des Weges erkennen. Sie fühlte sich, als würde sie schweben.

Dann blieb sie stehen. Einfach so. Weil sie konnte. Weil sie durfte. Sie war frei. Nichts hielt sie mehr davon ab, ihr Leben zu genießen. Ihr Kopf war leer. Sie atmete ein, sie atmete aus. Was jetzt folgte, war ihre Entscheidung, nicht mehr die eines Anwalts oder eines Richters. Sie bestimmte wieder selbst über sich und ihre Zukunft.

Da kam ihr ein Gedanke.

Soll ich es wagen? Einfach … reinspringen? Nackt?

Es war zu verrückt. Und gerade deshalb perfekt. Perfekt wie dieser ganze Tag. Sie lächelte, zog sich das Top über den Kopf und spürte, wie sie dabei die Stirnlampe abstreifte. Achtlos ließ sie beides ins hohe Gras fallen und schlüpfte aus den Jogging-schuhen.

Plötzlich hörte sie etwas und hielt inne. Ein kurzes Rascheln nur, aus der Richtung, aus der sie gekommen war. Sie horchte. Angst hatte sie keine. Im Wald gab es die verschiedensten Geräusche, und sie kannte sie alle. War es ein Vogel, der durchs Unterholz streifte? Zu leise. Außerdem zu dunkel. Ein Reh? Zu laut für das, was sie gehört hatte. Vermutlich war ein Eichhörnchen von einem Baum zum anderen gesprungen.

Sie kannte diesen Wald wie ihre Westentasche. Sie war hier aufgewachsen und hatte einen guten Teil ihrer Kindheit unter den Bäumen verbracht. »Eine Halbwilde« hatten ihre Eltern sie scherzhaft genannt, wenn Leute zu Besuch waren. Es hatte ihr stets ein tierisches Vergnügen bereitet, Kindern aus der Stadt den »dunklen, bösen« Wald zu zeigen.

Der Wald ist mein Freund.

Eine Weile blieb sie ganz ruhig stehen und lauschte, aber das Geräusch wiederholte sich nicht. Schließlich zog sie sich aus, zögerte noch einmal kurz, dann gab sie sich einen Ruck und rannte nackt ins Wasser hinein. Der Kies am Ufer bohrte sich schmerzhaft in ihre Fußsohlen. Das Wasser war kalt, aber angenehm, und wurde schnell tiefer. Eine Sekunde später stürzte sie sich vornüber ins kühle Nass.

Als sie wieder auftauchte, musste sie lachen vor Glück. Was für ein tolles Geschenk, das die Natur ihr da machte! Alles war Sommer, alles war Leben.

Mit ein paar Zügen gelangte sie in die Mitte des Sees, ließ die Füße sinken und bewegte ihre Arme gerade genug, um ihren Kopf über Wasser zu halten. Sie staunte über das Konzert der Grillen um sie herum. Die Vögel waren schon seit Einbruch der Dunkelheit still, aber die Klangwolke, die über der Lichtung aufstieg, aus allen Richtungen zugleich, suchte ihresgleichen. Außer dem Zirpen hörte sie nur ihren Atem und die Geräusche, die ihre Schwimmbewegungen auslösten: weiches, sanftes Wasserplätschern.

Sie atmete tief ein, brachte ihre Beine an die Wasseroberfläche und streckte sich. Ließ sich mit offenen Augen auf dem Rücken treiben. Wieder sah sie Sterne, Sterne, Sterne. Der Mond war zu hell, als dass sie die Milchstraße hätte erkennen können, und doch waren da oben mehr Lichtpunkte, als sie zählen konnte.

Nach einer Minute völliger Harmonie zwischen sich und dem Universum beschloss sie, dass sie Frieden schließen wollte mit der Welt und allem, was war.

»Ich vergebe euch«, sagte sie laut. »Alles ist wieder gut.«

Dann drehte sie sich auf den Bauch zurück und schwamm ans andere Ufer. Dort setzte sie sich auf, vom Bauchnabel abwärts im Wasser, mit den Händen im Kies abgestützt. Immer noch war ihr nicht kalt.

Plötzlich sah sie aus dem Augenwinkel ein Licht aufblitzen. Ganz kurz nur, in etwa dort, wo sie in den See gelaufen war. Vielleicht ein Glühwürmchen.

Zu hell für ein Glühwürmchen.

Sie kniff die Augenlider zusammen. Ihre leichte Kurzsichtigkeit war bei dem schlechten Licht doch hinderlich. Nein, da war nichts. Bestimmt hatte sie sich getäuscht. Vielleicht hatte eine Welle den Mond im Wasser reflektiert.

Welche Welle? Der See war spiegelglatt.

Sie ging in die Hocke, stieß sich vom Ufer ab und schwamm zurück, schneller, als sie ursprünglich wollte. Auch wenn sie es sich niemals eingestanden hätte, war da jetzt noch etwas anderes als Glück und Harmonie in ihr.

Angsthase.

Das mit dem Schwimmen war wohl doch zu verrückt gewesen. Selbst als Kind – als *Halbwilde* – hätte sie sich das nie getraut. Ihre Mutter hatte sie immer vor dem See gewarnt. Und nun war sie mittendrin, und ihre Sinne spielten ihr Streiche. Zum Beispiel, dass da eine Gestalt im Gras kauerte, keine fünf Meter von ihr entfernt.

Sie spürte den Uferkies an ihren Fingerspitzen. Kniete sich hinein. Kniff die Lider noch schmaler zusammen.

·Doch, da war etwas. Aber was? Ein Reh? Ein Hund? Jedenfalls etwas, das vorhin nicht dort gewesen war. Etwas Lebendiges. Sie kannte jeden Wurzelstock und jeden größeren Stein in der Gegend. Das da kannte sie nicht.

»Hey!«, rief sie.

Nichts passierte. Sie griff sich eine Handvoll Kies und warf ihn ans Ufer. Die Gestalt wuchs in die Höhe.

Die Silhouette eines Menschen.

Ihr Herz fing an zu rasen, adrenalinbefeuert. »Hau ab, du verdammter Spanner!«, schrie sie mit sich überschlagender Stimme, nahm eine neue Ladung Kies vom Grund und schleuderte ihn der Gestalt mit aller Kraft entgegen. Dann zog sie sich rückwärts ins Wasser zurück, den Blick starr nach vorn gerichtet.

Die Gestalt ließ sich weder von ihrem Geschrei noch dem Kies aus der Ruhe bringen. Im Gegenteil, jetzt kam sie auf sie zu, ganz langsam.

»Hau ab! Hau ab!«

Konnte das ein Scherz sein? Nichts hätte sie lieber geglaubt. Aber sie kannte niemanden, der sich Späße dieser Art erlaubte. Und wenn doch, dann konnte er was erleben. Sie mochte keine unheimlichen Scherze.

Sie glitt ins tiefere Wasser zurück, schwamm vom Ufer weg und überlegte panisch, was sie tun konnte. Rundum lag dichter

Wald. Nur vorne gab es diesen einen Trampelpfad, überall sonst wuchsen dichtes Gras und stacheliges Strauchwerk, auch am anderen Ufer gab es viele Pflanzen, denen man besser nicht mit nackten Beinen begegnete.

Sie paddelte im tiefen Wasser auf der Stelle, drehte sich um sich selbst und suchte einen Ausweg, fand aber keinen. Wollte sie entkommen, musste sie direkt an der Gestalt vorbei.

Wie lange kann ich hier durchhalten?

Langsam wurde ihr nun doch kalt. Sie überlegte, laut um Hilfe zu rufen, aber es wäre reines Glück gewesen, hätte sie jemand gehört. Hier war schon tagsüber kaum etwas los und um diese Uhrzeit gar nichts mehr. Das Zirpen rundum klang jetzt fast spöttisch.

Stark sein, erinnerte sie sich an die Empfehlung im Selbstverteidigungskurs. Die meisten Vergewaltiger wurden von Frauen, die in die Opferrolle verfielen, nur noch angespornt. Man sollte sich stattdessen so ordinär wie möglich verhalten. Nichts törnte einen Vergewaltiger mehr ab als eine Frau, die so tat, als wollte sie es.

Das sagt sich so leicht.

Die Gestalt stand da, am Ufer des Sees, und konnte noch stundenlang durchhalten. Sie selbst würde definitiv früher aufgeben müssen. Und was dann?

Sie zitterte, hatte Gänsehaut am ganzen Körper, klapperte mit den Zähnen. Aber innerlich loderte die nackte Angst.

Eine weitere Minute verging. Dann, von einem Moment auf den anderen, drehte sich die Gestalt um und entfernte sich in aller Seelenruhe, bog links ab und nahm den Weg, der weiter in den Wald hineinführte.

Der Rückweg war frei. Aber wie lange? Jetzt musste sie schnell sein. Mit wenigen kräftigen Zügen schwamm sie ans Ufer und eilte mit großen Schritten aus dem Wasser. Zweimal verlor sie fast die Balance im feinen Kies, aber dann hatte sie Gras unter den Füßen und lief zu der Stelle, an der sie sich ausgezogen hatte. Ihr Blick schweifte über den Boden auf der Suche nach ihren Sachen, sie überlegte, suchte weiter – aber ihr Zeug war weg. Ihre Kleidung, die Stirnlampe, das Täschchen mit dem Handy …

Nichts, was sich nicht ersetzen ließ.

Der Schlüsselbund. Verdammt!

Wenn der Dieb wusste, wo sie wohnte, hatte er jetzt freien Zutritt zu ihrem Haus. Sie musste sofort einen Schlosser rufen, wenn sie zu Hause war.

Und wie komm ich ohne Schlüssel rein? Sie hatte keine Ersatzschlüssel deponiert, da sie das für ein Sicherheitsrisiko hielt.

Zu den Nachbarn. Notfalls nackt.

Sie lief los. Ohne ihre Joggingschuhe wurde jeder Schritt zur Qual. Aber sie konnte, sie durfte nicht zögern. Tempo war das Einzige, was jetzt zählte. Sie lief zum Weg und rechts weiter auf den Joggingpfad, der aus dem Wald herausführte.

Da raschelte etwas hinter ihr. Ein winziges Ästchen brach. Rhythmische Schritte ertönten. Die andere Person folgte ihr. Sie war getäuscht worden!

Sie öffnete den Mund zu einem Schrei, doch sie brachte keinen Ton heraus. *Schneller, lauf schneller!* Sie ignorierte alles – Steine, Wurzeln, Dornen, Brennnesseln –, nichts war wichtig, außer dass sie rannte. Noch konnte sie entkommen. Sie war gut im Laufen. Wochen- und monatelang war sie wie eine Besessene gelaufen. Ihre Kondition war besser denn je, ihre Muskulatur gestählt.

Wenn ich nur meine Schuhe hätte …

Sie streckte die Hand aus, als sie den dicken Zweig eines Strauchs erkannte, der in den Pfad hereinragte. Sie kannte ihn, wie so viele Details dieser Strecke. Wieso machte sich eigentlich niemand die Mühe, ihn abzuschneiden? Sie bog ihn von sich weg und ließ ihn zurückpeitschen, lief weiter, so schnell sie konnte.

Gleich darauf hörte sie, wie der Zweig ihren Verfolger traf, der einen erstickten Fluch ausstieß. Die Schritte wurden langsamer, aber höchstens für eine Sekunde. Von einem Zweig würde er sich nicht aufhalten lassen.

Sie erreichte dichter bewachsenes Gelände. Hinter ihr leuchtete etwas auf. Eine Taschenlampe. Ihr Verfolger gab sich also keine Mühe mehr, unentdeckt zu bleiben. Der Lichtkegel zitterte aufgeregt. Sie sah, wie sich ihre Silhouette auf dem Waldboden vor ihr abzeichnete. Die Schritte hinter ihr wurden lauter.

Er holt auf.

Aber noch konnte sie entkommen. Gleich gelangte sie an einen ihrer vielen Geheimplätze. Wenn sie nur schnell genug hinter der nächsten Biegung verschwand, sich fallen ließ und dann gleich links im Dickicht verkroch, würde er sie niemals finden. In der Kindheit war das ihr bestes Versteck gewesen.

Ob ich überhaupt noch reinpasse? Vielleicht ist es längst zugewachsen!

Sie verbot sich jeden Zweifel und lief, so schnell sie konnte. Noch zehn Meter … noch fünf …

Geschafft!, dachte sie noch.

Und dann ging alles ganz schnell. Sie wusste, dass sie eben noch gerannt war und jetzt ausgestreckt dalag, dass sie mit dem Gesicht voran auf dem Waldboden aufgeschlagen war, ohne sich mit den Händen schützen zu können. Nur das Dazwischen fehlte. War sie gestolpert? Aber worüber? Hier gab es keine hohen Wurzeln. Was konnte sonst noch so scharf, so unnachgiebig, so unvorhersehbar gemein sein?

Ein gespannter Draht?

Was immer es gewesen war, es hatte sie ihrem Verfolger ausgeliefert. Sie wurde gepackt und brutal in die Höhe gerissen, schmeckte das Blut, das warm über ihr Gesicht lief. Sie wollte es mit der Hand abwischen, aber ihre Hände gehorchten ihr nicht. Völlig benommen spürte sie, wie sie ins Unterholz gezerrt wurde, weiter und weiter. Gestrüpp streifte an ihrem nackten Körper entlang. Der Wald war hier so dicht, dass man selbst bei Tageslicht kaum zwei Meter weit sehen konnte, das wusste sie. Ein Dornenzweig verhakte sich in ihrer Seite und riss ihr die Haut auf. Sie stöhnte.

»Hier!«, zischte jemand.

Sie spürte die spröde Rinde eines Baums an ihrem Rücken. Ihre Arme wurden nach hinten gezogen und mit schnellen, kräftigen Bewegungen zusammengebunden.

»Bitte nicht«, flehte sie. Die eigenen Worte klangen merkwürdig verwaschen. Da war Blut in ihrem Mund. Etwas stimmte nicht mit ihren Zähnen. Sie fuhr mit der Zunge darüber. Mehrere Schneidezähne waren ausgeschlagen. Sie hatte es gar nicht gespürt.

»Bitte nicht«, wiederholte sie, schloss die Augen und fing an zu weinen. Was mochte ihr Verfolger wollen? War er ein Sexualstraftäter, ein Perverser, der sie beim Nacktbaden beobachtet hatte? Und warum war da noch jemand? Wollten sie etwa gemeinsam über sie herfallen? Aber so zugerichtet, wie sie war, musste ihnen doch jede Lust vergehen.

Als sie eine Hand an ihrer Schulter fühlte, beschloss sie, dass sie sich nicht wehren würde. Sollten sie ihren Körper nehmen. Ihren Geist bekämen sie nicht. Sie würde das hier überleben, so schlimm es auch werden mochte. Und eines Tages würde sie die Gelegenheit haben, sich an ihnen zu rächen. Ja, das würde sie. Sie würde sie finden und sich rächen. Der Gedanke gab ihr Kraft.

»Da ist es«, hörte sie eine Männerstimme mit italienischem Akzent sagen. »Das Mal. Siehst du?«

Das Mal?

»Ja!«, antwortete eine Frau.

Die beiden gaben sich keine Mühe, ihre Stimmen zu verstellen. Sie ahnte, dass das kein gutes Zeichen war.

Sie zwang sich, die Augen zu öffnen. Blut und Tränen machten es ihr fast unmöglich, etwas zu erkennen. Dennoch sah sie die Umrisse zweier Gestalten, direkt vor ihr, in bläuliches Licht getaucht, anders als das der Taschenlampe, beinahe violett. Oder spielten ihr die Sinne einen Streich?

»Also, was sollen wir tun?«, fragte die Frau nahezu gleichgültig.

»Warte …«

Sie fühlte eine Hand an ihrem Bauch. Die Finger drückten und zogen, fuhren über die Haut rund um ihren Nabel.

»In der Mitte durch.«

»Quer durch? Lass sehen … Mist, du hast recht.«

Sie verstand nicht, wovon die zwei sprachen. Als sie den Kopf senkte, sah sie nichts als das seltsame blaue Licht. Und dann noch etwas: ein Leuchten. An ihrem Bauch. Sie erkannte nicht, was es darstellen sollte.

Malen die mich gerade an? Ist das vielleicht doch alles nur ein … ein verdammt schlechter Scherz?

Sie durfte sich nicht wehren. Musste das, was auch immer da passierte, über sich ergehen lassen. Konnte sich später rächen.

»Los jetzt!«

Eine rasiermesserscharfe Klinge drang in ihren Bauch ein. Der Schmerz raubte ihr den Atem. Sofort rann warmes Blut aus der Wunde, über den Unterbauch, über ihre Scham, die Beine hinunter.

Die wollen mich schlachten.

Die Erkenntnis traf sie wie ein Hammerschlag. Sich nicht zu wehren, würde ihren sicheren Tod bedeuten. Sie riss an ihren Fesseln, scheuerte daran, wehrte sich, zog ein Bein in die Höhe und trat aus, traf jemanden, wiederholte die Bewegung, aber dieses Mal fuhr ihr Fuß ins Leere.

»Dämliche Bitch!«, hörte sie die Frau schreien.

Jemand riss an ihren Haaren und drückte ihren Kopf mit Gewalt gegen den Baum.

Sie spürte das Messer, links an ihrem Hals, spürte, wie es gegen ihre Haut drückte, bevor es tief durch ihre Kehle schnitt.

Mark, dachte sie noch.